ΖΑΚ ΈΪΜΠΡΑΜΣ

Μετάφραση
NIKOLETTA SAMOILI

Πνευματικά δικαιώματα (C) 2019 Zach Abrams

Σχεδιασμός διάταξης και πνευματικά δικαιώματα (C) 2021 by Next Chapter

Δημοσιεύθηκε το 2021 από την Next Chapter

επεξεργάστηκε από Lorna Read

Εξώφυλλο από το Cover Mint

Οπισθόφυλλο, Ντεηβιντ Μ. Σκραντερ.

Υπό την άδεια της Shutterstock.com

Χαρτόδετο χαρτί μαζικής αγοράς

Αυτό το βιβλίο είναι έργο μυθοπλασίας. Τα ονόματα, οι χαρακτήρες, τα μέρη και τα περιστατικά είναι προϊόν της φαντασίας του συγγραφέα ή χρησιμοποιούνται πλασματικά. Οποιαδήποτε ομοιότητα με πραγματικά γεγονότα, τοποθεσίες ή άτομα, ζωντανά ή νεκρά, είναι καθαρά συμπτωματικό.

Ολα τα δικαιώματα διατηρούνται. Κανένα μέρος αυτού του βιβλίου δεν μπορεί να αναπαραχθεί ή να μεταδοθεί με οποιαδήποτε μορφή ή με οποιονδήποτε τρόπο, ηλεκτρονικό ή μηχανικό, συμπεριλαμβανομένης της φωτοτυπίας, της εγγραφής ή με οποιοδήποτε σύστημα αποθήκευσης και ανάκτησης πληροφοριών, χωρίς την άδεια του συγγραφέα.

Ο ΩΡΕΣ

Βγαίνω μπροστά στην κύρια συμβολή του κεντρικού σταθμού της Γλασκώβης για να βρω το ασυνήθιστο χαρακτηριστικό μιας υγρής και λιπαρής επιφάνειας. Καθώς έσπευσα προς τα εμπρός, το πόδι μου γλιστράει στα πλακάκια και τρέμω για ένα δευτερόλεπτο ή δύο, προσπαθώντας να ξανακερδίσω την ισορροπία μου. Για μια στιγμή, θαυμάζω τη σκέψη μιας πόλης με το γενεαλογικό κεφάλαιο της Γλασκώβης για την επιστήμη, την τέχνη και τον πολιτισμό που δέχεται κάποια ιδέα ιδιοφυΐας για να δαπεδώσει τον κύριο σιδηροδρομικό σταθμό τους με πλακάκια. Τα χρόνια της εφηβικής μου εκπαίδευσης στο μπαλέτο δεν χρησιμεύουν όταν ένα κύμα βιαστικών μετακινούμενων γελάει. Κρατώντας την τσάντα μου στο στήθος μου, το άλλο χέρι τεντώνεται, αναζητώντας ένα χέρι, ένα μπράτσο, έναν ώμο ... οτιδήποτε για υποστήριξη, αλλά δεν είναι γραφτό. Φωνάζω καθώς το ισχίο μου χτυπάει σε ένα παγκάκι ενώ ο αστράγαλος μου αναποδογυρίζει, ο κορμός μου στρέφεται στο έδαφος. Παρατηρώ ότι ένα τακούνι από τα στιλέτα μου είναι στριμμένο.

Πλήθος επιβατών με περνάει μέσα στην θολούρα μου καθώς προσπαθώ να φροντίσω τις πληγές μου και να κερδίσω την ψυχραιμία μου. Συνειδητοποιώ ότι έχω γρατζουνίσει τον μηρό μου, αλλά το πιο ανησυχητικό είναι ο αστράγαλός μου που έχει χτυπήσει. Μόλις επιβεβαιώσω ότι δεν υπάρχει τίποτα σπασμένο, κάνω ένα απαλό μασάζ για να ανακουφίσω τον πόνο και, στη συνέχεια, δοκιμάζω να κουνήσω τα πόδια μου.

«Είσαι εντάξει, αγάπη μου;» Ακούω τη φωνή του άντρα, μια αγγλική προφορά, καθώς ο αγκώνας μου στηρίζεται, με σηκώνει όρθια. Έφυγε πριν μπορώ να σκεφτώ μια απάντηση. Ήταν στην κυριολεξία μια πολύ μικρή στιγμή, και πολύ αργά, νομίζω.

Δαγκώνοντας τα χείλη μου για να εκτρέψω την προσοχή μου από τους πόνους στο πόδι μου, κάνω μερικά βήματα προς τα εμπρός. Νιώθω περίεργα, αποπροσανατολισμένα. Δεν είναι η πτώση. Το κεφάλι μου είναι ασαφές. Δεν φαίνεται να σκέφτομαι καθαρά. Δεν είναι μόνο ο αστράγαλός μου. Με πονάνε τα άκρα μου, είναι σχεδόν αποσυνδεδεμένα και πονάω στις κάτω περιοχές. Κάτι πρέπει να κάνω.

Ρίχνω μια ματιά προς τα πάνω, προς την οθόνη των κατευθύνσεων. Στην αρχή, το μόνο που βλέπω είναι φώτα να αναβοσβήνουν, είναι πολύ οδυνηρό για να συγκεντρωθώ εκεί, όμως κατάφερα να δω την ώρα που έδειχνε το ψηφιακό ρολόι... είναι 8 και 56. Θα αργήσω.

Και κάτι άλλο δεν πάει καλά. Δεν έχω αργήσει ποτέ. Εγώ είμαι επιμελής. Τους τέσσερεις μήνες που ξεκίνησα να εργάζομαι στην εταιρία Άρτσερς Ιντερνάσιοναλ, πάντα έφτανα δεκαπέντε λεπτά πιο νωρίς. Ο κύριος Ρόνσον, ο διευθυντής, μού είχε πει πόσο τον έχει εντυπωσιάσει η δουλειά μου και η αφοσίωσή μου. Μού είπε, επίσης, ότι θα είχα ένα λαμπρό μέλλον στην εταιρία. Και τώρα, πρέπει να είμαι στο γραφείο μέσα σε πέντε λεπτά, και είναι πολύ δύσκολο να περπατήσω.

1 ΩΡΑ

Όταν έβγαινα από το ασανσέρ, στον έβδομο όροφο, η ώρα είχε πάει σχεδόν 9:40. Άνοιξα σπρώχνοντας τις διπλές πόρτες, μπήκα στην μεγάλη αίθουσα και πήγα στο γραφείο μου, κουτσαίνοντας.

Όταν με είδε η Μάργαρετ, βγήκε από το γραφείο της και με ρώτησε: «Πού στην ευχή ήσουν;»

Όλοι όσοι ήταν εκεί μέσα, γύρισαν να με κοιτάξουν. Μετά, κατέβασαν τα κεφάλια τους. Κάνουν ότι δεν ακούν, όμως τα αφτιά τους είναι τεντωμένα. Η ένταση είναι φανερή. Η Μάργκαρετ Χάμιλτον είναι η προϊσταμένη του τμήματός μου. Από τότε που μπήκα στην εταιρία, έχει μια σχέση αγάπης-μίσους με μένα. Δεν είναι προσωπικό. Δεν της αρέσει καθόλου όταν ο κύριος Ρόνσον κάνει σε κάποιον άλλον θετικά σχόλια για την δουλειά του εκτός από εκείνην, και ψάχνει κάθε ευκαιρία για να προσβάλλει κάποιον, όποιος κι αν είναι αυτός. Ειδικά όταν είναι κάποιος από τους νεότερους ή τις καινούργιες κοπέλες του προσωπικού, τις οποίες ξέρει ότι μπορεί να τρομοκρατεί. Η Μάργκαρετ είναι ψηλή και αδύνατη, με ένα πρόσωπο, που στην καλύτερη περίπτωση μοιάζει με μασημένο ζαχαρωτό. Τα κορίτσια του γραφείου αστειεύονται μαζί της λέγοντας ότι είναι η μετενσάρκωση της συνώνυμής της που έπαιξε την Κακιά Μάγισσα της Δύσης στην αυθεντική βερσιόν του Μάγου του Οζ. Είναι σκληρό, αλλά πάλι, έτσι είναι. Η Μάργκαρετ είναι στα πενήντα, παντρεμένη με μεγάλα παιδιά που έχουν φύγει από τη φωλιά. Μου έχουν πει ότι ζει με έναν κακό, σκληρό, τερατώδη άντρα, και γι' αυτό κι εκείνη ξεσπάει τον θυμό της στους υφισταμένους της στο γραφείο. Αν είναι αλήθεια, τότε ίσως ας μην την απογοητεύσω, φτάνει να μην είμαι το θύμα. Δυστυχώς, αυτή τη στιγμή, είμαι υπό το βλέμμα της.

«Συγνώμη. Ξέρω ότι άργησα, αλλά είχα ένα μικρό ατύχημα καθώς ερχόμουν. Γλίστρησα και στραμπούληξα τον αστράγαλό μου, και έσπασα και το παπούτσι μου. Ήρθα όσο πιο γρήγορα μπορούσα.» Έριξα ένα χαμόγελο, ελπίζοντας ότι ο πόνος και η απελπισία μου, θα πυροδοτούσε κάποιο σημάδι συμπόνοιας.

«Άσε τις ανοησίες, Μπριόνι.» Μου φώναξε με τον πιο απαίσιο τρόπο. Αν ήταν θέμα καθυστέρησης ολίγων λεπτών, τότε δεν θα το επισήμανα καθόλου, αλλά δεν πρόκειται να τη γλιτώσεις με αυτή σου την συμπεριφορά. Πραγματικά μας απογοητεύεις. Δεν το λέω μόνο εγώ. Και ο κύριος Ρόνσον είναι θυμωμένος.»

Αυτό μου ήρθε πραγματικά, ξαφνικό. Δεν καταλαβαίνω γιατί το είπε αυτό. Ίσως είναι κάποιο κόλπο και προσπαθεί να με αιφνιδιάσει. «Τι εννοείτε; Δεν σας έχω απογοητεύσει ποτέ. Αγαπώ τη δουλειά μου. Πείτε μου τι εννοείτε.»

«Δεν μπορεί να μιλάς σοβαρά. Λείπεις, χωρίς καμιά εξήγηση, τρεις μέρες. Δεν μας έχεις πει τον λόγο, δεν ειδοποίησες για το πού είσαι και ούτε απαντούσες στις κλήσεις μας. Την Τρίτη είχαμε την μεγάλη παρουσίαση πελατών και την έχασες. Αυτήν που η ομάδα σου δούλεψε σκληρά για την ετοιμάσει και που οι πελάτες περίμεναν εδώ και τρεις μήνες να δουν, και νομίζεις πως αυτό θα περάσει έτσι;» Με κοίταξε από πάνω ως κάτω. «Και τώρα, ορμάς εδώ μέσα και μοιάζεις με πόρνη. Είσαι μουτζουρωμένη από το μακιγιάζ, τα μαλλιά σου είναι χάλια και μοιάζεις λες και κοιμόσουν όλες αυτές τις μέρες με αυτά τα ρούχα.» Τα μάτια της έγιναν πιο σκληρά. «Μοιάζεις σα να έχεις πιει το βόσπορο. Ή μήπως πήρες ναρκωτικά και μόλις γύρισες από κάποιο ταξίδι; Δεν ξέρω τι έκανες και βασικά, δεν με νοιάζει.»

Τι σημαίνει αυτό; Δεν παίρνω ναρκωτικά. Παραδέχομαι, πως στα νεανικά, φοιτητικά μου χρόνια κάπνισα μερικές φορές λίγο χόρτο, αλλά αυτό έγινε πριν χρόνια και δεν μου έκανε τίποτα. Όσο για το αλκοόλ, μερικές φορές πίνω δυο-τρία ποτηράκια κρασί, αλλά πάντα μόνο όταν βγαίνω. Πού και πού, μπορεί, παραβαίνω τις κυβερνητικές οδηγίες όσον αφορά τον μέγιστο αριθμό αλκοόλ που πρέπει να πίνουμε προκειμένου να είμαστε ασφαλείς, αλλά δεν μέθυσα ποτέ, ούτε τώρα ούτε ποτέ και ούτε θέλω ποτέ.

Το κεφάλι μου γυρίζει και νομίζω ότι θα λιποθυμήσω. Δεν βγάζω νόημα με όλα αυτά που μου είπε. «Τρεις μέρες; Μα, μα...δεν είναι αλήθεια...Εγώ...εγώ... μια στιγ...» Προσπαθώ να μιλήσω, αλλά οι σκέψεις μου είναι θολές. Δεν μπορώ να συν τάξω μια λογική πρόταση. Αρπάζομαι από την πλάτη της καρέκλας για να στηριχτώ, φοβούμενη ότι μπορεί να καταρρεύσω.

«Ο κύριος Ρόνσον είναι σε σύσκεψη, οπότε τώρα δεν μπορεί αν ασχοληθεί μαζί σου. Έτσι κι αλλιώς, δεν φαντάζομαι ότι θα σε αφήσει να συνεχίσεις την εργασία σου εδώ αφού είσαι ακόμα σε δοκιμασία. Προς το παρόν, να θεωρείς τον εαυτό σου σε αναστολή. Θα σου πρότεινα να γυρίσεις σπίτι σου, να κάνεις ένα μπάνιο και μετά να επιστρέψεις κατά τις 2 μ.μ. Έχουμε ήδη βάλει τα προσωπικά αντικείμενα που είχες στο γραφείο σου σε ένα κουτί επειδή δεν είχαμε ιδέα αν θα ερχόσουν ξανά και χρειαζόμαστε τον χώρο. Μπορείς να το πάρεις μαζί σου αν θέλεις.» Το πρόσωπο της Μάργκαρετ είναι αυστηρό, αλλά υποψιάζομαι ότι πίσω από το ανέκφραστο πρόσωπό της, καραδοκεί ένα χαμόγελο αυτό-ικανοποίησης.

Δεν εκπλήσσομαι από την λεκτική της επίθεση, αλλά η προοπτική του να χάσω τη δουλειά μου με τρελαίνει. Αυτή ήταν η ευκαιρία μου για να φτιάξω μια καριέρα. Μετά από τέσσερα χρόνια σκληρής δουλειάς μέχρι να καταφέρω να πάρω το πτυχίο μου και άλλα δυο χρόνια εργασιακής εμπειρίας, κατάφερα να γίνω στέλεχος μάρκετινγκ στην Αρτσερς Ιντερνάσιοναλ. Πήρα μια βαθιά ανάσα και την κράτησα μέσα. Ξέρω ότι τα μάτια μου φουσκώνουν, αλλά είμαι αποφασισμένη να μην κλάψω μπροστά σε αυτή την σκύλα. Έστρεψα τα μάτια μου στο πάτωμα. Προς ανακούφισή μου, εκείνη γύρισε να παέι προς το γραφείο της.

Βγήκα από το γραφείο μισοτρέχοντας και μισοκουτσαίνοντας. Στα αριστερά μου είναι η τουαλέτες των γυναικών. Σπρώχνω την πόρτα και ορμώ μέσα. Τώρα νιώθω τρομερά άρρωστη και συνειδητοποιώ ότι πρόκειται να κάνω έμετο. Ίσα-ίσα που πρόλαβα να ανοίξω μια πόρτα, πριν καταρρεύσω στο πάτωμα με το κεφάλι μου πάνω από την λευκή πορσελάνη και άρχισα να ρεύομαι. Το στήθος μου ανεβαίνει και σάλιο βγαίνει από το στόμα μου. Το πρόσωπό μου αρχίσει να ιδρώνει. Θέλω να κάνω έμετο για να καθαρίσει το σύστημά μου από οτιδήποτε με δηλητηριάζει. Δεν ανεβαίνει τίποτα. Είμαι απελπισμένη. Πρέπει να κάνω τον εαυτό μου να νιώσει καλύτερα. Βάζω δυο δάχτυλα μέσα στον λάρυγγά μου. Αυτή τη φορά ρεύτηκα πιο πολύ, αλλά εκτός από λίγο υγρό, δεν ανέβηκε τίποτα πάλι.

Είμαι εξουθενωμένη. Το στόμα μου και ο λαιμός μου έχουν μια άσχημη οξική γεύση και νιώθω πόνο και δυσφορία σε όλο μου το σώμα. Τράβηξα το καζανάκι στην τουαλέτα και μετά, με δυσκολία, σήκωσα τον εαυτό μου με τη βοήθεια του νιπτήρα. Μάζεψα κρύο νερό με το χέρι και το έφερα μέχρι το στόμα για να το πιώ, προσπαθώντας έτσι να διώξω την άσχημη γεύση. Πόνεσα όταν το υγρό έφτασε στον λάρυγγα και προσπάθησα να καταπιώ αργά το νερό.

Έριξα μια ματιά στον καθρέφτη. Όχι, δεν μπορεί να είμαι εγώ. Το πρόσωπο που με κοιτάζει φαίνεται πολύ μεγαλύτερο από είκοσι πέντε ετών. Εάν αυτό εννοούσε η Μάργκαρετ, τότε δεν την κατηγορώ. Φαίνομαι άθλια. Είχε δίκιο σε όλα όσα έλεγε και ακόμα παραπάνω. Τα μάγουλά μου είναι βαθουλωτά, τα μάτια μου έχουν μπει μέσα, ενώ οι κόρες μου έμοιαζαν με πινέζες και το δέρμα μου ήταν σαν περγαμηνή, διακοσμημένη με κηλίδες από μάσκαρα όπως του κλόουν. Το αδιάβροχό μου είναι βρώμικο, μάλλον έγινε μετά την πτώση μου και το φόρεμά μου, ούτε που αναγνωρίζεται. Πώς ήρθα στη δουλειά έτσι; Είμαι περήφανη για την εμφάνισή μου. Ήμουν πάντα τέλεια. Τι μου συνέβη;

Πρέπει να είμαι άρρωστη. Η Μάργκαρετ είπε ότι λείπω για 3 μέρες αδικαιολόγητα, αλλά όντως; Δεν μπορεί αν ήμουν άρρωστη και να κοιμόμουν τόσες μέρες συνέχεια. Θα το γνώριζα, έτσι δεν είναι; Ωστόσο, κάτι πρέπει να κάνω γι' αυτό τώρα. Πήρα μερικές χάρτινες πετσέτες, τις μούλιασα στο νερό και άρχισα να τρίβω το πρόσωπό μου, προσπαθώντας να το καθαρίσω από το μακιγιάζ. Θέλω να με κάνω να φαίνομαι και πάλι άνθρωπος. Με τα δάχτυλά μου προσπάθησα να σουλουπώσω κάπως τα μαλλιά μου. Έψαχνα στην τσάντα μου να βρω ένα κραγιόν, όταν άκουσα βήματα. Η πόρτα ανοίγει και εμφανίζεται η Αλίσια.

Η Αλίσια ήρθε στην εταιρία ένα με δύο μήνες πριν από μένα. Ανήκει στην ομάδα των γραμματέων, όχι του μάρκετινγκ, όπως εγώ. Είναι νέα, είκοσι ενός, νομίζω, και είναι πολύ όμορφη. Έχει τέλειο δέρμα, σκούρο, σχεδόν μαύρο. Έχει ύψος λίγο πάνω από το μεσαίο, μαύρα μαλλιά και ένα σώμα με αναλογίες που όλες θα θέλαμε. 38 - 23 - 36, αν δεν κάνω λάθος. Έπρεπε να ήταν μοντέλο. Της αρέσει να την προσέχουν και συνήθως φοράει τοπάκια με χαμηλό ντεκολτέ. Όλοι οι άντρες που εργάζονται ή επισκέπτονται την εταιρία μας, μαζί και ο κύριος Ρόνσον, ρίχνουν κρυφές ματιές στο ντεκολτέ της. Ακόμα κι εγώ δεν θα μπορούσα να αντισταθώ στο να κοιτάξω. Εντωμεταξύ, όσο ήμουν στην εταιρία, η Αλίσια κι εγώ δεν μιλούσαμε ποτέ παρά μόνο τα τυπικά.

Μόλις με είδε, έτρεξε αμέσως και έβαλε το χέρι της γύρω από τον ώμο μου.

«Μπρίονι, τι σου συνέβη; Ανησυχήσαμε όλοι πάρα πολύ.»

Τα μάτια μου σηκώθηκαν και πάλι μετά από αυτή την ευγενική χειρονομία. Προσπάθησα να σκεφτώ τι να απαντήσω. «Δεν ξέρω. Πραγματικά δεν ξέρω», απάντησα.

«Αγνόησε την Μάργκαρετ. Όλοι ξέρουν πόσο καθίκι είναι. Πες μου τι έγινε.»

Προσπαθώ να θυμηθώ. Όσο κι αν μου χρειαζόταν πολύ μία φίλη αυτή τη στιγμή, υποπτεύομαι κάποιο κίνητρο. Ίσα-ίσα που γνωρίζω την Αλίσια και τώρα έρχεται εδώ με αυτό το ξαφνικό ξέσπασμα ενδιαφέροντος. Δεν ξέρω αν είναι ευγενική εκ φύσεως, ή αν εν μέρει ψάχνει δικαιολογία για κουτσομπολιό. Άσχετα από αυτό, δεν έχω να χάσω τίποτα. «Δεν καταλαβαίνω τίποτα απ' όλα αυτά. Ήρθα στη δουλειά χωρίς να έχω καταλάβει ότι κάτι δεν πάει καλά. Δεν κατάφερα να βρω...»

«Κάθισε. Ας μιλήσουμε για να δούμε τι θα βγάλουμε», είπε, οδηγώντας με σε μια καρέκλα. Δεν βρίσκω το λόγο γιατί να μην το κάνω.

«Για αρχή, τι μπορείς να μου πεις για σήμερα;» με ρώτησε.

Προσπαθώ να θυμηθώ, αλλά τίποτα δεν μου έρχεται στα γρήγορα. «Το πρώτο πράγμα που θυμάμαι είναι ότι βρισκόμουν στον Κεντρικό Σταθμό και συνειδητοποίησα ότι είχα αργήσει».

«Πριν από αυτό; Ήσουν στον σταθμό, αλλά πώς έφτασες εκεί; Πού πέρασες την χτεσινή νύχτα; Ήσουν σπίτι σου ή στο σπίτι κάποιου άλλου; Στον σταθμό πήγες περπατώντας ή με τρένο ή λεωφορείο;»

Οι ερωτήσεις ήταν λογικές, όμως όσο και αν έστειβα το μυαλό μου, δεν μπορούσα να σκεφτώ τις απαντήσεις. Θυμάμαι πως ήμουν στον Κεντρικό Σταθμό, αλλά όχι το πώς βρέθηκα εκεί.

Εκείνη, πρόσεξε ότι είχα μια έκφραση απορίας και με πίεσε στον ώμο. «Μην ανησυχείς. Θα το θυμηθείς. Τώρα, ποιο είναι το τελευταίο πράγμα που θυμάσαι να έκανες πριν βρεθείς στον Κεντρικό Σταθμό;»

Παλεύω να θυμηθώ και να ανασύρω τις αναμνήσεις μου. Το μυαλό μου, μού φαίνεται άδειο. Μελετώντας το λίγο ακόμα, λέω, «Το τελευταίο πράγμα που θυμάμαι είναι ότι δούλευα μέχρι αργά την Παρασκευή. Ήξερα ότι δεν είχα χρόνο να πάω σπίτι μου, αφού σχεδίαζα να δω την φίλη μου την Τζένη, στου Αλφρέντο. Θα πίναμε μερικά ποτά πριν πάμε για δείπνο. Δεν άλλαξα καν ρούχα, αλλά βγήκα με αυτά που φορούσα στη δουλειά. Πήγα στο μπαρ, όπως είχαμε πει.»

«Ωραία, είναι μια αρχή», είπε η Αλίσια. «Και αυτή τη φίλη που θα συναντούσες; Γιατί δεν επικοινωνείς μαζί της; Ίσως εκείνη σου γεμίσει μερικά κενά. Μπορεί να γνωρίζει πού ήσουν.»

«Μα φυσικά. Αυτό είναι. Πώς δεν το σκέφτηκα από μόνη μου;» αναρωτήθηκα. Θεωρώ τον εαυτό μου έξυπνο. Το μυαλό μου είναι μπερδεμένο και δεν σκέφτομαι σωστά. «Θα συναντούσα την Τζένη στις 8 το βράδυ. Θα της τηλεφωνήσω αμέσως τώρα.» Άνοιξα την τσάντα μου και άρχισα να ψάχνω το κινητό μου.

«Για πες μου κάτι. Θυμάσαι τι φορούσες την Παρασκευή;»

Σταμάτησα και έκλεισα τα μάτια μου, προσπαθώντας να θυμηθώ. «Ναι, φορούσα το μπλε, λινό μου φόρεμα. Το είχα επιλέξει επειδή θα έκανα μια σημαντική συνάντηση με τον Διευθυντή των Κάρσον, έναν νέο πελάτη, και ήθελα να φαίνομαι έξυπνη.»

Η Αλίσια έμεινε με το στόμα ανοιχτό κι εγώ ακολούθησα το βλέμμα της. «Ωω, Θεέ μου! Φοράω το ίδιο φόρεμα. Το φόρεμα που φόραγα την περασμένη Παρασκευή και δεν έχω την παραμικρή ιδέα για το τί έκανα ή το πού ήμουν από τότε.»

Τα γόνατά μου έτρεμαν και ένιωθα ότι θα λιποθυμούσα ξανά. Η Αλίσια, με βοήθησε ξανά και αφού κατέβασε το καπάκι της τουαλέτας, με έβαλε να καθίσω.

«Δεν μπορεί να συμβαίνει αυτό. Πρέπει να βλέπω εφιάλτη. Δεν μπορώ να θυμηθώ τίποτα από ό,τι συνέβη από την περασμένη Παρασκευή το απόγευμα.»

«Είναι κάπου...πεντέμιση μέρες...132 ώρες», υπολόγισε η Αλίσια, «ίσως και παραπάνω».

«Ίσως είμαι άρρωστη και κάπου να λιποθύμησα. Μπορεί να ήμουν αναίσθητη όλες αυτές τις ώρες; Χριστέ μου, μπορεί να με είχαν απαγάγει και εξωγήινοι, τι να πω.»

Η θλιβερή προσπάθειά ου να κάνω χιούμορ δεν κατάφερε να ελαφρύνει την διάθεσή μου.

«Η χειρότερα.» Οι λέξεις δεν ακούγονταν καθαρά αφού η Αλίσια είχε το χέρι της στο στόμα καθώς μιλούσε, σοκαρισμένη καθώς άκουγε τις σκέψεις της.

Καμιά από τις δυο μας δεν μιλάει καθώς τα λόγια της αντηχούν στα αυτιά μας. Οι εκφράσεις του προσώπου της είναι πολύ σοβαρές, και υποπτεύομαι πως κι εκείνη, όπως κι εγώ, σκέφτεται το πώς και το γιατί, μπορεί να με είχαν απαγάγει. Δεν πανικοβάλλομαι. Νιώθω μια περίεργη αποσύνδεση, σα να είμαι στο ταβάνι και να βλέπω κάτω την Αλίσια κι εμένα να συζητάμε.

Το μυαλό μου αναρωτιέται. Βλέπω τον εαυτό μου να κείτεται γυμνός. Χέρια με αγγίζουν, πολλά χέρια, με αγγίζουν παντού, με χτυπάνε, με χαϊδεύουν, με διερευνούν. Είναι η φαντασία μου αυτό ή μια ανάμνησή μου; Νιώθω βρώμικη. Η χολή αυξάνεται.

«Μα, γιατί δεν μπορώ να θυμηθώ τίποτα;» ρώτησα.

«Δεν ξέρω. Ίσως είναι τραυματικό. Ίσως να είσαι άρρωστη με κάτι. Δεν ξέρω πολλά γι' αυτά τα πράγματα. Αλλά πάλι, κάποιος μπορεί να σε τράβηξε εκεί.»

«Πρέπει να πάω σπίτι. Χρειάζομαι ένα μπάνιο.» Ένιωσα την ανάγκη να καθαρίσω το σώμα μου και ίσως έτσι να καθαρίσει και το μυαλό μου.

«όχι, όχι ακόμα, δεν πρέπει. Πρέπει να μιλήσεις πρώτα στην αστυνομία», είπε εκείνη. «Μπορεί να μην είναι τίποτα. Πραγματικά ελπίζω να μην είναι τίποτα, αλλά θα χρειαστείς τη βοήθειά τους για να το μάθεις.»

«Έχεις δίκιο. Πρέπει να το κάνω.» Τα μάτια μου, φούσκωσαν ξανά κι αυτή τη φορά δεν μπορώ να συγκρατήσω τα δάκρυά μου. Αυτό κλιμακώνεται και μέσα σε λίγα δευτερόλεπτα το κορμί μου σείεται από τα δάκρυα. Η Αλίσια με πλησιάζει και με αγκαλιάζει, χαϊδεύοντας το κεφάλι μου. Εγώ την άρπαξα δυνατά σα η ζωή μου να εξαρτάται από αυτό το άρπαγμα. Ισως να ισχύει. Στην αρχή, το μυαλό μου είναι τρελαμένο, φαντάζεται διάφορα, τρομερές εικόνες με διακατέχουν για το τί μπορεί να μου έκανε κάποιος. Το κορμί μου τρέμει, κλείνω δυνατά τα μάτια μου, όμως αυτές οι εικόνες ακόμα με βασανίζουν. Παίρνω βαθιές ανάσες, συνειδητοποιώντας ότι πρέπει να ηρεμήσω πριν με πιάσει καμιά γερή κρίση πανικού. Σιγά-σιγά, η αναπνοή μου εξαντλείται καθώς συνειδητοποιώ την κατάστασή μου.

Η Αλίσια δεν λέει τίποτα, αλλά με κρατάει ακόμα και χαϊδεύει το κεφάλι μου. Πέρασε κάποιος χρόνος μέχρι να συνέλθω κάπως. Ξέρω πως πρέπει να είμαι δυνατή για να το ξεπεράσω αυτό. Τώρα νιώθω πιο δυνατή, πιο ικανή να αντιμετωπίσω αυτό που έρχεται.

2 Ώρες

«Αλίσια, ξέρω τώρα τι πρέπει να κάνω. Σε ευχαριστώ πάρα πολύ για τη βοήθειά σου, αλλά δεν θέλω να μπεις σε μπελάδες εξαιτίας μου. Λείπεις ώρες από το γραφείο σου. Καλύτερα να γυρίσεις.»

«Δεν θα σε αφήσω να το αντιμετωπίσεις μόνη σου αυτό. Χρειάζεσαι κάποιον δίπλα σου, κι αν δεν έχεις καμιά καλύτερη ιδέα, τότε καλύτερα να μείνω εγώ, προς το παρόν τουλάχιστον. Όμως έχεις δίκιο, δεν μπορώ να φύγω από το γραφείο χωρίς να πω τίποτα και πρέπει να πάρω την τσάντα μου και το μπουφάν μου. Θα είσαι εντάξει αν σε αφήσω για μερικά λεπτά για να πω και στην μάγισσα τι συμβαίνει;»

Ένευψα καταφατικά.

«Δεν με νοιάζει αν της αρέσει ή όχι, εγώ θα έρθω μαζί σου», πρόσθεσε. «Λοιπόν, μην πας πουθενά μέχρι να γυρίσω. Δεν θα αργήσω.»

«Εντάξει, ευχαριστώ, πραγματικά το εκτιμώ,» είπα, προσπαθώντας να χαμογελάσω. Ήθελα να την καθησυχάσω, αλλά φοβήθηκα ότι το πρόσωπό μου θα φαινόταν σα να φορούσα κάποια μάσκα τρόμου, οπότε το αποτέλεσμα θα ήταν το αντίθετο. «Μέχρι να έρθεις, θα τηλεφωνήσω στην Τζένη να μάθω τι ξέρει.»

Η Αλίσια, πίεσε τον ώμο μου και μετά βγήκε βιαστικά από την πόρτα.

Σηκώθηκα ξανά, έβαλα την τσάντα μου στον πάγκο και άρχισα να ψάχνω για το κινητό μου. Έβγαλα την θήκη και μόλις την άνοιξα είδα ότι το τηλέφωνό μου ήταν αποσυναρμολογημένο. Το πίσω καπάκι είχε βγει και η μπαταρία με την σιμ ήταν μέσα στην θήκη. Καθώς η σκέψη μου γίνεται πιο συνεκτική, συνειδητοποιώ τις συνέπειες. Το να είμαι άρρωστη και να λιποθυμήσω κάπου που να με έκανε να κοιμηθώ όλες αυτές τις τελευταίες μέρες δεν είναι πλέον αξιόπιστη πιθανότητα. Από την αρχή δεν ήταν πιθανό αυτό, αλλά ήταν προτιμότερο σαν εναλλακτική λύση. Κάποιος έχει αποσυναρμολογήσει το τηλέφωνό μου, πράγμα που σημαίνει ότι κάτι που μου συνέβη τις τελευταίες ημέρες μού έχει επιβληθεί από κάποιον άλλο. Για να αποφύγω να σκέφτομαι τι άλλο μπορεί να έχουν κάνει, προσπαθώ να φανταστώ γιατί χάλασαν το τηλέφωνο. Ίσως για να μην μπορώ να κάνω κλήσεις ή να στέλνω μηνύματα ή για να μην λαμβάνω κλήσεις, αλλά από την άλλη, δεν θα μπορούσαν να είχαν επιτύχει το ίδιο αποτέλεσμα απενεργοποιώντας το; Αυτή η ενέργεια δεν ήταν τυχαία, είχε κάποιο σκοπό. Προφανώς, με αυτό τον τρόπο, το Τζι-Πι-Ες δεν θα λειτουργούσε, οπότε το τηλέφωνο δεν θα ανιχνεύονταν ώστε να έβρισκαν την τοποθεσία του. Αν αυτή ήταν η πρόθεση, τότε γιατί απλά δεν το κατέστρεψαν ή δεν το πέταξαν; Δεν βγάζει νόημα.

Επανατοποθέτησα την Σιμ και την

μπαταρία και άνοιξα την συσκευή. Ωραία, φαίνεται πως λειτουργεί. Μετά, πρόσεξα τις εικόνες. Η προειδοποίηση χαμηλής μπαταρίας, αναβοσβήνει, αλλά επίσης δείχνει ότι υπήρχαν τέσσερα φωνητικά μηνύματα, εννέα γραπτά μηνύματα, έξι μηνύματα WhatsApp και ένας απροσδιόριστος αριθμός ηλεκτρονικών μηνυμάτων καθώς και ειδοποιήσεις στο Facebook, Twitter, Pinterest και LinkedIn. Τα τελευταία πέντε δεν αφορούν εμένα, αφού λαμβάνω ένα σωρό ειδοποιήσεις καθημερινά. Θα πρέπει να έχουν μαζευτεί από τις τόσες μέρες που έχω να συνδεθώ. Πρέπει να είναι εκατοντάδες. Πρέπει να δώσω προτεραιότητα στα άλλα μηνύματα. Ίσως αυτά μου δώσουν κάποια απάντηση για το τι συνέβη.

Θέλω να τηλεφωνήσω στην Τζένη, αλλά πρώτα πρέπει να κάνω αυτό. Ανοίγω τα μηνύματα και αρχίζω να τα ψάχνω ανά χρονολογική σειρά. Θέλω να ξεκινήσω με οτιδήποτε ξεκινάει από την περασμένη Παρασκευή.

Τα πρώτα τρία στην λίστα είναι όλα από την Τζένη, όλα γραπτά ή φωνητικά.

Παρασκευή ώρα 7:55 μ.μ. Χίλια συγνώμη που άργησα, αλλά θα σου εξηγήσω. Θα είμαι εκεί κατά τις 8:30.

Επόμενο, *Παρασκευή 8:42 μ.μ. Πού είσαι;*

Μετά 9:03 Έψαξα παντού να σε βρω, αλλά δεν είσαι εδώ! Τι έγινε, θύμωσες που άργησα; Θα σου τηλεφωνήσω αύριο που θα είσαι πιο ήρεμη.

Βοηθάει αυτό; Αναρωτιέμαι. Επιβεβαιώνει το ραντεβού που είχα να συναντήσω την Τζένη, και από αυτά που είπε, ξέρω ότι άργησε, κι εγώ απλά έφυγα, αλλά δεν επιβεβαιώνει το ότι ήμουν εκεί. Προσπαθώ να συγκεντρωθώ και να οραματιστώ το τί συνέβη. Με βλέπω να κάθομαι σε ένα τραπέζι, μόνη, να πίνω ένα ποτήρι Μερλώ. Πηγαίνω συχνά στου Αλφρέντο κι έτσι έχω ξεκάθαρη εικόνα του χώρου, όμως όσο κι αν προσπαθώ, δεν μπορώ να είμαι σίγουρη πως αυτή μου η ανάμνηση είναι από την Παρασκευή ή από κάποια άλλη μέρα. Αν μπορούσα να βεβαιωθώ, τότε θα έκανα μια αρχή.

Το επόμενο μήνυμα είναι από τον Μπαμπά μου, ώρα 9:21, πρωί Κυριακής.

Η Μαμά κι εγώ περνάμε υπέροχα. Χτες γιορτάσαμε την επέτειο του γάμου μας με ένα φανταστικό δείπνο στο καράβι. Ευχαριστούμε για την σαμπάνια και τα λουλούδια, ήταν όλα υπέροχα. Φτάσαμε στην Νάπολη το πρωί και θα πάμε μια εκδρομή στην Πομπηία και τον Βεζούβιο. Θα σε ενημερώσουμε. Μην δουλεύεις πάρα πολύ. Σ' αγαπάμε, η Μαμά κι ο Μπαμπάς...Φιλάκια Πολλά.

Χαίρομαι που οι διακοπές τους πάνε καλά. Μήνες σχεδίαζαν πώς να γιορτάσουν την τριακοστή επέτειο του γάμου τους. Τώρα θυμήθηκα. Έκανα κάποιες ενέργειες διαδικτυακά ώστε να στείλω λουλούδια και σαμπάνια στην καμπίνα τους την μέρα της επετείου τους, όμως μετά συνειδητοποίησα ότι αφού αυτά έγινα πολλές μέρες πριν, δεν μου γεμίζει κάποια κενά.

Ώρα 10:27, υπάρχει ένα ανεπιθύμητο μήνυμα που με ειδοποιεί ότι πρέπει να κάνω κάποια αίτηση.

Μετά Σάββατο στις 10:51, πάλι γραπτό μήνυμα από την Τζένη. *Προσπάθησα να σου τηλεφωνήσω και σου άφησα μηνύματα. Είσαι ακόμα θυμωμένη; Συγνώμη, σε παρακαλώ, μίλησέ μου!*

Πρέπει να την τηλεφωνήσω, νομίζω. Μάλλον πιστεύει ότι δεν της ξαναμιλάω επειδή με απογοήτευσε. Είμαστε οι καλύτερες φίλες από το λύκειο. Πρέπει να ομολογήσω, ότι στα τόσα χρόνια που είμαστε κολλητές, υπήρξαν στιγμές που με τρέλαινε και τα έπαιρνα μαζί της. Έτσι και τώρα, θα νομίζει ότι γι' αυτό δεν την έχω πάρει. Πρέπει να της πω τι συνέβη, ή ακόμα καλύτερα, εγώ θέλω να με βοηθήσει να μάθω τι συνέβη. Η μπαταρία είναι στο 2%, δεν μπορώ να τηλεφωνήσω τώρα, αλλιώς σίγουρα θα κοπεί η κλήση. Πρέπει να φορτίσω το τηλέφωνο όσο γίνεται πιο σύντομα. Πρέπει να πάω σπίτι να πάρω τον φορτιστή μου. Θέλω να αλλάξω και καθαρά ρούχα. Καλύτερα να κοιτάξω αν έχω χρήματα για ταξί.

Έψαξα ξανά στην τσάντα μου και βρήκα το πορτοφόλι μου. Καθώς το άνοιξα, πρόσεξα κάτι περίεργο. Δεν είχε χαρτονομίσματα μέσα παρά μόνο μερικά ψιλά, κάπου 2,5 ευρώ. Τα 5 ευρώ που κρύβω πίσω από την επαγγελματική μου κάρτα είναι ακόμα εκεί, το ίδιο και η κάρτα ταξιδίου, η άδεια οδήγησης, η κάρτα μέλους για το γυμναστήριο και η χρεωστική Mastercard, όμως η πιστωτική κάρτα τραπέζης, λείπει. Την έχω πάντα στο ίδιο μέρος και τώρα λείπει. Να πάρει, την έχασα ή μήπως την πήρε κάποιος; Κανονικά, την φυλάω ανάμεσα σε χαρτονομίσματα των είκοσι και των πενήντα, αλλά τώρα ούτε αυτά είναι εδώ. Τα ξόδεψα ή κάποιος τα πήρε; Νιώθω ασταθής και μου έρχεται ξανά αυτή η όξινη γεύση στο στόμα. Κρατήθηκα από τον πάγκο για βοήθεια καθώς επεξεργαζόμουν αυτήν την πληροφορία. Το πράγμα γίνεται όλο και χειρότερο.

Άκουσα την πόρτα καθώς επέστρεψε η Αλίσια.

«Λοιπόν, σου έχω μια έκπληξη», ανακοίνωσε με χαρούμενη φωνή.

«Δε νομίζω πως αντέχω άλλες εκπλήξεις», απάντησα, με πικραμένη φωνή, ανίκανη να μοιραστώ τη χαρά της.

Εκείνη συνέχισε απτόητη... «Αυτή θα σε χαροποιήσει. Πήγα στο γραφείο της Χάμιλτον να της πω ότι χρειαζόμουν άδεια για να σε φροντίσω. Ήμουν απόλυτη και δεν θα δεχόμουν αρνητική απάντηση. Μου είπε να καθίσω και να της πω για τί επρόκειτο.» Η Αλίσια χαμογέλασε. «Δεν θα το πιστέψεις αυτό – μου είπε πως φυσικά και μπορώ να φύγω! Είπε επίσης ότι θα προτιμούσε να είχε έρθει η ίδια, αλλά είχε αργήσει σε ένα ραντεβού που δεν μπορούσε να το αποφύγει.

«Είπε ότι θέλει να την κρατάω ενήμερη και πως θα σου τηλεφωνούσε αργότερα. Μου έδωσε αυτή την κάρτα για σένα. Έχει τον προσωπικό της αριθμό τηλεφώνου, και είπε να της τηλεφωνήσεις όποτε θέλεις. Μου έδωσε ακόμα και 20 ευρώ για να πάρουμε ταξί ή οτιδήποτε άλλο χρειάζεσαι. Μου είπε ακόμα να μην πω τίποτα απ' όλα αυτά σε κανέναν από το γραφείο.» Το φρύδι της Αλίσια σηκώθηκε. «Εσύ τι λες, η βασίλισσα του χιονιού έλιωσε;»

«Δεν ξέρω τι να πω» και ήταν αλήθεια. Μήπως παρεξηγήσαμε την Μάργκαρετ, ή προσπαθεί να καλύψει τον εαυτό της σε περίπτωση που κάνει κάποιο παράπονο; Δεν με νοιάζει, στην κατάσταση που είμαι, θα δεχτώ όποια βοήθεια μου προσφέρεται.

«Ας φύγουμε από δω», πρότεινε η Αλίσια, οδηγώντας με έξω από τις τουαλέτες και προς το ασανσέρ.

«Προσπάθησα να τηλεφωνήσω, αλλά η μπαταρία έχει αδειάσει. Πρέπει να πάω σπίτι να το φορτίσω και να δω τα υπόλοιπα μηνύματα. Μόλις ξεκίνησα.»

«Πού μένεις; Δεν σε έχω ρωτήσει ποτέ. Έχεις οικογένεια που θα μπορούσε να σε βοηθήσει;» Ρώτησε η Αλίσια.

Νοικιάζω ένα διαμέρισμα στην Νότια Πλευρά. Είναι στο Λανγκσάιντ. Το νοίκιασα πριν δυο μήνες που άρχισα τη δουλειά. Μέχρι τότε, έμενα με τους γονείς μου. Η μόνη οικογένεια που έχω είναι η Μαμά μου, ο Μπαμπάς μου και η γιαγιά μου. Έχει άνοια και χρειάζεται φροντίδα συνέχεια.

Τώρα ζει σε γηροκομείο. Οι γονείς μου είναι υπέροχοι, όμως δεν είναι εδώ προς το παρόν. Είχαν την τριακοστή επέτειο του γάμου τους και έφυγαν την περασμένη βδομάδα για μια κρουαζιέρα στην Μεσόγειο να το γιορτάσουν. Θα γυρίζουν σπίτι την Κυριακή ή μάλλον την Δευτέρα. Μήνες ανυπομονούσαν για αυτή την κρουαζιέρα, γι' αυτό δεν θέλω να τους πω τίποτα μέχρι να γυρίσουν. Έτσι κι αλλιώς, δεν θα μπορούσα να τους βρω κι εύκολα γιατί έχουν τον περισσότερο χρόνο κλειστά τα τηλέφωνά τους και όπως μου είπε ο μπαμπάς, δεν έχουν και τόσο καλό σήμα εκεί. Μάλλον θα πρέπει να το αντιμετωπίσω μόνη μου μέχρι να γυρίσουν.»

Σκέφτηκα για μερικά δευτερόλεπτα πριν προσθέσω, «ίσως είναι καλύτερα να γυρίσω στο σπίτι τους για μερικές μέρες. Ξέρω πως το δωμάτιό μου είναι ακόμα όπως το άφησα.»

Η Αλίσια φάνηκε να το συλλογιέται. «Είσαι σίγουρη; Δεν νομίζεις ότι θα προτιμούσαν να το ξέρουν νωρίτερα παρά αργότερα;»

Αυτό δεν το είχα σκεφτεί. Δεν ξέρω τι να κάνω. Οι γονείς μου χρειαζόντουσαν αυτές τις διακοπές, ειδικά μετά την τρομάρα που πήραν πέρσι από την καρδιακή προσβολή του μπαμπά...τους άξιζαν αυτές οι διακοπές. Πρέπει να χαρούν την επέτειό τους χωρίς να τους την χαλάσω εγώ. Από την άλλη, αν γνώριζαν πως είχα πρόβλημα, θα ήθελαν να είναι εδώ μαζί μου. Θα γύριζαν βιαστικά στο σπίτι, θα έκαναν ό,τι μπορούσαν για να είναι δίπλα μου. Μπορεί να πληγωνόντουσαν που δεν θα τους το έλεγα, ή θα ένιωθαν ότι δεν τους εμπιστεύομαι, αλλά δεν είναι αλήθεια. Δεν θα ήθελα να τους βλάψω με τίποτα στον κόσμο.

Στο πίσω μέρος του μυαλού μου, σκεφτόμουν επίσης, ότι δεν ήξερα πώς θα αντιδράσουν όταν θα μάθαινα τι έγινε και δεν θα ήθελα να τους απογοητεύσω, είτε τους έλεγα την αλήθεια, είτε δεν τους έλεγα τίποτα. Φαίνεται πως είτε έκανα το ένα είτε το άλλο, το ίδιο απογοήτευση θα ήμουν. Αν και δεν θυμάμαι ακόμα τι μου συνέβη, ό,τι κι αν είναι, τώρα είμαι καλά. Τουλάχιστον, νομίζω πως είμαι καλά τώρα.

Έπεισα τον εαυτό μου να μην τους το πει. Συμφώνησα ότι αν τους έλεγαν πως κάτι συνέβη στην κόρη τους ενώ εκείνοι έλειπαν και διασκέδαζαν, τότε θα ήταν κακό για την υγεία τους. Αν τους έλεγαν ότι με απήγαγαν ή με βίασαν τότε θα ήταν τραυματικό για κείνους. Το σοκ μπορεί να τους σκότωνε. Ωστόσο, αν περίμενα να γυρίσουν και τους το έλεγα, τότε, ακόμα κι αν θύμωναν επειδή δεν τους είχα ειδοποιήσει νωρίτερα, τουλάχιστον θα μπορούσαν να δουν ότι είμαι καλά. Εξάλλου, δεν μπορούν να κάνουν τίποτα, παρά μόνο να μου κρατούν το χέρι και να ανησυχούν, άρα ποιος ο λόγος να τους χαλάσω τις τελευταίες μέρες των διακοπών τους;

«Έχεις δίκιο, Αλίσια, μάλλον θα ήθελαν να γνωρίζουν. Όμως, ας ομολογήσουμε, ότι δεν μπορούν να κάνουν τίποτα, κι εγώ θα τους προκαλέσω περισσότερο κακό αν τους το πω τώρα.»

Η Αλίσια, δάγκωσε τα χείλη της, μην έχοντας πειστεί, αλλά δεν ξαναείπε τίποτα για το θέμα.

«Άρχισα να κοιτάζω τα μηνύματα, αλλά θα ήθελα να ελέγξω και τα υπόλοιπα, ή τουλάχιστον όσα περισσότερα μπορώ πριν τελειώσει η μπαταρία μου.»

«Τι έχεις βρει μέχρι τώρα;» ρώτησε η Αλίσια.

«Τίποτα σημαντικό», απάντησα. «Επιβεβαίωσα το ότι ήταν να συναντηθώ με την Τζένη στις οκτώ. Εκείνη άργησε να έρθει κι εγώ έφυγα.»

«Τουλάχιστον, ξέρεις ότι ήσουν εκεί, οπότε, έχεις από κάπου να αρχίσεις.»

Το σκέφτηκα κάπως αυτό πριν απαντήσω. «Όχι ακριβώς. Ξέρω ότι επρόκειτο να πάω, αλλά εν ξέρω αν τελικά έφτασα ποτέ.»

3 ΩΡΕΣ

Η πόρτα του ασανσέρ ανοίγει στην ρεσεψιόν. Παίρνω μια βαθιά ανάσα, καλωσορίζοντας τον δροσερό, φρέσκο αέρα που έρχεται από τον δρόμο καθώς ο κόσμος περνάει από την μπροστινή είσοδο. «θα πάω να καθίσω για μερικά λεπτά», λέω, δείχνοντας τον καναπέ στο κυρίως σαλόνι. «Ας δούμε τι άλλο μπορώ να ελέγξω». Κρατάω το τηλέφωνό μου «και καθώς θα το κάνω αυτό, μπορείς εσύ να μιλήσεις στον φρουρό για να δεις αν υπάρχει κάποια καταγραφή για το πότε έφυγα από αυτό το κτήριο την Παρασκευή;»

«Καλή ιδέα. Πάω αμέσως.»

Τα; τελευταία τρία μηνύματα ήταν κοινωνικής φύσεως από γνωστούς και δεν υπάρχουν άλλες αναφορές. Άλλαξα και πήγα στα φωνητικά μηνύματα. Από τα τέσσερα μηνύματα, το πρώτο είναι ένα ηλεκτρονικό σπαμ, που αναζητά να μάθει αν θέλω κάποια βοήθεια εξαιτίας κάποιου ατυχήματος που είχα και που δεν ήταν δικό μου λάθος. Βαρέθηκα αυτές τις κλήσεις, αναρωτιέμαι αν θα πρέπει να απαντήσω και να τους ζητήσω να με βγάλουν από το δίλλημά μου. Έκανα έναν μορφασμό, σκεπτόμενη ότι δεν έχω χάσει εντελώς την αίσθηση της ειρωνίας.

Το δεύτερο μήνυμα το βρίσκω κάπως εξαιρετικά ανησυχητικό. . Είναι από τον πράκτορα ενοικίασης που νοικίασα το διαμέρισμά μου και ρωτά γιατί δεν έχει γίνει η πληρωμή ενοικίου που οφείλεται από τη Δευτέρα. Αυτό είναι περίεργο, νομίζω. Πληρώνω με πάγια εντολή και θα έπρεπε να υπήρχαν περισσότερα από επαρκή χρήματα για την κάλυψη της πληρωμής. Πρέπει να το διερευνήσω. Θα καλέσω την τράπεζά μου με την πρώτη ευκαιρία, αλλά υπάρχουν μερικές προτεραιότητες που πρέπει να ακολουθήσω πρώτα.

Το τρίτο μήνυμα είναι από την Τζένη, που με ρωτάει αν έχω ηρεμήσει αρκετά ώστε να της μιλήσω και τελειώνει ζητώντας μου να της τηλεφωνήσω.

Το τέζταρτο μήνυμα είναι από τους γονείς μου, από το Παλέρμο της Σικελίας, που πήγαν άλλη μία εκδρομή. Τώρα που τους ακούω, εύχομαι να ήταν εδώ. Αυτή τη στιγμή, δεν θα ήθελα τίποτα άλλο, παρά να χωθώ στην αγκαλιά τους, να νιώσω ασφάλεια και προστατευμένη. Οι φωνές τους είναι χαρούμενες. Περνάνε πολύ καλά στις διακοπές τους. Με ανέθρεψαν να είμαι δυνατή και ανεξάρτητη και αυτή η σκέψη επιβεβαιώνει την απόφασή μου να μην τους πω τίποτα μέχρι να γυρίσουν σπίτι. Παρόλα αυτά, το μόνο που άκουσα ήταν η αρχή του μηνύματος, καθώς η μπαταρία έπεσε εντελώς.

Η Αλίσια επιστρέφει, έχοντας επιβεβαιώσει ότι έφυγα από το κτήριο στις 7:23 την Παρασκευή το απόγευμα. «Έτοιμη να φύγουμε;» ρώτησε.

«Πανέτοιμη.»

Πάτησε μερικά πλήκτρα στο τηλέφωνό της, μετά με κοίταξε και είπε ότι το ταξί θα είναι στην μπροστινή είσοδο σε πέντε λεπτά.

«Πάμε κατευθείαν στην αστυνομία. Το πιο κοντινό τμήμα είναι στην οδό Μπερντ» πρότεινε.

«Προτιμώ να πάμε σπίτι, για να πάρω τον φορτιστή μου. Πρέπει να τηλεφωνήσω στην Τζένη και θα ήθελα να αλλάξω και ρούχα.»

«Νομίζω ότι όσο πιο γρήγορα αντιμετωπίσεις αυτή την δοκιμασία, τόσο το καλύτερο. Μπορείς να τηλεφωνήσεις στην φίλη σου από το τηλέφωνό μου, αν θέλεις. Όλα τα άλλα, μπορούν να περιμένουν.» Απάντησε η Αλίσια.

Όσο κι αν θέλω να πάω σπίτι, παραδέχομαι ότι έχει κάποια λογική. Μόλις πάω σπίτι, δεν θα θέλω να ξαναβγώ. Συμφώνησα γνέφοντας.

Η Αλίσια μου έδωσε το τηλέφωνό της πάνω στην ώρα που έφτασε το ταξί. Μόλις μπήκαμε, πήρα την Τζένη. Μόνο όταν το άκουσα να καλεί, κατάλαβα πόσο εύκολα θυμήθηκα τον αριθμό της, αφού το πληκτρολογώ σπάνια επειδή είναι στην αυτόματη κλήση του κινητού μου. Η μνήμη μου λειτουργεί, οπότε η σκέψη μου δεν μπορεί να είναι πολύ μπερδεμένη.

Πριν το τέταρτο χτύπημα, ακούω τη φωνή της να λέει, «Τζένη Ντάγκλας.» Ακούγεται κάπως προσεκτική, προφανώς επειδή δεν αναγνωρίζει τον αριθμό.

«Τζένη, εγώ είμαι, η Μπρίονι.»

«Η Μπρίονι, αλήθεια; Επιτέλους καταδέχτηκες να ρίξεις την μύτη σου και αποφάσισες ότι είμαι άξια να μου ξαναμιλήσεις;»

«Τζένη, σταμάτα, δεν είναι έτσι. Δεν είχα θυμώσει και δεν σε απέφευγα. Μόνο...μόνο... μόνο που...» Παλεύω για να σκεφτώ τι να πω.

«Μόνο που...τι;»

«Τζένη, έχω πρόβλημα. Δεν θυμάμαι τίποτα από ό,τι μου συνέβη από την Παρασκευή και μετά.»

«Πλάκα μου κάνεις, Μπρίονι; Τι είναι αυτά που λες;»

«Όχι, δεν είναι πλάκα, Τζένη. Μακάρι να ήταν. Είναι σα να ζω έναν εφιάλτη. Νομίζω πως μάλλον με απήγαγαν.»

«Μιλάς σοβαρά;»

«Πολύ σοβαρά.»

«Ωωω....Θεέ μου! Τι έγινε; Πού είσαι; Από πού τηλεφωνείς; Δεν αναγνωρίζω αυτόν τον αριθμό.»

«Δεν ξέρω τι έγινε...αυτό είναι το πρόβλημα. Είμαι σε ένα ταξί, με την Αλίσια από το γραφείο. Σου τηλεφωνώ από το τηλέφωνό της γιατί το δικό μου έχει αποφορτιστεί Πηγαίνουμε στο αστυνομικό τμήμα να δούμε αν μπορούν να βοηθήσουν.»

«Δεν θυμάσαι να είδες κάποιον;»

«Όχι. Δεν θυμάμαι τίποτα από το απόγευμα της Παρασκευής ως σήμερα το πρωί.»

«Θεέ μου. Είναι σχεδόν μια βδομάδα. Δεν ξέρω τι να πω. Οι γονείς σου το ξέρουν;»

«Άκουσε, Τζένη, χρειάζομαι τη βοήθειά σου. Το μόνο που ξέρω είναι ότι έφυγα από τη δουλειά κατά τις εφτά και μισή την Παρασκευή και ερχόμουν να σε συναντήσω στου Αλφρέντο. Είδα τα μηνύματά σου. Τα διάβασα πριν πέσει η μπαταρία του τηλεφώνου. Θέλω να μάθω τι άλλο μπορείς να μου πεις.»

«Μα φυσικά. Θα σε βοηθήσω όσο μπορώ, αλλά δεν ξέρω αν υπάρχει κάτι που μπορώ να προσθέσω. Άργησα και ήρθα στο ραντεβού μας, δεν ξέρω, κατά τις οκτώ και μισή, εννιά, αλλά εσύ δεν ήσουν εκεί. Σκέφτηκα ότι θα βαρέθηκες να με περιμένεις και έφυγα.»

«Αυτό μόνο; Δεν με είδες, δεν μίλησες με κανέναν που να ήξερα πότε έφυγα, ή αν ήμουν με κάποιον;»

«Λυπάμαι, Μπρίονι, αλλά όχι. Απλά

υπέθεσα ό,τι σου είπα. Είχα ήδη αργήσει και πεινούσα έτσι γύρισα σπίτι παίρνοντας ένα σουβλάκι στο δρόμο. Μακάρι να το ήξερα.»

Παίρνω μια βαθιά ανάσα. Νιώθω απογοητευμένη και εξουθενωμένη, συνειδητοποιώντας ότι δεν θα μάθαινα τίποτα άλλο από εκείνην.

«Σε ποιο αστυνομικό τμήμα πηγαίνετε; Θα έρθω να σου κάνω παρέα. Θα ζητήσω μια άδεια από το αφεντικό μου για να έρθω.»

«Δεν χρειάζεται, είναι η Αλίσια μαζί μου.»

«Μα θέλω να βοηθήσω. Θα κάνω ό,τι μπορώ. Πες μου πού πηγαίνετε και θα σας συναντήσω εκεί.»

Σκέφτομαι για ένα λεπτό. «Υπάρχει κάτι που θα μπορούσες να κάνεις. Πηγαίνουμε στην Οδό Μπερντ. Έλα να με βρεις, θα σου δώσω τα κλειδιά μου και θα πας σπίτι να μου φέρεις μια αλλαξιά ρούχα, μπορείς; Και τον φορτιστή για το τηλέφωνό μου.»

«Κανένα πρόβλημα. Ευχαρίστως να βοηθήσω. Θα έρθω όσο πιο γρήγορα μπορώ.»

Νιώθω πιο ήσυχη ξέροντας ότι θα δω την Τζένη σύντομα. Αν και η Αλίσια είναι υπέροχη, ένα πύργος δύναμης θα έλεγα, δεν είναι το ίδιο. Με την Τζένη είμαστε κολλητές πολύ καιρό, και είναι σχεδόν σαν οικογένεια.

Το ταξίδι μου φαίνεται σαν μια θολούρα. Ακούω τον οδηγό να ασχολείται με κάτι, ειδήσεις μάλλον, αλλά δεν μπορώ να καταλάβω. Μόλις φτάσαμε έξω από το αστυνομικό τμήμα, η Αλίσια πληρώνει τον λογαριασμό, και μετά παίρνει το χέρι μου και με οδηγεί μέσα στην αίθουσα.

Μια νεαρή βοηθός μας πλησιάζει. «Γεια σας, είμαι η σύνθια. Πώς μπορώ να σας βοηθήσω;» ρωτάει.

Είμαι θολωμένη και δεν ξέρω τι να πω. Η Αλίσια βλέπει ότι είμαι διστακτική και για άλλη μια φορά με βοηθάει. «Η φίλη μου έχει ανάγκη την βοήθειά σας», λέει. «Δεν θυμάται τίποτα από ότι έχει συμβεί μεταξύ της Περασμένης Παρασκευής και σήμερα και πιστεύουμε ότι την απήγαγαν, πιθανών να την νάρκωσαν...» Με κοιτάζει πριν συνεχίζει, «και ίσως και να την βίασαν.»

«Μάλιστα», λέει ήρεμα η Σύνθια. Παρακαλώ, ελάτε μαζί μου και καθίστε εδώ.» Μας οδήγησε σε μια περιοχή που είχε καθίσματα στη γωνία. «Το πρώτο που χρειάζεται να γίνει είναι να πάρω μερικές πληροφορίες από εσάς.» Σηκώνει ένα τάμπλετ και αρχίζει να σημειώνει τις πληροφορίες από εμένα: ονοματεπώνυμο, διεύθυνση, ημερομηνία γέννησης, εθνικότητα, αριθμό τηλεφώνου, ηλεκτρονική διεύθυνση και εργασιακές πληροφορίες. «Θα φροντίζω να σας δει κάποιος αξιωματικός.»

Απομακρύνεται μερικά βήματα και κάνει ένα τηλεφώνημα. Δεν μπορώ ακριβώς να καταλάβω τι λέει αλλά νομίζω πως πιάνω κάποιες λέξεις...κωδικός έξι δύο... ΕΑΣΑ. Με κοιτάζει και κάνει νεύμα. Μετά ρωτάει, «Έχετε κάποια προτίμηση; Θα θέλατε να μιλήσετε σε γυναίκα ή άντρα αξιωματικό;»

Η πρώτη μου σκέψη ήταν ότι δεν είχε σημασία, αλλά μετά μου φάνηκε πως αν τυχόν γίνονταν κάποια πιο προσωπική ερώτηση, δε νομίζω ότι θα ένιωθα άνετα να μιλούσα σε έναν άντρα. Σε κανέναν δεν θα ένιωθα άνετα να μιλήσω, αλλά στην ιδέα ενός άγνωστου άντρα, ένιωθα πιο άβολα. «Γυναίκα αξιωματικό, παρακαλώ», απάντησα.

4 ΩΡΕΣ

Μπορεί να ήταν μόνο ζήτημα μερικών λεπτών, αλλά για μένα, μου φάνηκαν αιώνες μέχρι να έρθει η αξιωματικός. «Γεια σας, είμαι η αξιωματικός Πάολα Φλέμινγκ. Εκπαιδευμένη Αξιωματικός για Έρευνα Σεξουαλικών Αδικημάτων, ή αλλιώς ΕΑΣΑ για συντομία. Θα ήθελα να σας οδηγήσω στην αίθουσα ανάκρισης για να πάρω μια πλήρης κατάθεση από εσάς. Αυτό μπορεί να γίνει προσωπικά ή, αν προτιμάτε, μπορεί και η φίλη σας να έρθει μαζί.»

Πριν απαντήσω, βλέπω να έρχεται η Τζένη. Έψαχνε τριγύρω ανήσυχη μέχρι που μας εντόπισε. Έτρεξε και με αγκάλιασε σφιχτά.

«Αχ, Μπρίονι, είσαι καλά; Στεναχωρήθηκα τόσο όταν έμαθα το πρόβλημά σου, θα κάνω ό,τι μπορώ για να σε βοηθήσω.» Βγάζω τα κλειδιά του σπιτιού μου από την τσάντα και της τα δίνω. Τα μάτια της μοιάζουν να είναι πρησμένα από τα δάκρυα και εγώ παλεύω για να κρατήσω τα δικά μου.

«Δεν θ' αργήσω», λέει. «Είπες ότι θέλεις τον φορτιστή σου και μια αλλαξιά ρούχα. Φαντάζομαι κάτι κάσουαλ, όπως ένα τζιν, μπλουζάκι και εσώρουχα. Κάτι άλλο;»

«Ναι, θέλω και τα αθλητικά μου, σε παρακαλώ και μια ζακέτα, σε περίπτωση που κρυώσω. Σε ευχαριστώ πάρα πολύ.»

«Εντάξει, πηγαίνω. Σε μισή ώρα θα είμαι πίσω, μία ώρα το πολύ», είπε η Τζένη και έφυγε βιαστικά.

«Σας ρώτησα αν θέλετε να σας δω μόνη ή με τη φίλη σας», επανέλαβε η Πάολα.

«Θα ήθελα να είναι μαζί μου και η Αλίσια, παρακαλώ.» Κοιτάζω την Αλίσια για επιβεβαίωση. Εκείνη συμφωνεί. «Μπορεί να μπει και η Τζένη όταν έρθει;»

«Ναι, κανένα πρόβλημα.»

«Εσείς θα ερευνήσετε το τι συνέβη;» ρώτησα.

«Όχι, εγώ είμαι η αξιωματικός Επικοινωνίας. Θα σας πάρω κατάθεση και μετά θα αποφασίσουμε τι βήματα θα ακολουθήσουμε. Υπάρχει μια ειδική ομάδα βιασμών που χειρίζεται αυτές τις περιπτώσεις. Δεν είναι εδώ προς το παρόν επειδή χειρίζονται άλλα θέματα. Εγώ θα φτάσω τα πράγματα όσο πιο μακριά μπορώ και μετά θα αποφασίσουμε αν χρειάζεται να αναμιχθούν.»

«Μια στιγμή», διέκοψε η Αλίσια. «Θέλετε να πείτε ότι ίσως επιλέξετε να μην διενεργήσετε περαιτέρω έρευνα;»

«Όχι, καθόλου», απάντησε η Πάολα. «Μόλις πάρω την κατάθεσή σας, μετά θα συζητήσουμε τις επιλογές σας και θα σας εξηγήσω το τι θα γίνει. Εξαρτάται αποκλειστικά από εσάς αν θα προχωρήσουμε την υπόθεση. Έτσι κι αλλιώς, δεν σας πιέζει κανένας.»

Αφού δεν ξέρω ακόμα πώς γίνεται μια έρευνα, δεν είμαι τόσο σίγουρη για το τι εννοεί, αλλά ακούγεται φιλική και καθησυχαστική, οπότε ακούω τον εαυτό μου να λέει, «Εντάξει.»

4.5 ΩΡΕΣ

Η Πάολα μας οδήγησε από μια πόρτα σε έναν στενό διάδρομο. Η μύτη μου ζαρώνει. Διαπιστώνω ότι η μυρωδιά του απολυμαντικού αποτυγχάνει να αποκρύψει μια πιο φυσική μυρωδιά του σώματος. Φαντάζομαι, ότι μου ήρθε άλλη μια φορά τάση για έμετο, αλλά τον έπνιξα. Περνάμε από μια άλλη είσοδο και από έναν δεύτερο διάδρομο πριν η Πάολα ξεκλειδώσει μια πόρτα στο πλάι και μας καλέσει μέσα. Το δωμάτιο είναι ζεστό και φαίνεται άνετο. Υπάρχει ήπιος φωτισμός και οι τοίχοι είναι σε χρώμα παστέλ. Δεν υπάρχουν παράθυρα, αλλά βλέπω μια μονάδα κλιματισμού στη γωνία πάνω από μια κουζίνα. Το παχύ χαλί καλύπτει το πάτωμα και υπάρχουν τέσσερα καλά επενδυμένα καθίσματα γύρω από ένα τραπεζάκι.

Βολεύομαι σε μια πολυθρόνα. Η Αλίσια κάθεται δεξιά μου και η Πάολα απέναντι. Η

Πάολα ξεκινάει επιβεβαιώνοντας τις πληροφορίες που έχει ήδη πάρει από την Σύνθια, όταν πρωτοέφτασα. Μετά, λέει, «Πρέπει να καταγράψω αυτό.» Ενεργοποιεί μια συσκευή και μετά μου ζητάει να της πω όλα όσα μου συνέβησαν, περιγράφοντας τα γεγονότα με δικά μου λόγια. Κοίταξε την Αλίσια σταθερά, δείχνοντας της ότι αφού θέλησε να παρευρεθεί εκεί, θέλει από κείνη να μείνει σιωπηλή όσο εγώ θα έδινα την κατάθεσή μου.

«Είναι πολύ δύσκολο», λέω.

«Το ξέρω, αλλά προσπάθησε όσο καλύτερα μπορείς», απάντησε η Πάολα.

«Όχι, δεν καταλάβατε», λέω. «Είναι δύσκολο επειδή δεν ξέρω τι συνέβη.»

Η Πάολα σηκώνει το ένα φρύδι. «Από κάπου πρέπει να ξεκινήσουμε. Παρακαλώ, πες μου ό,τι ξέρεις.»

«Το πρόβλημα που έχω είναι πως δεν θυμάμαι τι μου συνέβη την τελευταία εβδομάδα. Το τελευταίο που θυμάμαι, είναι να είμαι στο γραφείο μου και να εργάζομαι, την περασμένη Παρασκευή. Το επόμενο για το οποίο είμαι σίγουρη είναι ότι βρέθηκα στον Κεντρικό Σταθμό σήμερα το πρωί, καθώς πήγαινα στην δουλειά μου.» Έκανα μια παύση για να πάρω μια ανάσα. «Το έλεγξα, ή καλύτερα, η Αλίσια το έλεγξε για μένα. Έφυγα από το γραφείο περίπου στις 7:30 μ.μ. την Παρασκευή. Θα συναντούσα την Τζένη στις οκτώ στου Αλφρέντο για ποτό και φαγητό. Εκείνη άργησε, κι εγώ δεν ήμουν εκεί. Απ' όσο ξέρω, δεν έχω μιλήσει σε κανέναν, δεν έχω δει κανέναν και ούτε με είδε κανένας από τότε ως σήμερα το πρωί.»

Η Πάολα το σκέφτηκε για λίγο αυτό. «Πώς ξέρεις ότι άργησε η Τζένη;» ρώτησε. «Εκείνη σου το είπε;»

«Ναι, εκείνη, όμως το κατάλαβα όταν έλεγξα τα μηνύματά μου στο κινητό. Μου είχε αφήσει μηνύματα.»

«Μάλιστα», λέει η Πάολα. «Θα ήθελα να μας αφήσετε το τηλέφωνό σας για να ελέγξουμε όλα τα μηνύματα και να τα αναλύσουν οι ειδικοί στην τηλεπικοινωνία. Ίσως μπορέσουν να εντοπίσουν την τοποθεσία που βρισκόσασταν.»

Έβγαλα το τηλέφωνό μου από την τσάντα και της το έδωσα. Το έβαλε σε ένα σακουλάκι αποδείξεων.

«Όταν άνοιξα την τσάντα μου το πρωί, ανακάλυψα πως κάποιος είχε αποσυναρμολογήσει το τηλέφωνό μου. Το καπάκι ήταν ξεχωριστά και η ΣΙΜ με την μπαταρία βγαλμένα», εξήγησα. «Τα συναρμολόγησα για να μπορέσω να ελέγξω τα μηνύματα.»

Ήταν σκεπτική. «Φαίνεται ότι κάποιος ήταν πολύ προσεκτικός με τον σχεδιασμό του», λέει, αλλά δεν σχολιάζει περαιτέρω. Αντ' αυτού, μου γνέφει, ενθαρρύνοντας να συνεχίσω.

«Όπως είπα, το πρώτο πράγμα που θυμάμαι σήμερα το πρωί ήταν πως ήμουν στον Κεντρικό Σταθμό και δεν ένιωθα καθόλου φυσιολογικά. Αισθάνθηκα σαν να έχω γρίπη, ξέρετε, ζάλη και αποπροσανατολισμένη. Όλα τα άκρα μου πονούσαν. Ένιωσα πόνο παντού και ιδιαίτερα ευαίσθητο εδώ και εδώ», δείχνοντας τα στήθη και την ηβική μου περιοχή.

«Παρακαλώ εξηγήστε με περισσότερες λεπτομέρειες για την εγγραφή», λέει η Πάολα.

Αφού ανέφερα ξανά πού νιώθω πόνο, πρόσθεσα, «Δεν ξέρω τι άλλο μπορώ να σας πω.»

«Καταλαβαίνω,» απαντά η Πάολα, όμως το επίμονο βλέμμα της μαρτυρά κάτι διαφορετικό. «συνηθίζεται οι άνθρωποι να παθαίνουν απώλεια μνήμης. Υπάρχουν ένα σωρό λόγοι γιατί συμβαίνει αυτό. Ο εγκέφαλος είναι ένα πολύπλοκο όργανο», λέει, χτυπώντας το κεφάλι της λες και δεν θα καταλάβαινα αλλιώς αν δεν μου έδειχνε. Μπορεί να έχω τραυματιστεί, όμως εκείνη μου φέρεται σα να είμαι ηλίθια και αυτό δεν το εκτιμώ. Θα πρέπει να έσφιξα τα χείλη μου, χωρίς να το καταλάβω. Παρερμηνεύοντας την χειρονομία μου, προσπαθεί να εξηγήσει το λάθος της περαιτέρω.

«Θα το θέσω κάπως διαφορετικά. Συχνά, μπορεί να αποθηκεύσει πολλές αναμνήσεις χωρίς να γνωρίζεις ότι υπάρχουν.»

Θέλω να της πω να μην με πατρονάρει. Στην βιολογία ήμουν άριστη, αλλά φαντάζομαι είναι καλύτερα να κρατήσω την δύναμή μου. Επίσης, γνωρίζω πως πρέπει να την φέρω με το μέρος μου προκειμένου να καταφέρω κάτι. Έκανα μια γκριμάτσα και ένεψα καταφατικά.

«Σίγουρα η μνήμη σας θα επανέλθει, ή τουλάχιστον, κάποιες από τις αναμνήσεις σας και αυτό θα συμβεί σε στάδια.» Η Πάολα χαμογελάει καθησυχαστικά. Η Αλίσια, γνωρίζοντας ότι νιώθω άβολα, παίρνει το χέρι μου και το σφίγγει.

«Θέλω να θυμηθώ, έτσι νομίζω τουλάχιστον. Αυτό που με τσακίζει είναι το ότι δεν ξέρω», είπα, και το εννοούσα. Πώς να το αντιμετωπίσω όταν δεν ξέρω τι είναι αυτό;

«Εννοούσα αυτό που είπα. Είναι συνηθισμένο θύματα βιασμού ή απαγωγής να υποφέρουν από απώλεια μνήμης, όμως δεν έχω βρεθεί ποτέ ξανά μπροστά σε περίπτωση που κάποιος έχει κενό μνήμης για τόσο μεγάλο διάστημα.»

«Δεν έχω καμία επιθυμία να σας αλλάξω τα δεδομένα σας, αλλά αυτή η κατάσταση δεν είναι δική μου επιλογή», είπα.

Η Πάολα γνέφει, δείχνοντας ότι το γνωρίζει. «Έχω κι άλλες ερωτήσεις για σένα, Μπρίονι. Πρέπει να μάθουμε όσα περισσότερα γίνεται για σένα, ώστε να έχουμε περισσότερες ευκαιρίες για να φτάσουμε στην αλήθεια. Μη με παρεξηγείς, δεν αμφιβάλλουμε για όσα μας έχεις πει ως τώρα, αλλά πρέπει να τα βάλουμε όλα σε μια σειρά ώστε να ερμηνεύσουμε σωστά κάθε απόδειξη που βρίσκουμε.»

«Δεν πειράζει. Καταλαβαίνω ότι θα θέλατε να μάθετε περισσότερα για την προσωπική μου ζωή.»

«Μόλις τελειώσουμε με την κατάθεση, το επόμενο βήμα είναι να σε στείλουμε στην ιατρική μονάδα για ιατροδικαστική εξέταση. Θα πας δίπλα στην Κλινική Σάντιφορντ.» Η Πάολα εκτιμά την αντίδρασή μου και όντας ικανοποιημένη που φαίνεται να συνεργάζομαι, συνεχίζει. «Θέλουμε να εξετάσουμε όλα τα ρούχα που φοράς. Φαντάζομαι ότι δεν έχεις αλλάξει ακόμα;»

Ρίχνω μια ματιά στο τσαλακωμένο μου φόρεμα και χαμογελάω. «Έχεις δίκιο, δε συνηθίζω να ντύνομαι έτσι. Αυτά είναι τα ρούχα που φορούσα όταν πήγα στην δουλειά την περασμένη Παρασκευή. Απ' όσο γνωρίζω, τα φοράω από τότε. Ήθελα πάρα πολύ να αλλάξω, αλλά σκέφτηκα ότι θα ήταν καλύτερα να τα κρατήσω μέχρι να καταθέσω πρώτα. Η Τζένη θα γυρίσει σύντομα με καινούργια ρούχα για να αλλάξω.»

«Το ιατρικό προσωπικό θα σου κάνει μια πλήρη εξέταση. Θα σου πάρουν δείγμα αίματος, θα κοιτάξουν για τυχόν εκδορές, μελανιές ή άλλα σημάδια και θα πάρουν φωτογραφίες. Θα σου πάρουν και δείγμα ΝΤΙ-ΕΝ-ΕΙ. Έχεις κάποιο πρόβλημα με όλα αυτά;»

Σκέφτηκα για λίγο. «Δεν μπορώ να πω ότι νιώθω άνετα με την ιδέα, αλλά καταλαβαίνω ότι είναι απαραίτητα όλα αυτά», απάντησα.

«Ωραία», είπε η Πάολα. «Χαίρομαι που είσαι συνεργάσιμη. Τώρα, ξέρω πως δεν έχεις αλλάξει ρούχα, όμως μήπως έκανες κάποιο ντους ή πλύθηκες από τότε που έχεις το κενό μνήμης;

«Όχι», απάντησα. «Το ήθελα πάρα πολύ, αλλά η Αλίσια με συμβούλεψε να μην το κάνω, μέχρι να με εξετάσετε.»

«Πολύ ωραία. Η Αλίσια είχε δίκιο. Καταλαβαίνω ότι θα ήθελες να πλυθείς το γρηγορότερο δυνατόν. Δεν θα αργήσουμε. Λοιπόν, έχεις φάει ή έχεις πιει κάτι;»

«Όχι, όχι ακόμα. Πριν μια ώρα ένιωσα ναυτία. Ήπια μερικές γουλιές νερό, αλλά τίποτα άλλο.»

«Και πάλι, μπράβο. Λίγο νερό δεν είναι πρόβλημα. Μάλλον θα πεινάς. Μόλις σε εξετάσουμε θα σου δώσουμε λίγο τσάι κι ένα τοστ.»

«Ευχαριστώ». Εν το είχα καταλάβει νωρίτερα, όμως τώρα που ανέφερε το τοστ, νιώθω να πεινάω.

«Την περασμένη Παρασκευή, μέχρι την ώρα που θυμάσαι, ήπιες καθόλου αλκοόλ ή πήρες τίποτα ναρκωτικά;» ρώτησε η Πάολα.

«Όχι, ήμουν στην δουλειά. Δεν πίνω και πολύ και όταν είμαι στην δουλειά δεν πίνω ποτέ. Σχεδίαζα να πιω λίγο κρασί το βραδάκι. Όσο για τα ναρκωτικά, δεν με ενδιαφέρουν. Δεν είναι του γούστου μου.»

«Παίρνεις τίποτα χάπια; Ηρεμιστικά μήπως;»

«Όχι, δεν παίρνω τίποτα,» απάντησα

γρήγορα, αλλά μετά το ξανασκέφτηκα. «Μια στιγμή. Κάτι θυμήθηκα. Είχα έναν επαναλαμβανόμενο αθλητικό τραυματισμό που επηρεάζει τον ώμο μου. Ξεκίνησε ξανά αφού έπαιζα μπάντμιντον την Τετάρτη, δηλαδή την περασμένη εβδομάδα και πήρα το Co-Codamol τόσο την Πέμπτη όσο και την Παρασκευή το πρωί.»

«Είναι ένα πανίσχυρο αναλγητικό», είπε η Πάολα.

«Ναι, αλλά το χρειαζόμουν. Έχει κάποια σχέση αυτό;», ρώτησα.

«Θα μπορούσε», απάντησε η Πάολα. «Αυτό το φάρμακο περιέχει κωδεΐνη. Είναι ναρκωτικό. Αν το πάρει κάποιος με άλλα ναρκωτικά, μπορεί να προκαλέσει άσχημες παρενέργειες.»

«Μα δεν πήρα τίποτα άλλο», πρόσθεσα.

«Τίποτα που να το ήξερες εσύ», απάντησε η Πάολα. «Πιθανόν, κάποιος άλλος να σου έδωσε κάτι χωρίς εσύ να το καταλάβεις. Πόσα χάπια πήρες από αυτό το φάρμακο;»

«Παίρνω δυο κάθε πρωί. Νομίζω είναι των 500 γρ.»

«Εντάξει, το σημείωσα. Και τώρα, πες μου, υπέφερες από απώλεια μνήμης στο παρελθόν;»

«Όχι, ποτέ.»

«Βασικά, πόσο καλή είναι η μνήμη σου;»

«Πολύ καλή θα έλεγα. Για να αποκτήσω το πτυχίο μου, έπρεπε να μελετήσω και να διατηρήσω μεγάλες ποσότητες δεδομένων. Είμαι καλή στο να θυμάμαι ονόματα και πρόσωπα, καθώς και διευθύνσεις και αριθμούς τηλεφώνου. Υποθέτω, όπως και οποιοσδήποτε άλλος, θα υπάρξει η περίεργη περίπτωση που θα ξεχάσω τα γενέθλιά μου ή το πού έβαλα τα κλειδιά ή το τηλέφωνό μου, αλλά γενικά δεν είχα ποτέ κανένα πρόβλημα.

«Τι γίνεται με την οικογένειά σου; Υπάρχει ιστορικό άνοιας ή Αλτσχάιμερ;»

«Όχι, δεν το νομίζω, εκτός από τη γιαγιά μου. Έχει διαγνωστεί με αγγειακή άνοια, αλλά ξεκίνησε πριν από δύο ή τρία χρόνια και έχει φτάσει στα εβδομήντα της.»

«Τι γίνεται με την ψυχική υγεία; Έχεις, ή είχες ποτέ προβλήματα;»

Πριν απαντήσω, μας διακόπτει ο ήχος χτυπήματος. Ένας αξιωματικός βάζει το κεφάλι του στην πόρτα. «Γεια, Πάολα. Έχω μια Τζένη Ντάγκλας εδώ για την Μπρίονι Τσάπλην.»

«Ναι, την περιμέναμε, στείλτε την», απαντά η Πάολα.

Η Τζένυ φέρνει μια μεγάλη τσάντα. «Νομίζω ότι έχω όλα όσα ζήτησες. Μου πήρε λιγότερο χρόνο από το αναμενόμενο. Ένα μείγμα μικρής κίνησης και πρωτοποριακής ταχύτητας», λέει, στη συνέχεια επανεκτιμά, θυμάται πού είμαστε. «Δεν ξεπέρασα το όριο ταχύτητας, ειλικρινά.»

«Ευχαριστώ πολύ, αισθάνομαι καλύτερα γνωρίζοντας ότι το έχω έτοιμο», λέω.

Η Τζένη δίνει ένα προσεκτικό χαμόγελο, παίρνει το κάθισμα στα αριστερά μου και παίρνει αμέσως το χέρι μου στο δικό της.

Κοιτάζει την Αλέσα και λέει, «Είμαι εγώ εδώ τώρα, αν θέλεις να φύγεις.»

«Όχι, είναι εντάξει», απαντά η Αλίσια. «Θα ήθελα να βοηθήσω αν μπορώ.»

Η Τζένη σηκώνεται.

«Μπορείτε να μείνετε αν θέλετε. Εξαρτάται εξ ολοκλήρου από την Μπρίονι», λέει η Πάολα.

Παρόλο που δεν γνωρίζω την Αλίσια για πολύ καιρό, όταν το σκέφτομαι, νιώθω παρηγοριά όταν είμαι μαζί της, καθώς και με τη Τζένη. «Σας ευχαριστώ και τις δυο που μείνατε», λέω.

«Είσαι καλά;» Η Τζένη ρωτάει, κοιτάζοντας με.

«Νομίζω, προς το παρόν. Η Πάολα μόλις ρώτησε εάν εγώ, ή η οικογένειά μου, έχουμε προβλήματα μνήμης ή προβλήματα ψυχικής υγείας.» Κοιτάζω πίσω την Πάολα. «Ευτυχώς όχι, δεν είχα ποτέ κανένα πρόβλημα».

«Και τι γίνεται με την οικογένειά σου;»

«Όχι τίποτα»

«Είσαι απόλυτα σίγουρη;» Η Τζένη διακόπτει, και με κοιτάζει.

«Τι», ρωτάω, και τότε συνειδητοποιώ π[ου το πάει. Κλείνω τα μάτια μου σφιχτά. Δεν θέλω να ασχοληθώ με αυτό. Χωρίς να το συνειδητοποιώ, σφίγγω τη γροθιά μου και τα νύχια μου τρυπούν ακούσια το δέρμα του χεριού της Τζέιν. Το συνειδητοποιώ μόνο όταν την νιώθω ξαφνικά να το τραβά πίσω. «Συγγνώμη», είπα αργά.

«Υπάρχει κάτι που πρέπει να μου πεις;» Ρωτά η Πάολα.

Κοιτάζω το πάτωμα, δεν θέλω να την κοιτάξω στα μάτια, η φωνή μου ακούγεται λίγο περισσότερο από ένα ψίθυρο. «Αν πρέπει να γνωρίζετε, εγώ υιοθετήθηκα ως μωρό. Ήμουν μόλις μερικών μηνών όταν ήρθα να ζήσω με τη μαμά και τον μπαμπά. Δεν έχω γνωρίσει ποτέ άλλη οικογένεια.»

«Τι μπορείς να μου πεις για τους γονείς σου;»

«Πολύ λίγα. Το μόνο που μου είπαν ήταν ότι η μητέρα μου ήταν ανύπαντρη. Διαγνώστηκε με θανατηφόρα ασθένεια λίγο μετά τη γέννησή μου και με έδωσε για υιοθεσία.»

«Έχεις κάνει ποτέ έρευνα για να βρεις ποιοι ήταν οι πραγματικοί γονείς σου ή αν έχεις άλλους συγγενείς;» Ρωτά η Πάολα.

Είμαι αντιμέτωπη όχι μόνο με τις ερωτήσεις της. Βρίσκω το ύφος της ανάκρισής της να είναι αντιφατικό και πολύ ενοχλητικό. Πώς τολμά να κάνει υποθέσεις ή να προσπαθεί να μου επιβάλλει τις αξίες της; Είμαι επίσης ενοχλημένη και με την Τζένη. Πώς μπόρεσε να με εκθέσει έτσι ανοιχτά όταν ήδη γνωρίζει τα συναισθήματά μου για το θέμα;»

«Ξέρω ποιοι είναι οι πραγματικοί γονείς μου - είναι αυτοί που με φρόντισαν και με μεγάλωσαν τα τελευταία είκοσι πέντε χρόνια. Ακριβώς επειδή κάποιοι άνδρες και γυναίκες υπέστησαν μια τυχαία πράξη πορνείας, με αποτέλεσμα να γονιμοποιηθεί ένα ωάριο, δεν τους κάνει γονείς. Σίγουρα δεν τους κάνει γονείς μου. Δεν υπάρχει κανένας λόγος για τον οποίο να πρέπει ή να θέλω να μάθω περισσότερα για τη βιολογική μητέρα και τον πατέρα μου.»

Ξέρω ότι είμαι ευαίσθητη σε αυτό το ζήτημα και δεν πρέπει να το αφήσω να φτάσει σε μένα. Ίσως είναι ενοχή, γιατί, αν ήμουν ειλικρινής, συχνά σκέφτηκα ότι θα ήθελα να ερευνήσω από πού ήρθα, αλλά δεν θέλω να αναστατώσω τη μαμά και τον μπαμπά. Δεν με αποθάρρυναν ποτέ, αλλά ανησυχώ ότι μπορεί να θεωρηθεί προδοσία. Δεν είναι δουλειά κανενός, αλλά δική μου, οπότε δεν θα ανεχτώ κανέναν, είτε είναι αστυνομία, φίλος ή οποιοσδήποτε άλλος, που να προσπαθεί να μου πει τι πρέπει να κάνω.

«Συγνώμη», λέει η Πάολα. «Δεν ήθελα να σε αναστατώσω. Ο σκοπός της ερώτησής μου ήταν για να ανακαλύψουμε αν μπορεί να...»

«Αν μπορεί τι;» Προσπαθώ να ηρεμήσω αλλά το παλεύω.

«Αν θέλεις να κάνουμε τις σωστές έρευνες για να μάθουμε τι σου συνέβη, πρέπει να είσαι απόλυτα ειλικρινής μαζί μας. Χρειαζόμαστε όσο το δυνατόν περισσότερες πληροφορίες, ώστε να μην χάσουμε πολύτιμο χρόνο ερευνώντας σε λάθος σοκάκια ή λεωφόρους. Μπορεί να σου φαίνεται απίθανο, αλλά πρέπει να ερευνήσουμε για το αν η υιοθεσία σου σου έχει κάποια σχέση με την υπόθεση.»

«Για την περίπτωση που έχω κληρονομήσει τίποτα τρελά γονίδια», είπα με καυστικό τόνο.

Η Τζένη βάζει το χέρι της στο χέρι μου. Δεν μπορώ να καταλάβω αν το κάνει για να με υποστηρίξει ή να με παρηγορήσει. Δεν το αντέχω και την απομακρύνω.

«Δεν θα σου πω δικαιολογίες», απαντά η Πάολα. «Ναι, είναι δική μας δουλειά να εξετάσουμε κάθε πιθανότητα. Δεν μπορούμε να αποκλείσουμε ότι το παράπονό σας μπορεί να είναι επιπόλαιο. Πρέπει επίσης να εξετάσουμε εάν κάποιο μέλος της οικογένειας θα μπορούσε να έχει ανάμιξη, είτε γεννήθηκες είτε υιοθετήθηκες σε αυτήν. Στατιστικά, ένα πολύ υψηλό ποσοστό εγκλημάτων διαπράττονται από μέλη της οικογένειας, επομένως θα θέλαμε να διενεργήσουμε ελέγχους στην βιολογική σου οικογένεια. Αν αξίζει για σένα, πιστεύω ό,τι μου είπες. Ωστόσο, είμαι υποχρεωμένη να ακολουθήσω τις τυπικές διαδικασίες.»

Παίρνω μια βαθιά ανάσα, λαμβάνοντας υπόψη τα λόγια της. «Λυπάμαι που αντέδρασα υπερβολικά. Τα συναισθήματά μου είναι πολύ επιφανειακά.»

«Αυτό είναι κατανοητό, δεδομένης της κατάστασής σου.» Συνεχίζει, «Νομίζω ότι καλύτερα να προχωρήσουμε.»

«Ναι,» συμφώνησα, γνέφοντας.

«Είσαι ή είχες πρόσφατα κάποια σχέση;» Ρώτησε η Πάολα.

Κούνησα το κεφάλι μου, αρνητικά.

«Σε παρακαλώ, απάντησε φωναχτά, για την εγγραφή.»

«Όχι, τίποτα το σοβαρό.»

«Μπορείς να μου πεις πότε ήρθες για τελευταία φορά σε σεξουαλική επαφή;»

Η Τζένη μου σφίγγει το χέρι και αυτή τη φορά δεν το τραβάω. Γνωρίζει την απάντηση επειδή της είχα μιλήσει γι' αυτό. Έπρεπε να περιμένω αυτή την ερώτηση. Περίμενα ότι θα ανακρινόμουν για την προσωπική μου ζωή, αλλά παρ' όλα αυτά, κάποιος που δεν ξέρω να με ρωτάει για τέτοια προσωπικά ζητήματα είναι ενοχλητικό.

«Το Σάββατο το βράδυ,» απαντάω. «Το Σάββατο πριν την περασμένη Παρασκευή» διορθώνω. Νιώθω την ανάγκη να εξηγήσω περαιτέρω. «Ο Μάικλ κι εγώ είχαμε μια σχέση για πάνω από έναν χρόνο. Είμασταν πολύ δεμένοι. Νόμιζα ότι θα αρραβωνιαζόμασταν, όμως πήρε μετάθεση σε μια πολύ καλή δουλειά στο Νιουκάστλ. Αυτό έγινε πριν έξι βδομάδες, περίπου την ίδια περίοδο που άρχισα δουλειά στους Αρτσερ.»

Αναστενάζω, και συνεχίσω. «Σου έλεγα την αλήθεια όταν αν ανέφερα ότι δεν ήμουν σε σχέση πρόσφατα. Όταν μετακόμισε ο Μάικλ, συμφωνήσαμε να περάσουμε κάποιον χρόνο χώρια...να δούμε πώς θα πήγαινε μια σχέση εξ' αποστάσεως. Στην αρχή, μιλούσαμε καθημερινά, όμως στη συνέχεια αρχίσαμε να μειώνουμε την επικοινωνία μας.

Τηλεφώνησε για να μου πει ότι θα ερχόταν στην Γλασκώβη το περασμένο Σαββατοκύριακο. Συναντηθήκαμε το Σάββατο και ήταν σαν να μην είχαμε χωρίσει ποτέ. Φάγαμε και ήπιαμε ένα μπουκάλι κρασί. Εκείνο το βράδυ έμεινε στο διαμέρισμά μου και ναι, είχαμε σεξουαλική επαφή, όμως το πρωί, παραδέχτηκε, πως είχε βρει μια νέα σχέση στο Νιουκάστλ. Εξοργίστηκε επειδή με εκμεταλλεύτηκε, επειδή προσποιήθηκε ότι είμασταν ακόμα ζευγάρι και δεν μου είπε ότι θα είμασταν μαζί μόνο για ένα βράδυ. Τον πέταξα έξω και του είπα ότι δεν θέλω να τον ξαναδώ ποτέ.»

Παρά την απόφασή μου να μην αφήσω αυτόν τον μπάσταρδο να με αναστατώσει ξανά, νιώθω τα δάκρυά μου να τρέχουν πάνω στα μάγουλά μου. Η Τζένη μου κρατά το χέρι και η Αλίσια έχει πάρει το άλλο.

Αν κει δεν καταλαβαίνω τον λόγο, η Πάολα κράτησε τα στοιχεία επικοινωνίας του Μάικλ.

«Θα καλέσω στο αστυνομικό τμήμα της περιοχής του για να του μιλήσουν», είπε. Γνωρίζοντας ότι μπορεί να είναι άβολο για κείνον, δεν με ενοχλεί καθόλου.

«Οι γονείς σου, ξέρουν για τον Μάικλ;» ρώτησε η Πάολα.

«Δεν τους είπα τίποτα για το περασμένο Σαββατοκύριακο. Όταν είμασταν ζευγάρι, το ήξεραν. Δεν στεναχωρήθηκαν καθόλου όταν μετακόμισε νότια, γιατί δεν τον συμπαθούσαν και πολύ. Δεν τον έβρισκαν αρκετά καλό για μένα», είπα, προσπαθώντας να χαμογελάσω.

«Από αυτά που μου είπαν, νομίζω πως είχαν δίκιο», απάντησε η Πάολα. «Λοιπόν, μπορείς να μου πεις τώρα, αν τσακώθηκες με κάποιον ή αν είχες κάποιες σημαντικές διαφορές στο παρελθόν; Υπάρχει κάποιος που να γνωρίζεις ότι μπορεί να ήθελε να σε εκδικηθεί για κάτι;»

Κούνησα το κεφάλι μου. «Δεν μπορώ να σκεφτώ κανέναν. Μερικές φορές, έχω κάποιους μικρο-διαπληκτισμούς στην δουλειά, αλλά τα συνηθισμένα. Συμβαίνουν ανάμεσα σε ανταγωνιστές, αλλά μέχρι εκεί.»

«Κάποιος εκτός δουλειάς;» συνέχισε η Πάολα.

«Όχι, τίποτα. Δεν μπορώ να σκεφτώ κανέναν.»

«Τίποτα παλιά θέματα, που θα μπορούσε κάποιος να σου κρατάει κακία;»

Προσπάθησα να θυμηθώ αλλά δεν μου ήρθε τίποτα.

«Μια τελευταία ερώτηση. Έλεγξες τις τσέπες και την τσάντα σου; Και αν ναι...είδες κάτι ασυνήθιστο...κάτι να λείπει, είδες κάτι που δεν το περίμενες;»

Της είπα για τα χαμένα χρήματα και την κάρτα τραπέζης. Φάνηκε ταραγμένη και πήρε την κάρτα μου για να ελέγξει αν έγιναν τυχόν αγορές, και όταν θυμήθηκα τις τραπεζικές μου πληροφορίες είπε ότι θα ελέγξει και τυχόν μεταφορές από την χρεωστική κάρτα που χάθηκε.

«Αν τελειώσαμε. Θα πάμε απέναντι στην κλινική να σε εξετάσουν», είπε η Πάολα. Θα πάρουν αποτυπώματα και ΝΤΙ-ΕΝ-ΕΙ και από τις φίλες σου.»

Ένιωσα ένα ρίγος να με διαπερνά.

Θα τα περάσουν και η Αλίσια και η Τζένη αυτά, αφού δεν θέλησαν να με αφήσουν.

5 ΩΡΕΣ

Ζήτησαν από την Τζένη και την Αλίσια να περιμένουν στην αίθουσα υποδοχής πριν τις καλέσουν για να πάρουν τα δείγματα. Εντωμεταξύ, η Παόλα με πήγε να με γνωρίζει στον γιατρό και την ομάδα του, που θα διενεργούσαν την εξέταση. Θέλω απεγνωσμένα να τελειώνουν όλα, και αν και μου είπαν όλοι τα ονόματά τους, δεν μου έμεινε τίποτα.

Η Παόλα μου δίνει την επαγγελματική της κάρτα με οδηγίες για να καλέσω τον αριθμό της αν θυμηθώ κάτι σχετικό ή αν σκεφτώ οτιδήποτε θα ήθελα να προσθέσω στη δήλωσή μου. Μου είπε επίσης να το χρησιμοποιήσω αν υπάρχει άλλος λόγος που θέλω να επικοινωνήσω μαζί της. Μου αφήνει επίσης ένα ενημερωτικό φυλλάδιο με αριθμούς επικοινωνίας για τοπικά κέντρα κρίσης βιασμών και άλλες ομάδες υποστήριξης. Κοιτάζω το φυλλάδιο πριν το βάλω στην τσάντα μου, δεν θέλω να πιστέψω ότι είμαι εδώ, ότι το κάνω αυτό.

Μου λέει να περιμένω μια κλήση ή μια επίσκεψη από κάποιον από τη μονάδα διερεύνησης βιασμών.

«Μα δεν έχω τηλέφωνο. Πώς θα επικοινωνήσει μαζί μου;»

«Θα επικοινωνήσουν ή θα έρθουν στο σπίτι σου. Έχουμε τον σταθερό σου αριθμό, θα τηλεφωνήσουν εκεί. Αν φύγεις από το σπίτι, τηλεφώνησέ μου για να μου πεις πού θα είσαι ή πώς να επικοινωνήσουμε μαζί σου. Θα σου επιστρέψουμε σύντομα το κινητό σου, ίσως και αύριο. Και κάτι άλλο – η ιατροδικαστική μονάδα μπορεί να θέλει να ελέγξει το διαμέρισμά σου. Δεν σε πειράζει;»

Δεν μπορώ να καταλάβω το γιατί, αλλά συμφώνησα.

Μου εξήγησε ότι αφού δεν υπάρχει κάτι άλλο για κείνην να κάνει σε αυτό το σημείο, θα με άφηνε εκεί.

6 ΩΡΕΣ

Είμαι αποφασισμένη να μείνω ανυπόμονη. Όταν βγάζω τα παπούτσια και το φόρεμά μου, η τεχνικός τα τοποθετεί σε σακούλες. Ξεκουμπώνω το σουτιέν μου και το παραδίδω, αλλά σταματάω, παγωμένη, καθώς πηγαίνω να αφαιρέσω το σλιπ μου. Αυτό δεν είναι σωστό.

«Συμβαίνει κάτι;» ρωτάει.

Της έριξα μια ματιά και μετά κοίταξα ξανά το εσώρουχό μου και έμεινα με το στόμα ανοιχτό, έχοντας χάσει τα λόγια μου.

«Τι τρέχει;» ρωτάει.

«Αυτά τα εσώρουχα, δεν είναι δικά μου», λέω.

Το βλέμμα της είναι παράξενο.

«Δεν αγοράζω ποτέ αυτόν τον τύπο. Φοράω πάντα εσώρουχα σχεδιαστών ή αλλιώς των Μαρκ και Σπένσερ. Όταν ντύθηκα την περασμένη Παρασκευή, την τελευταία μέρα που θυμάμαι, είμαι σίγουρη ότι φορούσα ένα στρινγκ της Βικτόρια Σίκρετ. Αυτά είναι απλά λευκά σλιπ.»

Σέρνω την ελαστική ζώνη μέσης στο πίσω μέρος για να κοιτάξω την ετικέτα. Επιβεβαιώνει τις υποψίες μου. Τα σλιπ φέρουν την ετικέτα Τζωρτζ. Προέρχονται από την Άσντα. Δεν αγόρασα ποτέ τα εσώρουχα μου από την Ασντα.

Νιώθω ένα κύμα πανικού. Δεν ξέρω γιατί πρέπει να μου φαίνεται τόσο περίεργο αυτό όταν σκέφτομαι ήδη ότι πιθανότατα μου έδωσαν ναρκωτικά και με βίασαν. Ωστόσο, στην σκέψη ενός ατόμου άγνωστου να αφαιρεί τα εσώρουχά μου και να με ντύνει με διαφορετικά, αυτά που δεν θα φορούσα κανονικά, αισθάνομαι υπερβολική εισβολή. Προσπαθώ να σκεφτώ γιατί. Θα μπορούσε να σπάσει το στρινγκ μου; Ή ίσως λερώθηκε με κάποιο τρόπο. Και πάλι, θα μπορούσε να διατηρηθεί ως τρόπαιο. Προσπάθησα όσο μπορούσα, αλλά δεν βρήκα καμία πιθανή αθώα εξήγηση. Τα χέρια μου τινάζονται καθώς αφαιρώ προσεκτικά το σλιπ και το παραδίδω στην τεχνικό. Είμαι εντελώς χωρίς ρούχα. Μου δίνει ένα από τα χάρτινα φορέματα μίας χρήσης του συμβουλίου υγείας για να φορέσω. Το δωμάτιο δεν είναι κρύο - αν μη τι άλλο, είναι ζεστό και γεμάτο - αλλά στέκομαι εκεί και τρέμω.

Παρά το φόρεμα, νιώθω γυμνή. Αισθάνομαι ακόμα πιο ευάλωτη και εκτεθειμένη καθώς διεξάγεται η εξέταση. Αν και η νοσοκόμα είναι φιλική και γλυκομίλητη, δεν μπορώ να απορροφήσω οτιδήποτε λέει. Προσπαθώ να κάνω το μυαλό μου να μουδιάσει καθώς προχωρά η εξέταση. Φαντάζομαι ότι είμαι αποσπασμένη, πως είμαι κάποια άλλη, κάπου αλλού, που παρακολουθεί τι συμβαίνει. Εκείνη ξεκινάει πηγαίνοντάς με σε έναν θάλαμο για να δώσω δείγμα αίματος, ένα τσίμπημα στο χέρι μου, και στη συνέχεια συνδέει ένα σωλήνα. Μετά, με οδηγεί πίσω στην κύρια αίθουσα όπου μου ζητείται να ξαπλώσω σε ένα τραπέζι εξέτασης και να στρίψω και να γυρίσω όταν μου το ζητήσει, για να μπορέσει η μελέτη να προχωρήσει αποτελεσματικά. Ο γιατρός κάνει μια λεπτομερή αξιολόγηση του σώματός μου και κάθε τόσο συχνά φωτογραφίζει. Αν μόνο μπορούσα να το παρακολουθούσα ως παρατηρητής και όχι ως θύμα, θα το έβρισκα συναρπαστικό. Ο επαγγελματισμός και η προσοχή στη λεπτομέρεια.

Αφηγείται και καταγράφει όλα όσα κάνει, καθώς και τα ευρήματά της, σε ένα κασετόφωνο. Είναι σαν αυτά που βλέπω στις ταινίες θρίλερ όταν ο ιατρικός ερευνητής κάνει την έρευνά του πάνω σε ένα πτώμα. Οι δυο βασικές διαφορές είναι, ότι αυτό συμβαίνει σε μένα, κι όχι σε κάποιο τυχαίο πτώμα, και το ότι είμαι ακόμα ζωντανή. Ελέγχει για μελανιές, μώλωπες και γρατζουνιές και για ίχνη ΝΤΙ-ΕΝ-ΕΙ ή ίχνη ινών που μπορεί να άφησε ο απαγωγέας ή κάποιο ρούχο. Την ακούω να καταγράφει ότι βλέπει σημάδια στους καρπούς μου τα οποία υποδεικνύουν δέσιμο. Υπάρχουν μώλωπες στον λαιμό μου και τους μηρούς μου, αλλά όπως φαίνεται τίποτα το συγκεκριμένο.

Μου ζητάει να σκύψω το κεφάλι πάνω από ένα τραπέζι και βουρτσίζει τα μαλλιά μου για να μαζέψει οτιδήποτε τυχόν πέσει πάνω σε ένα αποστειρωμένο χαρτί. Μετά, ζητάει συγνώμη για τον οποιοδήποτε πόνο μου προκαλέσει πριν βγάζει ολόκληρες τρίχες με φολίδες από το κεφάλι και μετά από το ευαίσθητο σημείο μου. Μου πήρε ένα δερματικό δείγμα και έτριψε το εσωτερικό των νυχιών μου, χεριών και ποδιών, ελέγχοντας για τυχόν κομμάτια δέρματος που μπορεί να βρεθούν από κάποιον τον οποίο μπορεί να γρατζούνισα. Σε πολλές περιπτώσεις, τοποθετεί αντικείμενα σε σακούλες αποδεικτικών στοιχείων και σημειώσεις σκαριφήματος εναντίον τους. Παίρνει τα δακτυλικά μου αποτυπώματα και μου ζητείται να δώσω ένα δείγμα ούρων και σάλιο. Ακούω από την αφήγησή της ότι ψάχνει για στοιχεία συγκράτησης ή σημείων παρακέντησης από βελόνες. Παίρνει επιχρίσματα για να ανιχνεύσει τυχόν στοιχεία ή υπολείμματα ΝΤΙ-ΕΝ-ΕΙ με τη μορφή μαλλιών, δέρματος, σπέρματος ή σάλιο από έναν επιτιθέμενο. Μου ζητήθηκε να σηκωθώ όρθια ενώ με καθάρισε σχολαστικά. Πρέπει να καταπνίξω τις κραυγές μου και την επιθυμία μου να τρέξω, καθώς υπάρχει μια πολύ οικεία αίσθηση άγνωστων χεριών που με αγγίζουν και με χαϊδεύουν παντού. Προσποιούμαι ότι δεν είναι αληθινό, προσπαθώ να αποφύγω το αίσθημα παραβίασης καθώς με εξετάζουν μέσα και έξω, αλλά δεν λειτουργεί. Τα δάκρυα ρέουν στο πρόσωπό μου.

Είναι μια δοκιμασία, αλλά μόλις ολοκληρωθεί, μου λένε ότι μπορώ να κάνω ντους και να αλλάξω με τα καινούργια ρούχα που μου έφερε η Τζένη. Αμφιβάλλω ότι υπάρχει αρκετό νερό στη Σκωτία για να μπορέσω να νιώσω ξανά καθαρή και φρέσκια. Αποδέχομαι ευχαρίστως την προσφορά και βυθίζομαι κάτω από το νερό που ρέει πάνω μου, αλλά βοηθάει λίγο. Δεν νιώθω άνετα όταν ξέρω πού βρίσκομαι και ότι άλλοι με περιμένουν στην άλλη πλευρά μιας πόρτας. Θέλω να είμαι σπίτι για να κάνω ένα μακρύ, χαλαρό ντους. Πλένομαι γρήγορα, κάνοντας έναν επιφανειακό καθαρισμό για να αφαιρέσω οποιαδήποτε ένδειξη αυτής της πιο πρόσφατης εισβολής και μετά ντύνομαι, απελπισμένη να ξεφύγω από αυτό το μέρος.

6,5 ΩΡΕΣ

Τη στιγμή που βγαίνω πίσω από την πόρτα, στον χώρο υποδοχής, τόσο η Αλίσια όσο και η Τζένη σηκώνονται και έρχονται προς τα μένα, παίρνοντας η καθεμιά τους από ένα χέρι.

«Είσαι καλά»; Τι μπόρεσαν να σου πουν;» Ρώτησε η Τζένη.

«Είμαι εντάξει, νομίζω», είπα. «Δεν μου έλεγαν τίποτα. Υποθέτω ότι έπρεπε να ρωτήσω, αλλά ο εγκέφαλός μου βρίσκεται σε χάος, έτσι δεν το έκανα.»

«Θέλεις να πας να τους ρωτήσεις; Ή, αν θέλεις, μπορώ να το κάνω εγώ και να ρωτήσω εκ μέρους σου», προσφέρθηκε η Τζένη.

«Δεν νομίζω ότι θα δώσουν πληροφορίες σε κανέναν άλλο», λέει η Αλίσια, «αλλά αν θέλεις να γυρίσεις, τότε μπορώ να έρθω μαζί σου.»

«Ναι, σε παρακαλώ», απάντησα.

«Θα πάμε όλες μαζί», προσθέτει η Τζένη.

Μπόρεσα γρήγορα να βρω τη νοσοκόμα

που βοήθησε στην εξέταση των γιατρών. Ρωτώ αν υπάρχουν πληροφορίες που μπορεί να μου πει.

«Δεν μπορώ να σας πω πολλά αυτήν τη στιγμή», απαντά. «Λάβαμε δείγματα αίματος και επιχρίσματα και έχουμε διάφορα άλλα αντικείμενα που έχουμε εντοπίσει για ανάλυση. Υπάρχουν επίσης τα ρούχα σας, τα οποία θα ελέγξουμε. Θα χρειαστεί λίγος χρόνος μέχρι να λάβουμε τα αποτελέσματα. Πλήρης αναφορά θα σταλεί στην αστυνομία».

«Όμως, ελέγξατε κι εμένα με έλεγξες επίσης, τι βρήκατε; Δεν θυμάμαι τίποτα και πρέπει να ξέρω. Με καταρρακώνει το γεγονός ότι κάποιος μου έκανε κάτι χωρίς να ξέρω τίποτα.»

«Δεν ξέρω πόσο μπορώ να βοηθήσω», απαντά. «Δεν υπάρχουν ενδείξεις ιδιαίτερα βίαιου σεξ. Δεν έχετε βιαστεί, αλλά αυτό δεν σημαίνει ότι δεν θα μπορούσατε να βιαστείτε, ειδικά καθώς υπάρχει σχεδόν μια εβδομάδα που δεν μπορείτε να θυμηθείτε. Ελπίζουμε να μάθουμε περισσότερα όταν έχουμε τα αποτελέσματα των εξετάσεων.»

Σκέφτομαι τα λόγια της. Δεν νιώθω ότι είμαι πιο μπροστά. «Παρακαλώ πείτε μου αν ανακαλύψετε κάτι από τις εξετάσεις», είπα, με φωνή να τρέμει και να ικετεύει.

Σούφρωσε τα χείλη της και έγνεψε καταφατικά.

Πόσο συχνά πρέπει να λαμβάνει ένα τέτοιο αίτημα; Αναρωτιέμαι.

7 ΩΡΕΣ

Την ώρα που φύγαμε είχε ήδη πάει εφτά. Καθώς η Τζένη είχε παρκάρει απ' έξω, προσφέρθηκε να με γυρίσει σπίτι. Μου είπε ότι δεν θα μείνει, γιατί δεν μπορούσε να λείψει από τη δουλειά το απόγευμα, αλλά θα περνούσε μόλις τελείωνε. Εκτός από την πρωϊνή της δουλειά, η Τζένη εργάζεται συχνά και τα απογεύματα, βοηθάει τον αδερφό της, τον Φίλιπ, ο οποίος άνοιξε μια ειδική κλινική που βοηθάει τον κόσμο να ξεπεράσει τις φοβίες του, να κόψει το κάπνισμα ή να κόψουν τους εθισμούς τους. Η Αλίσια επιμένει να έρθει μαζί μου και είπε ότι δεν πρόκειται να με αφήσει μόνη. Η Τζένη λέει ότι χαίρεται που θα είναι κάποιος μαζί μου, και ότι θα έρθει να με δει αργότερα. Ωστόσο, υπάρχει κάτι στον τόνο της φωνής της. Διακρίνω μια κάποια έχθρα ανάμεσα σ' εκείνη και την Αλίσια.

Προχωράμε αργά, η κυκλοφορία είναι μεγάλη καθώς είναι ώρα αιχμής η οποία επιδεινώνεται από το τέλος της σχολικής ημέρας. Καθώς το αυτοκίνητο διασχίζει τη Γέφυρα του Κίνγκστον, χτυπάει το τηλέφωνο της Αλίσια. Κοιτάζει την οθόνη και μου λέει, «η Βασίλισσα του Χιονιού», πριν απαντήσει. Ακούω την συνομιλία, «Όχι, δεν θα μπορείτε να καλέσετε γιατί η αστυνομία έχει κρατήσει το τηλέφωνό της.» Στη συνέχεια εξηγεί στη Μαργαρίτα πού είμαστε και τι έχει συμβεί μέχρι στιγμής, και μετά στρέφεται σε μένα. «Θα ήθελε να σου μιλήσει.»

Απρόθυμα πιάνω το τηλέφωνο.

«Γεια σου, Μαργαρίτα. Ναι, πηγαίνω σπίτι.»

«Θα ήθελα να περάσω να σε δω», είπε.

«Γιατί;» ρώτησα. Είναι η ίδια γυναίκα που σήμερα το πρωί ήταν πυρ και μανία μαζί μου.

«Νομίζω πως θα μπορέσω να σε βοηθήσω», είπε.

«Τι; Γιατί, ξέρεις κάτι;» ρώτησα. Και η Τζένη και η Αλίσια γύρισαν και με κοίταξαν.

«Όχι, δεν μπορώ να βοηθήσω σε αυτό, αλλά θα σου εξηγήσω όταν σε δω.»

Δεν καταλαβαίνω, αλλά υπάρχουν πάρα πολλά που δεν καταλαβαίνω αυτή τη στιγμή. Δεν δέχεται το «όχι» σαν απάντηση, και δεν έχω όρεξη για καυγά. «Εντάξει, αλλά δώσε μου 'λίγο χρόνο να φτάσω σπίτι και να κάνω ένα ντους.» Θέλω απελπισμένα να κάνω ένα πολύωρο ντους.»

«Θα έρθω σε καμιά-δυο ώρες. Έχω την διεύθυνσή σου και ξέρω την περιοχή.» Δεν αφήνει περιθώρια για αντιρρήσεις.

«Τι ήταν αυτό;» ρώτησε η Τζένη.

Η Αλίσια κι εγώ κουνήσαμε τα κεφάλια μας.

Ως συνήθως, το παρκάρισμα είναι αδύνατον έτσι η Τζένη μας άφησε λίγο πιο πέρα από το διαμέρισμά μου. Η Αλίσια κι εγώ ανεβήκαμε τις σκάλες και έβαλα το κλειδί να ανοίξω την πόρτα.

8 ΩΡΕΣ

Αυτό είναι το διαμέρισμά μου, το ιδιωτικό μου καταφύγιο. Είναι μια παραδοσιακή κατοικία με ερυθρό ψαμμίτη της Γλασκόβης, χτισμένη στα τέλη της βικτοριανής εποχής, πριν από εκατό χρόνια. Έχει εκσυγχρονιστεί και τώρα αποτελείται από μια τετράγωνη είσοδο με όλα τα διαμερίσματα εκτός αυτής. Ένα υπνοδωμάτιο με διπλό κρεβάτι, μεγάλο σαλόνι με παράθυρα σε προεξοχή, τραπεζαρία και ένα οικογενειακό μπάνιο που διαθέτει λευκή σμάλτο τριών τεμαχίων σουίτα με ηλεκτρικό ντους υπερ-μπανιέρας. Στο σύντομο χρονικό διάστημα από τότε που μετακόμισα, έχω αναβαθμίσει όλες τις διακοσμήσεις και πρόσθεσα το προσωπικό μου στυλ.

Δεν ξέρω γιατί, αλλά κάτι μοιάζει περίεργο. Περπατώ από δωμάτιο σε δωμάτιο, αλλά δεν βλέπω τίποτα εκτός τόπου. Ωστόσο, είτε φαντάζομαι είτε όχι, έχω την αίσθηση ότι κάποιος ήταν εδώ.

Μετά από αίτημά μου, η Τζένη μπήκε για να μαζέψει την αλλαγή των ρούχων μου, αλλά είναι κάτι άλλο... σαν να ήταν κάποιος εδώ που δεν θα έπρεπε να ήταν. Ίσως είμαι ηλίθια. Είναι πιθανώς παράνοια. Μετά από όσα έχω περάσει σήμερα, είναι λογικό να είμαι ύποπτη για τα πάντα, αλλά ίσως, ίσως, οι φόβοι μου είναι δικαιολογημένοι.

Ξέρω πολύ καλά, ότι ενώ εγώ ήμουν άγνωστο που, οποιοσδήποτε θα μπορούσε να είχε πάρει τα κλειδιά μου από την τσάντα μου και να τα χρησιμοποίησε. Θυμάμαι ότι υπάρχουν και άλλα σετ. Ο ιδιοκτήτης και ο πράκτορας έχουν ο καθένας ένα σετ για να μπορεί να έχει πρόσβαση στο διαμέρισμα σε περίπτωση έκτακτης ανάγκης. Ποιος μου λέει ότι ένας προηγούμενος ενοικιαστής δεν διατηρούσε επίσης κλειδιά; Συνειδητοποιώ ότι πιθανώς είμαι γελοία. Δεν έχω νιώσει άβολα με το διαμέρισμα ή με τα κλειδιά του πράκτορα και του ιδιοκτήτη, τους μήνες από τότε που μετακόμισα, γιατί τώρα; Είναι προφανές γιατί τώρα και ο πραγματικός μου φόβος δεν έχει καμία σχέση με τον ιδιοκτήτη ή τον πράκτορα. Όποιος με απήγαγε είχε πρόσβαση στα κλειδιά μου και θα μπορούσε να ήταν στο διαμέρισμα. Ο Θεός ξέρει τι άλλο θα μπορούσαν να έχουν κάνει.

Για να αποσπάσω την προσοχή μου, παίρνω το ταχυδρομείο μου και ξεφυλλίζω. Υπάρχει η συνηθισμένη στοίβα διαφήμισης που συνοδεύεται από ό,τι μοιάζει με ένα λογαριασμό κοινής ωφελείας και μια δήλωση σχετικά με τον φόρο του Συμβουλίου.

Πάνω που πάω να τους απορρίψω, εντοπίζω έναν φάκελο με το όνομά μου με έντονη γραφή στο μπροστινό μέρος. Το ανοίγω για να βρω μια ειδοποίηση από τον ιδιοκτήτη που εκφράζει την ανησυχία ότι το ενοίκιο μου δεν έχει πληρωθεί και έχω αργήσει.

Όσο κι αν μου άρεσε πολύ το διαμέρισμα, και ξέρω ότι έχω δώσει μια μικρή περιουσία για να το κάνω δικό μου, τώρα νιώθω άβολα σε αυτό και υποψιάζομαι ότι η ταλαιπωρία μου δεν είναι απλώς μια προσωρινή κρίση. Παρόλα αυτά, δεν μπόρεσα να ελέγξω τι συνέβη σχετικά με την πληρωμή ενοικίου. Πιστεύω ότι είναι ασήμαντο. Λαμβάνοντας υπόψη τις τρέχουσες ανησυχίες μου, εάν δεν θα αισθάνομαι ασφαλής και άνετος εδώ, θα πρέπει να υποβάλω ειδοποίηση για να φύγω. Θυμάμαι ότι μου δόθηκε μία από τις νέες συμβάσεις μίσθωσης ιδιωτικών κατοικιών, η οποία μου επιτρέπει να τερματίσω τη συμφωνία δίνοντας ειδοποίηση μόνο είκοσι οκτώ ημερών. Πρέπει να επιλύσω το πρόβλημα στο ενοίκιο πρώτα, αλλά δεν με βλέπω να συνεχίζω με τη μίσθωση.

Η Αλίσια είπε ότι θα χαρεί να καθίσει και να με περιμένει ενώ κάνω μπάνιο. Της δείχνω το σαλόνι όπου υπάρχουν δύο μεγάλοι δερμάτινοι καναπέδες με βαθύ κάθισμα. Βυθίζεται σε μία και μαζεύει μερικά περιοδικά από το τραπεζάκι μου. Εν τω μεταξύ, πηγαίνω στο μπάνιο και ξαναβγαίνω. Ρύθμισα τη θερμοκρασία σε σχεδόν καυτό, μπήκα στο ντους και στέκομαι κάτω από το τρεχούμενο νερό. Έχει περάσει μόνο μία ώρα από το τελευταίο μου ντους. Αισθάνομαι την ανάγκη να καθαρίσω τον εαυτό μου, απλώνω το αφρόλουτρο σε όλο το σώμα μου και ξεπλένω, επαναλαμβάνοντας την κίνηση πολλές φορές.

Στη συνέχεια, στέκομαι ακίνητη, αφήνοντας το νερό να ρέει πάνω μου. Κλείνω τα μάτια μου σφιχτά. Προσπαθώ να σκεφτώ... Θέλω να θυμηθώ, τουλάχιστον νομίζω ότι θέλω να θυμάμαι. Μια εικόνα έρχεται στο μυαλό μου, δεν ξέρω γιατί. Η εικόνα είναι ενός κοριτσιού που βρίσκεται γυμνή σε ένα κρεβάτι και βλέπω τρεις άντρες να στέκονται γύρω της. Μπορώ να τα δω καθαρά. Μπορώ να τα περιγράψω λεπτομερώς. Με τη σειρά τους, γδύνονται, αργά και σκόπιμα. Φαίνεται να αγνοεί τους άντρες και αυτό που κάνουν, καθώς πρώτα απλώνει τα πόδια της, εισάγει το όρθιο πέος του και τη βιάζει, ακολουθούμενο από το καθένα από τα άλλα που κάνουν το ίδιο. Δεν ανταποκρίνεται. το πρόσωπό της είναι κενό, μακρινό, αδιάφορο.

Στην αρχή, αναρωτιέμαι αν θα μπορούσε πραγματικά να είναι νεκρή, αλλά τότε βλέπω τα μάτια της να τρεμοπαίζουν και μπορώ να διακρίνω ότι αναπνέει. Νιώθω ναυτία βλέποντας αυτό το παιχνίδι στο μάτι του μυαλού μου. Γιατί το βλέπω αυτό; Είμαι το κορίτσι; Θυμάμαι τι μου συνέβη; Προσπαθώ να επικεντρωθώ στο πώς μοιάζει το κορίτσι. Δεν υπάρχει αμφιβολία, δεν είμαι εγώ. Το πρόσωπό της είναι πιο γωνιακό, αλλά αφορά μόνο τη φιγούρα μου. Είναι κομψή, με το ίδιο σχήμα και παρόμοιο χτένισμα, ευθεία στρωμένη με ένα πλαϊνό περιθώριο, αλλά ενώ εκείνη είναι ξανθιά, το χρώμα των μαλλιών μου είναι κόκκινο κεράσι, με ανταύγειες. Σίγουρα δεν μπορεί να είμαι εγώ. Προσπαθώ να επικεντρωθώ στις εικόνες στο κεφάλι μου. Η σκηνή επαναλαμβάνεται αλλά δεν είναι το ίδιο. Το κορίτσι παραμένει κυρίως μη ανταποκρινόμενο. Αυτή τη φορά υπάρχουν παραλλαγές στη δράση. Παρακολουθώ με τρόμο, την βλέπω να χειραγωγείται στο κρεβάτι με κάθε έναν από τους άντρες να την διεισδύει με διαφορετικούς τρόπους.

Το πρόσωπό μου είναι βρεγμένο και δεν είναι από το ντους. Συνειδητοποιώ ότι κλαίω. Δεν μπορεί να είμαι εγώ. Σε παρακαλώ, μην το αφήσεις να είμαι εγώ. Δεν μπορεί να είναι μια μνήμη. Παρακαλώ, παρακαλώ, πρέπει να είναι ένα όνειρο, μια φαντασία, ένας εφιάλτης. Τα πόδια μου μαζεύονται, και βυθίζομαι στα γόνατά μου, μετά χαμηλότερα, έως ότου ξαπλώνω στο μπάνιο, υιοθετώντας μια εμβρυϊκή θέση, τα χέρια μου σφίγγουν τα πόδια μου. Αν μπορώ να κάνω τον εαυτό μου αρκετά μικρό, τότε ίσως μπορώ να εξαφανιστώ. Τα δάκρυα με κατακλύζουν και δυσκολεύομαι να αναπνέω. Οι πίδακες του ντους συνεχίζουν να με πνίγουν.

Στο βάθος, μια φωνή καλεί, τότε ακούω έναν χτύπημα και μια συντριβή, τον ήχο του ξύλου που διασπάται. Καταλαβαίνω ότι το νερό δεν τρέχει πια πάνω μου και ανοίγω τα μάτια μου. Η Αλίσια στέκεται από πάνω μου. Περνάει μια πετσέτα στους ώμους μου και με τραβάει προς αυτήν, στην αγκαλιά της

«Είναι εντάξει, είναι εντάξει», λέει. «Είσαι ασφαλής. Είμαι εδώ για να σε προστατεύσω.»

Μόνο με τη βοήθειά της μπορώ να βγω από το ντους και να σκουπιστώ και μετά να πετάξω ρούχα πριν βγω από το μπάνιο. Το φόρεμα της Αλίσια είναι μούσκεμα από την αγκαλιά που με πήρε, αλλά δεν φαίνεται να το προσέχει. Μπορώ να δω ότι φαίνεται ανακουφισμένη. Το πρόσωπό της είναι δακρυσμένο.

«Σε άκουγα που έκλαιγες» είπε. «Προσπάθησα να χτυπήσω, αλλά δεν απάντησες. Η πόρτα ήταν κλειδωμένη, οπότε έπρεπε να την αναγκάσω να ανοίξει. Λυπάμαι, προκάλεσα κάποια ζημιά. Είσαι εντάξει τώρα;»

Της είπα για αυτό που είδα...τα οράματα, τις αμφιβολίες μου, τους φόβους μου.

«Είμαι σίγουρη πως ήταν όλα στη φαντασία σου που σου παίζει κάποιο παιχνίδι», είπε. Προσπαθεί να με καλμάρει και να με καθησυχάσει. Ωστόσο, δεν μπορεί να με κοιτάξει στα μάτια και ξέρω ότι δεν πιστεύει στα όσα λέει. «Είπες ότι μπορούσες να δεις τους άντρες καθαρά. Αναγνώρισες κανέναν από αυτούς; Τους έχεις ξαναδεί;» συνέχισε.

«Όχι, είμαι σίγουρη, δεν τους γνωρίζω. Δεν έχω γνωρίσει κανέναν τους.»

«Σε αυτή την περίπτωση, νομίζω πως πρέπει να γράψεις την πλήρη περιγραφή τους, όσο γίνεται με πιο ακρίβεια, και να την δώσεις στην αστυνομία.»

Είπα στην Αλίσια που θα βρει στυλό και χαρτί. Βρήκε ένα σημειωματάριο και άρχισε να κρατάει σημειώσεις καθώς εγώ της έδινα την περιγραφή.

Και οι τρεις ήταν ίσως στα τριάντα. Ο πρώτος άντρας είναι λίγο πάνω από το μέσο ύψος, περίπου ένα εξήντα, υποθέτω. κουρασμένος, όχι χοντρός αλλά μυώδης, με ώμους σαν ταύρος, μοιάζει σαν να ασκείται πολύ. Στρογγυλό κεφάλι, σχεδόν κυκλικό και χωρίς μαλλιά. Έχει ξυρισμένο κεφάλι. Μεγάλη μύτη με στροφή στη μέση. Πρέπει να την είχε σπάσει κάποια στιγμή - ίσως ένας παίκτης μπόξερ ή ράγκμπι. Χλωμό, ανοιχτόχρωμο δέρμα. Τα δόντια είναι ομοιόμορφα αλλά κίτρινα, μπορεί να είναι από τη νικοτίνη.

Ο δεύτερος τύπος είναι μικρότερος αλλά όχι πολύ. Είναι κοκαλιάρης, αλλά όχι αδύνατος, στην πραγματικότητα. Είχε ξανθά μαλλιά και φακίδες. Το πρόσωπό του στενό, τα μάτια κοντά, μπλε νομίζω ή ίσως γκρίζο.

Σφιχτό στόμα και βαρύ σαγόνι. μια τούφα μαλλιών στο πηγούνι του, που δεν αρκεί για να περιγραφεί ως γενειάδα.

Ο τρίτος τύπος φαινόταν μεγαλύτερος. Πολύ μικρότερος, όχι πολύ πάνω από ένα εξήντα, εκτιμώ. Δέρμα λιπαρό, μεσογειακά χαρακτηριστικά, αραιωμένα σκούρα καστανά μαλλιά και γένια στο πρόσωπό του. Πολύ σκοτεινά μάτια, σχεδόν μαύρα. Όταν χαμογέλασε, είδα ότι είχε δύο σπασμένα δόντια μπροστά.

«Πάρα πολύ ωραία. Η αστυνομία θα έχει πολλές πληροφορίες για να συνεχίσει τώρα.» είπε η Αλίσια. «Σκέφτομαι όλες τις ταινίες εγκλημάτων που έχω δει. Τι ρωτάνε; Είχε κανένας από αυτούς κάποιο ειδικό χαρακτηριστικό;»

Όσο και αν δεν μου αρέσει καθόλου να το κάνω, έκλεισα τα μάτια και τους οραματίστηκα ξανά. Αυτή η προσπάθεια με έκανε να νιώσω μια ξινίλα. Προσπαθώ να την αγνοήσω. «Ναι, ο πρώτος τύπος είχε ένα μεγάλο τατουάζ σε κάθε του μπράτσο. Ένα φίδι τυλιγμένο γύρω από ένα σπαθί.»

«Ήταν το ίδιο και στα δυο χέρια;»

«Ναι, έτσι νομίζω, ή τουλάχιστον ήταν σχεδόν παρόμοια. Ο δεύτερος τύπος φορούσε ένα μεγάλο δαχτυλίδι με σφραγίδα στο μεσαίο του δάχτυλο, επίσης ένα ασημένιο βραχιόλι. Ααα, ο πρώτος τύπος πάλι φορούσε ένα διαμαντένιο σκουλαρίκι στο αφτί.» Έκλεισα ακόμα πιο σφιχτά τα μάτια, «στο αριστερό αφτί. Και ο τρίτος άντρας, μασούσε τα νύχια του, γιατί ήταν κοντά και άνισα κομμένα.»

«Εντάξει, τα έγραψα όλα,» είπε η Αλίσια. «Και τώρα φαντάζομαι ότι θα ήθελες πολύ ένα φλιτζάνι τσάι, ή μήπως προτιμάς κάτι πιο δυνατό;»

«Ένα τσάι θα ήταν καλό», απάντησα. Γιατί αυτή τη στιγμή το μυαλό μου είναι θολωμένο και δεν θα ήθελα να το ταράξω άλλο πίνοντας κάτι διαφορετικό.

«Θα το φτιάξω εγώ. Εσύ κάθισε εκεί και ηρέμησε.»

«Θα σε αφήσω να το φτιάξεις, αλλά θα έρθω μέσα μαζί σου. Θα σου δείξω πού θα βρεις τα εργαλεία.»

9 ΩΡΕΣ

Τράβηξα μια καρέκλα από το συμπαγές πεύκο και κάθομαι. Η κουζίνα διαθέτει πολλές εντοιχισμένες αποθήκες και συσκευές. Λέω στην Αλίσια πού βρίσκονται τα πάντα.

Ενώ παρασκευάζει το τσάι, ανοίγει το ψυγείο και σηκώνει ένα πλαστικό μπουκάλι προς το πρόσωπό της. Η μύτη της σουφρώνει, το πρόσωπό της παίρνει ένα δυσάρεστο συνοφρύωμα. «Ω, φοβάμαι ότι αυτό το γάλα είναι ληγμένο.» Κρατά το μπουκάλι στο χέρι, επιθεωρώντας την ετικέτα. «Έχει λήξει. Θα το ρίξω στο νεροχύτη.» Κοιτάζοντας γύρω της, προσθέτει: «Το ψωμί έχει μουχλιάσει επίσης, αλλιώς θα έκανα τοστ. Μπορείς να πιείς το τσάι σου σκέτο; Εγώ είμαι εντάξει με αυτό.»

«Μπορώ, αλλά δεν χρειάζεται.» Της δείχνω ένα κελάρι. «Θα πρέπει να υπάρχει ένα κουτί ή δύο γάλακτος μακράς διαρκείας αν δεν σε πειράζει. Δεν νιώθω να πεινάω τώρα, αλλά έχω λίγο ψωμί στην κατάψυξη αν θέλεις λίγο.»

Καθόμαστε η μία απέναντι από την άλλη στο τραπέζι με τα ποτά μας. Η Αλίσια βάζει το χέρι της στο δικό μου με μια φιλική, παρηγορητική χειρονομία. Όταν το σκέφτομαι, είναι δύσκολο για μένα να αποδεχτώ ότι δεν την γνώριζα πριν από σήμερα. Νιώθω ότι είμαστε φίλες εδώ και χρόνια. Τις τελευταίες ώρες, νοιάζεται πολύ για την κατάστασή μου και ήταν παρούσα στην συνέντευξή μου, ακούγοντας μερικά από τα πιο οικεία μυστικά μου και τους φόβους μου. Ήταν απίστευτα υποστηρικτική και έμπιστη. Σήμερα ήταν ένας μακρύς εφιάλτης και δεν νομίζω ότι θα μπορούσα να τα αντιμετωπίσω χωρίς τη βοήθειά της. Προς το παρόν, χαίρομαι που κάθομαι εδώ παρέα της, χωρίς να κάνω τίποτα.

«Όταν σε περιμέναμε στην κλινική, μίλησα με την Τζένη,» άρχισε να λέει. «Μου είπε ότι γνωρίζεστε από το σχολείο.»

«Ναι, γνωριστήκαμε στο γυμνάσιο. Πρέπει να ήταν...» σταμάτησα να σκεφτώ. «Πριν δεκατέσσερα χρόνια. Με τα χρόνια γίναμε κολλητές. Είμαστε σχεδόν σαν αδερφές. Γνωρίζουμε πολύ καλά η μία την οικογένεια της άλλης. Κάναμε συχνά μαζί διακοπές μέχρι τα δεκαοχτώ μας. Η Τζένη ερχόταν μαζί μας όταν πηγαίναμε διακοπές με τους γονείς μου, και μερικές φορές πήγαινα κι εγώ μαζί της όταν έφευγαν με τη μητέρα και τον αδερφό της. Κάναμε και οι δυο διπλέ διακοπές.»

Η Αλίσια χαμογέλασε. «Ήσασταν πολύ τυχερές».

«Είμασταν. Κάναμε τα πάντα μαζί. Υπήρχε μια μικρή ομάδα από εμάς που ήμασταν στενοί φίλοι. Ο Τόνι, αυτή είναι η Αντουανέτ, και η Καρολίν και η Φρίντα αποτελούσαν τη μικρή μας συμμορία, αλλά εγώ και η Τζένη ήμασταν πολύ κοντά.» Σκέφτηκα τα παλιά και αναπόλησα, «Κάναμε μια υπέροχη ομάδα γιατί η Τζένη ήταν πραγματικά έξυπνη και εγώ ήμουν τολμηρή».

«Τι εννοείς, τολμηρή;» Ρωτάει η Αλίσια.

«Ω, τίποτα σημαντικό. Απλά ότι μας άρεσε να παίζουμε πρακτικά αστεία. Σκεφτόμαστε κάθε είδους φάρσες για να παίξουμε στους συμμαθητές μας και τους δασκάλους μας. Σκεφτόμαστε μαζί, αλλά τις περισσότερες φορές ήμουν εγώ που τις πραγματοποιούσα.»

«Γιατί αυτό;»

«Όπως είπα, η Τζένη ήταν έξυπνη. Δεν ήθελε να πιαστεί.»

«Και τελικά εσένα έπιαναν, σωστά;» Ρώτησε η Αλίσια, χαμογελώντας.

«Όχι. Σχεδόν ποτέ, στην πραγματικότητα. Μπορεί να ήταν έξυπνη, αλλά ήμουν πιο έξυπνη στην απόδραση. Σχεδόν πάντα διέφευγα χωρίς κανείς να ξέρει ότι ήμουν εγώ, και ακόμα κι αν το υποψιαζόντουσαν, εγώ κατάφερνα να ξεγλιστράω από οτιδήποτε.»

«Ακούγεται καλή εκπαίδευση για καριέρα στο μάρκετινγκ», είπε η Αλίσια.

Πάνω που πήγαινα να υπερασπιστώ τον εαυτό μου, συνειδητοποιήσω ότι πιθανώς έχει δίκιο. Γελάω με τη σκέψη, γνωρίζοντας ότι είναι η πρώτη φορά που κάτι με κάνει να γελάσω σήμερα.

«Τι είδους πράγματα κάνατε;»

«Τίποτα ιδιαίτερο. Διάφορες ανοησίες, όπως το να στέλνουμε κάποιους σε μια χαζή δουλειά. Μια φορά, κάναμε ολόκληρη την τάξη να πιστεύει ότι ακούσαμε στις ειδήσεις πως η Ισλανδία βυθίστηκε ολόκληρη στη θάλασσα λόγω της υπερθέρμανσης του πλανήτη. Διακοσμήσαμε την ιστορία με πρόσθετα όπως λέγοντας ότι ο Μπιορκ ήταν στην τηλεόραση και ζητούσε διεθνή βοήθεια.» Γελάω καθώς το θυμάμαι. «Επειδή η Τζένη συνέχισε την ιστορία, όλοι την πίστεψαν. Βλέπετε, η Τζένη ήταν πολύ επιτυχημένη ακαδημαϊκά, πάντα κορυφαία στην τάξη της επιστήμης και θεωρήθηκε ότι ήταν λίγο σκύλα. Επειδή η Τζένη συμφωνούσε ότι ήταν αλήθεια, όλοι το πίστεψαν.»

«Πώς ξέφυγες με αυτό;»

«Ήταν αρκετά εύκολο γιατί υπήρχαν πολλές ιστορίες εκείνη τη στιγμή για την άνοδο της στάθμης της θάλασσας λόγω της τήξης των ροών πάγου. Ακούστηκε αρκετά αξιόπιστο. Και οι δύο ισχυρισθήκαμε ότι κάποιος μας είχε δείξει μια ροή ειδήσεων στο Διαδίκτυο που περιείχε την ιστορία - ψεύτικες ειδήσεις θα το ονομάζαμε τώρα, υποθέτω. Μέχρι το τέλος της ημέρας, κάναμε το μεγαλύτερο μέρος της τάξης να πιστεύει ότι είδαν την ιστορία οι ίδιοι.»

Η Αλίσια γέλασε. «Πρέπει να ήσουν πολύ δημοφιλής στο σχολείο.»

Σκέφτομαι για μια στιγμή. «Ήμουν, υποθέτω. Ήμουν τυχερή. Κοιτάζοντας πίσω, είχα έναν εύκολο χρόνο. Θα μπορούσα να επιτύχω λογικά αποτελέσματα χωρίς να χρειάζεται να κάνω πολλή δουλειά. Επίσης, οι δικοί μου είχαν αρκετή οικονομική άνεση, έτσι είχα πάντα τα πιο πρόσφατα γκάτζετ και μοντέρνα ρούχα. Η συμμορία μας θεωρούνταν συνήθως η πιο μοδάτη. Η Τζένη δεν ήταν τόσο τυχερή. Ο πατέρας της πέθανε όταν ήταν πολύ νέα, και η μητέρα της αγωνίζονταν να μεγαλώσει τα δύο παιδιά μόνη της. Έπρεπε να είναι προσεκτικοί με τα χρήματα.

«Άλλωστε, μερικές φορές δεν κάνει χάρες στον εαυτό της. Δεν είναι ελκυστική. Έχει ένα όμορφο πρόσωπο και, μέχρι πρόσφατα, είχαμε το ίδιο μέγεθος και σχήμα. Συχνά δανειζόταν ρούχα από μένα. Συνηθίζαμε να μοιραζόμαστε πολλά πράγματα. Νομίζω ότι έχει βάλει λίγα κιλά τους τελευταίους μήνες και, όπως ίσως έχεις παρατηρήσει, δεν φοράει καλλυντικά. Επειδή ήταν πολύ επιμελής, θεωρήθηκε πως ήταν λίγο σνομπ και, ως αποτέλεσμα όλων αυτών, υπέστη πολύ εκφοβισμό. Το να είσαι μέλος της μικρής μας ομάδας βοήθησε γιατί φροντίζαμε ο ένας τον άλλον, αλλά πέρασε πολύ δύσκολα χρόνια ως έφηβη.»

«Υπάρχει κάποιος λόγος που δεν φοράει μακιγιάζ;» Ρωτάει η Αλίσια.

«Λέει ότι είναι κάτι αλλεργικό, αλλά δεν της αρέσει να μιλάει για αυτό. Αυτό συνεχίζεται εδώ και χρόνια, από το γυμνάσιο. Προσπάθησα να την πείσω να διερευνήσει εάν υπάρχουν προϊόντα που θα ήταν πιο ανεκτικά και θα ήταν εύκολο να τα φτιάχνει τώρα επειδή είναι ειδικευμένη φαρμακοποιός, αλλά δεν ενδιαφέρεται. Προσωπικά, νομίζω ότι ήθελε να κάνει τον εαυτό της διαφορετικό.»

«Ίσως είναι θρησκευτικό ή ηθικό, ξέρεις, σαν να είσαι εναντίον των δοκιμών σε ζώα», λέει η Αλίσια.

«Όχι, είμαι βέβαιη ότι δεν είναι κάτι τέτοιο. Μερικές φορές βυθίστηκε στις σπουδές της, παρόλο που ήταν ήδη μίλια μπροστά από την υπόλοιπη τάξη. Δεν φάνηκε να νοιάζεται όταν μερικά παιδιά νόμιζαν ότι ήταν σπασίκλα.»

«Αυτό είναι θλιβερό. Ήταν πολύ δυστυχισμένη;»

«Δεν το πιστεύω. Αυτό που έκανε ήταν αυτοεπιβαλλόμενο και πολλές φορές περάσαμε πολύ καλά. Το κάνουμε ακόμα. Είναι πολύ ευγενική και γενναιόδωρη και είναι υπέροχη φίλη.»

Η συζήτησή μας διακόπηκε όταν ακούσαμε να χτυπάει το κουδούνι.

Σηκώνω το τηλέφωνο εισόδου ασφαλείας, και όταν ακούω τη φωνή της Μαργαρίτας, της ανοίγω. κουβαλάω.

10 ΩΡΕΣ

Καθόμαστε οι τρεις στην κουζίνα πίνοντας τσάι, ανταλλάσσοντας μικρές συζητήσεις. Δεν καταλαβαίνω γιατί η Μαργαρίτα ήρθε εδώ. Ωστόσο, είμαι απρόθυμη να ρωτήσω, καθώς η σύντομη συνομιλία μας στο γραφείο σήμερα το πρωί δεν ήταν ιδιαίτερα ευχάριστη. Δεν χρειάζεται να περιμένω πολύ, καθώς το πρόσωπό της παίρνει μια πιο σοβαρή έκφραση, μια στιγμή πριν ανοίξει τη συνομιλία.

«Καταλαβαίνω ότι σήμερα ήταν μια δοκιμασία για σένα. Πώς νιώθεις τώρα;»

Δεν ξέρω τι να απαντήσω. Δεν ξέρω πραγματικά πώς νιώθω. Όλα είναι τόσο σουρεαλιστικά. Δεν αισθάνομαι πλέον πόνο ή φόβο, αλλά είναι σαν το σώμα μου να μην είναι δικό μου. Όπως περιέγραψα προηγουμένως, μια εμπειρία εκτός σώματος. Έχω περάσει την ημέρα απαντώντας σε μια ερώτηση μετά την άλλη, προσπαθώντας να θυμηθώ και να απεικονίσω φρικτά σενάρια για το τι μου συνέβη. Έχω ωθηθεί και παρακινηθεί, έχω πάρει όλα τα είδη δειγμάτων και τώρα απλά νιώθω μούδιασμα. Αντί να προσπαθήσω να εξηγήσω, και να κινδυνεύσω να φανώ εντελώς απίθανη, απλώς λέω, «Εντάξει, υποθέτω.»

Η Μαργαρίτα με κοιτάζει με ένταση και είναι σαν να βλέπει μέσα στην ψυχή μου. «Δεν χρειάζεται να μου κάνεις την γενναία», λέει.

Θυμάμαι τα λόγια της όταν τηλεφώνησε. «Είπες ότι μπορείς να βοηθήσεις», λέω.

«Το είπα», λέει. «Θέλω να ξέρεις ότι δεν είσαι μόνη και ότι υπάρχουν άνθρωποι γύρω σου για να σε υποστηρίξουν.»

«Ευχαριστώ, έχω κάποιους καλούς φίλους, αλλά αν αυτό ήταν όλο που εννοούσες, θα μπορούσες να το πεις στο τηλέφωνο.» Δαγκώνω τη γλώσσα μου, επειδή είπα τις σκέψεις μου, ξεχνώντας ότι μιλώ στο αφεντικό μου.

Δεν φαίνεται να έχει προσβληθεί.. «Υπάρχουν περισσότερα», λέει. Χαμηλώνει τα μάτια της, ανίκανη να με κοιτάξει στο πρόσωπο. «Όταν είπα ότι δεν είσαι μόνη, εννοούσα αυτό που έχεις περάσει. Δεν θέλω να μάθει κανείς άλλος αυτά που θα πούμε εκτός από τις τρεις μας, αλλά έχω περάσει κάτι παρόμοιο. Λοιπόν, δεν ξέρω πόσο παρόμοιο μπορεί να ήταν, αλλά μου έκαναν σεξουαλική επίθεση πριν από αρκετά χρόνια.»

«Αλήθεια;» Την κοιτάζω, έκπληκτη. Δεν είμαι βέβαιη αν εκπλήσσομαι περισσότερο με αυτό που συμβαίνει στη Μαργαρίτα, ή από την εμπιστοσύνη της σε εμάς.

«Μην σοκάρεσαι τόσο», λέει, με μια λάμψη χιούμορ στα μάτια της. «Δεν ήμουν πάντα σε αυτήν την ηλικία και πέρα από τη δουλειά, πουθενά δεν είμαι τόσο λιτή.»

«Συγγνώμη. Δεν εννοούσα...»

Η Μαργαρίτα σηκώνει το χέρι της για να με σταματήσει. «Δεν θα αναφερθώ σε λεπτομέρειες, αλλά αρκεί να πω, ότι καταλαβαίνω τι πρέπει να αισθάνεσαι. Είναι δύσκολο, πολύ δύσκολο, αλλά πρόκειται για κάτι που θα περάσεις και είμαι εδώ για να σε βοηθήσω με κάθε τρόπο που μπορώ.»

«Μπορώ να ρωτήσω αν έπιασαν αυτόν που σου επιτέθηκε;» Ρώτησα.

«Όχι, δεν τον έπιασαν. Δεν κλήθηκε ποτέ να λογοδοτήσει. Έφυγε χωρίς καμιά κατηγορία και πιθανώς φταίω εγώ επειδή δεν τον ανέφερα. Είναι κάτι για το οποίο μετανιώνω πικρά.»

Μπορώ να δω τα μάτια της Μαργαρίτας να φουσκώνουν.

«Ήταν πολύ καιρό πριν και τα πράγματα ήταν διαφορετικά τότε. Ήταν πριν γνωρίσω τον άντρα μου. Δεν είχα οικογένεια που θα μπορούσα να βασίζομαι και ένιωσα μόνη, χωρίς κανείς να με στηρίξει. Εκείνη την εποχή, η αστυνομία και τα δικαστήρια έδειχνα πολύ λιγότερη κατανόηση στα θύματα. Δεν ήμουν σίγουρη ότι θα είχα τη δύναμη να συρθώ μέσα στο σύστημα, δίνοντας αποδεικτικά στοιχεία και δέχοντας να εξεταστώ. Το φοβερό είναι, ότι ξέρω ποιος ήταν και είμαι αρκετά σίγουρη ότι θα ξεφύγει και θα κάνει το ίδιο πράγμα ξανά και ξανά, γιατί κανείς δεν τον κατηγόρησε».

Η Μαργαρίτα κάνει μια παύση και προσθέτει: «Επίτρεψέ μου να σου πω, ότι είμαι περήφανη για εσένα, Μπριόνι, επειδή είσαι αρκετά δυνατή για να αντέξεις».

«Μην βιάζεσαι να με δοξάσεις. Δεν νιώθω πολύ δυνατή τώρα, και δεν είμαι σίγουρη αν θα μπορέσω να το αντιμετωπίσω.» Μπορώ να νιώσω τα δάκρυά μου να βρέχουν τα μάγουλά μου. «Είναι τόσο δύσκολο να το χειριστώ γιατί κυριολεκτικά δεν ξέρω τι μου συνέβη. Ελπίζω ότι η αστυνομία θα βρει κάτι. Έχω δώσει μια κατάθεση και την εξετάζουν τώρα.»

Η Μαργαρίτα γνέφει. «Ήσουν ήδη σε θέση να κάνεις περισσότερα από όσα μπορούσα εγώ», λέει. «Θα ήθελες να μου πεις όλα όσα γνωρίζεις;»

Κάνω μια αναδρομή όλη μέρα σήμερα, εξηγώντας όλα όσα έχω περάσει, τι ειπώθηκε, τα οράματά μου, τους φόβους και τους τρόμους μου. Βλέπω τη Μαργαρίτα να κλείνει τα μάτια της όταν περιγράφω την οπτικοποίησή μου για το κορίτσι που κακοποιείται.

«Τι σκοπεύεις να κάνεις τώρα;» με ρωτάει.

«Δεν έχω καταφέρει να προγραμματίσω. Απλά δεν μπορούσα. Άλλωστε, δεν υπήρχε χρόνος.» Προσπαθώ να βάλω τις σκέψεις μου σε λέξεις. «Αν δεν ήταν οι γονείς μου μακριά το Σαββατοκύριακο, τότε θα έμενα μάλλον μαζί τους για λίγο. Δεν νιώθω καθόλου άνετα εδώ στο διαμέρισμά μου τώρα, αλλά δεν θέλω να είμαι μόνη.»

«Μπορώ να μείνω μαζί σου αν θέλεις», προσφέρθηκε η Αλίσια. «Θα σου πρότεινα να σε πάρω στο σπίτι μου, αλλά θα είναι άβολο γιατί μένω ακόμα στο σπίτι με τη μαμά και τον μπαμπά μου».

«Η Τζένη είναι στην ίδια θέση με σένα, μένει με την μητέρα της», λέω. «Θα μπορούσα να μείνω μαζί της, αλλά δεν θα ήθελα να εξηγήσω τίποτα».

«Αν θέλεις, μπορώ να μείνω μαζί σου εδώ ή στο σπίτι των γονιών σου. Θα πρέπει μόνο να πάρω μια αλλαξιά ρούχα και να ενημερώσω τους δικούς μου τι κάνω», προσφέρθηκε η Αλίσια.

«Έχω μια καλύτερη εναλλακτική λύση», λέει η Μαργαρίτα. «Θέλω να έρθεις σπίτι μαζί μου. Μένω σε ένα μπανγκαλόου στο Κλάρκστον, δεν είναι πολύ μακριά. Κι εσύ, Αλίσια. Θα μπορείς να είσαι με την Μπρίονι. Έχω πολύ χώρο τώρα που τα παιδιά μου έχουν μεγαλώσει και είναι στο πανεπιστήμιο.»

Με εξέπληξε η καλοσύνη της, τόσο που μίλησα χωρίς να το σκεφτώ. «Τι γίνεται με τον άντρα σου; Δεν θα... »

«Ο Τζέφρι; Είμαι σίγουρη ότι θα χαρεί να έχει την εταιρεία.»

«Μα νόμιζα...» σταματάω, δεν ξέρω τι να

πω. Δεν μπορώ να της πω τι έχω ακούσει για τον άντρα της.

«Πάρα πολλή σκέψη και πολύ κουτσομπολιό», λέει η Μαργαρίτα. «Πιστεύεις πραγματικά ότι δεν ξέρω για τις γελοίες φήμες που κυκλοφορούν στο γραφείο; Έχω ακούσει τουλάχιστον τέσσερις παραλλαγές που εικάζουν ότι είμαι παντρεμένη με έναν ωμό, έναν εγκληματία ή έναν τρελό, προσπαθώντας να εξηγήσω γιατί σπάνια τον βλέπω εκτός γραφείου.»

Νιώθω ότι τα μάγουλά μου ξεδιπλώνονται με αμηχανία και, με τη γωνία του ματιού μου, βλέπω ότι η Αλίσια έχει την ίδια αντίδραση.

Η Μαργαρίτα γελάει. «Ο Τζέφρι είναι γλύκας. Δεν νομίζω να έχω γνωρίσει ποτέ έναν τόσο ευγενικό άντρα.»

«Αλλά αφού ξέρετε ότι κυκλοφορούν φήμες», ρωτά η Αλίσια, «γιατί δεν βάζετε τα πράγματα στη θέση τους;

Η Μαργαρίτα συνοφρυώνεται. «Για ένα πράγμα, δεν θέλω να αισθάνομαι πιεσμένη να λέω στους ανθρώπους για την προσωπική μου ζωή. Δεν θα έπρεπε να δώσω εξηγήσεις σε κανέναν. Φυσικά, έχω πει στον Τζέφρι τι έχει ειπωθεί για αυτόν και πιστεύει ότι είναι αστείο.»

«Δεν καταλαβαίνω», λέω.

«Θα σου πω γιατί θα μάθεις ούτως ή άλλως όταν έρθεις στο σπίτι μου.» Η Μαργαρίτα δεν φαίνεται να δεχτεί καμία πιθανότητα να μην δεχτώ την προσφορά της. «Ο Τζέφρι είναι πρώην αστυνομικός. Ήταν λοχίας στη μονάδα σοβαρού εγκλήματος και είχε είκοσι χρόνια υπηρεσίας. Αφού τραυματίστηκε στο καθήκον του, έκανε μια επέμβαση που δεν είχε και τόση επιτυχία. Τον κατέστησε αδύνατο να περπατήσει και έχει περιορισμένη χρήση του ενός χεριού. Ως αποτέλεσμα, πρέπει να ξοδεύει τις περισσότερες ώρες της ημέρας σε μια αναπηρική καρέκλα. Ήταν εντελώς αδύναμος και τώρα σπάνια φεύγει από το σπίτι.»

«Ααα, τι θλιβερό», είπε η Αλίσια. Θέλω να δείξω συμπόνοια, αλλά δεν μου έρχονται με τίποτα οι λέξεις. Δεν ξέρω τι να πω.

«Μην τολμήσεις να δείξεις συμπόνοια για κείνον, αλλιώς θα σου ξεριζώσω τα συκώτια. Ένα πράγμα που δεν μπορεί να αντέξει, είναι ο οίκτος των άλλων. Γι' αυτό δεν γνωρίζει κανείς από το γραφείο για αυτό. Κανείς, εκτός από τον Στιούαρτ Ρόνσον, δηλαδή. Αν και το σώμα του Τζέφρυ είναι στην πλειοψηφία του άχρηστο, το μυαλό του είναι κοφτερό όσο δεν πάει. Πολύ θα έλεγα.»

«Συγνώμη, δεν ήθελα να...» άρχισε να λέει η Αλίσια.

Η Μαργαρίτα κουνάει το χέρι της. «Ο Τζέφρυ είναι καταπληκτικός με τους υπολογιστές. Έχει κάνει ειδική εκπαίδευση και έμαθα πολλά τότε που εργαζόταν στις εγκληματικές έρευνες, αλλά από όταν έφυγε είχε τον καιρό να ακονίσει τις ικανότητές του.» Είχε ένα χαμόγελο στο πρόσωπο της και ο θαυμασμός της είναι εμφανής. «Πριν μερικά χρόνια, είχε ξεκινήσει να εργάζεται ως ιδιωτικός ερευνητής, όταν του ζητήθηκε από μερικούς να κάνει κάποια δουλειά. Αν άμεσα στις ικανότητές του με τους υπολογιστές και τις επαφές του που έκανε μέσω της πρώην δουλειάς του, μπόρεσε να καταφέρει μερικά φανταστικά αποτελέσματα. Τώρα εργάζεται κατευθείαν για εταιρίες και ιδιωτικούς πελάτες σαν Ιδιωτικός Ερευνητής και έχει τόση δουλειά, που κατά καιρούς, αναγκάζεται να απορρίψει μερικούς πελάτες. Δεν τον κρατάει στο σπίτι η αναπηρία του, αλλά η αγάπη του για το αποτέλεσμα που μπορεί να καταφέρει στο διαδύκτιο.»

Είμαι περίεργη. Δεν θέλω να μείνω μόνη και αν και η Αλίσια προσφέρθηκε να μείνει μαζί μου, δεν μου αρέσει και τόσο η ιδέα να μείνω στο διαμέρισμά μου. Θα προτιμούσα να είμαι στο σπίτι των γονιών μου, αλλά δεν είναι ιδανικό. Ειδικά όταν δεν έχω ακόμα σκεφτεί πώς θα τους εξηγήσω το τι συμβαίνει και το γιατί δεν τους το είπα νωρίτερα. Είμαι σίγουρη πως η Τζένη θα βοηθήσει, αλλά δεν ξέρω πότε θα είναι εδώ ή το τι θα μπορούσε να κάνει. Η προοπτική η Αλίσια να μείνει μαζί μου στο σπίτι της Μαργαρίτας φαίνεται ελκυστική.

«Μπρίονι, γιατί δεν φτιάχνεις μια τσάντα με τα πράγματα που χρειάζεσαι, και θα πα'με μαζί στο σπίτι να σε γνωρίσω στον

Τζέφρυ πριν βραδιάσει περισσότερο; Αλίσια, αν θέλεις να πάρεις κι εσύ κάτι, μπορούμε να περάσουμε από το σπίτι σου.»

«Δεν έχω καμία αντίρρηση», είπε η Αλίσια. «Θα τηλεφωνήσω στη μαμά μου, για να ξέρει τι συμβαίνει».

Η Μαργαρίτα με κοιτάζει κι αφού βλέπει ότι δεν υπάρχει κάποια αντίδραση, γνέφει. «Ωραία, αποφασίστηκε λοιπόν.»

Η απόφαση έχει αφαιρεθεί από μένα και είμαι ανακουφισμένη και νευρική ταυτόχρονα. «Καλύτερα να καλέσω τη Τζένη και να την ενημερώσω τι κάνω. Θα πρέπει επίσης να καλέσω την Πάολα. Είπε πως ήθελε να ενημερώσει την αστυνομία για το πού θα ήμουν, σε περίπτωση που κάποιος πρέπει να επικοινωνήσει μαζί μου.»

Καλώ πρώτα τον αριθμό της Πάολα, αλλά δεν είναι διαθέσιμη. Η Μαργαρίτα μου δίνει τη διεύθυνση και τους αριθμούς τηλεφώνων της, τους οποίους δίνω στον αξιωματικό που απάντησε. Μου λέει ότι θα το καταγράψει στο αρχείο μου.

Καλώ τον αριθμό της Τζέιν και απαντά στο τρίτο κουδούνισμα. «Καλά νέα. Έχω κανονίσει να πάρω ρεπό αύριο, ώστε να μπορώ να περάσω τη μέρα μαζί σου και αυτό το Σαββατοκύριακο θα το έχω επίσης ελεύθερο. Θα μπορέσω να μείνω μαζί σου, αν θέλεις. Μπορώ να σε πάω με το αμάξι οπουδήποτε πρέπει να πας. Μόλις τελειώσω από εδώ απόψε, θα είμαι εκεί σύντομα. Μπορώ να είμαι εκεί σε μισή ώρα.»

Εξηγώ στην Τζένη για την αλλαγή του

σχεδίου μου. Μετά από μια παύση, ρωτά, «Είσαι βέβαιη ότι θέλεις να το κάνεις αυτό; Σχεδόν δεν γνωρίζεις αυτούς τους ανθρώπους. Γιατί θέλεις να μείνεις απόψε μαζί τους; Δεν είσαι ήδη σε αρκετά εύθραυστη κατάσταση;»

Νιώθω αβέβαιη. Μπορεί η Τζένη να έχει δίκιο; Δίνω ακόμη μεγαλύτερη πίεση στον εαυτό μου;

Η Μαργαρίτα φωνάζει, «Μήπως θα ήθελε και η Τζένη να έρθει να μείνει μαζί μας; Προσκάλεσέ την. Έχουμε πολύ χώρο.»

Η Τζένη ακούει την προσφορά. «Όχι, ευχαριστώ», απαντά. «Θέλω να ξέρεις ότι είμαι εδώ για εσένα, Μπριόνι, αλλά δεν θέλω να περάσω τη βραδιά μου σε ένα περίεργο σπίτι με άτομα που δεν γνωρίζω»

«Τις έχεις γνωρίσει στο παρελθόν, έξω από το γραφείο μου όταν είχες έρθει μια-δυο φορές. Την Αλίσια σίγουρα την έχεις δει και νομίζω ότι πρέπει να σου γνώρισα και την Μαργαρίτα την φορά που ήρθες και με πήρες από τη δουλειά.»

«Μπορεί να σε έχω ακούσει αν αναφέρεις τα ονόματά τους. Δεν είμαι σίγουρη, όμως είναι άτομα που δεν τα ξέρεις και τόσο καλά. Θυμάμαι ότι έχω συναντήσει μερικούς συναδέλφους σου, αλλά την Αλίσια δεν θυμάμαι να την έχω δει ποτέ. Όσο για την Μαργαρίτα, δεν είναι εκείνη που μου παραπονιόσουν ότι είναι μιας πρώτης τάξεως σκύλα; Όχι, δεν το βρίσκω καλή ιδέα να μείνεις μαζί τους απόψε.»

Νιώθω μπερδεμένη. Είναι μεγάλο

δίλλημα. Η Τζένη έχει δίκιο, ούτε που γνώριζα καλά-καλά την Αλίσια πριν το σημερινό και η γνώμη μου για την Μαργαρίτα δεν ήταν καθόλου καλή., Πριν μερικά λεπτά, είχα αποφασίσει να πάω, αλλά τώρα δεν είμαι και τόσο σίγουρη. Προσπαθώ ξανά να σκεφτώ τα υπέρ και τα κατά και αυτό με βοήθησε να επιλέξω. «Το αποφάσισα, Τζένη. Θα περάσω το βράδυ στην Μαργαρίτα. Για αύριο δεν έχω αποφασίσει ακόμη. Μπορείς να περάσεις, αν δεν μείνεις κι εσύ.»

Θέλω τις φίλες μου γύρω μου. Ίσως έπρεπε να πω κι άλλα, αλλά δεν το έκανα.

«Αφού αυτό αποφάσισες, τότε εντάξει. Πρέπει να κάνεις οτιδήποτε πιστεύεις ότι θα σου κάνει καλό. Τηλεφώνησέ μου το πρωί και θα περάσω.» Τα λόγια της Τζένης ακούστηκαν καθησυχαστικά και υποστηρικτικά, αλλά υπήρχε κάτι άλλο στην φωνή της. Δεν ακούστηκε και τόσο χαρούμενη.

«Εντάξει,» είπα. «Δεν έχω το κινητό μου, αλλά θυμάμαι τον αριθμό σου.»

Αφού έκλεισα το τηλέφωνο, συνειδητοποίησα ότι η συνομιλία μου με την Τζένη με άφησε ακόμα πιο εξαντλημένη. Είμαι αβέβαιη και ευάλωτη. Όταν στέκομαι όρθια, τα πόδια μου είναι ασταθή. Δεν κάνω καμιά προσπάθεια να κουνηθώ.

«Θέλεις να σε βοηθήσω να φτιάξεις μια τσάντα;» προσφέρθηκε η Αλίσια.

«Νομίζω ότι θα τα καταφέρω»,

απάντησα, αλλά μάλλον δεν πείστηκε από τον τόνο της φωνής μου, γιατί η Αλίσια με ακολούθησε ως την κρεβατοκάμαρα και με βοήθησε όταν προσπάθησα να σηκώσω μια μικρή βαλίτσα από την ντουλάπα μου και μετά την γεμίσαμε με νυχτικό, μια αλλαξιά ρούχα και μερικά προϊόντα περιποίησης.

11 ΩΡΕΣ

Η Μαργαρίτα παρκάρισε το Βόλβο της κοντά στο διαμέρισμά μου. Έβαλα την τσάντα μου στο πορτ μπαγκάζ και μπήκαμε μέσα για να πάρουμε την σύντομη διαδρομή προς το Σίμσιλ, όπου μένει η Αλίσια. Η Μαργαρίτα κι εγώ περιμέναμε στο αμάξι, όσο η Αλίσια όρμησε στο σπίτι της για να πάρει τα απαραίτητα που χρειαζόταν για τη διαμονή μιας νύχτας, καθώς και μία αλλαξιά ρούχα για το γραφείο για αύριο.

Μόλις λίγα λεπτά αργότερα, διασχίζουμε το Κλάρκστον Τολ, βγαίνοντας στην λεωφόρο Μηνς. Μισό μίλι πιο μακριά, στρίβουμε αριστερά, οδηγούμε λίγο πιο πέρα και μετά τραβάμε σε ένα δρόμο. Τα ελαστικά του αυτοκινήτου στρίβουν πάνω στην κόκκινη επιφάνεια, ανακοινώνοντας την άφιξή μας.

Ανεβαίνουμε μια ρηχή ράμπα που καλύπτει τα τρία σκαλοπάτια στην είσοδο και μετά περνάμε από μια ευρεία μπροστινή πόρτα με υαλοπίνακα για να

133 ΩΡΕΣ

εισέλθουμε σε ένα τετράγωνο διάδρομο με αρκετές πόρτες μακριά. Η Μαργαρίτα δείχνει, με τη σειρά της, καθένα από τα δωμάτια στο ισόγειο. Στα δεξιά μας βρίσκεται ένα σαλόνι. πίσω από αυτό μια τραπεζαρία και μετά ένα μελετητήριο, το οποίο ο Τζέφρι χρησιμοποιεί ως γραφείο του. Στα αριστερά μας, το πρώτο δωμάτιο είναι η κρεβατοκάμαρα της Μαργαρίτας και του Τζέφρι, ακολουθούμενη από ένα οικογενειακό μπάνιο, μια ανοιχτή σκάλα που οδηγεί στον επάνω όροφο και ένα μικρό καθιστικό. Αμέσως μπροστά μας, υπάρχει μια πόρτα σε μια μεγάλη τραπεζαρία, η οποία έχει επεκταθεί σημαντικά από την αρχική ιδιοκτησία, εξηγεί η Μαργαρίτα. Μας λέει ότι όταν τα παιδιά τους ήταν μικρά, ανέπτυξαν το σπίτι, χτίζοντας την πίσω επέκταση, και τοποθετώντας παράθυρα στην παλιά σοφίτα, για να δημιουργήσουν τρία υπνοδωμάτια και ένα ντους στον επάνω όροφο.

Μας προσκαλεί να ανεβάσουμε τις τσάντες μας, αλλά πριν προχωρήσουμε, ακούμε τον θόρυβο ενός ηλεκτρονικού κινητήρα και παρακολουθούμε καθώς μια αναπηρική καρέκλα βγαίνει από το γραφείο του Τζέφρι. Πλησιάζοντάς μας με ένα φιλόξενο χαμόγελο και τεντωμένο βραχίονα, ο Τζέφρι είναι πολύ χαριτωμένος, ντυμένος με μοντέρνο κινέζικο λουκ και ανοιχτό στο λαιμό πουκάμισο. Η συμπεριφορά του είναι χαρούμενη. Έχει ένα χαρούμενο, στρογγυλό πρόσωπο, γυαλιά με βαρύ μαύρο σκελετό και το πρόσωπό του είναι καθαρό, ξυρισμένο, και με μια φαλάκρα που περιβάλλεται από ένα λεπτό στρώμα καστανών μαλλιών.

Κουνάει με ενθουσιασμό τα χέρια μας, παρουσιάζοντας τον εαυτό του και λέει ότι είναι ευχαριστημένος που θα μας φιλοξενήσουν.

Ο Τζέφρι ρωτά αν πεινάμε, προτείνοντας να εγκατασταθούμε πρώτα και μετά να συναντηθούμε στην κουζίνα για καφέ και σάντουιτς.

Συνειδητοποιώντας ότι δεν έχω φάει, δέχομαι ευχαρίστως την πρόσκληση.

«Ναι, παρακαλώ», προσθέτει και η Αλίσια.

Η Μαργαρίτα μας δείχνει τον πάνω όροφο. Υπάρχει ένα μεγάλο δωμάτιο με δυο κρεβάτια και δυο άλλες κρεβατοκάμαρες μονές.

«Θα νιώσεις καλύτερα αν κοιμηθώ στο ίδιο δωμάτιο με σένα;» ρώτησε η Αλίσια.

Εκτός από τις ρομαντικές εμπλοκές και τις διακοπές με την Τζένη, δεν έχω μοιραστεί ποτέ ένα υπνοδωμάτιο με κανέναν. Αλλά τώρα, φοβάμαι να περάσω τη νύχτα μόνη μου. «Ναι, σε παρακαλώ», λέω.

Αφού τοποθετήσαμε τις αποσκευές μας στο μεγαλύτερο δωμάτιο, μετά επιστρέψαμε στην κουζίνα.

Ακόμα και πριν την είσοδο, μπορούμε να μυρίσουμε το πλούσιο, δελεαστικό άρωμα του φρέσκου καφέ. Μόλις μπήκαμε στην κουζίνα βρήκαμε σερβιρισμένο ένα πιάτο με μια ποικιλία από ψωμάκια και σάντουιτς, δίπλα σε ένα μεγάλο μπολ πατατάκια.

«Ελάτε, σα στο σπίτι σας», λέει ο Τζέφρι, χαμογελώντας όταν βλέπει την αντίδρασή μας.

Πήρα ένα σάντουιτς πριν καν καθίσω. Δεν θέλω να φανώ αγενής, αλλά το στόμα μου λιγώνεται και το φαγητό φαίνεται πολύ ορεκτικό. Έχοντας μεγάλη πείνα, καταβροχθίζω δύο ακόμη σάντουιτς, δύσκολα αναγνωρίζοντας μια γεύση. Τότε επιβραδύνω, θυμάμαι τους τρόπους μου, τρώω πιο αργά και πιο απαλά, απολαμβάνοντας τη γεύση.

«Νιώθεις πιο δυνατή τώρα;» Ο Τζέφρι ρωτά.

«Ναι, πολύ», απαντώ. «Δεν είχα συνειδητοποιήσει πόσο πεινασμένη ήμουν - όχι πριν αρχίσω να τρώω. Είναι ακριβώς αυτό που χρειαζόμουν.»

Καθόμαστε, πίνουμε καφέ και κάνουμε μικρές συζητήσεις. Φαίνεται φυσικό και απλό. Μετά από μια χαλάρωση στη συνομιλία, απογειώνομαι ξανά ξαφνικά όταν η Μαργαρίτα με ρωτά αν θα ήθελα να πω στον Τζέφρι για την αστυνομική μου κατάθεση. Βλέποντας τη σοκαρισμένη έκφρασή μου, ζητά συγγνώμη. «Λυπάμαι, δεν έπρεπε να πω τίποτα. Σκέφτηκα ότι θα μπορούσε να βοηθήσει. Δεν σε πιέζω να μιλήσεις για τίποτα. Νόμιζα μόνο ότι μπορεί να σε βοηθήσει να βρεις κάποιες απαντήσεις.»

«Όχι, δεν πειράζει. Απλώς με ξάφνιασες. Δεν θέλω να είμαι αχάριστη, αλλά...

«Δεν χρειάζεται να εξηγήσεις», λέει ο Τζέφρι. «Σε προσκΑλίσιαμε εδώ για να αισθανθείς ασφαλής. Δεν χρειάζεται να κάνεις ή να πεις τίποτα. Εάν και όταν θέλεις να μιλήσεις, τότε θα χαρώ να σε ακούσω και πάλι, μόνο αν το θέλεις, τότε θα προσπαθήσω να βοηθήσω.»

«Θα ήθελα να με βοηθήσεις, αν είσαι έτοιμος να το αναλάβεις. Αλλά νιώθω πραγματικά εξουθενωμένη. Δεν μπορώ να ξεπεράσω τα πάντα τώρα.» Διστάζω πριν συνεχίσω, «Βασικά, ένα άλλο θέμα είναι το ότι δεν ξέρω αν μπορώ να σας πληρώσω. Πόσο χρεώνετε;»

«Να με πληρώσεις; Μα τι λες; Αν υπάρχει κάτι που μπορώ να κάνω για να σε βοηθήσω, τότε χαίρομαι που θα το κάνω. Δεν υπάρχει καμία χρέωση», λέει ο Τζέφρι.

«Αλλά νωρίτερα σήμερα το απόγευμα, η Μαργαρίτα μας είπε ότι είχατε μια επιχείρηση που πραγματοποιεί έρευνα και ότι ήσασταν τόσο απασχολημένος που διώξατε ακόμα και πελάτες», λέω.

"Ναι, όλα αυτά είναι απολύτως αλήθεια, αλλά χρεώνω μόνο τους εμπορικούς πελάτες. Οι φίλοι είναι διαφορετικοί. Αν μπορώ να βοηθήσω μια φίλη της Μαργατρίτας, τότε δεν είναι δουλειά, γιατί το θέλω. Δεν θα χρέωνα απολύτως τίποτα.»

Ήθελα να μιλήσω, να ρωτήσω γιατί πιστεύει ότι η Μαργαρίτα και εγώ είμαστε φίλες, αλλά σταμάτησα. Κοιτάζω τη

Μαργαρίτα και εκείνη συμφωνεί κουνώντας το κεφάλι της. Χαμογελάει. Η Μαργαρίτα με θεωρεί φίλη. Είμαι συγκλονισμένη από το συναίσθημα. Θέλω να εκφράσω την ευγνωμοσύνη μου, αλλά τα δάκρυά μου ρέουν και η φωνή μου μένει στο λαιμό μου, με σταματάει προτού πω ένα απλό, «ευχαριστώ».

Η Μαργαρίτακαι η Αλίσια, έρχονται κοντά μου και όλες μαζί αγκαλιαζόμαστε.

12 ΩΡΕΣ

Θέλω να ρωτήσω τη Μαργαρίτα για το πρωί όταν έφτασα στη δουλειά. Ήταν πολύ επιθετική, η στάση της τώρα ήταν τόσο διαφορετική από τότε. Παρόλο που δεν θέλω να διακινδυνεύσω να χαλάσω την εγγύτητα που φαίνεται να έχουμε τώρα, πρέπει να ξέρω.

«Ήσουν πολύ θυμωμένη μαζί μου σήμερα το πρωί», αρχίζω, μιλώντας με προσοχή.

«Ναι, ήμουν και θέλεις να μάθεις γιατί, έτσι δεν είναι;» λέει εκείνη.

«Ναι, θέλω», απαντώ, με τρομαγμένη φωνή.

«Υποθέτω ότι αξίζεις μια εξήγηση. Πιστεύω ότι έχεις πραγματικό ταλέντο. Εγώ ήμουν που σε στρατολόγησα.» Μπορεί να δει ότι φαίνομαι μπερδεμένη. «Ναι, ο Στιούαρτ ήταν αυτός που πραγματοποίησε τη συνέντευξη και τις διατυπώσεις, αλλά εγώ σε επέλεξα. Υπήρχαν άλλοι υποψήφιοι που είχαν περισσότερη εμπειρία, αλλά τον έπεισα να πάρει εσένα. Και μπορώ να πω ότι, δεν με απογοήτευσες. Η απόδοσή σου, η δέσμευσή σου και οι ικανότητές σου ήταν όλες πρώτης κατηγορίας.»

«Αλλά νόμιζα ότι δεν με συμπαθούσες! Ποτέ δεν μου είπες έναν καλό λόγο για την δουλειά μου. Ό,τι και αν έκανα, δεν σου φαινόταν ποτέ αρκετά καλό.»

«Αυτό είναι το δικό μου στυλ διαχείρισης. Θέλω να εκμεταλλευτώ το καλύτερο από όλο το προσωπικό μου. Από την εμπειρία μου, έχω δει πως αν πιέσω για μεγαλύτερα και καλύτερα αποτελέσματα, συνήθως τα παίρνω. Δοκίμασα τη μαλακή προσέγγιση στο παρελθόν και διαπίστωσα ότι δεν λειτουργεί στη δική μας επιχείρηση. Ο έπαινος συχνά κάνει τους ανθρώπους μαλακούς και αυτάρεσκους, ειδικά όταν ο έπαινος είναι για κάτι που δεν επαρκεί και δεν είναι ιδιαίτερο.»

«Ώστε λοιπόν, δεν είσαι δυσαρεστημένη με τη δουλειά μου;»

«Κάθε άλλο. Τους πρώτους τέσσερις μήνες, έδειξες περισσότερες δυνατότητες από οποιοδήποτε άλλο ανώτερο στέλεχος που προσλάβαμε ποτέ. Τουλάχιστον, αυτό συνέβη μέχρι την περασμένη εβδομάδα.»

«Σκέφτηκες ότι σε απογοήτευσα;» Ρωτάω.

«Όταν δεν εμφανίστηκες για δουλειά τη Δευτέρα, ανησυχούσαμε. Πολύ περισσότερο όταν δεν είχαμε νέα σου. Σκεφτήκαμε ότι μπορεί να είσαι άρρωστη. Προσπαθήσαμε να σε καλέσουμε τόσο στο σταθερό όσο και στο κινητό σου, αλλά δεν παίρναμε απάντηση ούτε και ημέηλ. Προσπαθήσαμε να επικοινωνήσαμε και με τους γονείς σου, αλλά ούτε από κείνους είχαμε καμία απάντηση. Ήμασταν στα πρόθυρα να σε αναφέρουμε ως αγνοούμενη όταν λάβαμε ένα μήνυμα ηλεκτρονικού ταχυδρομείου τη Δευτέρα το απόγευμα.»

«Ένα μήνυμα ηλεκτρονικού ταχυδρομείου; Δεν θυμάμαι να σας έστειλα ημέηλ Τι έγραφε;» Ρωτάω.

«Το μόνο που έγραφε ήταν, *Δεν θα έρθω σήμερα. Δεν υπήρχε καμία εξήγηση και καμία συγγνώμη.*» Η Μαργαρίτα συνεχίζει. «Δεν ξέραμε τι να κάνουμε γιατί αυτό δεν ήταν του χαρακτήρα σου, αλλά υπολογίζαμε ότι πρέπει να υπήρχε ένας καλός λόγος και θα επέστρεφες την Τρίτη για να το εξηγήσεις.»

«Συνεργαζόσουν με τους Ντουάιτ και Κρίσι, προετοιμάζοντας την παρουσίαση για το Αρτσχεμ. Παρόλο που ο Ντουάιτ είναι ο αρχηγός της ομάδας και ως εκ τούτου ο ανώτερος και προοριζόταν να διαχειριστεί το έργο, ξέραμε ότι ήταν κυρίως οι ιδέες σου που μπορούσαν να προχωρήσουν. Όταν δεν ήρθες την Τρίτη, ο Ντουάιτ γνώρισε τον πελάτη και λυπάμαι που το λέω, αλλά, δεν είχε ιδέα. Δεν είμαι πεπεισμένη ότι κατάλαβε την ιδέα και το παραβίασε. Για μας, ήταν μεγάλο βήμα προόδου το να κερδίσουμε την υπόθεση με την Αρτσχεμ. Αντ' αυτού, μείναμε να προσπαθούμε να σώσουμε ό,τι πιο μικρό κομμάτι εργασίας μπορούσαμε με να πάρουμε.»

«Λυπάμαι πολύ.»

«Φυσικά, πρέπει ήδη να γνωρίζεις, ότι ο Ντουάιτ είναι ο ανιψιός του Κάλτον Αρτσερ, ιδρυτή της εταιρείας και εξακολουθεί να είναι πρόεδρος του ομίλου. Γνωρίζουμε ότι ο Ντουάιτ είναι αρκετά άχρηστος, αλλά μας τον επέβαλλαν, υποτίθεται ότι είχε αποκτήσει διεθνή εμπειρία. Ο Ντουάιτ σε κατηγόρησε. Ισχυρίστηκε ότι δεν είχε όλο το υλικό επειδή δεν ήξερε πού το έχεις. Ο Στιούαρτ ήταν έντονος και δεν ήσουν για να υπερασπιστείς τον εαυτό σας.»

«Μα θα έπρεπε να ήταν όλα εκεί», λέω.

Η Μαργαρίτα έγνεψε. «Μετά, δεν ήρθες ούτε την Τετάρτη και επέστρεψες σήμερα το πρωί σαν να βρισκόσουν σε εκδρομή.»

«Μπορώ να καταλάβω γιατί θύμωσες», λέω.

«Ναι! Ήμουν έξαλλη και ένιωσα ότι με απογοήτευσες προσωπικά. Μόνο όταν η Αλίσια ήρθε να με δει, κατάλαβα ότι δεν φταις. Δεν πιστεύω ότι εσύ έστειλες το μήνυμα του ηλεκτρονικού ταχυδρομείου.»

«Είμαι σίγουρη ότι δεν το έκανα», λέω.

«Αν κάποιος είχε πρόσβαση στο τηλέφωνό σου ...» Η Μαργαρίτα αρχίζει να σκέφτεται.

Σκέφτομαι κι εγώ. «Το τηλέφωνό μου είχε αποσυναρμολογηθεί όταν το βρήκα σήμερα το πρωί. Δεν ξέρω πότε συνέβη.»

«Η μόνη λογική εξήγηση που έχω, είναι πως, όποιος είχε το τηλέφωνο, ήθελε να αποφύγει να τον εντοπίσουν,» λέει ο Τζέφρι. «Μπορεί να το αποσυναρμολόγησαν, μετά να χρησιμοποίησαν την Σιμ σε κάποια άλλη συσκευή, ή την έβαλαν προσωρινά ξανά ώστε να μπορέσουν να στείλουν το μήνυμα. Είμαι σίγουρος ότι η αστυνομία θα ελέγξει όλα τα μέρη του τηλεφώνου για αποτυπώματα και να μάθει το αν και τοι πότε χρησιμοποιήθηκαν. Ωστόσο, πρέπει να φροντίσουμε ώστε όποιος ερευνά την υπόθεση να μάθει για το ημέηλ.»

«Θα τηλεφωνήσω το πρωί», είπα.

«Είναι κάτι άλλο που με ανησυχεί», είπε ο Τζέφρι.

«Τι;» ρωτάω, καθώς ταυτόχρονα το ίδιο ρωτάνε η Μαργαρίτα και η Αλίσια.

«Μπορεί να σε κάνει να νιώσεις άβολα», λέει εκείνος. «Θέλεις να συνεχίσω; Θα μπορούσε να γίνει κάποια άλλη φορά.»

«Αμφιβάλλω αν θα μπορούσε να υπάρχει κάτι που να με κάνει να νιώσω πιο άβολα απ' όσο είμαι ήδη.» είπα.

«Σωστά», είπε εκείνος. «Αναρωτιέμαι γιατί κάποιος θα ένιωθε την ανάγκη να στείλει ένα τέτοιο ημέηλ. Η προφανής απάντηση είναι, ότι δεν ήθελαν να μάθει κανείς ότι αγνοείσαι. Για να είμαι πιο ειλικρινής, δεν ήθελαν να σε αναζητήσει κανένας.»

Ένευψα καταφατικά, μην έχοντας ακριβώς καταλάβει πού το πήγαινε.

«Ένας τυχαίος απαγωγέας, δεν θα ανησυχούσε για το αν αναφερόσουν ως αγνοούμενη. Δεν είναι απαραίτητο αυτό βέβαια, αλλά πιστεύω ότι αυτό αυξάνει την πιθανότητα ο απαγωγέας να ήταν κάποιος που γνωρίζεις ή που έχει κάποια σχέση μαζί σου.»

Όσο κι αν νόμιζα ότι δεν μπορούσα να νιώσω πιο άβολα, τώρα απέκτησα ένα απίστευτο βάρος στο στήθος. Μέχρι τώρα, προσπαθούσα να μην σκέφτομαι πολύ για το αν με απήγαγαν ή για το πώς μου φέρθηκαν αυτή την εβδομάδα. Ωστόσο, η εικασία του Τζέφρι, ότι ίσως να γνωρίζω τον απαγωγέα μου, με αναγκάζει να κάνω την ερώτηση. Ποιον γνωρίζω που θα μπορούσε να μου το κάνει αυτό, και γιατί;»

17 ΩΡΕΣ

Αν και το θέμα αλλάζει γρήγορα και καθόμαστε γύρω από το τραπέζι μιλώντας για οτιδήποτε και τα πάντα για ώρες, δεν νιώθω πλέον άνετα. Είμαι κουρασμένη εδώ και ώρες, αλλά προτιμώ να κάθομαι μαζί με φίλους παρά να προσπαθώ να κοιμηθώ. Μετά τα οράματα που είχα νωρίτερα, φοβάμαι μήπως δω και εφιάλτες.

Οι Τζέφρι, Μαργαρίτα και Αλίσια ήταν υπέροχοι. Αν και μπορώ να δω ότι είναι επίσης κουρασμένοι, δεν έκαναν καμία πρόταση για ύπνο. Τα μάτια τους είναι βαριά και που και που χασμουριούνται. Είναι πια περασμένες 1 π.μ. και ξέρω ότι είμαι κουρασμένη. Δεν μπορώ να παραμείνω όρθια. Έχω ακουμπήσει στο τραπέζι όταν ο αγκώνας μου γλιστρά ξαφνικά και σχεδόν πέφτω.

Η Μαργαρίτα με κοιτάζει. «Είχες μια πολύ δύσκολη μέρα και μπορώ να δω ότι είσαι εξαντλημένη. Νομίζω ότι πρέπει να προσπαθήσεις να κοιμηθείς.»

«Ναι, έχεις δίκιο», παραδέχομαι. Υποψιάζομαι ότι και η αυριανή μέρα θα είναι το ίδιο δύσκολη.

«Έχω ήδη στρώσει τα κρεβάτια, αλλά θα σου δείξω που φυλάμε τα σεντόνια και τις κουβέρτες μήπως και τα χρειαστείς. Έχεις ήδη δει που φυλάμε τα πάντα στην κουζίνα, οπότε οτιδήποτε χρειαστείς από φαγητό ή αναψυκτικό, αν ξυπνήσεις νωρίς το πρωί ή αν σηκωθείς το βράδυ, μπορείς να τα βρεις άφοβα. Κι εσύ Αλίσια,» είπε η Μαργαρίτα. Μετά, κοιτώντας την Αλίσια, προσθέτει. «Ξυπνάω γύρω στις 7 το πρωί και φεύγω για το γραφείο στις οκτώ. Αν είσαι έτοιμη ως τότε, θα πάμε μαζί.»

«Ευχαριστώ. Θα ρυθμίσω το ξυπνητήρι του κινητού μου,» απαντά η Αλίσια.

Καθώς ανεβαίνουμε τα σκαλιά, η Μαργαρίτα γυρνά σε μένα και λέει, «Δεν χρειάζεται να σηκωθείς νωρίς. Προσπάθησε να κοιμηθείς όσο γίνεται πιο πολύ, αυτό θα σε βοηθήσει να ανακτήσεις τις δυνάμεις σου. Είδες πού κοιμόμαστε εγώ κι ο Τζέφρι. Αν χρειαστείς κάτι τη νύχτα, οτιδήποτε, απλώς φώναξε. Αν κι εγώ θα φύγω στις οκτώ, θα είν αι εδώ ο Τζέφρι αν χρειαστείς κάτι.»

Η Αλίσια κι εγώ την ευχαριστήσαμε για την καλοσύνη και την φιλοξενία της πριν πούμε τις καληνύχτες μας και φύγει.

Πήγαμε όλες με τη σειρά στην τουαλέτα για να πλυθούμε και να ετοιμαστούμε για το κρεβάτι. Χώθηκα κάτω από ένα σεντόνι και το τράβηξα δυνατά σφίγγοντάς το πάνω μου.

«Θέλεις να μιλήσουμε λίγο περισσότερο ή είσαι έτοιμη να κοιμηθείς» Ρωτάει η Αλίσια. Ακούω την εξάντληση στη φωνή της και ξέρω ότι η προσφορά είναι αληθινή. Θέλω να κοιμηθώ, αν και δεν ξέρω αν θα μπορέσω. Η Αλίσια πρέπει να είναι ξύπνια και έτοιμη για δουλειά σε λίγες ώρες. Έχει κάνει ήδη αρκετά. «Ας προσπαθήσουμε να κοιμηθούμε», απαντώ.

Μέσα σε λίγα δευτερόλεπτα, μπορώ να ακούσω ότι η αναπνοή της έχει γίνει σταθερή και βαθιά και πιστεύω ότι έχει ήδη κοιμηθεί. Προσπαθώ να χαλαρώσω, να εξαφανίσω τους φόβους και τις εικόνες. Κλείνω τα μάτια μου. Λειτουργεί για λίγα δευτερόλεπτα κάθε φορά προτού εισέλθει κάποια σκέψη στο μυαλό μου και τα μάτια μου ανοίξουν, κοιτάζοντας γύρω για να επιβεβαιώσω πού είμαι και ότι είμαι ασφαλής. Προσπαθώ να μετράω πρόβατα, να κάνω χαρούμενες σκέψεις, να οραματίζομαι ήρεμες και απαλές σκηνές, αλλά βοηθάει λίγο.

Πετάγομαι και γυρίζω στο κρεβάτι. Παρόλο που θέλω να μείνω σιωπηλή, για να μην ξυπνήσω την Αλίσια, δεν μπορώ να μείνω ακίνητη. Τη μια στιγμή νιώθω πολύ ζέστη και πετάω το πάπλωμα, και την άλλη, κρυώνω και το ξανατραβάω πίσω. Δοκιμάζω το ένα χέρι ή το πόδι έξω, μετά το άλλο, μετά και έξω ή μέσα, κάθε παραλλαγή παρέχει στιγμές άνεσης προτού χρειαστεί να μετακινηθώ ξανά. Ανακουφίζομαι που η Αλίσια φαίνεται να βρίσκεται σε βαθύ ύπνο, αγνοώντας τη νυχτερινή γυμναστική μου.

Περιστασιακά, νομίζω ότι ησύχαζα κάπως, αλλά δεν ήταν για πολύ, ξανάρχιζαν όλα από την αρχή. Περιοδικά, κοιτάζω το ξυπνητήρι που βρίσκεται σε ένα ράφι τοίχου. Είναι σαν να είμαι σε διαφορετική διάσταση, όπως νιώθω σαν να έχουν περάσει ώρες ενώ το ρολόι δείχνει μόλις λίγα λεπτά. Σημειώνω ότι περνάω τα σημεία αναφοράς των 1,30, 1,45, 2,00, 2,15, 2,30, 2,45, 3,00 και 3,15... μετά σκοτάδι και σιωπή.

Ονειρευόμουν. Υπήρχαν χωράφια με καλαμπόκι και ο ζεστός ήλιος ζέσταινε το δέρμα μου, μια αγροικία, ένας φράκτης, αλλά όλα εξασθενίζουν, γίνονται όλο και πιο μακρινά. Ανοίγω τα μάτια μου. Είναι σκοτεινά. Δεν αισθάνομαι οικεία. Είμαι ανήσυχη. Πού είμαι; Ξαπλώνω σε ένα κρεβάτι, ένα άγνωστο κρεβάτι. Είναι ένα μονό κρεβάτι. Παράξενο, δεν κοιμήθηκα σε ένα μονό κρεβάτι από τότε που ήμουν μικρό παιδί. Τα δάχτυλά μου τρέχουν πάνω από την επιφάνεια. Υπάρχει ένα φύλλο κάτω από μένα. Είναι βαμβάκι, τραγανό, φρέσκο και απαλό. Πάνω μου είναι ένα παρόμοιο, ένα άλλο φύλλο αλλά βαρύτερο. Όχι, δεν είναι το ίδιο, αλλά κάτι είναι στην κορυφή, ένα κάλυμμα, όχι, ένα πάπλωμα. Το χέρι μου φτάνει πέρα από την άκρη του στρώματος. Υπάρχει ο σκελετός του κρεβατιού, λείο ξύλο, νομίζω, ίσως πεύκο. Αναπνέω και μυρίζω το ύφασμα. Πρόσφατα πλύθηκε καθώς μπορώ να μυρίσω απορρυπαντικό και κάτι άλλο. Είναι μαλακτικό ρούχων, μυρίζει τριαντάφυλλα. Δεν χρησιμοποιώ μαλακτικά ρούχων γιατί μερικά από αυτά με κάνουν να φτερνίζομαι. Σουφρώνω τη μύτη μου, περιμένοντας το αναπόφευκτο. Δεν συμβαίνει. Δεν φταρνίζομαι. Αυτό πρέπει να είναι ένα προϊόν που δεν με πειράζει.

Πού είμαι; Η νυχτερινή μου όραση αρχίζει να ξεχωρίζει κάτι, τα μάτια μου αρχίζουν να εστιάζουν. Κοιτάζω γύρω μου. Είναι ένα τετράγωνο δωμάτιο, δίπλα μου υπάρχει ένα κομοδίνο και ένα άλλο κρεβάτι. Είχα δίκιο; Είναι με σκελετό από πεύκο με σεντόνια και πάπλωμα, αλλά δεν είναι ίσο. Υπάρχει ένα σχήμα, ένα περίγραμμα, ένα σώμα. Κοιτάζω πιο κοντά. Βλέπω κίνηση, άνοδο, πτώση, αναπνοή. Ακούω προσεκτικά. Αναπνέει, ήσυχα, αναπνέει με περιστασιακή ρινική ριπή. Κάποιος κοιμάται. Ποιος είναι; Πού είμαι; Τα μάτια μου σαρώνουν το δωμάτιο. Βλέπω ένα ρολόι. Δείχνει 5.32.

Έτσι ξαφνικά, μου έρχονται όλα. Είναι η Αλίσια που κοιμάται. Κοιμόμαστε στο σπίτι της Μαργαρίτας επειδή δεν ένιωθα άνετα και ασφαλής στο σπίτι μου. Πρώτα, η Αλίσια προσφέρθηκε να μείνει μαζί μου για να μην είμαι μόνη και μετά η Μαργαρίτα, με προσκάλεσε, όχι, μας προσκάλεσε, να μείνουμε σπίτι της. Να πα'ρει ι Ο εφιάλτης! Θυμάμαι το χτες. Θυμάμαι ότι έχασα την αίσθησή μου από την Παρασκευή το απόγευμα μέχρι χτες το πρωί, πεντέμισι μέρες. Θυμάμαι που πήγα στην αστυνομία με την Αλίσια, έδωσα κατάθεση, και μετά πήγα στην κλινική όπου με εξέτασαν. Ήταν τρομερό. Τα θυμάμαι όλα αυτά, όμως ακόμα δεν έχω ιδέα για το πού βρισκόμουν ή τι μου συνέβη την περασμένη βδομάδα. Νιώθω ένα κύμα πανικού, ναυτίας, μια πίκρα, μια γεύση από οξύ να ανεβαίνει στον λαιμό μου. Νομίζω ότι θα λιποθυμήσω. Τουλάχιστον, δεν θα πέσω πουθενά, αφού είμαι ξαπλωμένη.

Είμαι ακόμα ξαπλωμένη, καταπιέζοντας την επιθυμία να ουρλιάξω. Η αναπνοή μου είναι κουρελιασμένη. Πρέπει να ηρεμήσω. Απαιτούνται βαθιές αναπνοές. εισπνοή, εκπνοή, εισπνοή, εκπνοή. Τώρα καλύτερα. Πάλι και πάλι. Αργά, ο λόγος μου επιστρέφει. Πρέπει να είμαι δυνατή, πρέπει να είμαι λογική αν θέλω να το ξεπεράσω. Πρέπει επίσης να μετρήσω τις ευλογίες μου. Είμαι καλά και σε φόρμα, νομίζω. Έχω φίλους και υποστήριξη. Υπάρχει η Τζένη και η Αλίσια, η Μαργαρίτα και ο Τζέφρι. Η μαμά και ο μπαμπάς θα είναι σπίτι σε λίγες μέρες και η αστυνομία επίσης θα με βοηθήσει να βρω τις απαντήσεις που χρειάζομαι.

Αν και δεν έχω πειστεί, διαβεβαίωσα τον εαυτό μου αρκετά για να αντιμετωπίσω άλλη μια μέρα. Είμαι κουρασμένη, πολύ κουρασμένη, αλλά δεν θέλω πλέον να κοιμηθώ. Δεν θέλω να διακινδυνεύσω να ξυπνήσω ξανά όπως πριν. Θα ξαπλώσω στο κρεβάτι και θα ξεκουραστώ για λίγο. Πρέπει να σκεφτώ, να προσπαθήσω να προκαλέσω κάποια μνήμη για το πού ήμουν.

Σήμερα είναι Παρασκευή. Η περασμένη Παρασκευή ήταν η τελευταία μέρα που θυμάμαι με κάθε σαφήνεια. Γύρισα πίσω το μυαλό μου. Έφτασα στη δουλειά νωρίς, όπως συνήθως. Όχι, για να είμαι πιο ακριβής, ήμουν ακόμη νωρίτερα, γιατί έπρεπε να προετοιμαστώ για μια συνάντηση στις 10.30. Ήταν με, ποιο είναι το όνομά του; Το διευθυντικό στέλεχος του Κάρσον – Φίλντινγκ, αυτό είναι. Ήταν μια σύντομη συνάντηση, αλλά σημαντική. Έπρεπε να μάθω περισσότερα για τις απαιτήσεις του. Η συνάντηση κράτησε έως τις 11.15. Για το υπόλοιπο της ημέρας, δούλευα στην παρουσίαση του Άρτσχεμ. Ο Ντουάιτ, η Κρισι και εγώ συνεργαστήκαμε όλη την ημέρα. Δεν βγήκα έξω για μεσημεριανό. Ήξερα ότι θα συναντούσα την Τζένη για δείπνο, οπότε δεν ήθελα να φάω πολύ. Έστειλα κάποιον για έναν τόνο και ένα μήλο για να με κρατήσει. Ήπια και χυμό πορτοκάλι. Δεν νομίζω ότι το τελείωσα όλο. Έφαγα μόνο τα μισά.

Οι τρεις από εμάς δουλέψαμε σταθερά, ολοκληρώνοντας την έρευνα, προετοιμάζοντας τις διαφάνειες στο Power-

133 ΩΡΕΣ

point και τα φυλλάδια και κάναμε πρόβα στο ποιος θα έκανε τι. Η Κρίσι έφυγε περίπου στις τέσσερις και μισή, επειδή έπρεπε να μαζέψει την κόρη της από τον παιδικό σταθμό. Δεν ήταν σημαντικό, γιατί είχε μόνο έναν μικρό ρόλο να παίξει σε αυτήν την υπόθεση. Ο Ντουάιτ και εγώ δουλέψαμε. Είχα προγραμματίσει να δουλέψω ως αργά, έτσι θα μπορούσα να βγω έξω να συναντήσω την Τζένη. Πότε έφυγα; Η Αλίσια το έλεγξε. Ήταν περίπου στις 7.30.

Αυτό που συνέβη στη συνέχεια, περικλείεται από ένα σύννεφο. Η επόμενη ανάμνησή μου είναι ότι πέρασα από τον Κεντρικό Σταθμό χθες το πρωί. Πρέπει να προσπαθήσω να θυμηθώ. Συγκεντρώνομαι. Τα ίδια οράματα που είχα χθες επέστρεψαν. Δεν θέλω να παρακολουθήσω, αλλά νομίζω ότι πρέπει. Πρέπει να βρω κάποια ένδειξη. Πρέπει να ξέρω αν είμαι το κορίτσι. Την βλέπω ξαπλωμένη στο κρεβάτι, τους άντρες γύρω της. Προσπαθώ να επικεντρωθώ σε αυτήν. Το σώμα της είναι γυμνό. Δεν υπάρχουν εμφανή σημάδια για να την ξεχωρίσω. Μοιάζει πολύ με εμένα. Το πρόσωπο φαίνεται λίγο πιο λεπτό, μεγαλύτερο και νομίζω ότι είναι πιο δύσκολο, αλλά η εικόνα δεν είναι καθαρή. Θα μπορούσα να είμαι εγώ. Τα μαλλιά της έχουν διαφορετικό χρώμα. Ίσως φοράει περούκα. Ένα διαφορετικό χρώμα θα μπορούσε επίσης να αλλάξει την αντίληψη του σχήματος. Το ξέρω αυτό από τις σπουδές μου στην τέχνη. Δεν μπορώ να είμαι σίγουρη.

Προσπαθώ να επικεντρωθώ σε κάθε έναν από τους άντρες. Η περιγραφή δεν διαφέρει από αυτήν που έδωσα στην Αλίσια. Πρέπει να υπάρχουν περισσότερα. Σκέφτομαι το δωμάτιο. Είναι ένα μεγάλο υπνοδωμάτιο. Το κορίτσι ξαπλώνει σε ένα κρεβάτι και είναι μεγάλο, μεγαλύτερο από ένα κανονικό διπλό. Θα μπορούσε να είναι τεράστιο. Δεν υπάρχει σκελετός κρεβατιού. Αντ' αυτού, είναι ένα ντιβάνι με κεφαλή σε σχήμα κελύφους. Η επιφάνεια είναι απλού χρώματος, υπόλευκου, μπορεί να είναι προστατευτικό στρώματος. δεν υπάρχουν άλλα καλύμματα κρεβατιών. Υπάρχει άφθονος χώρος γύρω από το κρεβάτι για να σταθούν οι άντρες χωρίς το δωμάτιο να φαίνεται περιορισμένο. Δεν υπάρχουν άλλα έπιπλα. Υπάρχει περισσότερος χώρος πέρα από το κρεβάτι, πριν από έναν τοίχο. Είναι ζωγραφισμένο σε παστέλ απόχρωση, τίποτα συγκεκριμένο, μπλε χρώμα νομίζω, τίποτα αξιοσημείωτο, χωρίς φωτογραφίες. Δεν υπάρχει παράθυρο, τουλάχιστον όχι σε κανέναν τοίχο που μπορώ να δω. Ωστόσο, το δωμάτιο είναι φωτεινό. Δεν νιώθω κάτι πιο μπροστά. Βάζω τον εαυτό μου σε δοκιμασία για το τίποτα;

Τι γίνεται με τον ήχο; Αναρωτιέμαι. Οι φωνές τους ή τυχόν θόρυβοι στο παρασκήνιο που μπορεί να βοηθήσουν στον εντοπισμό αυτού του τόπου. Συγκεντρώνομαι, αλλά δεν ακούω τίποτα.

Βλέπω τα χείλη να κινούνται. Είναι σαν οι άντρες να μιλούν ο ένας στον άλλο και να δίνουν οδηγίες στο κορίτσι, λέγοντας τι θέλουν να κάνει. Είναι σαν μίμηση. Δεν ακούω καθόλου ήχο. Χωρίς ομιλία, χωρίς θόρυβο στο παρασκήνιο · αντίθετα, υπάρχει πλήρης σιωπή. Δεν καταλαβαίνω γιατί. Υπάρχει κάτι άλλο που μπορώ να δω; Δεν το πιστεύω, αλλά περίμενε, υπάρχει μια μυρωδιά, μια δυσάρεστη μυρωδιά από παλιό καφέ φίλτρου. Δεν είναι τίποτα σαν το υπέροχο άρωμα φρεσκοτριμμένων καρπών που με δελέασαν στην κουζίνα της Μαργαρίτας χθες το βράδυ. Μοιάζει περισσότερο με την μυρωδιά μιας κανάτας όταν είναι σε μια εστία, και αφήνεται να ψηθεί για πολύ καιρό, μέχρι να γίνει πίσσα.

Τι άλλο μπορώ να θυμηθώ; Το μυαλό μου περιπλανιέται. Η ίδια ανάμνηση που είχα χθες επιστρέφει. Είτε είναι πραγματική είτε φανταστική, είναι μια αίσθηση χεριών που με αγγίζουν. Το απεικονίζω. Εγώ ξαπλωμένη ανάσκελα και τα χέρια που με αγγίζουν, μεγάλα χέρια, μικρά χέρια, αβοήθητα χέρια Δεν βλέπω ανθρώπους, μόνο χέρια. Η ανάμνηση δεν είναι μόνο οπτική. Αισθάνομαι ότι τα χέρια αγγίζουν το σώμα μου, μεγάλα χέρια με χοντρό δέρμα, μικρά, λεία χέρια, με χαϊδεύουν, με αγγίζουν παντού, με σηκώνουν, με γυρίζουν, αγγίζουν το πρόσωπό μου, το σώμα μου, τα άκρα μου και πολλά άλλα, παντού. Θέλω να σταματήσει. Θέλω να μείνω μόνη μου.

Γυρίζω και χώνω το πρόσωπό μου στο μαξιλάρι. Πιέζω σφιχτά τα μάτια μου και σταματώ την εικόνα και το συναίσθημα.

Παίρνω βαθιές ανάσες για να καθαρίσω το μυαλό μου. Τι άλλο; Πρέπει να υπάρχει κάτι άλλο;

Μια σειρά από εικόνες περνούν από μπροστά μου. Δεν ξέρω από που έρχονται. Δεν ξέρω καν αν είναι αληθινές ή φαντασία, αν έχουν σχέση ή αν είναι προϊόν της φαντασίας μου. Οι εικόνες μοιάζουν με μια σειρά από στιγμιότυπα που τα έχουν πάρει σε ένα δωμάτιο. Δεν είναι γνωστό, δεν ξέρω που είναι. Υπάρχει μια βιβλιοθήκη γεμάτη με ΝΤΙ-ΒΙ-ΝΤΙ και χαρτιά. Προσπαθώ να συγκεντρωθώ, αλλά τίποτα από όλα αυτά δεν είναι ευδιάκριτα. Μια άλλη εικόνα δείχνει που βλέπω είναι ένα τραπέζι με καρέκλες γύρω του. Είναι ένα παραλληλόγραμμο τραπέζι. Υπάρχει ένα κάλυμμα στο τραπέζι και πάνω ένα κουτί. Έχει το μέγεθος ενός κουτιού παπουτσιών και μέσα στο κουτί υπάρχουν μικρά μπουκάλια. Σε μια άλλη εικόνα βλέπω μία κάσα παραθύρου, αλλά δεν υπάρχουν παράθυρα ορατά επειδή είναι τραβηγμένες οι κουρτίνες, βαριές, βελούδινες κουρτίνες. Πρέπει να είναι μέρα γιατί υπάρχει ένα χείλος εκεί που συναντιούνται οι κουρτίνες, επιτρέποντας να μπει μια αχτίδα ηλιακού φωτός. Φαίνεται μέσα από το κενό. Άλλες εικόνες δείχνουν μια εντοιχισμένη τηλεόραση, έναν υπολογιστή. Δεν υπάρχει κάτι το σημαντικό που να σηματοδοτεί την

133 ΩΡΕΣ

τοποθεσία. Μαζί με τις εικόνες, νιώθω ξανά την ίδια άσχημη μυρωδιά του καφέ.

Ήλπιζα ότι η μνήμη μου θα επέστρεφε και θα ήξερα τι μου είχε συμβεί κατά τη διάρκεια των χαμένων ημερών. Καθώς φοβάμαι να μάθω ακριβώς πώς με κακοποιήθηκα, το να μη γνωρίζω με καταρρακώνει. Είμαι απογοητευμένη γιατί δεν μπορούμε να συνεχίσουμε. Τούτου λεχθέντος, αισθάνομαι επίσης μια ελαφριά ανακούφιση σκέφτοντας ότι έχω περισσότερες αναμνήσεις που επιστρέφουν σε μένα. Η Πάολα είχε πει ότι αυτό μπορούσε να συμβεί και ελπίζω ότι θα μπορούσε να έχει δίκιο.

22 ΏΡΕΣ

Κοιτώντας ξανά το ρολόι, βλέπω ότι τώρα είναι 6:10. Ο λαιμός μου είναι στεγνός. Διψάω. Αποφασίζω να σηκωθώ. Υπάρχει ένα ημίφως όταν ξεγλιστράω ήσυχα από το κρεβάτι. Δεν θέλω να ενοχλήσω την Αλίσια, βλέπω ότι ακόμα κοιμάται σαν πουλάκι. Βάζω μια ρόμπα πάνω από το νυχτικό μου και φοράω τις παντόφλες μου πριν βγω προσεχτικά από το δωμάτιο. Στο χολ, είναι αναμμένο ένα φως και έτσι κατεβαίνω τα σκαλιά. Παρά τις προσπάθειές μου να κάνω ησυχία, μου το έκανε δύσκολο ένα τρίξιμο μιας σανίδας του πατώματος, πριν φτάσω στο κάτω πάτωμα. Πήδηξα από το σοκ καθώς άκουσα τον ξαφνικό θόρυβο και αυτό μεγάλωσε το πρόβλημα. Αρχίζω να βρίζω σιωπηλά. Ξανασυγκεντρώνοντας την ψυχραιμία μου, πηγαίνω στην κουζίνα

Ξαφνιάζομαι όταν βλέπω πως η κουζίνα είναι επίσης φωτισμένη. Όταν μπαίνω, βλέπω τον Τζέφρι να κάθεται στην κεφαλή του τραπεζιού, κρατώντας μια κούπα καφέ που αχνίζει στο χέρι του. Με άκουσε που μπήκα, σήκωσε το κεφάλι και χαμογέλασε. Χωρίς να μιλήσει, δείχνει την κούπα του και σηκώνει ένα φρύδι, ερωτηματικά.

Του γνέφω με ενθουσιασμό. «Διψούσα. Κατέβηκα μόνο για ένα ποτήρι νερό,» ψιθύρισα.

«Δεν χρειάζεται να προσπαθείς να κάνεις ησυχία,» απάντησε ο Τζέφρι. «Όταν κοιμάται η Μαργαρίτα, δεν την ξυπνάει ούτε σεισμός.» Κλείνει το μάτι συνωμοτικά. «Τοστ;» ρωτάει.

«Όχι, ευχαριστώ, ο καφές είναι μια χαρά.»

Γεμίζει μια κούπα και την βάζει μπροστά μου. «Γάλα ή ζάχαρη;»

«Όχι, ευχαριστώ. Τον προτιμώ σκέτο.» Κρατάω την κούπα με τα δυο χέρια, πλησιάζω την μύτη μου από πάνω και εισπνέω δυνατά, απολαμβάνοντας το άρωμα πριν γευτώ μια δόση από το υπέροχο υγρό. «Ναι, τέλειο,» επαναλαμβάνω.

«Κατάφερες να κοιμηθείς;» ρώτησε ο Τζέφρι.

«Το κρεβάτι ήταν πολύ άνετο,» απάντησα, παρακάμπτοντας την ερώτηση.

Ο Τζέφρι γνέφει, έχοντας ένα γνωστό ύφος στο πρόσωπο.

«Κοιμήθηκα κάπως, αλλά όχι πολύ. Πάντως, ξεκουράστηκα αρκετά καλά,» είπα. «Εσύ τι κάνεις ξύπνιος τέτοια ώρα;»

«Δεν χρειάζομαι παραπάνω ύπνο,»

απάντησε. «Ξύπνησα πριν μισή ώρα. Ξαπλώνω για μερικές ώρες γνωρίζοντας ότι δεν θα μπορέσω να κοιμηθώ παραπάνω, οπότε προγραμματίζω μερικές δουλειές που θέλω να κάνω. Όταν το κάνω αυτό, μετά, πίνω θέλω να πιώ έναν ζεστό καφέ, οπότε ανάβω το μηχάνημα και φτιάχνω και μερικές φέτες τοστ.» Δείχνει τα ψίχουλα στο άλλο πιατάκι.

«Και τότε, κατέβηκα κι εγώ και σου χάλασα το ωραίο, χαλαρό πρωινό σου. Συγνώμη.»

«Μην ζητάς συγνώμη», είπε. «Δεν είμαι δα και τόσο αντικοινωνικός., Μου αρέσει η παρέα. Αναμφίβολα, περνώ πολύ χρόνο μόνος μου.»

Προσπαθώ να σκεφτώ πώς να ελαφρύνω την συζήτηση. Αυτό, συνήθως, μου έρχεται φυσιολογικά αλλά σήμερα, φαίνεται, ότι πρέπει να κάνω μια προσπάθεια. «Έχεις πολλή δουλειά σήμερα;»

«Έχω μερικά συμβόλαια να κάνω αλλά τίποτα το επείγον. Μια εταιρία, πελάτης, σκοπεύει να φτιάξει ένα τμήμα κατασκευών, και μου ζήτησαν να κάνω έρευνα για

"I have a few contracts on the go but there's nothing very urgent. Μία εταιρεία, υφιστάμενος πελάτης, σχεδιάζει να δημιουργήσει ένα νέο τμήμα παραγωγής και μου ζήτησαν να ερευνήσω νέους προμηθευτές από το εξωτερικό για αυτούς. Έχω έναν άλλο πελάτη που ασχολείται με τις τραπεζικές συναλλαγές. Ο επικεφαλής εκτελεστής θέλει να διερευνήσω ορισμένες αμφίβολες συναλλαγές όπου τα ανακτηθέντα περιουσιακά στοιχεία έχουν πωληθεί υπό αξία. Είναι πιθανό να υπάρξει σοβαρή απάτη, αλλά θέλει να το χειριστεί εσωτερικά χωρίς να καλέσει τις αρχές σε αυτό το στάδιο. Δεν υπάρχει βιασύνη σε αυτό, γιατί είμαι ήδη πολύ νωρίτερα από το χρονοδιάγραμμα.»

«Ακούγεται πολύ ενδιαφέρον», λέω, σημειώνοντας τον ενθουσιασμό στη φωνή του.

«Μερικά από αυτά είναι. Μπορεί να μοιάζει αρκετά με αυτό που έκανα στην αστυνομία. Υπάρχει πολλή δουλειά, δουλεύοντας μέσα από βουνά πληροφοριών και προσπαθώντας να την κατηγοριοποιήσουμε και να την κατανοήσουμε. Ένα πλεονέκτημα έναντι της αστυνομικής εργασίας είναι ότι δεν χρειάζεται να ξοδεύω το μεγαλύτερο μέρος του χρόνου μου σε χαρτιά για να καλύψω τα νώτα μου. Είναι αλήθεια ότι πρέπει να συντάξω αναφορές για πελάτες, αλλά δεν είναι το ίδιο. Το έργο μπορεί να είναι συναρπαστικό κατά καιρούς, ειδικά όταν ανακαλύπτεις κάτι σημαντικό ή έχεις την αίσθηση ότι οι προσπάθειές σου κάνουν μια πραγματική διαφορά.»

«Ξέρω τι εννοείς», απαντώ. «Δέχομαι ότι τα πράγματα που κάνω είναι διαφορετικά.

Η δουλειά μου δεν αλλάζει τη ζωή των ανθρώπων όπως η δική σας, αλλά πραγματικά έχω μια φήμη όταν κάτι που σκέφτομαι ή κάνω, λαμβάνεται σοβαρά υπόψη και γίνεται βασικό στοιχείο ενός έργου.»

«Καταλαβαίνω. Η Μαργαρίτα εργάστηκε στο μάρκετινγκ για δεκαετίες. Ξέρω πόσο της αρέσει και, από όσα έχω δει, δεν νομίζω ότι πρέπει να υποτιμήσεις την επίδραση που έχει στις ζωές των ανθρώπων και τις συνήθειές τους. Μου έχει αποδειχθεί πόσο σημαντικό μπορεί να είναι. Δεν χρειάζεται να μου πουλήσετε την ιδέα.» Συνειδητοποιώντας την ακούσια λογοκρισία του, ο Τζέφρι κρυφογέλασε κι εγώ ακολούθησα.

«Τι συμβαίνει εδώ» Σε προσκαλώ στο σπίτι μου και μετά σε βρίσκω να φλερτάρεις με τον άντρα μου στη μέση της νύχτας.» Η Μαργαρίτα μπαίνει στην κουζίνα. Κοιτάζω την πετρώδη έκφραση της. Υπάρχει μια σιωπηλή παύση αλλά δεν μπορεί να συνεχίσει την πλάκα και αρχίζει να γελάει. «Καλημέρα, Μπρίονι», λέει, ερχόμενη σε μένα και δίνει στον ώμο μου μια στοργική συμπίεση. Χωρίς να ρωτήσει, ο Τζέφρι βάζει καφέ σε μια καινούργια κούπα και τον τοποθετεί στο τραπέζι μπροστά της.

Η Μαργαρίτα δεν κάθεται. Στέκεται, πίνοντας τον καφέ της. «Πως αισθάνεσαι;» ρώτησε εκείνη.

Φυσικά, νιώθω εντάξει, αλλά δεν μπορώ να ασχοληθώ με την κατάστασή μου. Είναι τόσο σουρεαλιστικό. «Θέλω τα πάντα να γίνουν κανονικά και πάλι», λέω.

«Θα γίνουν,» με διαβεβαιώνει. «Είχες καμία ανάμνηση;»

«Κάτι πολύ λίγο, τίποτα το σημαντικό.»

«Θα χρειαστεί χρόνος, κάνε υπομονή.»

Κοιτάζω το τραπέζι, μην μπορώντας να συναντήσω το βλέμμα της. «Τι θα κάνω στο μεταξύ;»

«Δεν υπάρχει κάποια εύκολη απάντηση,» απαντάει η Μαργαρίτα. «Θα πρέπει να ξαναμιλήσεις στην αστυνομία σήμερα. Τα αποτελέσματα των εξετάσεων μπορεί να αργήσουν λιγάκι να βγουν, αλλά πρέπει να τους ρωτήσουν πότε περιμένουν κάποια απάντηση. Επίσης, ρώτησέ τους πότε θα σου δώσουν πίσω το τηλέφωνό σου».

«Πολύ καλή συμβουλή,» λέει ο Τζέφρι. «Αναμφίβολα θα κάνουν ό,τι καλύτερο μπορούν, αλλά εσύ πρέπει να θυμάσαι, πως με όλες τις περικοπές, οι πόροι της αστυνομίας είναι λιγοστοί, περισσότερο από ποτέ. Πρέπει να δώσουν προτεραιότητα και είναι πιο πιθανό να εφαρμόσουν πόρους στην περίπτωσή σου αν ξέρουν ότι τους κυνηγάς για απαντήσεις.»

«Σας ευχαριστώ. Θα το έχω στο νου μου. Θυμάμαι την Πάολα που είπε ότι θα ήταν σε υπηρεσία από τις 8.00 π.μ. τότε θα τηλεφωνήσω.»

«Αν δεν κάνω λάθος, είναι ο αξιωματικός σύνδεσμος», λέει ο Τζέφρι. «Η ερευνητική ομάδα είναι μια διαφορετική ομάδα και θα έπρεπε να ανατεθεί σήμερα, αν δεν το έχουν ήδη κάνει. Προς το παρόν, η Πάολα είναι το κύριο σημείο επαφής σου και μπορείς να συνεχίσεις να μιλάς μαζί της ακόμη και όταν εισαχθείς στην ομάδα.»

Αν και θέλω να επαναφέρω τη μνήμη μου, αισθάνομαι ότι χρειάζομαι κάτι άλλο για να σκεφτώ. Ξέρω ότι δεν μπορώ να ξοδέψω όλο το χρόνο μου με τους φόβους μου. Θα τρελαθώ. Ίσως καλύτερα να δουλεύω, νομίζω. Ίσως αν ασχοληθώ με κάτι να μου αποσπάσει την προσοχή για να τα καταφέρω αυτή τη φορά. «Πότε μπορώ να επιστρέψω στο γραφείο;» Ρωτώ τη Μαργαρίτα.

Φαίνεται έκπληκτη. «Νόμιζα ότι θα χρειαστείς λίγο χρόνο για να το ξεπεράσεις, για συνέλθεις».

«Πρέπει να κάνω κάτι», λέω. «Δεν μπορώ να ισχυριστώ ότι θα ήμουν πολύ αποτελεσματική, αλλά πρέπει να κάνω κάτι που να με απασχολεί».

Η Μαργαρίτα γνέφει. «Καταλαβαίνω. Πιστεύω ότι είναι πολύ νωρίς τώρα. Άλλωστε, έχεις πράγματα που πρέπει να κάνεις σήμερα. Ας δούμε πώς θα είσαι το σαββατοκύριακο και μπορούμε να σκεφτούμε αν είσαι εντάξει να επιστρέψεις την επόμενη εβδομάδα. Δεν χρειάζεται να βιάζεσαι.»

Η Μαργαρίτα κοιτάζει το ρολόι της. «Καλύτερα να ετοιμαστώ», λέει, πριν βγει από την κουζίνα.

«Ξέρω ότι θέλεις όλα αυτά να τελειώσουν, αλλά αυτά τα πράγματα χρειάζονται χρόνο. Το ξέρω από εμπειρία. Λυπάμαι, αλλά τίποτα δεν θα συμβεί όσο γρήγορα θέλεις», συμβουλεύει ο Τζέφρι,«απλά πρέπει να το αποδεχτείς».

Ξέρω ότι έχει δίκιο. Ωστόσο, δεν το καθιστά ευκολότερο για μένα.

23 ΏΡΕΣ

Με την συζήτηση, δεν κατάλαβα πώς πέρασε η ώρα. Ακούω θόρυβο κίνησης από πάνω. Περνούν δέκα λεπτά πριν έρθει η Αλίσια. Ανταλλάσσουμε χαιρετισμούς Πώς το κάνει; Σε τόσο σύντομο χρονικό διάστημα, είναι έτοιμη, μοιάζει να βγαίνει από ένα σετ ταινιών, ντυμένη στην τελειότητα και επαγγελματικά φτιαγμένο. Εντυπωσιάζομαι αμέσως και ταυτόχρονα ζηλεύω.

Κοιτάζω κάτω και θυμάμαι ότι ήρθα κατευθείαν από το κρεβάτι για να πάρω ένα ποτήρι νερό. Μόνο τώρα, συνειδητοποιώ ότι δεν έχω πλυθεί ούτε ντυθεί.. Το μόνο που φοράω είναι ένα νυχτικό και μια ρόμπα. Πρέπει να φαίνομαι χάλια. Δεν το έχω κάνει ποτέ πριν. Καλά, ίσως οι γονείς μου και η Τζένη να με έχουν δει στο πρωινό άπλυτη και ακατάλληλα ντυμένη, αλλά κανείς άλλος, ούτε καν ο Μάικλ. Ειδικά ο Μάικλ.

Λοιπόν, ίσως οι γονείς μου ή η Τζένη με είδαν στο πρωινό να μην ντους και να ντυθούν σωστά, αλλά κανείς άλλος, ούτε καν ο Μάικλ. Ειδικά όχι ο Μάικλ. Τώρα καταλαβαίνω πόσο μπερδεμένη και αναστατωμένη είμαι. Αν το σκεφτώ, μια άλλη ερμηνεία θα μπορούσε να είναι ότι νιώθω τόσο άνετα με την παρέα του Τζέφρι και της Μαργαρίτας, ώστε δεν με νοιάζουν τα ρούχα ή η εμφάνισή μου. Χωρίς να το συνειδητοποιήσω, τους έχω υιοθετήσει προσωρινά ως αναπληρωματικούς γονείς; Δεν υπάρχει αμφιβολία για το πόσο ευγενικοί και γεμάτοι κατανόηση ήταν, αλλά δεν δικαιολογεί να είμαι τόσο αλαζονική.

«Πρέπει να πλυθώ και να αλλάξω», λέω, κι ανεβαίνω στον επάνω όροφο.

Μαζεύω τα καλλυντικά μου και βγάζω μερικά καινούργια ρούχα από την τσάντα μου. Γιατί δεν τα κρέμασα χθες το βράδυ; Τώρα θα χρειαστούν αιώνες για να φύγουν οι τσαλάκες. Πηγαίνω στο μπάνιο. Ο καθρέφτης είναι θολός με ατμό λόγω του πρόσφατου ντους της Αλίσια. Όταν τον σκουπίζω, συγκλονίζομαι από την εικόνα μου. Φαίνομαι δέκα χρόνια μεγαλύτερη από ό,τι έπρεπε. Δεν είμαι εγώ, έτσι; Νιώθω χαζή. Τα μάγουλά μου είναι βυθισμένα και το δέρμα μου μοιάζει με περγαμηνή, γκρι χρώματος. άσε πια τους μαύρους κύκλους στα μάτια μου. Είμαι βέβαιη ότι υπάρχουν ρυτίδες εκεί που δεν έχω ξαναδεί. Τρέχω τα δάχτυλά μου στα μαλλιά μου. Είναι σκληρά και άτονα. Πώς καθόμουν κάτω με τον Τζέφρι και την Μαργαρίτα, έτσι, χωρίς να το ξέρω; Δεν αντέδρασαν, αλλά τι θα σκέφτονται; Είναι τόσο καλοί άνθρωποι.

Μια ανάμνηση αυτού που είπε χθες η Τζένη μου έρχεται πίσω και νιώθω μια μικρή ενόχληση. Είναι καλοί άνθρωποι, έτσι δεν είναι; Πώς μπορώ να είμαι σίγουρη, όταν έχω συνειδητοποιήσει πρόσφατα τι κακός κριτής χαρακτήρα είμαι; Προηγουμένως θεώρησα ότι η Μαργαρίτα ήταν δαίμονας και η Αλίσια δεν άξιζε να της μιλήσω και κοίταξε τώρα, πώς στήριξαν; Είχα τόση εμπιστοσύνη στον Μάικλ κι εκείνος με απογοήτευσε. Το χειρότερο, με πρόδωσε με τον χειρότερο δυνατό τρόπο.

Το μόνο πράγμα για το οποίο μπορώ να είμαι σίγουρη είναι ότι δεν μπορώ να βασιστώ στην κρίση μου. Τουλάχιστον δεν έχω χάσει την αίσθηση ειρωνείας μου.

Η Μαργαρίτα και ο Τζέφρι φαίνονται υπέροχοι άνθρωποι. Δεν έκαναν τίποτα για να προκαλέσουν αμφιβολίες, αλλά, ωστόσο, πρέπει να προχωρήσω με προσοχή, λέω στον εαυτό μου.

Κοιτάζοντας γύρω μου, βλέπω ένα μπουκάλι αφρόλουτρο και αποφασίζω να ελέγχω αν ο ισχυρισμός του για αναζωογόνηση αντέχει στη δοκιμή. Κρέμασα την ρόμπα μου και άφησα το νυχτικό να πέσει στα πόδια μου. Μετά, μπήκα κάτω από την ντουζιέρα. Στέκομαι εκεί, αφήνοντας το νερό να πέσει πάνω μου, παίρνοντας τον χρόνο μου, ελπίζοντας ότι το νερό που ρέει θα ξεπλύνει την αμαυρωμένη εικόνα μου.

Είμαι απρόθυμη να συνεχίσω, αλλά ξέρω ότι πρέπει. Γυρίζω τον επιλογέα προς το κρύο. Έχει το διπλό όφελος να με κρατάει σε εγρήγορση και να μου δίνει αρκετή ώθηση για να φύγω από το ντους.

Νιώθω παγωμένη και είμαι βρεγμένη. Βγαίνω από τον θάλαμο και παίρνω μια πετσέτα, και την τυλίγω γύρω μου. Παίρνω μια δεύτερη πετσέτα και στεγνώνω τα μαλλιά μου πριν την κάνω τουρμπάνι. Καθαρίζω τον καθρέφτη και επανεξετάζω τον εαυτό μου. Δεν είναι μεγάλη, αλλά μια σημαντική βελτίωση την έκανα, νομίζω. Καθαρίζω τα δόντια μου, ρίχνω μερικά ρούχα και μετά εφαρμόζω προσεκτικά τα καλλυντικά μου. Δίνοντας ιδιαίτερη προσοχή στα μάτια μου, μάσκαρα τις βλεφαρίδες μου και χρησιμοποιώ σκιά για να ελαφρύνω τους μαύρους κύκλους. Λίγο ρουζ, και φαίνομαι σχεδόν πάλι σαν άνθρωπος. Εντοπίζω ένα στεγνωτήρα μαλλιών στον τοίχο, οπότε βρίσκω τη βούρτσα μαλλιών μου, βγάζω το τουρμπάνι και φτιάχνω τα μαλλιά μου φέρνοντάς τα πάλι στο φυσιολογικό τους σχήμα.

24 ΩΡΕΣ

Γυρίζω στην κουζίνα. Ο Τζέφρι έχει μπροστά του μια εφημερίδα, κι ένα στυλό στο χέρι. Διακρίνω το σχεδόν συμπληρωμένο σταυρόλεξο πάνω στο τραπέζι.

«Μπορώ να βοηθήσω;» ρώτησα.

«Χωρίς παρεξήγηση, αυτή την πρόκληση θέλω να την φέρω εις πέρας μόνος μου. Είναι μια τελετουργία για μένα.»

«Εντάξει, ξέρεις πού θα με βρεις αν κολλήσεις», αστειεύτηκα.

«Μην το ελπίζεις.» Ο Τζέφρι έριξε ένα πλατύ χαμόγελο. «Η Μαργαρίτα με την Αλίσια έφυγαν πριν από λίγο. Μου ζήτησαν να σου δώσω τα χαιρετίσματά τους. Η Μαργαρίτα είπε να την τηλεφωνήσεις αν χρειαστείς κάτι που θα μπορούσε να σε βοηθήσει. Λοιπόν, τι θα έλεγες για ένα πρωινό τώρα;»

«Δε νομίζω ότι πεινάω», απαντώ.

«Παρόλα αυτά, πρέπει να ανακτήσεις τις

δυνάμεις σου. Έχουμε ένα πολύ νόστιμο μούσλι. Άντε, δοκίμασέ το.»

Τελικά το έκανα, και πρέπει να παραδεχτώ ότι είναι καλό και νιώθω πιο δυνατή. «Καλύτερα να τηλεφωνήσω στην αστυνομία. Υπάρχει κάποιο τηλέφωνο;»

Ο Τζέφρι μου δίνει ένα ασύρματο και μου δείχνει το σαλόνι. «Κάθισε εδώ για να μιλήσεις με την ησυχία σου. Αν με χρειαστείς, θα είμαι ή στην κουζίνα ή στο γραφείο μου.»

Μάλλον πέρασαν μερικά λεπτά, αλλά μου φάνηκε πολύς χρόνος καθώς καθόμουν εκεί και κοίταζα την κάρτα της Πάολας, κρατώντας το τηλέφωνο στο άλλο μου χέρι, έτοιμη να τηλεφωνήσω και σκεπτόμενη για το τι θα πω.

Δεν υπάρχει λόγος να το αναβάλλω άλλο πια. Σχηματίζω το τηλέφωνο και η Πάολα απαντά.

«Χαίρομαι που τηλεφώνησες. Μόλις θα σε έπαιρνα κι εγώ», είπε.

Μπήκα άμεσα σε εγρήγορση. «τι είναι; Βρήκατε κάτι; Τι θέλεις να μου πεις;»

«Ηρέμησε, Μπρίονι. Δεν έχω να σου πω κάτι ακόμα. Είμαστε μόνο στην αρχή. Ήθελα να σου μιλήσω για να σε ενημερώσω για τις διαδικασίες. Η ερευνητική ομάδα σχηματίστηκε. Αρχηγός θα είναι η αρχιφύλακας Ζωή ΜακΜάνους. Διπάβασε την αναφορά μου για το έγκλημα και θέλει να σε συναντήσει όσο το δυνατόν πιο γρήγορα.»

«Θέλεις να ξανάρθω εκεί;» ρώτησα.

«Όχι, κάτι άλλο. Εξαιτίας του χρόνου που ήσουν χαμένη, θέλει να ελέγξει το διαμέρισμά σου. Θέλει να σε συναντήσει εκεί. Είναι καλά για σήμερα στις 11; Θα έχει και την ιατρική ομάδα μαζί της.»

Κοιτάζω το ρολόι μου. Δεν είναι 8:30 ακόμα οπότε υπάρχει αρκετός χρόνος. «Ναι, κανένα πρόβλημα.»

«Και τώρα, πες ου τι με ήθελες; Θυμήθηκες κάτι που ήθελες να μου πεις;» ρώτησε.

«Ναι,» είπα. Της μίλησα για τα οράματά μου και της έδωσα την περιγραφή των τριών αντρών.

«Το σημείωσα. Θα φροντίσω να μπει στον φάκελό σου και να το μάθει η Ζωή. Υπάρχει τίποτα άλλο;»

Της είπα για το ημέηλ που έλαβε η Μαργαρίτα και για τις υποψίες του Τζέφρι.

«Πολύ ενδιαφέρον» λέει, «αλλά ας μην βγάζουμε συμπεράσματα ακόμα».

«Μπορείς να μου πεις πότε θα πάρω πίσω το τηλέφωνό μου;»

«Δεν είμαι σίγουρη. Ίσως αργότερα σήμερα ή αύριο. Το έχουν οι τεχνικοί τηλεπικοινωνιών τώρα. Ελπίζουμε, ότι ίσως μπορέσουν να ανακαλύψουν τα στοιχεία που θέλουν ώστε να το έχεις σύντομα. Ρώτησε την Ζωή όταν τη δεις.»

Κλείνω το τηλέφωνο και παίρνω μια βαθιά ανάσα. Παρά την αποφασιστικότητά μου και τις προσπάθειές μου, δάκρυα κυλάνε στα μάτια μου. Τα σκουπίζω με το χέρι μου, σκεπτόμενη ότι πρέπει να ανανεώσω το μεηκ άπ μου πριν δω οποιονδήποτε.

Ξέρω ότι μπορώ να πάρω λεωφορείο ή ταξί από εδώ, αλλά η Τζένη είπε ότι είχε ρεπό σήμερα και προσφέρθηκε να με πάει. Δεν είναι πολύ νωρίς για να της τηλεφωνήσω. Σχηματίζω τον αριθμό.

«Εμπρός, ποιος είναι;» ρωτάει η Τζένη.

«Εγώ, η Μπρίονι. Σε παίρνω από της Μαργαρίτας.»

«Ααα, συγνώμη, Δεν αναγνώρισα τον αριθμό. Χαίρομαι που τηλεφώνησες. Είμαι ξύπνια όλη νύχτα και σε σκεφτόμουν. Πώς είσαι;»

«Καλά, υποθέτω. Με φρόντισαν καλά. Ακου, εχτές είπες ότι σήμερα έχεις ρεπό. Προσφέρθηκες...»

«Ο,τι θέλεις. Πες μου απλώς τι να κάνω.»

«Μόλις μίλησα με την αστυνομία. Θέλουν ν συναντηθούμε στο διαμέρισμά μου. Τώρα είμαι στο σπίτι της Μαργαρίτας.»

«Κανένα πρόβλημα. Δώσε μου την διεύθυνση, θα έρθω αμέσως.»

«Σ' ευχαριστώ Τζένη. Δεν υπάρχει βιασύνη. Θέλουν να συναντηθούμε στις 11.» της έδωσα την διεύθυνση.

«Εντάξει, θα είμαι εκεί σύντομα. Γιατί θέλει να σε συναντήσει στο διαμέρισμά σου;»

«Δεν είναι η αστυνομικός που γνώρισες εχτές. Έχουν αναθέσει την υπόθεση σε μια αρχιφύλακα και θέλει να συναντηθούμε με την ομάδα της εκεί για να ελέγξει το διαμέρισμα.»

«Πολύ περίεργο. Γιατί να θέλουν να ελέγξουν το διαμέρισμά σου; Δεν θα βρουν τυχόν αποδείξεις εκεί. Δεν δέχτηκες επίθεση εκεί, έτσι δεν είναι;»

Επίθεση; Δεν μπορώ να συνηθίσω στην ιδέα πως μου επιτέθηκαν. «Υποθέτω ότι είναι σχολαστικοί. Αφού εγώ δεν μπορώ να γεμίσω το κενό στο μυαλό μου, δεν ξέρω πού ήμουν. Εξάλλου, ο οποιοσδήποτε θα μπορούσε να ήταν στο διαμέρισμά μου. Είναι λογικό να το ψάξουν.»

«Ναι, μάλλον. Το είπα μόνο επειδή θέλω να σε φροντίσω. Νομίζω ότι πέρασες αρκετά ως τώρα και δεν χρειάζεται να περάσεις κι άλλα.»

«Το εκτιμώ, Τζένη. Πάω να ετοιμαστώ τώρα. Θα τα πούμε όταν έρθεις.»

Έχοντας φρεσκαριστεί, πηγαίνω ξανά στην κουζίνα. Δεν βλέπω πουθενά τον Τζέφρι και καθώς πηγαίνω προς το γραφείο του, ακούω μουσική να παίζει, κλασσική μουσική, ορχηστρική. Αναγνωρίζω τον ήχο του ντραμ, από το *Planet Suite* του Γκουστάβ Χολστ.. Η πόρτα είναι ανοιχτή και τον βλέπω να κάθεται στο γραφείο του και να πληκτρολογεί στον υπολογιστή. Χτυπάω και περιμένω την απάντησή του, αλλά δεν με ακούει εξαιτίας της μουσικής. Χτυπάω ξανά, πιο δυνατά αυτή τη φορά και φωνάζω το όνομά του.

Ο Τζέφρι ακούγοντάς με, γυρίζει να με κοιτάξει. Αμέσως, κοιτάζει την οθόνη ξανά, κλικάρει το ποντίκι και μειώνει τον ήχο. «Συγνώμη, δεν πήρα είδηση ότι ήσουν εδώ. Ακούω συχνά κλασσική μουσική ενώ εργάζομαι. Η Μαργαρίτα παραπονιέται ότι τη βάζω πολύ δυνατά. Βασικά, δεν υπάρχει κανείς άλλος εδώ εκτός από μένα για αν τον ενοχλήσω, και αφού το σπίτι μας είναι απομακρυσμένο από τα άλλα, δεν ανησυχώ μήπως ενοχλώ τους γείτονες.»

«Δεν χρειάζεται να ζητάς συγνώμη. Δεν με ενόχλησε καθόλου, και μου αρέσει πολύ να ακούω μουσική. Στο σχολείο έμαθα να παίζω κλαρινέτο και ακόμα παίζω λιγάκι. Εγώ πρέπει αν ζητήσω συγνώμη που σε ενοχλώ ενώ δουλεύεις.»

Ο Τζέφρι γνέφει με το χέρι του. «Πάρε μια καρέκλα και κάθισε. Τι ήθελες να μου πεις;»

«Όχι, δεν πειράζει. Ήθελα μόνο να σου πω ότι θα βγω. Κανόνισα να συναντηθώ με την αστυνομία στο διαμέρισμά μου. Θα έρθει να με πάρει η φίλη μου η Τζένη.»

«Ωραία. Μπορώ να βοηθήσω σε κάτι;» ρώτησε ο Τζέφρι.

Κουνάω το κεφάλι. «Δεν ξέρω πόση ώρα θα πάρει.»

«Μην ανησυχείς. Εγώ θα είμαι εδώ όλη την ημέρα. Έχεις τον αριθμό αν με χρειαστείς. Συνήθως τρώμε κατά τις 6:30. Θα φτιάξω μακαρόνια μπολοναΐζ.»

ΖΑΚ ΈΙΜΠΡΑΜΣ

«Πολύ ευγενικό, αλλά δεν θα ήθελα να σας ενοχλήσω.»

«Θα ήταν καλύτερο να μείνεις για μερικές μέρες...μέχρι να νιώσεις φυσιολογικά ξανά.»

Χαμογελώ. «Ευχαριστώ», μπόρεσα μόνο να πω.

25 ΩΡΕΣ

Καθώς θυμήθηκα την απροθυμία της Τζένης να έρθει στο σπίτι χτες βράδυ, σκέφτηκα πως θα ήταν καλύτερο να την περιμένω έξω. Είναι μια ασυνήθιστα ευχάριστη μέρα για Οκτώβριο, ξηρή και ζεστή, με σχεδόν κανένα σύννεφο στον ουρανό και με ένα μικρό αεράκι. Ακουμπώ στον τοίχο, και κοιτάζω γύρω τον κήπο. Εκτός από μερικά λουλούδια, η επιφάνεια είναι είτε πλακοστρωμένη είτε καλυμμένη με κόκκινα τούβλα, που επιτρέπουν την πλήρη συντήρηση. Εισπνέω βαθιά, απολαμβάνοντας τον δροσερό αέρα, καθαρίζοντας το μυαλό μου.

Δεν περίμενα για πολύ ώρα μέχρι να εντοπίσω το αυτοκίνητο της Τζένης, που σταμάτησε μπροστά μου. Άνοιξα την πόρτα και ανέβηκα σχεδόν πριν καλά-καλά σταματήσει το αμάξι.

«Βιάζεσαι» είπε. «Πρέπει να ήθελες απελπισμένα να βγεις.»

Η Τζένη σκύβει μπροστά και με αγκαλιάζει σφικτά. «Αχ, Μπρίονι, λυπάμαι τόσο πολύ για όλα όσα πέρασες. Τώρα είμαι εδώ. Μπορώ να σε βοηθήσω.»

«Είναι πολύ νωρίς. Έχω συνάντηση με την αστυνομία στις έντεκα. Μπορείς να με πας για μια δουλειά πριν πάμε στο διαμέρισμα;»

«Μα φυσικά. Όπου θέλεις. Πού θέλεις να πάμε;» ρώτησε η Τζένη.

«Στην τράπεζα. Η πληρωμή για το νοίκι μου δεν έγινε και δεν μπόρεσα να βρω την τραπεζική μου κάρτα. Θέλω να μάθω τι συμβαίνει.»

«Το είπες αυτό χτες βράδυ στην Πάολα. Είπε ότι θα το κοιτάξει εκείνη.»

«Το ξέρω, αλλά δεν ξέρω πόσο θα πάρει. Πρέπει να μάθω σε τι κατάσταση είναι τα οικονομικά μου τώρα,» είπα.

«Πολύ καλή ιδέα. Πού είναι η τράπεζά σου;»

Καλή ερώτηση. Οι περισσότερες τραπεζικές συναλλαγές μου γίνονται πια από το διαδίκτυο. Ξέρω το υποκατάστημα στο οποίο άνοιξα τον λογαριασμό μου. Χρόνια συνεργάζομαι μαζί τους. Ωστόσο, έκλεισε πριν μερικούς μήνες επειδή η τράπεζα έκανε περικοπές. Δεν είμαι σίγουρη σε ποιο υποκατάστημα με μετάθεσαν.

«Δεν είμαι σίγουρη που είναι το υποκατάστημα που ανήκω τώρα. Ας πάμε στο Σολαντς», πρότεινα.

Μέσα σε δεκαπέντε λεπτά, μπαίνουμε στο χώρο στάθμευσης του εμπορικού κέντρου Σολαντς και περνάμε μέσα από ορδές πεζών στον δρόμο Κιλμάρνοκ. Ως αποτέλεσμα πολλών τραπεζικών κλεισιμάτων, τα υπόλοιπα υποκαταστήματα είναι πάντα απασχολημένα. Πρέπει να μείνω στην ουρά για δέκα λεπτά, προτού μπορέσω να μιλήσω με ένα ταμείο. Εξηγώ ότι ανησυχώ για συναλλαγές στο λογαριασμό μου και δείχνω την άδεια οδήγησης για αναγνώριση.

Πληκτρολογεί στον υπολογιστή της και μετά με κοιτάζει προσεκτικά. «Είχαμε ήδη έρευνα από την αστυνομία σχετικά με αυτό», ψιθυρίζει, σε συνωμοτικό τόνο.

«Ναι, δεν με εκπλήσσει. Το ανέφερα χθες. Η κάρτα μου λείπει, επομένως θα ήθελα να σταματήσω τυχόν πληρωμές που πραγματοποιούνται μέσω αυτής. Μπορείτε επίσης να μου πείτε το υπόλοιπό μου και για τυχόν αναλήψεις την τελευταία εβδομάδα;»

«Θα κάνω κάτι καλύτερο. Θα σας τυπώσω ένα ενημερωτικό. Η τραπεζική σας κάρτα είναι ήδη ακυρωμένη επειδή η αστυνομία ανέφερε την απώλειά της. Θέλετε να κάνω αίτηση για νέα; Θα σας έρθει σε μερικές μέρες.»

«Ναι, παρακαλώ,» είπα. Καθώς κοίταξα το έντυπο ενημέρωσης, άφησα μια κραυγή.

Η Τζένη βάζει το χέρι της γύρω από τον ώμο μου. «Τι συμβαίνει;» ρώτησε.

ΖΑΚ ΈΪΜΠΡΑΜΣ

Από την περασμένη Παρασκευή, θα έπρεπε να υπάρχει υπόλοιπο των 1000 λιρών σε πίστωση. Μια πληρωμή ενοικίου 500 λίρες έπρεπε να πραγματοποιηθεί τη Δευτέρα και στη συνέχεια μια πληρωμή φόρου του Συμβουλίου αργότερα μέσα στην εβδομάδα. Βλέπω ότι το υπόλοιπο της περασμένης εβδομάδας ήταν όπως αναμενόταν, αλλά πραγματοποιήθηκαν δύο αναλήψεις 200 λιρών η κάθε μία με ημερομηνία την προηγούμενη Παρασκευή και Σάββατο και μια επιπλέον χρέωση 225 λιρών η οποία έγινε το Σάββατο. Η έκπτωση του μισθώματος διαγράφηκε τη Δευτέρα, δημιουργώντας υπερανάληψη, στη συνέχεια η συναλλαγή αντιστράφηκε την ίδια ημέρα και πραγματοποιήθηκε ταυτόχρονα μη εξουσιοδοτημένη χρέωση συναλλαγής 25 λίρες. Ο φόρος του Συμβουλίου ύψους 140 λιρών έληξε την Τετάρτη, ως αναμενόταν. Το τρέχον υπόλοιπό μου δεν υπερβαίνει τις 200 λίρες.

«Αυτό δεν είναι σωστό,» λέω δείχνοντας τις κρατήσεις. «Μπορείτε να μου πείτε τι είναι;»

Η ταμίας κοιτάζει την οθόνη της και απαντά: «Οι αναλήψεις ήταν αναλήψεις χρεωστικών καρτών που κάνατε χρησιμοποιώντας ένα ΑΤΜ στην πόλη. Οι 225 λίρες ήταν μια πληρωμή με κάρτα που πραγματοποιήθηκε στην Dixon Retail Services, που πιθανότατα θα γινόταν σε κατάστημα Currys ή PC World."

«Δεν έκανα καμία από αυτές τις συναλλαγές», λέω, με αποφασιστική φωνή.

«Συγγνώμη. Δεν μπορώ να κάνω τίποτα », απαντά. «Εάν πιστεύετε ότι οι χρεώσεις δεν είναι γνήσιες, τότε πρέπει να τις αναφέρετε στην ομάδα υπηρεσιών καρτών.» Μου δίνει ένα φυλλάδιο με τις πληροφορίες τους.

«Μπορείτε να μου δώσετε πιο ακριβείς λεπτομέρειες για τις συναλλαγές;» Ρωτάω.

«Λυπάμαι, όχι. Το μηχάνημά μου δεν δίνει περισσότερες πληροφορίες. Υπάρχει κάτι άλλο που μπορώ να κάνω;»

Δεν μπορώ να πω ότι είμαι πολύ ευχαριστημένη με αυτό που έχει κάνει μέχρι τώρα, αν και καταλαβαίνω ότι δεν φταίει. Γνωρίζω ότι υπάρχει μια αυξανόμενη ουρά πίσω μου που περιμένει ανυπόμονα. «Δεν υπάρχει τίποτα άλλο που μπορώ να κάνω εδώ», λέω και βαδίζω έξω από την πόρτα με την Τζένη να τρέχει πίσω μου.

Μέχρι να φτάσουμε στο αμάξι και να φτάσουμε στο σπίτι, είχα ηρεμήσει κάπως. Σε όλη τη διαδρομή είμασταν σιωπηλές, ώσπου η Τζένη βρήκε ένα σημείο να παρκάρει κοντά στο διαμέρισμά μου. «Είναι ακόμη πολύ νωρίς,» είπα. «Δεν θέλω αν ανέβω πάνω και να κάθομαι εκεί περιμένοντας.»

«Μπορούμε να πιούμε καφέ. Απ' ότι θυμάμαι, υπάρχει ένα καλό καφέ μετά την γωνία», προτείνει η Τζένη.

«Νομίζω πως ήπια αρκετό καφέ», απάντησα. «Είναι ένα όμορφο πρωινό. Γιατί δεν κάνουμε μια βόλτα στο πάρκο; Θα νιώθω καλύτερα έξω, στον δροσερό αέρα.»

Η Τζένη σηκώνει το ένα της φρύδι. «αν αυτό είναι που θέλεις,» συμφώνησε, αν και δεν ακουγόταν χαρούμενη με την ιδέα.

Με σταθερό ρυθμό, περπατάμε μέχρι τη λεωφόρο Λαγκσάιντ, τον απότομο δρόμο που οδηγεί πέρα από την πλευρά του εγκαταλελειμμένου κτηρίου που μέχρι πρόσφατα ήταν το Ιατρείο Βικτώριας. Στη συνέχεια, διασχίζουμε το Battle Place στο Queens Park. Έχω κάνει αυτόν τον περίπατο αμέτρητες φορές με την πάροδο των ετών και παρόλο που δεν είχα ποτέ ιδιαίτερο ενδιαφέρον για τη σκωτσέζικη ιστορία, πάντα κουράζομαι από τη σκέψη ότι περπατώ πάνω από το έδαφος όπου η Βασίλισσα Μαρία της Σκωτίας κάθισε το 1568 βλέποντας την ήττα των οπαδών της στη Μάχη του Λανγκσάιντ. Σε αυτήν την περίπτωση, γνωρίζω πάρα πολύ τις μάχες που έχω μπροστά μου.

Μόλις φτάσουμε στο πάρκο, τροποποιούμε την ταχύτητά μας σε μια χαλαρή βόλτα, περπατώντας πέρα από το Γκλασχάους προς την κατεύθυνση του Σολαντς πριν επιστρέψουμε προς την λεωφόρο Λαγκσάιντ. Βγαίνουμε από το πάρκο απέναντι από το νοσοκομείο της Νέας Βικτώριας και φτάνουμε στο διαμέρισμα. Όταν ελέγχω το ρολόι μου, βλέπω ότι υπάρχουν μόνο λίγα λεπτά μέχρι την προγραμματισμένη συνάντησή μου. Πρόκειται να ξεκλειδώσω την πόρτα ασφαλείας του κτηρίου όταν ακούω ένα αυτοκίνητο να σκιαγραφεί στη ζώνη περιορισμένης στάθμευσης στη γωνία, ακολουθούμενο από ένα μεγάλο φορτηγό.

26 ΩΡΕΣ

Μια ψηλή, καλογυμνασμένη γυναίκα βγαίνει από το όχημα και με πλησιάζει. Τα μαλλιά της είναι μέχρι τους ώμους, μαύρα, μπούκλες που πέφτουν γύρω από ένα στρογγυλό πρόσωπο με ροζ μάγουλα. Έχει την όψη γυναίκας αγρότη. «Η Μπρίονι Τσάπλην;» ρωτάει. Εγώ γνέφω καταφατικά. «Είμαι η Ζωή ΜακΜάνους, είχαμε μια συνάντηση.» Μου δείχνει το αστυνομικό σήμα της και το ένταλμα έρευνας και μετά προτείνει το χέρι της για χαιρετισμό. Η χειραψία της είναι σταθερή και σφιχτή.

Προσπαθώ να κάνω το ίδιο, σαν πρώτο βήμα για να κερδίσω ξανά την ανεξαρτησία μου. «Από δω η Τζένη Ντάγκλας,» λέω, δείχνοντας την φίλη μου.

«Ας αρχίσουμε. Μπορείς να αφήσεις την πόρτα ανοιχτή, παρακαλώ; Η ιατροδικαστική ομάδα θα μας ακολουθήσει και φέρνουν τον εξοπλισμό τους.»

Η Τζένη κι εγώ ανεβήκαμε τις σκάλες

και ακριβώς πριν φτάσουμε στο διαμέρισμα, η Ζωή μας σταματάει.

«Θα ήθελα να φορέσετε αυτά.» Έδωσε στην καθεμιά μας ένα ζευγάρι καλύμματα παπουτσιών μιας χρήσης. «Ξέρω ότι έχετε ήδη μπει μέσα, αλλά θα θέλαμε να μειώσουμε όσο μπορούμε τον κίνδυνο αλλοίωσης στοιχείων πριν οι τεχνικοί κάνουν τη δουλειά τους.»

Φορέσαμε τα καλύμματα πριν ανοίξουμε την πόρτα.

«Μπορείς να μας δείξεις το διαμέρισμα;» ρώτησε η Ζωή.

Την έβαλα μέσα και της έδειξα όλα τα δωμάτια, κάνοντας το προφανές, εξηγώντας της τι είναι το καθένα. Γνωρίζω ότι το διαμέρισμα χρειάζεται ένα καλό καθάρισμα. Εκτός από μια σύντομη επίσκεψη χτες το βράδυ, έχω να έρθω εδώ μια βδομάδα και όλα είναι σκονισμένα. Είναι και ακατάστατα, με ρούχα πεταμένα παντού γύρω, και τις κούπες από τους χτεσινούς καφέδες να βρίσκονται στον νεροχύτη. Τι θα σκέφτηκαν η Μαργαρίτα και η Αλίσια όταν το είδαν αυτό;

«Συγνώμη για την ακαταστασία. Έπρεπε να τα είχα καθαρίσει πριν έρθετε.»

«Και βέβαια όχι,» απάντησε η Ζωή. «Πρώτα πρέπει να ελέγξουμε τα πάντα. Δεν θέλουμε να αλλάξουμε τίποτα ώστε να μας καταστρέψει κάθε αποδεικτικό στοιχείο.»

Η ιατροδικαστική ομάδα προχωρά και αρχίζει να συλλέγει δείγματα. Παρακολουθώ καθώς προσέχουν πολύ ώστε να ξεστρώσουν το κρεβάτι μου και να ελέγξουν τα κλινοσκεπάσματα. Έχουν μια μικροσκοπική συσκευή κενού για τη συλλογή δειγμάτων και τους βλέπω να αναζητούν δακτυλικά αποτυπώματα στο τηλέφωνο, τις λαβές των θυρών και διάφορες επιφάνειες. Ένας από αυτούς περνάει στο μπάνιο και φαίνεται να αποσυναρμολογεί τα υδραυλικά. Βλέπω μια έκπληκτη έκφραση στο πρόσωπο της Τζέιν και συνειδητοποιώ ότι πρέπει να μοιάζω το ίδιο έκπληκτη.

«Θέλω να συζητήσουμε μερικά πράγματα μαζί», είπε η Ζωή. «Τα παιδιά θα χρειαστούν κάποιον χρόνο μέχρι να τελειώσουν την δουλειά τους και θα κάνουν πιο γρήγορα αν δεν τους ενοχλήσουμε. Μπορούμε να περιμένουμε έξω, ή, αν θέλεις, μπορούμε να πάμε απέναντι, στο αστυνομικό τμήμα Κάθκαρτ στην λεωφόρο Αϊκενχεντ. Θα είμαστε εκεί σε λίγα μόλις λεπτά.»

Σκέφτομαι τις επιλογές. Δεν θα ήθελα να περάσω περισσότερο χρόνο μέσα σε ένα αστυνομικό τμήμα, όσο φιλικοί και ευγενικοί είναι. Από την άλλη, δεν θέλω να ακυρωθεί αυτή η συνάντηση, θέλω να συνεχιστεί. «Γιατί δεν πάμε κάτω, να καθίσουμε στο αμάξι της Τζένης;» Η προοπτική του να μην έχω να αντιμετωπίσω το πρόσωπο του εξεταστή μου είναι ακόμα πιο ελκυστική.

«Μπορούμε να το κάνουμε αν θέλεις»,

απαντάει η Ζωή, «αν είσαι σίγουρη ότι δεν σε πειράζει».

Κατεβαίνουμε τις σκάλες. Η Τζένη ανοίγει την πόρτα του Κλίο.

«Μπορούμε να μπούμε στο δικό μου αμάξι αν θέλετε, είναι κάπως πιο ευρύχωρο, είναι Μοντέο.»

Κοιτάζω την Τζένη κι εκείνη σηκώνει τους ώμους. «Πάμε», λέει.

Κατόπιν πρόσκλησης της Ζωής, παίρνω το κάθισμα του επιβάτη ενώ η Τζένη ανεβαίνει στο πίσω μέρος. Η Ζωή μπαίνει στο κάθισμα του οδηγού. «Θα ήθελα να μαγνητοσκοπήσω αυτήν τη συνομιλία για τα αρχεία μας», λέει, σηκώνοντας μια φορητή συσκευή μαζί με ένα σημειωματάριο και στυλό.

«Πριν ξεκινήσουμε, εδώ είναι η πιστωτική σου κάρτα. Προσπαθούμε να λάβουμε περισσότερες πληροφορίες σχετικά με τις τραπεζικές σου συναλλαγές, αλλά δεν φαίνεται να υπήρχε κάτι ύποπτο σε αυτήν την κάρτα την τελευταία εβδομάδα.»

«Ευχαριστώ», λέω, βάζοντας την στο πορτοφόλι μου. Απ' ότι θυμάμαι, έχω πιστωτικό όριο 1200 λιρών που διατηρώ επιμελώς. Το οφειλόμενο υπόλοιπο πρέπει να είναι λίγο πάνω από 600 λίρες, το οποίο δεν έχω ακόμη εξοφλήσει για τα αντικείμενα που αγόρασα για το διαμέρισμα. Αυτό, νομίζω, είναι το λιγότερο πράγμα που πρέπει να με ανησυχεί.

«Ξεκινήσαμε να εξετάζουμε τις

συναλλαγές στον τραπεζικό σας λογαριασμό», λέει.

«Πήγα στο υποκατάστημά μου σήμερα το πρωί», απαντώ. «Τι σου είπαν;»

Εξηγεί όλα όσα είχε βρει μέχρι στιγμής, και που κι εγώ ήδη γνωρίζω.

«Τώρα, έλεγξα το αρχείο σου και άκουσα τη συζήτησή σου με την Πάολα. Ωστόσο, θα ήθελα να πεις ξανά όλα σε μένα, παρακαλώ», ζητά η Ζωή.

Αναστενάζω. Αν και δεν ήταν λιγότερο από ό,τι περίμενα, η πραγματικότητα της επανάληψης της δήλωσής μου σε αυτήν τη νέα αξιωματικό με κάνει να νιώθω εξάντληση. Παρ' όλα αυτά, δίνω την κατάθεσή, συμπεριλαμβανομένων των περιγραφών των τριών ανδρών και απαντώ σε όλες τις ερωτήσεις της όσο το δυνατόν καλύτερα.

«Ευχαριστώ, Μπριόνι. Θα κάνουμε το καλύτερο δυνατό για να πιάσουμε όποιον το έχει κάνει», λέει η Ζωή.

Έγνεψα καταφατικά, δείχνοντας ότι αποδέχομαι την υπόσχεσή της, ενώ από την άλλη, είχα τις αμφιβολίες μου. Δεν ξέρω τι μου έκαναν, οπότε, τι πιθανότητα έχουν να πιάσουν κάποιον... εκτός, αν γνωρίζει περισσότερα απ' ότι λέει;

«Μπορώ να σου κάνω μερικές ερωτήσεις;» ρωτάω.

«Ναι, φυσικά».

«Έλαβες τα αποτελέσματα από τις εξετάσεις που έκανα χτες;»

«Όχι, είναι πολύ νωρίς ακόμα», απαντάει η Ζωή. «Θα ξεκινήσουν να τις φιλτράρουν σήμερα το απόγευμα, αλλά δεν περιμένω κάτι σημαντικό μέχρι την Δευτέρα.»

Κλείνω τα μάτια μου σφιχτά, και με το χέρι καλύπτω το πρόσωπό μου. Τόσες μέρες αναμονής μέχρι να μάθει κάτι! Είναι η αναμονή, η αναμονή και το να μη γνωρίζω, που με καταρρακώνει.

«Είπες «ερωτήσεις». Είναι και κάτι άλλο που θέλεις να μάθεις;»

«Ναι, είναι. Μπορείς να μου πεις αν υπήρξε κάποια άλλη, παρόμοια υπόθεση με την δική μου, όπου κάποιος να απήχθη για μερικές μέρες, και μετά να επιστρέφει χωρίς να γνωρίζει ποιος τον απήγαγε ή που βρισκόταν;»

Η Ζωή με κοιτάζει και φαίνεται να εκτιμά το τι να πει πριν απαντήσει. «Δεν έχω συναντήσει μια κατάσταση όπως η δική σου. Έχω ασχοληθεί ή διαβάσει περιπτώσεις όπου κάποιος απήχθη και έλειπε για μέρες ή και εβδομάδες. Συχνά, έχουν τραυματιστεί, αλλά είχαν τουλάχιστον κάποια ανάμνηση για το ποιος τους πήρε ή πού ήταν. Είχα άλλες περιπτώσεις όπου ένα θύμα έχει υποστεί νάρκωση ή αλλιώς είχε απώλεια μνήμης. Και πάλι, μερικές φορές η χαμένη ή παραμορφωμένη μνήμη μπορεί να προκληθεί από τραύμα, αλλά αυτές οι περιπτώσεις είναι συνήθως μόνο για μία νύχτα, ή ίσως δύο.»

Το κεφάλι μου πέφτει. Δεν μπορώ να διατηρήσω την επαφή με τα μάτια και κοιτάζω τα πόδια μου. «Άρα, δεν έχετε μια ομάδα πιθανών υπόπτων.»

«Λυπάμαι, όχι, δεν μπορώ να πω ότι έχουμε..» Κάνει μια παύση πριν προσθέσει. «Όμως, θα κάνουμε ό,τι μπορούμε καλύτερο.»

Μια άλλη σκέψη μου πέρασε από το μυαλό. «Έχεις το τηλέφωνό μου, ή ξέρεις να μου πεις πότε θα το πάρω πίσω;»

«Μέχρι να φύγω από το αστυνομικό τμήμα δεν είχε φτάσει ακόμα», λέει. «Θα το κοιτάξω όταν γυρίσω και θα σου τηλεφωνήσω.»

Την κοιτάζω παράξενα.

«Μας έδωσες τον αριθμό μιας...κοιτάζει τις σημειώσεις της, «Μαργαρίτας Χάμιλτον, όπου μένεις. Ισχύει ακόμα αυτός ο αριθμός για να σε καλέσουμε όσο δεν είσαι σπίτι σου;»

Δεν πρόλαβα να απαντήσω, γιατί το έκανε η Τζένη, «Πάρτε και το κινητό μου. Η Μπρίονι θα βρίσκεται μαζί μου τον περισσότερο χρόνο.'

«Αν δεν με θέλεις κάτι άλλο, θα γυρίσω στο αστυνομικό τμήμα.» Κοιτάζει το ρολόι της. «Τα παιδιά πάνω θα κάνουν άλλη μια ώρα και παραπάνω να τελειώσουν. Μπορείς ή να μείνεις, ή μπορώ να τους πω να σου φέρουν τα κλειδιά αν μου πεις πού θα είσαι.»

Σκέφτομαι τις επιλογές, αλλά μου είναι δύσκολο να αποφασίσω.

«Το βρήκα», λέει η Τζένη. «Γιατί δεν πάμε να φάμε κάτι στο Ρεστ; Έχει ωραίο φαγητό και απέχει μόλις πέντε λεπτά από δω. Ξέρω ότι είναι Παρασκευή, αλλά είναι αρκετά νωρίς οπότε θα μας σερβίρουν.» Κοιτάζει την Ζωή. «Όταν τελειώσουν οι δικοί σου, μπορούν να μου τηλεφωνήσουν.»

«Ωραίο μου ακούγεται», λέει η Ζωή. «Θα τους το πω.»

27 ΩΡΕΣ

Το Μπάντλεφιλντ Ρεστ είναι ένα από τα αγαπημένα μου φαγάδικα, σερβίρει πεντανόστιμη, ιταλική κουζίνα. Το κτίριο είναι κομψό, κατασκευάστηκε πριν από εκατό χρόνια ως αίθουσα αναμονής και ανάπαυσης για τα τραμ της πόλης, απέναντι από την κύρια είσοδο του ιατρείου. Διαβάζω ότι ήταν αχρησιμοποίητο, ημι-εγκαταλελειμμένο και επρόκειτο να κατεδαφιστεί πριν μετατραπεί σε μοντέρνο εστιατόριο, πριν από περίπου είκοσι πέντε χρόνια.

Αφού αποφασίσαμε πώς θα σκοτώσουμε την ώρα μας, περπατάμε κατά μήκος της οδού Σικλέρ.

«Ίσως αυτό να μας αποζημιώσει για το δείπνο που χάσαμε την περασμένη Παρασκευή», λέει η Τζένη και στη συνέχεια δαγκώνει τα χείλη της, πιστεύοντας ότι είπε το λάθος πράγμα.

Αμφιβάλλω για το αν οτιδήποτε θα με αποζημιώσει για το δείπνο που έχασα την περασμένη Παρασκευή, αλλά δεν λέω τίποτα. Δεν θέλω να μιλήσω για αυτό ή να κάνω κάποιο σχόλιο. Όχι τώρα. Η Τζένη και εγώ είχαμε πάντα μια σχέση. Νιώθαμε άνετα να μιλάμε για οτιδήποτε και για τα πάντα. Το σεξ, η θρησκεία, η πολιτική, οι σχέσεις, η οικογένεια, τα θέματα υγείας ... τίποτα δεν μας εμπόδιζε και συνήθως, τα αντιμετωπίζουμε όλα με τον ίδιο σεβασμό και σοβαρότητα.

Μόλις φτάσαμε στο εστιατόριο, μας υποδέχτηκαν ως παλιούς φίλους και μας οδήγησαν σε ένα τραπέζι.

«Μ... μου τρέχουν τα σάλια και μόνο που διαβάζω το μενού», λέει η Τζένη, με τα μάτια της να σαρώνουν τον κατάλογο του μεσημεριανού γεύματος. «Τι θα πάρεις, δυο ή τρία γεύματα;»

Καθώς κοιτούσα τις προσφορές, θυμάμαι τη συνομιλία που είχα με τον Τζέφρι πριν φύγω. «Δείπνο στις 6.30, ζυμαρικά μπωλοναίζ.» Επιπλέον, έχω μια ισχυρή υποψία ότι θα είναι καλός μάγειρας. Όπως μου αρέσει το ιταλικό φαγητό, δεν μπορούσα να φάω δύο γεύματα από αυτό σήμερα και δεν θέλω να προσβάλω τον Τζέφρι, επειδή δεν θα φάω το σπιτικό του γεύμα. Επίσης, δεν θέλω να αναστατώσω την Τζένη. Γνωρίζω ότι είχε ήδη εκφράσει ανησυχία για την επιρροή που ασκούν οι Αλίσια, η Μαργαρίτα και ο Τζέφρι. Δεν θέλω να την πυροδοτήσω παραπάνω εξηγώντας ότι είναι ο λόγος για τον οποίο δεν θέλω ένα ειδικό γεύμα μαζί της.

«Δεν πεινάω και πολύ, δεν μπορώ να φάω ένα μεγάλο γεύμα», λέω. «Βλέπω ότι κάνουν μια προσφορά σε ένα γεύμα με ένα μόνο πιάτο και αναψυκτικό. Θα πάρω αυτό.»

Όταν βλέπω την απογοητευμένη έκφρασή της, αισθάνομαι υποχρεωμένη να δώσω περαιτέρω εξηγήσεις. «Είμαι ακόμα λίγο έξω από τα νερά μου. Δεν έχω πολύ όρεξη. Αλλά δεν υπάρχει κανένας λόγος για σένα να μην πάρεις ένα κανονικό γεύμα.»

Η Τζένη διαμαρτύρεται αλλά καταφέρνω να την πείσω. Παραγγέλνει ένα ιταλικό ορεκτικό, ακολουθούμενο από κοτόπουλο με σάλτσα κατσιατόρε συνοδευόμενο από ένα ποτήρι κρασί. Είμαι στην ευχάριστη θέση να επιλέξω μια ομελέτα μανιταριών, και για ποτό, μία σόδα με λάιμ.

Όταν φτάνει το φαγητό, έχω πειστεί ότι δεν είμαι καθόλου πεινασμένη, οπότε διαλέγω την ομελέτα μου ενώ η Τζένη καταβροχθίζει το φαγητό της. Το άρωμα από το κυρίως πιάτο της κυματίζει προς την κατεύθυνση μου, με δελεάζει να το παραγγείλω, αλλά είμαι αποφασισμένη και αντιστέκομαι στον πειρασμό.

Σκουπίζει την τελευταία σάλτσα της με ένα ψωμί όταν χτυπάει το τηλέφωνό της. Ακούω το τέλος της συνομιλίας της, που κανονίζει να μας φέρουν τα κλειδιά και να συναντήσουμε το άτομο που τα φέρνει έξω από την πόρτα του εστιατορίου.

Λιγότερο από πέντε λεπτά αργότερα, βλέπουμε έναν προσεκτικά ντυμένο νεαρό άνδρα να πλησιάζει.

«Η δεσποινίς Τσάπλιν;» ρωτάει.

«Ναι, εγώ είμαι.»

«Ορίστε τα κλειδιά σας. Τελειώσαμε με το διαμέρισμά σας. Μπορείτε να επιστρέψετε τώρα.»

Μου δίνει τα κλειδιά και μαζί ένα χαρτί. «Θα μου υπογράψετε εκεί, για τα κλειδιά, παρακαλώ;» Μου δείχνει ένα σημείο στην πρώτη σελίδα. «Υπογράφετε και αυτό;» Μου δίνει και μερικά άλλα χαρτιά. «Είναι μια λίστα από αντικείμενα που πήραμε για να τα αναλύσουμε στο εργαστήριο, είναι πιο αποτελεσματική έτσι η ανάλυση από το να πάρουμε απλά δείγματα. Έχω κι ένα αντίγραφο για σας».

Χωρίς να το σκεφτώ πολύ, διαβάζω μια μακρά λίστα αντικειμένων που κατανέμονται ανά τοποθεσία, όπως φορητό υπολογιστή, διάφορα είδη κλινοσκεπασμάτων, πετσέτες, στυλό, φάκελοι, κάρτα, χρήματα, φάρμακα και χαρτόδετο χαρτί. Με ευχαριστεί που είναι τόσο επιμελής. Υπογράφω τα έγγραφα και βάζω το αντίγραφό μου καθώς και τα κλειδιά στην τσάντα μου. Προτού έχω την ευκαιρία να κάνω ερωτήσεις, γύρισε και πήδηξε πίσω στο φορτηγό του.

«Κάνετε κάποιες εργασίες;» ρώτησε ένας σερβιτόρος. Έκανε το διάλειμμά του, καθισμένος σε ένα τραπεζάκι έξω, με ένα φλιτζάνι εσπρέσο στο χέρι και ένα τσιγάρο στο άλλο. Τον έχω ξαναδεί πολλές φορές και είναι πάντα ομιλητικός και φιλικός. Λιγάκι κολλιτσίδας, αλλά τίποτα το απειλητικό.

«Μου έβαλαν καινούργιο χαλί» είπα ψέματα.

Χαμογελάει ενώ μας συνοδεύει ξανά στο τραπέζι μας και επί τη ευκαιρία, ρωτάει και για το επιδόρπιο. «Γλυκό ή καφέ;»

Και οι δύο ζητήσαμε καφέ Αμερικάνο.

Όταν μας έφερε τον λογαριασμό, η Τζένη επέμενε να πληρώσει εκείνη. «Εσύ δεν έφαγες σχεδόν τίποτα», λέει, νιώθοντας την ανάγκη να δικαιολογήσει την γενναιοδωρία της.

Επιστρέφουμε στο διαμέρισμα αναμένοντας να τα βρούμε όλα άνω-κάτω, αλλά, με έκπληξη βλέπουμε ότι είναι πολύ πιο καθαρό και τακτοποιημένο από το πώς το άφησα όταν έφτασε η ιατροδικαστική ομάδα. Παρ' όλα αυτά, νιώθω άβολα, ακόμη περισσότερο από πριν. Είναι σαν να έχω παραβιαστεί. Λοιπόν, ξέρω ότι έχω σχεδόν σίγουρα παραβιαστεί, αλλά αυτό είναι διαφορετικό. Έχει γίνει από τους ανθρώπους που προορίζονται να με προστατεύουν. Αισθάνομαι άβολα που γνωρίζω ότι όλα τα προσωπικά μου αντικείμενα, τα ράφια των ρούχων μου, τα συρτάρια των εσωρούχων μου, τα ντουλάπια της κουζίνας και του μπάνιου μου, έχουν ελεγχθεί και μελετηθεί από αγνώστους. Τα κλινοσκεπάσματα και τα νυχτικά μου έχουν αφαιρεθεί για μελέτη, ακόμη και οι αποχετεύσεις του ντους και η τουαλέτα μου έχουν αποσυναρμολογηθεί για επιθεώρηση και συναρμολογήθηκαν ξανά. Νιώθω ότι δεν θέλω να μείνω στο διαμέρισμα περισσότερο. Αν και δεν έχω κάνει τίποτα, νιώθω κουρασμένη. Πρέπει να ξεκουραστώ σύντομα. Δυσκολεύομαι να σηκώσω το κεφάλι μου.

Βλέποντας την ανησυχία μου, η Τζένη προσπαθεί να με παρηγορήσει. «Γιατί δεν έρχεσαι να μείνεις μαζί μου;» ρωτάει.

«Δεν ξέρω, Τζένη. Η Μαργαρίτα και ο Τζέφρι με περιμένουν. Άλλωστε, δεν θα ήθελα να συζητήσω τι συνέβη με την οικογένειά σου.»

Προσπαθώντας να με καθησυχάσει, απαντά: «Δεν χρειάζεται να ανησυχείς για αυτό. Έχω ήδη εξηγήσει τι έχεις περάσει, οπότε κανείς δεν θα σου κάνει ερωτήσεις, εκτός αν επιλέξεις εσύ να μιλήσεις γι' αυτό.»

Ίσως ήταν καλό, αλλά τώρα είμαι θυμωμένη. Μόνο εγώ και κανένας άλλος δεν έχει το δικαίωμα να πει σε κανέναν για τα προβλήματά μου! Η Τζένη δεν είχε κανένα δικαίωμα να τα πει στη μαμά της χωρίς να με ρωτήσει πρώτα.

Προσπαθώ να της πω, αλλά τα μάτια μου γεμίζουν με δάκρυα και δύσκολα μπορώ να μιλήσω.

Η Τζένη παρερμηνεύει την στάση μου και κάνει κίνηση να με αγκαλιάσει. «Μην ανησυχείς, Μπρίονι. Εμείς είμαστε σαν οικογένεια. Είμαστε...»

Την σπρώχνω μακριά. «Όχι, Τζένη. Δεν

έπρεπε να πεις τίποτα. Δεν είχες το δικαίωμα. Σε ποιον άλλον το είπες;»

«Σε κανέναν. Δεν το είπα σε κανέναν άλλον. Τους το είπα μόνο επειδή ήθελα να έρθεις σπίτι μαζί μου. Η μητέρα μου σε έχει σαν δεύτερη κόρη της. Νοιάζεται στ' αλήθεια, και ενώ θα έκανε τα πάντα για να σε βοηθήσει, θα σε κατανοούσε απόλυτα αν ήθελες να σε αφήσει ήσυχη.»

Νιώθω ένοχη για το ξέσπασμά μου. Τα συναισθήματά μου ξεχύνονται παντού. Μα τι κάνω; Επιτίθεμαι στους κοντινούς μου ανθρώπους; «Συγνώμη», λέω. «Δεν είμαι ο εαυτός μου». Μετά, προσθέτω, «Δεν θέλω να με δει έτσι. Θα έρθεις, σε παρακαλώ, μαζί μου στους Χάμιλτον; Νομίζω πως όταν τους γνωρίζεις θα νιώσεις καλύτερα.»

«Σου το είπα και πριν, Μπρίονι. Θα κάνω οτιδήποτε θελήσεις, ακόμα και αν δεν το θεωρώ καλό. Εσύ αποφασίζεις.»

29 ΩΡΕΣ

Συστήνω την Τζένη στον Τζέφρι. Εκείνος μας πηγαίνει στην κουζίνα. Αρνούμαστε την προσφορά του για καφέ. Εντοπίζοντας την υπέροχη μυρωδιά του σπιτικού φαγητού, εισπνέω τις γεύσεις, σκόρδο, βασιλικός, ρίγανη και κάτι άλλο που δεν μπορώ να προσδιορίσω. Βλέπω ένα μεγάλο μπολ πυρέξ πάνω σε μια κατσαρόλα δίπλα στην εστία.

«Το μεσημεριανό είναι σχεδόν έτοιμο. Θέλεις να μας κάνεις παρέα;» ρωτάει την Τζένη. «είσαι ευπρόσδεκτη να μείνεις. Έχει αρκετό φαγητό. Πάντα φτιάχνω πολύ και στο τέλος το βάζουμε στην κατάψυξη ή το πετάμε.»

«είναι πολύ ευγενικό εκ μέρους σας, κύριε Χάμιλτον. Πρέπει να παραδεχτώ ότι με βάζετε σε πειρασμό, αλλά με περιμένει η μητέρα μου στο σπίτι για το βραδινό,» απαντάει.

Υποπτεύομαι ότι λέει ψέματα. Η Τζένη έχει πάντα όρεξη, αλλά μετά το γεύμα που έφαγε, αμφιβάλλω για το αν θα έχει μέρος στο στομάχι της για να φάει μακαρονάδα. Επίσης, γνωρίζω, ότι δεν ήθελε και τόσο να έρθει εδώ. Δεν αμφιβάλλω ότι θα την κερδίσουν η Μάργκαρετ και ο Τζέφρι, αλλά προς το παρόν, θέλει να κρατάει τις αποστάσεις.

Ο Τζέφρι, απευθύνεται σε μένα. «Πήγαν όλα καλά;»

«Υποθέτω.» Του έκανα μια μικρή περίληψη για το πώς πέρασα το πρωινό και τελείωσα λέγοντας, «Ακόμα δεν γνωρίζω και πολλά και φαίνεται ότι θα αργήσω πολύ να μάθω.»

«Φοβάμαι πως έτσι έχουν τα πράγματα», απαντάει ο Τζέφρι. «Ξέρω πως είναι δύσκολο, αλλά δεν μπορείς να κάνεις αλλιώς. Πρέπει να έχεις υπομονή.»

Δάγκωσα το χείλος μου, αναρωτιόμουν αν μπορώ να ρωτήσω.

«Τι είναι Μπρίονι;» ρώτησε;

«Χτες το βράδυ, είπες ότι ίσως μπορείς να με βοηθήσεις.»

«Το είπα και το εννοούσα», Ο Τζέφρι εξετάζει το πρόσωπό μου πριν συνεχίσει. «Η αστυνομία θα κάνει την δική της έρευνα. Μίλησες με την Πάολα και τώρα με την Ζωή. Είναι πιθανό η ομάδα διερεύνησης να θέλει να περάσεις τα πάντα ξανά γι' αυτούς. Για να ερευνήσω εγώ, για να το κάνω αποτελεσματικά, θα πρέπει επίσης να ξέρω τα πάντα. Θα σου ζητήσω να μου πεις όλα όσα τους έχεις πει. Θα είναι δύσκολο για σένα. Είναι δύσκολο να μιλάς για αυτό που έχεις περάσει και χωρίς αμφιβολία είναι ακόμη πιο δύσκολο όταν δεν το ξέρεις. Πρέπει να είμαι ειλικρινής μαζί σου, το να το κάνεις ξανά και ξανά, ο πόνος δεν θα γίνεται λιγότερος.»

Πάνω που θα απαντούσα, ο Τζέφρι, σηκώνει το χέρι και λέει, «Απλά σκέψου το.»

Κοιτάζω την Τζένη για επιβεβαίωση. Το πρόσωπό της είναι ανέκφραστο. Σηκώνει τους ώμους.

«Αν θέλεις να το κάνω και αν μπορώ, θα συνεργαστώ με την αστυνομία.» συνέχισε ο Τζέφρι. Αν θελήσουν να συνεργαστούν μαζί μου, αυτό εξαρτάται από τον ποιον είναι επικεφαλής της έρευνας. Όσον αφορά την Ζωή, την ξέρω πολύ καλά. Δουλέψαμε μαζί πριν πολλά χρόνια και τα πηγαίνουμε πολύ καλά. Δεν θα περίμενα τίποτα προβλήματα, εκτός αν επέμβει το αφεντικό της.»

«Νόμιζα ότι εκείνη ηγείτο της έρευνας;», λέω.

«Πρακτικώς, ναι, αλλά λογοδοτεί σε κάποιον πιο ανώτερό της ο οποίος θα έχει και τον τελικό λόγο. Στην ιδανική περίπτωση, μπορούμε να συνεργαστούμε και να μοιραστούμε πληροφορίες, έτσι δεν θα καταλήγουμε να αντιγράφουμε ή να μπερδευόμαστε ο ένας στα πόδια του άλλου. Έχουν πρόσβαση σε ορισμένους πόρους που δεν έχω και το αντίστροφο. Υπάρχουν κάποια πράγματα που είναι πιο εύκολα ή πιο πρακτικά για μένα να τα κάνω.»

«Εντάξει, έχει κάποια λογική», λέω.

«Υπάρχει και κάτι άλλο. Πριν ξεκινήσω, θέλω να ξεκαθαρίσω ότι μπορεί να μην βρω τίποτα, και αν βρω, ίσως δεν χαρείς και τόσο που θα το ακούσεις.»

Σκέφτομαι τις επιπτώσεις όσων είπε και παίρνω μια ανάσα πριν μιλήσω. «Καταλαβαίνω, αλλά πρέπει να ξέρω. Πρέπει να μάθω, ό,τι και αν σημαίνει αυτό.»

«Είσαι σίγουρη;»

«Ναι είμαι σίγουρη. Μπορεί να μην μου αρέσει. Στην πραγματικότητα, δεν μπορώ να βρω κάποιο σενάριο που θα μπορούσε με οποιονδήποτε τρόπο να γίνει αποδεκτό, αλλά πώς μπορώ να το αντιμετωπίσω χωρίς να το γνωρίζω;»

«Χρειάζεσαι λίγο χρόνο ή είσαι έτοιμη να ξεκινήσεις τώρα; Σημαίνει ότι πρέπει να με εμπιστεύεσαι. Πρέπει να μου πεις όλα όσα έχεις ήδη πει στην αστυνομία.»

Κλείνω τα μάτια μου και το κεφάλι μου πέφτει. Στρίβω για να κοιτάξω τον Τζέφρι, αλλά τα μάτια μου βγαίνουν εκτός εστίασης για ένα δευτερόλεπτο. «Δεν έχει νόημα να περιμένεις», λέω. «Όσο πιο γρήγορα ξεκινήσουμε, τόσο πιο γρήγορα θα έχω κάποιες απαντήσεις.»

«Εντάξει, δώσε μου μια στιγμή να πάρω το λάπτοπ μου. Θέλω να πάρω σημειώσεις.

30 ΩΡΕΣ

«Θέλεις να πάμε στο σαλόνι;» ρώτησε ο Τζέφρι. «Ίσως νιώσεις πιο άνετα αν κάθεσαι σε μια άνετη πολυθρόνα.»

Το σκέφτομαι. «Όχι, προτιμώ να είμαι εδώ, ευχαριστώ.» Δεν ξέρω γιατί, αλλά με καθησυχάζει το να έχω ένα σταθερό τραπέζι μπροστά μου. Υποθέτω ότι είναι κάτι σαν διαχωριστικό που με χωρίζει από οποιονδήποτε μου κάνει ερωτήσεις. Αν και ξέρω ότι ο Τζέφρι είναι με το μέρος μου και πως εγώ του ζήτησα να το κάνει αυτό, είναι μια άμυνα.

Ο Τζέφρι μου ζήτησε να του πω όλα όσα είπα στην Πάολα και την Ζωή. Η Τζένη κάθεται δίπλα μου, έχοντας το χέρι της στον ώμο μου. Με βοηθάει να με κρατάνε και περιστασιακά την κοιτάζω και χαμογελάω. Προσπαθώ να είμαι όσο πιο λεπτομερής μπορώ, αλλά ανακαλύπτω ότι δεν μπορώ να κοιτάξω τον Τζέφρι όσο μιλάω. Αντ' αυτού, κοιτάζω το τραπέζι ή κλείνω τα μάτια. Για να το κάνω πιο εύκολο, προσπαθώ να πείσω τον εαυτό μου ότι απαγγέλω την πλοκή ενός βιβλίου που έχω διαβάσει, και όχι ότι λέω την δική μου ιστορία. Πιάνει, κατά το μεγαλύτερο μέρος, όταν όμως μιλάω για τα οράματα, τρέμω, και η φωνή μου μαρτυρά τα συναισθήματά μου. Η Τζένη με σφίγγει πιο δυνατά. Δεν ξέρω αν θα μπορούσα να το κάνω αυτό χωρίς εκείνη.

Ο Τζέφρι δεν λέει κουβέντα όσο μιλάω. Φαίνεται να διαισθάνεται πως έχω ανάγκη να τελειώνω χωρίς να με διακόψει κανείς. Ωστόσο, ακούσω τον ήχο από τα πλήκτρα του καθώς ο Τζέφρι παίρνει σημειώσεις. Μόνο αφού τελείωσα μου ζήτησε να εξηγήσω καλύτερα κάποια από τα σχόλιά μου και μου έκανε περισσότερες ερωτήσεις.

«Τα πήγες πολύ καλά», είπε. «Ξέρω πόσο δύσκολο πρέπει αν ήταν.»

«Τι κάνουμε μετά;» ρώτησα.

«Πρώτα, θέλω να τηλεφωνήσω στην Ζωή. Από ευγένεια, τουλάχιστον, για να την ενημερώσω ότι ανακατεύομαι κι εγώ. Θα μιλήσουμε οι δυο μας για πράγματα που ίσως μπορεί να κάνει ο καθένας μας. Το πρώτο που θα ήθελα να ελέγξω είναι αυτό που μου είπες για την τράπεζα και τις αναλήψεις από τον λογαριασμό σου. Θα χρειαστώ περισσότερες πληροφορίες και, αν συνεργαστούν, είναι εύκολο να τις βρω. Είναι μια καλή αρχή.»

«Εγώ τι μπορώ να κάνω;» ρώτησα.

«Σε αυτό το σημείο, τίποτα απολύτως. Θα σου ζητήσω να μου υπογράψεις ένα πληρεξούσιο που θα μου δίνει την άδεια να ενεργώ εκ μέρους σου και να ζητάω πληροφορίες, σε περίπτωση που το χρειαστώ. Προς το παρόν, είναι καλύτερα να βρεις κάτι που να σε αποσπά. Να δεις τηλεόραση ή Ντι-Βι-Ντι. Έχουμε μεγάλη συλλογή. Θα σου δείξω.»

Ο Τζέφρι οδηγεί την Τζένη κι εμένα πίσω στο σαλόνι. Δείχνει μια πόρτα στην γωνία και μου λέει να την ανοίξω. Πίσω από την πόρτα υπάρχουν ράφια από το πάτωμα ως το ταβάνι, γεμάτα με Ντι-Βι-Ντι.»

«Είναι όλα με αλφαβητική σειρά ανά είδος.» Χαμογελάει. «Αναλυτικό, το ξέρω. Σα στο σπίτι σας, πάρτε οτιδήποτε θέλετε να δείτε. Το μόνο που ζητώ είναι να μην τα ανακατεύετε, καθώς χρειάζονται αιώνες για να ταξινομηθούν.» Στη συνέχεια, μου δείχνει πού βρίσκεται το τηλεχειριστήριο για την τηλεόραση, η γραμμή ήχου και η συσκευή αναπαραγωγής. Ο Τζέφρι γυρίζει την αναπηρική καρέκλα του για να φύγει. «Ξέρεις πού είναι η κουζίνα αν θέλεις κάτι. Θα είμαι στο γραφείο μου αν με χρειάζεστε.»

«Είναι υπέροχη συλλογή ταινιών», είπε η Τζένη. «Τι θα ήθελες να δούμε;»

«Δε νομίζω ότι μπορώ να συγκεντρωθώ μια ταινία», λέω. «Ίσως αργότερα.»

«Θέλεις να δούμε τι έχει η τηλεόραση;» πρότεινε η Τζένη. «Δεν βρίσκομαι συχνά σπίτι τα απογεύματα, οπότε δεν έχω ιδέα από το πρόγραμμα.»

«Ούτε κι εγώ.» Πήρα το τηλεχειριστήριο

και άνοιξα την τηλεόραση. Φαίνεται να δείχνει μια ταινία εποχής, κάποια σαπουνόπερα. Έκανα ζάπινγκ σε όλα τα κανάλια, αλλά δεν βρήκα κάτι που να με ενδιαφέρει.

«Ξεκίνα από την αρχή», λέει η Τζένη. «Νομίζω πως είδα κάποιο τηλεπαιχνίδι σε κάποιο κανάλι. Δεν είναι συναρπαστικό, το ξέρω, αλλά θα σε αποσπάσει.»

«Γιατί όχι;» Το βάζω στο κανάλι και αρχίσαμε να προκαλούμε τους εαυτούς μας να νικήσουν τους παίκτες. Κάποιοι φαίνονται χαρούμενοι που γελοιοποιούνται δείχνοντας υπερβάλλοντα ζήλο στις προσπάθειές τους, για να κερδίσουν ένα μικρό βραβείο απολαμβάνοντας την δεκαπεντάλεπτη δόξα τους.

Λίγη ώρα αργότερα, έρχεται πάλι ο Τζέφρι. Μου δείχνει το πληρεξούσιο που ανέφερε, κι εγώ το υπέγραψα. «Μίλησα με την Ζωή. Τα καλά νέα είναι ότι θα συνεργαστεί με χαρά. Τα κακά, δεν είναι σίγουρη ότι θα το εγκρίνει το αφεντικό της, όμως προς το παρόν είναι σε άδεια, οπότε είναι εκείνη ο αρχηγός. Βασικά, δεν μπορεί να κάνει κι αλλιώς. Μου χρωστάει χάρη επειδή την βοήθησα να εγκατασταθεί όταν πρωτοήρθε στην δουλειά. Μου εμπιστεύθηκε επίσης, ότι ερευνά άλλες τρεις περιπτώσεις, οπότε θα ήθελε μια κάποια βοήθεια.»

Το ηθικό μου ανέβηκε.

«Τηλεφώνησα και στην υπηρεσία της κάρτας σου, στην τράπεζα,» συνέχισε. «Τους είπα ποιος είμαι και τι κάνω, καθώς και το τι γνωρίζουμε για τις κινήσεις του τραπεζικού σου λογαριασμού. Φρόντισα να σημειώσουν τις συναλλαγές που δεν έγιναν από εσένα. Αν αποδείξουμε πως δεν τις έκανες εσύ, τότε θα πάρεις πίσω όσα σου αφαίρεσαν, καθώς και τις χρηματικές χρεώσεις για την αποτυχημένη μεταφορά. Ίσως να πάρεις και μια μικρή αποζημίωση. Πρέπει να στείλω με ημέηλ το πληρεξούσιό σου και, μόλις η Ζωή τους δώσει το ελεύθερο, τότε θα μου δώσουν πρόσβαση σε όλα όσα έχουν πάνω στις συναλλαγές.»

«Πολύ γρήγορα δεν έγινε αυτό;» λέει η Τζένη, εντυπωσιασμένη.

«Μην ενθουσιάζεσαι. Ακόμα δεν έχουμε τίποτα, αλλά είναι ένα καλό βήμα προς την σωστή κατεύθυνση. Θέλω να μάθω όσα περισσότερα μπορώ, όσο το δυνατόν πιο γρήγορα, ακόμα και αν δεν μπορώ να το χρησιμοποιήσω άμεσα, σε περίπτωση που το αφεντικό της Ζωής απαιτήσει να σταματήσω.»

«Ευχαριστώ», λέω.

Ο Τζέφρι παίρνει το έγγραφο και γυρνάει στο γραφείο του.

«Αναρωτιέμαι τι θα βρει», λέω.

«Βασικά, υπάρχει μια κάμερα σε κάθε ΑΤΜ. Αν βρει ποιο ΑΤΜ χρησιμοποιήθηκε για τις συναλλαγές, τότε θα ελέγξει για το αν υπάρχει κάποια καταγραφή στο βίντεο,» λέει η Τζένη.

«Και τότε, θα μάθουμε ποιος πήρε τα χρήματα», συμπεραίνω.

Είμαι ενθουσιασμένη με αυτήν την προοπτική. Προσπαθώ να παρακολουθώ περισσότερη τηλεόραση, αλλά δεν μπορώ να συγκεντρωθώ. Ο χρόνος περνάει πολύ αργά, ενώ περιμένουμε να ακούσουμε περισσότερα. Κοιτάζω συχνά το ρολόι μου, περιμένοντας να είναι πιο αργά, αλλά σε κάθε περίπτωση απογοητεύομαι όταν συνειδητοποιώ ότι έχουν περάσει μόνο λίγα λεπτά.

Αισθάνομαι σαν να έχουν περάσει ώρες όταν ο Τζέφρι επιστρέφει. Ανησυχώ, καθώς το πρόσωπό του φαίνεται θλιβερό.

«Τι βρήκες;» ρωτάω.

Κλείνει τα μάτια του για ένα δευτερόλεπτο πριν μιλήσει. Είμαι ανήσυχη. «Οι δύο αναλήψεις έγιναν και οι δύο από το ίδιο ATM. Βρίσκεται στην Οδό Γκρέητ Γουέστερν, όχι μακριά από την οδό Μπανκ. Σε κάθε περίπτωση, η κάμερα λειτούργησε καλά τόσο πριν όσο και μετά τη συναλλαγή στον λογαριασμό σου, αλλά για κάποιο έγινε πολύ θολή στο ενδιάμεσο. Υποψιάζομαι ότι κάποιος έχει παραβιάσει την κάμερα Ωστόσο, η απόδειξη μπορεί να είναι ένα άλλο θέμα. Πιστεύω ότι κάποιος μπορεί να έχει τοποθετήσει ένα φίλτρο πάνω από το φακό.

«Μα...» άρχισα.

«Περίμενε, έχει κι άλλο. Πάρθηκαν φωτογραφίες, αλλά δεν είναι τόσο καθαρές όσο ήλπιζα.»

«Τι έδειξαν;» ρωτάει η Τζένη. Μέχρι τώρα, φοβάμαι να μιλήσω.

«Φαίνεται πως το πρόσωπο που έκανε την ανάληψη είναι γυναίκα, περίπου στο ύψος σου, φορούσε ένα μπλε φόρεμα, όχι πολύ διαφορετικό από αυτό μου είπες ότι φορούσες. Φορούσε ένα μπουφάν με την κουκούλα σηκωμένη, οπότε το πρόσωπο δεν φαίνεται καθαρά.»

«Ω, θεέ μου», αναφωνεί η Τζένη.

Χρειάζεται μια στιγμή για να κατανοήσω τα λόγια του Τζέφρι. «Όχι! Δεν ήμουν εγώ. Δεν έκανα εγώ την ανάληψη χρημάτων αλλιώς θα το ήξερα.» Είμαι επίμονη στις διαμαρτυρίες μου, αλλά πώς μπορώ να είμαι σίγουρη; Ω διάολε. Αν αμφιβάλλω εγώ, ποια είναι η πιθανότητα να κάνω τον άλλον να με πιστέψει;

«Δεν χρειάζεται να με πείσεις, Μπρίνι. Σε πιστεύω», λέει ο Τζέφρι. «Εκτός αυτού, είναι μεγάλη σύμπτωση η αλλαγή της ποιότητας της ταινίας σε αυτά ακριβώς τα σημεία, ώστε οι φωτογραφίες να μην έχουν νόημα.»

«Μα γιατί; Και ποιος;» λέω

«Το «ποιος» είναι το μεγάλο ερώτημα. Όσο για το...»

Βλέποντας το μπερδεμένο βλέμμα μου, ο Τζέφρι εξηγεί, «Είναι μια πολύ παλιά έκφραση. Είχε ειπωθεί σε ένα παλιό, Αμερικάνικο τηλεπαιχνίδι.»

«Συνέχισε», λέω.

«Όσο για το «γιατί», δεν μπορώ να το απαντήσω. Ίσως κάποιος προσπαθεί να σε δυσφημίσει. Αν η τράπεζα και η αστυνομία πιστέψουν ότι λες ψέματα, τότε τα προβλήματά σου θα πολλαπλασιαστούν.

Επίσης, αν κάποιος προσπαθεί να σε δυσφημίσει, τότε αυτό, προκαλεί ένα σωρό διαφορετικά ερωτήματα.»

Ο εγκέφαλός μου επεξεργάζεται όλες τις δυνατότητες. Δυσκολεύομαι να σκεφτώ λογικά.

«Δεν έχεις τίποτα εχθρούς, έτσι;» Ρωτάει ο Τζέφρι.

«Και βέβαια όχι,» μπαίνει στη μέση η Τζένη.

«Δεν μπορώ να σκεφτώ κάποιον που να θέλει να με βλάψει. Εντάξει, δεν λέω ότι τα πάω καλά με όλους συνέχεια, αλλά για να το κάνει κάποιος αυτό, θα πρέπει να με μισεί πάρα πολύ. Θα χρειάστηκαν πολύ χρόνο και ενέργεια για να σχεδιάσουν ένα τέτοιο φιάσκο. Γιατί;»

«Τώρα αρχίζεις να σκέφτεσαι σαν ντετέκτιβ», λέει ο Τζέφρι. «υπάρχει και κάτι άλλο», προσθέτει.

«Τι;» ρωτάω καρδιοχτυπώντας.

«Η Τρίτη πληρωμή έγινε σε μια κάρτα στην Ντίξον Ρητέηλ. Θυμάσαι...σου το είπε και η τράπεζα.»

Ένευψα καταφατικά.

«Κοίτα, με έβγαλε σε μια αγορά που έγινε στο κατάστημά τους στην Οδό Νταμπάρτον.»

Τα μάτια μου άνοιξαν διάπλατα. «Περίεργο. Ήμουν εκεί πριν δυο εβδομάδες.»

Τα φρύδια του Τζέφρι σούφρωσαν. «γιατί ήσουν εκεί;»

«Μαζί δεν είχαμε πάει τότε; Σκεφτόσουν να αγοράσεις μια καινούργια τηλεόραση για την κρεβατοκάμαρά σου. Βρήκες μία που σου άρεσε, αλλά αποφάσισες να μην την αγοράσεις επειδή ήθελες πρώτα περιμένεις μέχρι να καθαρίσεις την πιστωτική σου,» απάντησε η Τζένη κι εγώ συμφώνησα.

Ο Τζέφρι φαίνεται σοβαρός. «Πες μου, αυτή που δεν αγόρασες ήταν μια LG 32 ιντσών, SMART, LED;»

«Ναι, πώς το ξέρεις;» ρώτησα.

«Την αγόρασες,» απαντά ο Τζέφρι. «Αυτή ήταν η αγορά των 225 λιρών από την πιστωτική σου κάρτα. Εκείνη την ημέρα δεν την είχαν στο μαγαζί, αλλά είναι να σου την παραδώσουν την επόμενη βδομάδα.»

«Μα πώς είναι δυνατόν; Ποιος μπορεί να το έκανε αυτό;» είπα μπερδεμένη.

«Το «πώς» είναι εύκολο. Κάποια είτε παρίστανε εσένα ή είπε ότι την αγοράζει για σένα. Χρέωσαν την αγορά στην κάρτα σου και έδωσαν την διεύθυνσή σου για παράδοση.»

Νιώθω το κεφάλι μου να χτυπάει.

«Όσο για το «ποιος», δεν το βρήκαμε ακόμα, αλλά τώρα είμαι σχεδόν σίγουρος πως είναι κάποιος που γνωρίζεις και μάλιστα πολύ καλά. Πρέπει να γνώριζε ότι σκεφτόσουν την αγορά. Πόσοι το ήξεραν;»

Προσπαθώ να σκεφτώ. «Δεν το κρατούσα μυστικό. Το είπα στους γονείς μου. Μπορεί να το είχα αναφέρει και στη δουλειά. Βασικά, ναι, το έκανα, γιατί μερικοί από μας συζητούσαμε για τα πλεονεκτήματα των διαφορετικών κατασκευαστών και ποιος έδωσε την καλύτερη σχέση ποιότητας / τιμής. Όλοι θα μπορούσαν να μας έχουν δει και στο κατάστημα. Θυμάμαι ότι συνομιλήσαμε με τον βοηθό πωλήσεων.»

«Κι εκείνος ο τύπος;» ρωτάει η Τζένη.

«Ποιος τύπος;» ρωτάω.

«Δεν θυμάσαι; Εκείνος στο μαγαζί. Ο όμορφος. Κι εκείνος κοιτούσε τις τηλεοράσεις, και δεν κοιτούσε μόνο αυτές. Ξεκίνησε μια συζήτηση μαζί σου και σου είπε ότι είναι δικηγόρος. Δεν φάνηκε να πρόσεξε ότι κι εγώ ήμουν εκεί,» πρόσθεσε, με ένα γελάκι. «Μιλούσε μόνο σε σένα. Δεν σου ζήτησε τον αριθμό του τηλεφώνου σου; Θυμάσαι που σε όλο τον δρόμο προς το σπίτι τον κοροϊδεύαμε;»

Φέρνοντας το περιστατικό στο μυαλό μου, έχω μια ασαφή ανάμνηση, αλλά δεν μου έκανε εντύπωση. Ήταν απλώς μια απλή συνομιλία, λίγο φλερτ, ίσως. Μου συμβαίνει πολύ συχνά. «Δεν νομίζεις ...»

«Ίσως να ήταν περίεργος και να σε ακολούθησε», είπε η Τζένη. «Μπορεί να σε παρακολουθεί από τότε.»

«Θα μπορούσε, αλλά δεν το πιστεύω», λέω.

«Δεν είναι απίθανο,» λέει ο Τζέφρι. «Η Τζένη έχει δίκιο. Πρέπει να δούμε όλες τις πιθανότητες.»

«Από το κατάστημα δεν θα μπορέσουν

133 ΩΡΕΣ

να σου δώσουν περισσότερες πληροφορίες;» ρωτάω.

«Προσπάθησα ήδη», απάντησε ο Τζέφρι. «Δεν έχουν βίντεο πουθενά για να μπορέσει να μας βοηθήσει. Επιβεβαίωσαν τις λεπτομέρειες της αγοράς, αλλά για κε᾽λινο9υς ήταν μια απλή συναλλαγή σε μια πολυάσχολη μέρα, τίποτα το ιδιαίτερο. Ο πωλητής, λέγεται Ντάνιελ, αλλά ούτε εκείνος, ούτε κανείς άλλος θυμάται να σε είδε.»

«Να με είδε. Νομίζεις πως ήμουν εγώ;» ρωτάω, μετά από αυτό που είπε.

«Όχι, δεν εννοούσα αυτό», απαντάει ο Τζέφρι. «Πιστεύω ό,τι μου είπες, αλλά το πρόβλημά μας είναι να πείσουμε την τράπεζα. Δεν έχουμε τίποτα ως τώρα, που να τους πείσει ότι δεν ήσουν εσύ που έκανες ανάληψη τα χρήματα και αγόρασες την τηλεόραση. Γνωρίζοντας ότι είχες σκοπό να την αγοράσεις, κάνει το όλο θέμα ακόμα πιο δύσκολο.»

«Μα γιατί;» ρωτάω.

«Όλα δείχνουν ότι κάποιος παίζει με το μυαλό σου. Προσπάθησαν όσο μπορούσαν, να σου δημιουργήσουν προβλήματα στην εργασία, στη μίσθωση ακινήτων και στα οικονομικά σου, εκτός από το τι σου έκαναν και σωματικά. Όλα αυτά έχουν συμβεί ενώ οι γονείς σου είναι σε διακοπές. Ο συγχρονισμός είναι μεγάλη σύμπτωση, θα έλεγα», λέει ο Τζέφρι.

«Δεν το είχα δει από αυτή την πλευρά», λέω

«Δεν μπορώ να αποκλείσω τελείως τον μυστηριώδη άνδρα της Τζένης, αλλά νομίζω ότι είναι κάπως μακρινή υπόθεση. Πιστεύω ότι όποιος βρίσκεται πίσω από αυτό ξέρει πολλά για σένα και όλα έχουν σχεδιαστεί σχολαστικά.»

Είμαι έκπληκτη. Δεν ξέρω τι να πω. Αυτό είναι πάρα πολύ, ο χειρότερος εφιάλτης. Η ζωή μου είναι σε αναταραχή. Θέλω να γυρίσω πίσω το ρολόι και να επαναφέρω τα πράγματα όπως ήταν.

«Μπρίονι, ηρέμησε. Όλα θα πάνε καλά». Η Τζένη παίρνει το χέρι μου. Φαίνεται πολύ ανήσυχη. «Δεν ξέρω ποιος σου το έκανε αυτό ή γιατί, αλλά τώρα είσαι ασφαλής. Είμαι σίγουρη ότι όποιος το έκανε θα έκανε πια την πλάκα τους και τώρα τελείωσε. Δεν χρειάζεται να ανησυχείς για τίποτα περισσότερο και θα σε φροντίσουμε μέχρι να αισθανθείς καλύτερα.»

Ξέρω ότι δεν θέλει να με βλέπει αναστατωμένη. Προσπαθεί να με κάνει να νιώσω καλύτερα.

«Θα την βρούμε τη λύση». Και ο Τζέφρι προσπαθεί να με καθησυχάσει. «Το εννοούσα όταν έλεγα ότι όλο αυτό έχει σχεδιαστεί πολύ προσεκτικά, μέχρι και την τελευταία λεπτομέρεια. Όμως κανείς δεν είναι τέλειος. Κάτι θα του έχει ξεφύγει. Δεν ξέρω τι, ακόμα, αλλά θα το βρω.» Μου χαμογελάει, και παρά τις αμφιβολίες μου, νιώθω ανακουφισμένη.

Όποιες άλλες σκέψεις έκανα παραπέρα, τις διέκοψε ο ήχος του τηλεφώνου. Ο Τζέφρι επιστρέφει στο γραφείο του για να απαντήσει. Ακούω μόνο αποσπάσματα από τη συζήτηση. Ακούγεται σοβαρός για μια στιγμή...και μετά, ακούγεται να γελάει δυνατά. Όλα ξεκαθαρίζουν όταν επιστρέφει.

«Ωραία νέα. Μπορείς να πάρεις το τηλέφωνό σου πίσω. Το καλύτερο είναι, πως επειδή ο αρχιφύλακας είναι φίλος μου, στέλνει μια ομάδα στο γραφείο της Μαργαρίτας για να το αφήσει. Έτσι κι αλλιώς ένα περιπολικό θα περνούσε από κει. Της μίλησα. Επρόκειτο να σχολάσει αλλά όταν της είπα τι συμβαίνει ότι θα περιμένει να της το πάνε και θα το φέρει εκείνη σπίτι.»

«Ποιο ήταν το αστείο;» ρώτησα, αλλά ακούγοντας τις λέξεις που βγήκαν από το στόμα μου, μετάνιωσα για την αγένειά μου.

Ο Τζέφρι σκέφτεται για ένα δευτερόλεπτο πριν απαντήσει. «Τίποτα το σημαντικό. Ο Σαμ μου έλεγε για ένα τελευταίο αστείο περιστατικό.»

«Ααα...» είπα. Πρέπει να αρχίζω να γίνομαι παρανοϊκή, νομίζω πως όλοι γελάνε μαζί μου. «Συγνώμη, δεν ήθελα να...» το μυαλό μου μουδιάζει. Δεν μπορώ να σκεφτώ τι να πω.

Η Τζένη με κοιτάζει επίμονα. Η έκφρασή της δηλώνει ανησυχία.

«Δεν πειράζει, Μπρίονι. Ξέρω πώς είναι. Όλα σου τα συναισθήματα είναι στην επιφάνεια», λέει ο Τζέφρι.

Αισθάνομαι ντροπή. Λέει δικαιολογίες

για μένα. Η Μαργαρίτα και ο Τζέφρι ήταν οι σωτήρες μου. Ο Τζέφρι αφιερώνει χρόνο από το πολυάσχολο πρόγραμμά του για να με βοηθήσει και επίσης με αποζημιώνει για την αγένεια μου. Τι είδους κακιά σκύλα είμαι; Μήπως είχα αναστατώσει κάποιον τόσο πολύ γι' αυτό μου το έκανε όλο αυτό; Αυτό είναι; Μήπως κάποιος έχει αναλάβει να μου δώσει ένα καλό μάθημα;

Όχι, γίνομαι γελοία. Δεν αμφιβάλλω ότι υπήρξαν περιπτώσεις που έκανα ή είπα κάτι και αναστάτωσα κάποιον, αλλά και ποιος δεν το έχει κάνει; Δεν είναι φυσιολογική ενέργεια αυτή για να εκδικηθείς κάποιον. Προσπαθώ να δικαιολογήσω αυτό που έγινε και η αλήθεια είναι, ''ότι δεν υπάρχει τίποτα το λογικό. Όποιος με απήγαγε, όποιος έκανε άνω-κάτω τη ζωή μου, θα πρέπει να είναι κάποιος ψυχοπαθής. Μπορεί η Τζένη να έχει δίκιο για εκείνον τον τύπο και τώρα που έκανε την πλάκα του να τελείωσαν όλα; Ή αυτό είναι πολύ απλό, πολύ προφανές; Ίσως ακριβώς αυτή την στιγμή να σχεδιάζει την επόμενη κίνησή του.

«Τι σκέφτεσαι, Μπρίονι; Φαίνεσαι πολύ σοβαρή». Η ερώτηση της Τζένης διακόπτει την σκέψη μου.

Ανοίγω το στόμα μου και είμαι στα πρόθυρα να δώσω μια απροσδόκητη απάντηση πριν μου φανεί ότι πρέπει να είμαι ειλικρινής. Αν συνεχίσω να προσπαθώ να αποφύγω τα προβλήματά μου, το αποτέλεσμα θα είναι ότι θα γεμίσω μέχρι να εκραγώ. Θα καταλήξω σε μια πλήρη ανάλυση. Τους λέω για τις σκέψεις και τους φόβους μου. Η Τζένη με αγκαλιάζει και μου λέει ότι είναι εδώ για μένα. Ο Τζέφρι επιστρέφει στο γραφείο του για να προωθήσει τις έρευνες που κάνει για λογαριασμό μου.

33 ΩΡΕΣ

Σηκώνω τα μάτια στο άκουσμα των λάστιχων του αυτοκινήτου της Μαργαρίτας. Λίγα λεπτά αργότερα, η Μαργαρίτα μπαίνει στο σαλόνι, ακολουθούμενη από την Αλίσια και μετά, έρχεται και ο Τζέφρι. Το ηθικό μου έχει ανέβει. Ένιωσα έκπληξη αλλά και ευχαρίστηση ποιου είδα τη νέα μου φίλη.

«Δεν περίμενα να σε δω τόσο σύντομα», μουρμούρισα.

«Ανησυχούσα. Σε σκεφτόμουν όλη την ημέρα», απάντησε η Αλίσια. «Έφυγα το πρωί πριν σου μιλήσω. Η Μαργαρίτα είπε ότι μπορώ να έρθω ξανά γιατί σκέφτηκε ότι θα ήταν καλύτερα για σένα να μην μένεις μόνη για λίγο διάστημα. Είσαι καλά; Θυμήθηκες τίποτα άλλο;»

«Δεν είναι μόνη. Ήμουν μαζί της όλο το πρωί» διακόπτει η Τζένη, πριν προλάβω να απαντήσω.

Η Αλίσια φάνηκε απογοητευμένη. «Συγνώμη, δεν ήθελα να προκαλέσω κάποιο πρόβλημα. Απλά ήθελα να σιγουρευτώ ότι είσαι καλά.»

«Μην ζητάς συγνώμη», είπα. «Χαίρομαι που σε βλέπω. Είσαι πολύ ευγενική. Δεν θα τα κατάφερνα χωρίς εσένα χτες. Εγώ πρέπει να ζητήσω συγνώμη που δεν κατάφερα να σου μιλήσω ή να σε ευχαριστήσω όπως σου αρμόζει το πρωί.»

Η Αλίσια χαμογελάει.

«η Τζένη ήρθε το πρωί και από τότε με φροντίζει. Με πήγε παντού για να τελειώσω τις δουλειές μου. Ξαναμίλησα στην αστυνομία. Επίσης, ο Τζέφρι ξεκίνησε να κάνει έρευνες. Όλοι με στηρίζετε και με βοηθάτε. Δεν ξέρω τι να κάνω για να σας ευχαριστήσω.»

Η Αλίσια δάγκωσε τα χείλη της, περιμένοντας μερικά δευτερόλεπτα μέχρι να αποφασίσει αν θα μιλήσει, και μετά λέει, «Είχα να κάνω κάποια πράγματα το Σαββατοκύριακο, αλλά τα αναδιοργάνωσα για να είμαι ελεύθερη. Δεν έχω άλλα σχέδια, οπότε μπορώ να μείνω μαζί σου, μόνο όμως αν το θέλεις. Δεν θα ήθελα να σου δημιουργήσω πρόβλημα.» Η Αλίσια ρίχνει μια ματιά στην Τζένη.

«Ποτέ δεν θα μου δημιουργήσεις πρόβλημα», απάντησα.

Σκεφτόμουν. Έρχεται Σαββατοκύριακο, οπότε ίσως θα ήταν καλύτερα να ξεφύγεις λιγάκι από τα συνηθισμένα για μερικές ώρες. Τι θα έλεγες να πηγαίναμε στην παραλία αύριο; Το θαλασσινό αεράκι ίσως καθαρίσει το μυαλό σου και θα μπορούσαμε να φάμε και σε κανένα ταβερνάκι». Η Τζένη ρίχνει μια ματιά στην Αλίσια και χαμογελάει βεβιασμένα. «Μπορείς να έρθεις κι εσύ.»

«Είναι πολύ καλή ιδέα», λέει η Μαργαρίτα. «Τα παιδιά μας θα έρθουν να μας επισκεφτούν το απόγευμα. Είστε ελεύθερες να μείνετε, αλλά νομίζω πως μια μέρα στην παραλία θα ήταν ακόμα πιο ενδιαφέρουσα.»

Η Μαργαρίτα κοιτάζει, αλλά δεν βλέπει καμία αντίρρηση. «Τακτοποιήθηκε, λοιπόν. Και τώρα, για το βράδυ...»

«Η Τζένη είπε ότι θα φάει βραδινό με τη μαμά της», είπε ο Τζέφρι.

«Εγώ μπορώ να μείνω», είπε η Αλίσια χωρίς δισταγμό.

Η Τζένη σωπαίνει για ένα λεπτό. «Ναι, εγώ πρέπει να πεταχτώ να δω τη μαμά μου, αν και δεν θα είναι για πολύ. Μπορώ να ξανάρθω κατά τις...μμμ, εννιά. Δέκα το πολύ.»

«Δεν πειράζει, Τζένη, δεν χρειάζεται. Δεν θέλω να χαλάσεις τα σχέδιά σου, ειδικά αφού θα είναι εδώ η Αλίσια.»

«Όχι, επιμένω», απαντάει η Τζένη «φτάνει, φυσικά, να το θέλεις». Κοιτάζει την

Μαργαρίτα και τον Τζέφρι. «Θέλω να είμαι μαζί σου για να ξέρω πως είσαι καλά. Αν δεν είμαι μαζί σου, θα ανησυχώ όλη τη νύχτα.»

«Είσαι ευπρόσδεκτη να μείνεις. Μπορώ να μεταφέρω ένα ντιβανάκι στην κρεβατοκάμαρα που κοιμηθήκατε, κορίτσια, χτες βράδυ για να είστε όλες μαζί. Νομίζω ότι θα είστε καλύτερα έτσι. Αν δεν θέλετε να κοιμηθείτε, μπορείτε να δείτε ταινίες για να απασχολήσετε το μυαλό σας.» Η Μαργαρίτα μετά, γυρνάει σε μένα. «Πώς τα πηγαίνεις;»

Σηκώνω τους ώμους. «Δεν ξέρω. Δεν είμαι όπως εχτές. Νιώθω πολύ καλύτερα. Δεν πονάω πουθενά πια, αλλά δεν μπορώ να συνηθίσω στην ιδέα. Είναι σα να έχει αλλάξει η ζωή μου. Νιώθω πως δεν μου ανήκει πια. Όλα είναι φυσιολογικά για μια στιγμή μέχρι που σκέφτομαι όλα όσα μου έκαναν. Τότε μουδιάζω, το μυαλό μου θολώνει και πονάει το κεφάλι μου, το σώμα μου, τα πάντα.»

«Είναι τρομερό, το ξέρω, αλλά αυτό που περιέγραψες είναι φυσιολογικό,» απάντησε η Μαργαρίτα. Υπάρχει ένα μακρινό βλέμμα στα μάτια της. «Μπορεί να μην φύγει ποτέ ολοκληρωτικά, αλλά με τον χρόνο θα ξεθωριάσει. Ίσως πρέπει να σκεφτείς την ψυχοθεραπεία.»

Είμαι σίγουρη πως η Μαργαρίτα σκέφτεται την δική της άσχημη εμπειρία, όμως μου μιλάει με αυτοπεποίθηση και με μητρικό τρόπο. Πάντα μου φαινόταν δυνατή, και ότι έχει τον έλεγχο. Ποτέ δεν είχα σκεφτεί ότι οι τρόποι της έκρυβαν τις ανασφάλειες του παρελθόντος. Αναρωτιέμαι αν αυτό θα είναι το μέλλον μου. Αν θα μπορέσω να ξεπεράσω αυτές τις μέρες και βδομάδες, αν θα βγω απ' όλο αυτό δυνατή, με αυτοπεποίθηση, φαινομενικά τουλάχιστον.

«Λοιπόν, δεν ξέρω για σας, αλλά εγώ πεινάω σα λύκος και αν κρίνω από την μυρωδιά που έρχεται από την κουζίνα, δεν θα απογοητευτώ», λέει η Μαργαρίτα.

«Μέχρι να πάτε όλες να ετοιμαστείτε, θα έχω ετοιμάσει τα μακαρόνια και θα έω ζεστάνει το σκορδόψωμο» λέει ο Τζέφρι.

«Θα κάνω ένα γρήγορα ντους και θα αλλάξω τα ρούχα μου σε κάτι πιο άνετο», είπε η Μαργαρίτα. «Αα, πριν το ξεχάσω, έχω αυτό για σένα.» Ανοίγει την τσάντα της, βγάζει το κινητό μου και μου το δίνει. Είναι σφραγισμένο σε ένα σακουλάκι.

«Φεύγω. Όσο πιο γρήγορα φύγω, τόσο πιο γρήγορα θα γυρίσω», είπε η Τζένη, πιέζοντας τους ώμους μου, και δίνοντάς μου ένα γρήγορο φιλί στο μάγουλο, βγήκε από την πόρτα.

Άνοιξα το σακουλάκι για να κοιτάξω το τηλέφωνό μου. Δεν διαφέρει από όταν το παρέδωσα, αλλά νιώθω ότι δεν είναι το ίδιο. Κάποιο άγνωστο άτομο ή άτομα το χειρίστηκαν, έχουν αφαιρέσει και παίξει με τη μνήμη του. Θα αισθανθεί ποτέ το ίδιο; Κάπως σαν εμένα, υποθέτω. Όχι, πρέπει να σταματήσω να σκέφτομαι έτσι αν ελπίζω να ξαναγυρίσω τη ζωή μου. Τι είναι το τηλέφωνο; Ένα φτηνό τσιπ σιλικόνης που περιβάλλεται από ένα συνδυασμό πλαστικών, μετάλλων και μια καλή δουλειά

PR. Ίσως δεν είναι τόσο φθηνό όταν το σκέφτομαι, αν και τα υπόλοιπα ισχύουν. Θυμάμαι τώρα. Ήμουν εν μέρει στον έλεγχο των φωνητικών μηνυμάτων μου όταν η μπαταρία ξεφόρτισε. Καλύτερα να μάθω τι άλλο έχω χάσει.

Ενώ σκεφτόμουν, η Τζένη απομακρύνθηκε και η Μαργαρίτα και ο Τζέφρι εξαφανίστηκαν, αφήνοντας την Αλίσια, τώρα καθισμένη στον καναπέ απέναντί μου, με με μια ανήσυχη ματιά στο πρόσωπό της.

«Είναι όλα καλά;» ρωτάει.

Την κοιτάζω, μετά κοιτάζω το τηλέφωνο, μετά ξανά εκείνη. «Ναι, νομίζω. Καλύτερα να ελέγξω τα υπόλοιπα μηνύματά μου», λέω.

«Πριν το κάνεις, θέλω να σου πω κάτι».

Είμαι περίεργη. Γυρίζω προς το μέρος της.

Σήμερα, ήρθαν στο γραφείο δυο αστυνομικοί. Ζήτησαν τον Στιούαρτ και μετά μίλησα προσωπικά με την Μαργαρίτα και τον Στιούαρτ. Η μαργαρίτα μου ζήτησε να τους ετοιμάσω έναν κατάλογο με όλους τους εργαζόμενους συμπεριλαμβανομένων και όσων έφυγαν πρόσφατα, οποιονδήποτε που θα μπορούσε να είχε πρόσβαση στο γραφείο σου. Μετά, μίλησαν ξεχωριστά σε κάθε μέλος από το προσωπικό που ήταν εκεί και σκοπεύουν να ξανάρθουν την επόμενη βδομάδα για να δουν όποιον δεν ήταν.

«Τι ήθελαν να μάθουν;» ρώτησα.

«Είπαν ότι συνέβη ένα περιστατικό στο κτήριο το περασμένο Σάββατο και ήθελαν να ελέγξουν πότε έφυγε ο καθένας; Και πού ήταν. Πήραν ένα σχεδιάγραμμα από το σύστημα ασφάλειας του κτηρίου και έλεγχαν κάποιες πληροφορίες.»

«Είπαν τι περιστατικό ήταν;» ρώτησα.

«Όχι, δεν τα εξήγησαν όλα. Είπαν ότι ήταν έρευνα ρουτίνας.»

«Σ' ευχαριστώ που μου το είπες. Και τώρα ας δω τα μηνύματά ου», είπα.

«Ναι, κάνε το. Εγώ είμαι εντάξει εδώ,» είπε.

Ενεργοποιώ το τηλέφωνο και περιμένω να εμφανιστεί η οθόνη. Κοιτάζοντας τα εικονίδια, βλέπω ότι εξακολουθούν να εμφανίζονται έξι μηνύματα WhatsApp για ανάγνωση, αλλά υπάρχουν δύο νέα σε κάθε ένα από τα κείμενα και τα φωνητικά μηνύματα. Αναρωτιέμαι αν ο τεχνικός της αστυνομίας εξέτασε τα μηνύματα επειδή δεν φαίνεται να έχουν ανοίξει. Θυμάμαι την Πάολα να λέει κάτι για την κλωνοποίηση της μνήμης.

Έλεγξα πρώτα το WhatsApp μου και δεν βρήκα τίποτα σημαντικό. Το ένα ήταν η Τζένη που δοκίμασε έναν άλλο τρόπο για να κάνει επαφή, ενώ όλες οι άλλες είναι από φίλους. Είναι αυτοί που σπάνια βλέπω, αλλά κατά κάποιον τρόπο καταφέρνουν να διατηρήσουν επαφή. Γυρίζω την προσοχή μου πίσω στα κείμενα και τα φωνητικά μηνύματα για να βρω ότι και τα τέσσερα είναι από τη μαμά και τον μπαμπά, ένα τηλεφωνικό μήνυμα και ένα κείμενο χθες και ένα άλλο σήμερα. Οι χθεσινές ανακοινώσεις επανέλαβαν πόσο ωραία περνούσαν, αλλά έπρεπε επίσης να μου θυμίζουν τα σχέδιά τους. Μου λένε ότι πρόκειται να φτάσουν στο Σαουθάμπτον αργά αυτό το ερχόμενο Σάββατο βράδυ (αύριο), αποβίβαση το πρωί της Κυριακής. Σκέφτονται επίσης να περάσουν μερικές μέρες στο Λονδίνο, ελπίζοντας να παραλάβουν εισιτήρια Κυριακής για μια εκπομπή στο West End, που ήθελαν πολύ. Το σχέδιό τους είναι να ταξιδέψουν στη Γλασκόβη την Κυριακή το βράδυ ή τη Δευτέρα το πρωί. Κάθε μήνυμα τελείωνε με μια έκπληξη ότι δεν έχουν κανένα νέο από μένα, και ρωτούσαν αν είμαι καλά και μετά μου έλεγαν να τους τηλεφωνήσω ή να στείλω μήνυμα.

Η σημερινή κλήση και το μήνυμα ήταν πιο άμεσα. Φτάνοντας σήμερα το απόγευμα, εξέφρασαν μεγάλη ανησυχία και ήθελαν να τους πάρω τηλέφωνο χωρίς καθυστέρηση.

«Σκ... σκ... ζάχαρη!» Καταπιέζω τα βωμολοχίες. Ανησυχούν για μένα. Γιατί δεν σκέφτηκα να τα στείλω χθες;

«Τι τρέχει;» Ρώτησε η Αλίσια, αμέσως ανησυχώντας.

«Είναι η μαμά και ο μπαμπάς. Φαίνεται ότι αρχίζουν να πανικοβάλλονται επειδή δεν έχουν ακούσει νέα μου. Τι χαζό εκ μέρους μου! Ήθελα να τους στείλω μήνυμα χθες, αλλά με όλα όσα συνέβαιναν, το ξέχασα εντελώς.»

«Καλύτερα να επικοινωνήσεις μαζί τους τώρα», λέει η Αλίσια.

«Ξέρω. Προσπαθώ απλώς να σκεφτώ τι να πω. Δεν είμαι σίγουρη πώς να το χειριστώ.»

«Η αλήθεια μπορεί να είναι ευκολότερη», προτείνει η Αλίσια.

«Ξέρω ότι πρέπει να τους το πω – όσα γνωρίζω δηλαδή, αλλά όχι ακόμα. Θα τους τα πω όταν έρθουν. Πρέπει να πω κάτι άλλο για να ησυχάσουν προς το παρόν.»

«Είσαι απόλυτα σίγουρη;» ρωτάει.

Κάνω ένα αποφασιστικό νεύμα. Μακάρι αυτό που συνέβαινε μέσα στο μυαλό μου να ήταν τόσο αποφασιστικό.

Αποφασίζω να στείλω κείμενο. Αλλά ματαίωσα τις τρεις πρώτες προσπάθειές μου να προσπαθήσω να βρω αποδεκτή διατύπωση προτού καταλήξω, «*Συγνώμη, είχα πρόβλημα και δεν μπόρεσα να χρησιμοποιήσω το τηλέφωνό μου τις τελευταίες δύο ημέρες. Είμαι χαρούμενη που περνάτε τόσο καλά και ανυπομονώ να μάθω νεότερα νέα σας.*» Το διάβασα και το ξαναδιάβασα δυνατά για να δω την αντίδραση της Αλίσια. Γέρνει το κεφάλι της και το πρόσωπό της έχει μια μη δεσμευτική έκφραση. Πατάω αποστολή. Δεν ήταν ιδανικό αν και αμέσως νιώθω ανακουφισμένη που το αντιμετώπισα.

«Είπα την αλήθεια», λέω.

«Απλώς, όχι όλη την αλήθεια. Ίσως

πρέπει να σκεφτείς μια καριέρα στο μάρκετινγκ.» Η Αλίσια γελάει αστεία.

«Κι εσύ ίσως θα ήθελες να ακολουθήσεις καριέρα στο ποινικό δίκαιο», λέω.

Γελούσαμε και οι δύο όταν μπήκε η Μαργαρίτα από την πόρτα. Την βλέπω να είναι χαρούμενη που μας βρήκε σε καλή στιγμή.

«Το δείπνο είναι έτοιμο. Ελάτε, πάμε» μας προσκάλεσε.

34 ΩΡΕΣ

Συνειδητοποίησα ότι ο Τζέφρι μιλούσε σοβαρά όταν είπε ότι φτιάχνει πολύ φαγητό. Πάνω στο τραπέζι υπάρχει ένας τεράστιος, κεραμικός δίσκος στο κέντρο, γεμάτος μέχρι πάνω μακαρόνια. Ατμός βγαίνει από την κορφή του που είναι γεμάτη τυρί. Ένα μεγάλο μπολ γεμάτο με σαλάτα είναι στην μία πλευρά και ένα πιάτο στη άλλη γεμάτο με τις πιο αρωματικές φέτες σκορδόψωμου που έχω δει ποτέ.

«Πάρτε μια καρέκλα. Η Μαργαρίτα θα σερβίρει», είπε.

«Φαίνεται υπέροχο», λέει η Αλίσια.

Ο Τζέφρι δίνει μια μετριόφρων απάντηση. «Μη βιάζεσαι να κρίνεις προτού το δοκιμάσεις.»

«Βάλτε όση σαλάτα και ψωμί θέλετε. Υπάρχουν κουτάλια για σερβίρισμα στη μέση, ελαιόλαδο και ξύδι βαλσάμικο δίπλα», ανακοινώνει η Μαργαρίτα, ενώ βάζει μια μεγάλη πιρουνιά μακαρόνια στα πιάτα μας.

«Στην κανάτα έχει νερό, αλλά μήπως θέλετε λίγο κρασάκι; Έχω ένα ωραίο μπουκάλι Πριμιτίβο από την Ποιύγκλια,» λέει ο Τζέφρι, δείχνοντας την ταμπέλα. «Νομίζω πως ταιριάζει τέλεια με την μακαρονάδα».

«Δε νομίζω να έχω πιει ποτέ από αυτό», λέω. «Μπορώ να δοκιμάσω λιγάκι, παρακαλώ;» Τώρα που το μυαλό μου αρχίζει να ξεκαθαρίζει, θέλω να είμαι προσεχτική. Δεν θέλω να πιώ πολύ, αλλά ίσως ένα ποτηράκι κρασί με βοηθήσει να χαλαρώσω.

Το φαγητό είναι πιο νόστιμο απ' ότι φαίνεται και το τρώω με ενθουσιασμό. «Είναι υπέροχο. Θα ήθελα να μου δώσεις την συνταγή σου αν δεν σε πειράζει. Σου άρεσε πάντα το μαγείρεμα;»

«Δεν μπορώ να το πω αυτό», απαντάει ο Τζέφρι. «Δεν μπορούσα να βράσω ούτε ένα αυγό μέχρι πριν μερικά χρόνια. Όλα άλλαξαν από τη στιγμή που τα παιδιά μού έφεραν ένα βιβλίο μαγειρικής για τα Χριστούγεννα. Δοκίμασα μερικά πράγματα και ανακάλυψα ότι πραγματικά μου αρέσει το μαγείρεμα.»

«Και όπως βλέπεις, το έχει στο αίμα του», είπε η Μαργαρίτα με φανερή περηφάνεια.

««Εν πάση περιπτώσει, γοητεύτηκα. Πριν από λίγα χρόνια, πήγα σε μια τάξη ιταλικής μαγειρικής που πραγματοποιήθηκε στο Πανεπιστήμιο της Καληδονίας. Ο καθηγητής ήταν εξαιρετικός, πραγματικά εμπνευσμένος. Το όνομά του ήταν Γκάρι Μακλήν. Μπορεί να τον έχετε δει στην τηλεόραση. Συνέχισε να κερδίζει στο Επαγγελματίες Μάστερ Σεφ.»

«Από κείνον πήρες την συνταγή;» Ρωτάω.

«Όχι, αυτή είναι δική μου. Μου άρεσε πάντα το ιταλικό φαγητό. Αυτό που μου έδωσε η τάξη ήταν περισσότερη αυτοπεποίθηση και εκτίμηση για το πώς συνεργάζονται διαφορετικές γεύσεις.»

«Και την έφτιαξες μόνος σου», λέει η Αλίσια, σαφώς εντυπωσιασμένη. «Πως το κάνεις;»

«Φτιάχνω τα δικά μου μακαρόνια με αυγά και αλεύρι και έχω ένα ειδικό μηχάνημα κοπής που κάνει το σχήμα. Η μπολονέζ γίνεται από μοσχαρίσιο κιμά, ντομάτα, κρεμμύδια, πιπεριές, μανιτάρια, καρότα, λιωμένο σκόρδο και ένα δικό μου μίγμα βοτάνων. Μόλις τα ετοιμάσω όλα, τα καλύπτω με ένα μίγμα από τυρί μοτσαρέλα και παρμεζάνα πριν τα μαγειρέψω. Όσο για το σκορδόψωμο, κλέβω. Το αγόρασα από το σούπερ μάρκετ, έτοιμο για ψήσιμο.»

Μου άρεσε πολύ που άκουγα τον ενθουσιασμό στη φωνή του Τζέφρι καθώς περιέγραφε την μαγειρική του. Το φαγητό και το κρασί είναι υπέροχα και ταίριαξαν τέλεια, όσο για την παρέα, καταπληκτική. Μπόρεσα να διασκεδάσω χωρίς να σκεφτώ τα δικά μου προβλήματα.

Είχε πάει σχεδόν εννέα η ώρα. Καθόμασταν στο τραπέζι και

κουβεντιάζαμε όταν ακούσαμε το κουδούνι. Η Μαργαρίτα πήγε να ανοίξει και γύρισε με την Τζένη Συνεχίσαμε την κουβέντα μας που ξεκίνησε από την πολιτική, συνεχίστηκε σε κοινωνική, μετά πήγαμε στη μουσική και τις ταινίες. Ήταν όλα τόσο χαλαρωτικά. Παρά το ότι η Τζένη ισχυρίστηκε ότι δεν πεινάει, δέχτηκε την προσφορά ενός μικρού πιάτου μακαρονάδας. Τα καταβρόχθισε μαζί με τις φέτες σκορδόψωμου που είχαν απομείνει και ήπιες λίγο κρασί που εί'χε μείνει από το δεύτερο μπουκάλι.

Καθίσαμε λίγο ακόμα και κουβεντιάσαμε, ώσπου τα χασμουρητά έγιναν πιο συχνά.

36 ΩΡΕΣ

«Χορτάσατε όλοι;» Ρωτάει ο Τζέφρι. Αναγνωρίζοντας τη συγκατάθεσή μας, μας οδηγεί στο σαλόνι όπου μας προσφέρει την επιλογή της ταινίας μας. Ενώ επιλέγουμε, επιστρέφει στην κουζίνα, όπου ξεκινά να προετοιμάζει ένα δίσκο με σνακ σε περίπτωση που κάποιος πεινάσει.

Κανείς από εμάς δεν θέλει να βλέπει κάτι πολύ βαρύ. Η Αλίσια επιλέγει μια ρομαντική κομεντί ενώ η Τζένη επιλέγει μια περιπέτεια. Δεν με ενδιαφέρει ιδιαίτερα, αλλά χαίρομαι που συνεχίζω στην βραδιά. Απολαμβάνω την παρέα και τη συντροφικότητα.

Η Μαργαρίτα μας βοηθά να βάλουμε ένα NTI-BI-NTI στο ίδιο υπνοδωμάτιο που ήμασταν χθες το βράδυ. Τώρα υπάρχουν τρία κρεβάτια για εμας. Είμαι χαρούμενη που είμαι μέλος της ομάδας και, για χάρη τους, προσποιούμαι ότι διασκεδάζω καθώς το δωμάτιο γεμίζει από τα γέλια ενώ παρακολουθούμε τις ταινίες και τσιμπάμε σνακ.

Πραγματικά δεν μπορώ να παρακολουθήσω τις ταινίες και, έχοντας περάσει μια ιδιαίτερα μεγάλη μέρα, δυσκολεύομαι να κρατήσω τα μάτια μου ανοιχτά. Αρχίζω να κοιμάμαι μέχρι τη δεύτερη ταινία. Αγωνιζόμαστε να φτάσουμε μέχρι το τέλος πριν προετοιμαστούμε για κρεβάτι.

44 ΏΡΕΣ

Όλα αυτά είναι πολύ περίεργα. Είναι σουρεαλιστικό και ξέρω ότι πρέπει να ονειρεύομαι αλλά είμαι έτοιμη να συνεχίσω να παρακολουθώ. Δεν μπορώ να ξυπνήσω.

Κοιτάζοντας τριγύρω, βλέπω όλους τους ανθρώπους που γνωρίζω: τη Μαμά και τον μπαμπά, την Μαργαρίτα και τον Τζέφρι, τον Μάικλ, την Αλίσια και την Τζένη, είναι όλοι εκεί. Πολλοί άνθρωποι από το γραφείο μου, επίσης, το αφεντικό μου ο Στιούαρτ Ρόνσον, ο Ντουάιτ, η Κρίσι και πολλοί άλλοι, φίλοι από το σχολείο και το πανεπιστήμιο, απόμακρη οικογένεια όλοι στέκονται σε έναν κύκλο γύρω μου. Όλοι χαμογελούν. πανηγυρίζουν και χειροκροτούν.

Με χαροποιεί να τους βλέπω, αλλά σταδιακά τα χαρακτηριστικά τους γίνονται θολά. Κινούνται, πιο μακριά, ασαφείς, εξασθενίζουν καθώς εξαφανίζονται στην απόσταση.

Στέκομαι τώρα στο δωμάτιο που είδα νωρίτερα, το δωμάτιο με το μεγάλο κρεβάτι και τη μυρωδιά του παλιού καφέ. Το δωμάτιο είναι σπηλαιώδες. Δεν νιώθω άνετα. Ποια είμαι; Αναρωτιέμαι. Είμαι το κορίτσι, αυτό με ξανθά μαλλιά; Βλέπω τον Μάικλ. Τι κάνει εδώ;

Υπάρχουν κι άλλοι ακόμα. Έχει πολύ κόσμο. Αναγνωρίζω τους τρεις άντρες, εκείνους από το όραμά μου. Είναι τρομακτικό. Δεν θέλω να είμαι εδώ. Δεν μου αρέσει καθόλου αυτό. Θέλω να φύγω αλλά νιώθω αδύναμη να κινηθώ. Είμαι περικυκλωμένη, τα χέρια τους είναι άνω μου, με αγγίζουν. Τώρα με σπρώχνουν. Προσπαθώ να του διώξω μακριά, αλλά μάταια. Είναι πολύ δυνατοί κι εγώ πέφτω. Είναι σα να πέφτω σε αργή κίνηση, και πέφτω και πέφτω, πριν καταλήξω στο κρεβάτι.

Βρίσκομαι μπρούμητα. Σκληρά, τραχιά χέρια με κρατούν, με πιέζουν πάνω στο στρώμα, με τραβάνε. Ακούω ύφασμα που σκίζεται και συνειδητοποιώ ότι μου σκίζουν τα ρούχα. Είμαι αδύναμη, δεν μπορώ να κινηθώ. Τα πόδια μου είναι ανοιχτά και οι γλουτοί μου ανυψωμένοι ώστε να είμαι γονατιστή.

Προσπαθώ να αντισταθώ. Όχι, μην το κάνεις αυτό. Μην το κάνετε αυτό. Δεν μπορώ, δεν έχω τη δύναμη να πολεμήσω. Δεν μπορώ να τους σταματήσω. Αισθάνομαι κίνηση πίσω μου, ζεστασιά που αγγίζει το δέρμα μου, κάτι ζεστό και σκληρό. Δεν μπορώ να δω ποιος είναι ή τι κάνει. Ωστόσο, το ξέρω. Όχι, παρακαλώ όχι.

Μην μου το κάνεις αυτό.

Προσπαθώ να μιλήσω, αλλά το πρόσωπό μου έχει πιεστεί στο στρώμα και καταπνίγει τη φωνή μου. Φωνάζω καθώς νιώθω πόνο, έναν έντονο, διαπεραστικό πόνο, περισσότερη κίνηση και περισσότερο πόνο, έντονο πόνο, βαθιά μέσα μου. Ανοίγω το στόμα μου για να ουρλιάξω αλλά τίποτα δεν βγαίνει.

Όχι, αυτό δεν μπορεί να συμβεί σε μένα! Θέλω να σταματήσει. Βυθίζω το πρόσωπό μου βαθύτερα, πιέζοντας το στρώμα, ψιθυρίζοντας. Νιώθω την πίεση του βάρους να ακουμπά στην πλάτη μου, μια καυτή, ριζοσπαστική αναπνοή στο λαιμό μου, την αίσθηση του δέρματος, τα πόδια να χτυπούν στους μηρούς μου, περισσότερο πόνο, να με χτυπά. Θέλω να σταματήσει αυτό. Θα κάνω οτιδήποτε για να το σταματήσω. Θάβω το κεφάλι μου ακόμα πιο βαθιά. Αν μπορώ να πνίξω τον εαυτό μου στο στρώμα, τότε θα τελειώσει.

«Μπρίονι, τι συμβαίνει; Είσαι καλά;» Ακούω τη φωνή της Αλίσια.

«Κλαις στον ύπνο σου. Ξύπνα», λέει η Τζένη.

Είμαι κακοποιημένη. Νιώθω τα χέρια να με κρατούν, να τραβούν τους ώμους μου, να με γυρίζουν.

«Μην με αγγίζεις! Φύγε μακριά μου. Ασε με ήσυχη!» Φωνάζω, βρήκα επιτέλους τη φωνή μου και τους χαστούκισα.

Τα μάτια μου ανοίγουν. Βλέποντάς τους, πηδώ προς τα πίσω. Σταδιακά, βλέπω τη σκηνή και συνειδητοποιώ που είμαι. Ξαπλωμένη στο κρεβάτι, στο δωμάτιο του επάνω ορόφου στο σπίτι της Μαργαρίτας. Η Τζένη και η Αλίσια κάθονται στην άκρη του κρεβατιού. Φαίνονται ανήσυχες.

Σηκώνομαι και κάθομαι στο κρεβάτι. Η καρδιά μου χτυπάει στο στήθος μου. Η αναπνοή μου είναι κουρασμένη. Νιώθω ότι το πρόσωπό μου είναι υγρό. Κλαίω. Φοράω το νυχτικό μου δεν μου έχει αφαιρεθεί. Είχα έναν εφιάλτη, έναν φοβερό, τρομερό εφιάλτη. Προσπαθώ να σκεφτώ, να νιώσω. Όλο το σώμα μου είναι ευαίσθητο, αλλά δεν υπάρχει πραγματικός πόνος. Δεν ήταν πραγματικό.

«Ήταν τρομερό», ψιθυρίζω.

«έλα, μην ανησυχείς, είσαι ασφαλής. Είσαι εδώ μαζί μας», λέει η Αλίσια.

«Μην φοβάσαι,» λέει η Τζένη, « θα σε φροντίσουμε εμείς.» Βάζει το χέρι της προσεχτικά πάνω στον ώμο μου κι εγώ γέρνω πάνω της.

Σπρώχνω το πρόσωπό μου στο στήθος της, ζητώντας ζεστασιά και προστασία. Βάζει το χέρι της πίσω από το κεφάλι μου, με κρατά πάνω της, με λικνίζει.

Δεν ξέρω πόσο καιρό κάθομαι έτσι, με την Τζένη να με λικνίζει απαλά πίσω και μπροστά. Με την πάροδο του χρόνου, η αναπνοή μου επιστρέφει στο φυσιολογικό. Το πρόσωπό μου γίνεται πολύ ζεστό, ακουμπά πάνω της. Γνωρίζω ότι το νυχτικό της είναι υγρό από τα δάκρυά μου. Σηκώνομαι. «Ευχαριστώ», λέω.

«Μην με ευχαριστείς. Χαίρομαι μόνο που ήμουν εδώ για να σε βοηθήσω», απαντά.

«Αισθάνεσαι καλύτερα τώρα;» Ρωτάει η Αλίσια. «Τι μπορούμε να κάνουμε;»

Αισθάνομαι ακόμα ζαλισμένη. «Τι ώρα είναι;» Ρωτάω.

Η Αλίσια κοιτάζει το ρολόι. «Είναι νωρίς, έξι παρά τέταρτο.»

«Λυπάμαι που σας ξύπνησα», λέω. «Δεν ήθελα να ...»

«Μην λες ανοησίες. Γι' αυτό είμαστε εδώ, για να μην είσαι μόνη. Είμαστε εδώ για να σε βοηθήσουμε και να σε στηρίξουμε», λέει η Τζένη.

«Νομίζω ότι είμαι εντάξει τώρα», λέω. «Πρέπει να προσπαθήσετε να κοιμηθείτε περισσότερο».

«Όχι, μόνο όταν είμαστε σίγουρες ότι είσαι εντάξει», λέει η Αλίσια. «Νιώθεις ότι θα μπορέσεις να κοιμηθείς ξανά;»

Προσπαθώ να σκεφτώ. Όταν κλείνω τα μάτια βλέπω πάλι εικόνες από τον εφιάλτη. «Όχι, όχι ακόμα.»

«Σε αυτή την περίπτωση, θα μείνουμε να μιλάμε μέχρι να νιώσεις νύστα ξανά. Δεν θα σε αφήσουμε έτσι.» λέει η Αλίσια και η Τζένη συμφωνεί.

Τα μάτια μου φουσκώνουν ξανά, αλλά αυτή τη φορά από ευγνωμοσύνη.

«Θα βοηθούσε αν μιλούσαμε;» ρωτάει η Αλίσια.

Ανάμεσα σε λυγμούς, τους λέω τι ονειρεύτηκα. «Ένιωσα ότι ήταν τόσο πραγματικό. Τώρα ξέρω ότι πρέπει να είμαι το κορίτσι από τα οράματα που είχα χθες. Τώρα ξέρω τι μου συνέβη.»

«Αχ Μπριόνι, λυπάμαι πολύ. Αλλά θα σε βοηθήσουμε. Θα το ξεπεράσεις », λέει η Τζένη. Χαμογελά και η έκφρασή της είναι γεμάτη καλοσύνη.

«Μπρίονι, ήταν ένας εφιάλτης», λέει η Αλίσια. «Αυτό που ονειρεύτηκες ήταν φρικτό, αλλά απλώς και μόνο επειδή το ονειρεύτηκες, δεν σημαίνει ότι το έχεις περάσει και στην πραγματικότητα. Υπάρχει ένα τέτοιο μείγμα πραγμάτων που περιέγραψες... άτομα που δεν πάνε μαζί, που δεν μπορούν να είναι μαζί ταυτόχρονα. Φαίνεσαι προφανώς φοβισμένη και μπερδεμένη που δεν ξέρεις; πού ήσουν, αλλά αυτός ο εφιάλτης θα μπορούσε απλώς να είναι η φαντασία σου. Δεν σημαίνει ότι είναι μια ανάμνηση.

Ήθελα να είχε δίκιο, αλλά στ' αλήθεια, δεν ξέρω τίποτα.

«Σκέψου το», λέει η Αλίσια. «Νωρίτερα σήμερα, ο Τζέφρι σκέφτηκε πως κάποιος σου παίζει παιχνίδια. Κάποιος που γνωρίζεις.»

«Δεν καταλαβαίνω», λέω.

«Δεν μπορώ να πω ότι έχω απαντήσεις,» συνέχισε η Αλίσια, «αλλά πώς ταιριάζει αυτό με το ότι σε βίασαν, όπως περιέγραψες;»

«Δεν ξέρω», λέω.

«Υπάρχει κάποιος γνωστός σου θα σκέφτεσαι ότι θα μπορούσε να το κάνει αυτό;» ρωτάει η Τζένη.

Προσπαθώ να σκεφτώ.

«Θα μπορούσε να ήταν ο Μάικλ; Είπες ότι τον είδες πριν ονειρευτείς την επίθεση», ρωτάει η Αλίσια.

Ανατριχιάζω τη σκέψη. Ξέρω τον Μάικλ. Εντάξει, νόμιζα ότι ήξερα τον Μάικλ. Μου απάτησε και μου φέρθηκε άδικα. Όσο κι αν είμαι θυμωμένη με τον τρόπο που μου φέρθηκε, δεν μπορώ να πιστέψω ότι είναι ικανός να το κάνει αυτό. Επιπλέον, τον γνωρίζω τόσο καλά που είμαι σίγουρη ότι θα αναγνώριζα την αίσθηση του αγγίγματός του. Θα ήξερα αν ήταν αυτός. «Όχι, δεν ήταν ο Μάικλ. Είμαι σίγουρη.

«Αν δεν ήταν αυτός, τότε ποιος; Δεν μπορείς να σκεφτείς κάποιον που θα ήταν ικανός να το κάνει;» επιμένει η Αλίσια.

Κουνάω το κεφάλι μου αρνητικά, δεν έχω καμιά έμπνευση.

«Όποια κι αν είναι η αλήθεια, τώρα είσαι εδώ μαζί μας και είσαι ασφαλής,» λέει η Τζένη.

Παίρνω παρηγοριά από τα λόγια των φιλενάδων μου και τα τελευταία λεπτά γίνομαι πολύ πιο ήρεμη. Το επεισόδιο με άφησε εξαντλημένη. Χρειάζομαι ξεκούραση. «Είναι ακόμα μεσάνυχτα. Ας προσπαθήσουμε να κοιμηθούμε περισσότερο», λέω.

Συμφώνησαν και η καθεμία γύρισε στο κρεβάτι της, αν και νιώθω τα μάτια τους να με παρακολουθούν. Ξέρω ότι ανησυχούν για μένα και θέλουν να σιγουρευτούν ότι είμαι καλά. Είμαι τόσο τυχερή που έχω τόσο καλές φίλες που με νοιάζονται, αλλά η αλήθεια είναι ότι δεν μπορούν να κάνουν τίποτα. Πρέπει κι εκείνες να ξεκουραστούν. Ακόμα και αν το σκεφτώ εντελώς εγωιστικά, πρέπει να είναι δυνατές και ξεκούραστες για να με βοηθήσουν. Πρέπει να μάθω να τα βγάζω πέρα μόνη μου. Θέλω να κοιμηθώ, αλλά φοβάμαι να κλείσω τα μάτια μου, τρέμοντας στην ιδέα ότι ο εφιάλτης μπορεί να ξαναγυρίσει. Σκέφτομαι να ξεκουραστώ χωρίς να κοιμηθώ, αλλά ξέρω καλά πως η Τζένη και η Αλίσια δεν θα με αφήσουν αν ξέρουν ότι είμαι ξύπνια. Γυρίζω από την άλλη πλευρά ώστε να μην βλέπουν το πρόσωπό μου και εισπνέω και εκπνέω στα ψέματα, βαθιά και σταθερά, αυξάνοντας την αναπνοή μου σε δύναμη και τόνο. Σε λίγο, ακούω και τις δικές τους ανάσες.

Ξαναγυρνάω, ανάσκελα, και αρχίζω να κοιτάζω το ταβάνι. Θέλω να αποκαταστήσω την ενέργειά μου και ξέρω ότι χρειάζομαι ξεκούραση. Νυστάζω απελπισμένα, αλλά είμαι πολύ τρομαγμένη για να κλείσω τα μάτια μου για πάνω από μερικά λεπτά κάθε φορά, μήπως ξαναδώ τον τρόμο. Παίζω με το μυαλό μου ανόητα παιχνίδια μνήμης, προσπαθώντας να μείνω ξύπνια.

47 ΩΡΕΣ

Γνωρίζω την παλιά έκφραση που λέει ότι όταν κοιτάζεις συνέχεια τον βραστήρα να βράζει, το βράσιμο δεν τελειώνει ποτέ, αλλά για μένα, αυτό συμβαίνει με το ρολόι, όσο και να το κοιτάζω, η ώρα δεν περνάει με τίποτα. Κοιτάζω το ψηφιακό ρολόι, περιμένοντας να αλλάξουν οι αριθμοί, αλλά το κάθε λεπτό μοιάζει με αιωνιότητα. Όντας Σάββατο πρωί, δεν περιμένω να ξυπνήσει κανείς νωρίς. Έβαλα προθεσμία στον εαυτό μου να σηκωθεί στις οκτώ και μισή, όμως όταν το ρολόι χτύπησε οκτώ δεν μπόρεσα άλλο και σηκώθηκα από το κρεβάτι. Βλέπω την Αλίσια και την Τζένη να κοιμούνται και, μη θέλοντας να τις ενοχλήσω, αποφασίζω να μην το ρισκάρω να κάνω ντους ακόμα. Αντ' αυτού, ρίχνω νερό στο πρόσωπό μου, βουρτσίζω τα δόντια μου και φοράω την ρόμπα μου πριν κατέβω τις σκάλες στις άκρες των ποδιών μου, προσέχοντας να μην πατήσω στην σανίδα που τρίζει αυτή τη φορά.

133 ΩΡΕΣ

Είχα σκοπό να πλύνω όλα τα πιάτα και τα μαχαιροπήρουνα και να τακτοποιήσω την κουζίνα από όλα είχαμε αφήσει πίσω μας μετά το χτεσινοβραδινό δείπνο. Μια μικρή χειρονομία, το ξέρω, αλλά θέλω να κάνω κάτι, οτιδήποτε, για να δείξω την ευγνωμοσύνη μου. Είμαι τόσο υποχρεωμένη στην Μαργαρίτα και τον Τζέφρι για την υποστήριξή τους. Το σχέδιό μου πήγε στράφι, καθώς είδα ότι δεν υπήρχε τίποτα για μένα να κάνω. Κάθε επιφάνεια είχε καθαριστεί και πλυθεί. Το πλυντήριο πιάτων όχι μόνο δεν ήταν γεμάτο, αλλά είχε τελειώσει το πλύσιμο και όλα τα πιατικά, μαχαιροπήρουνα, ποτήρια και κατσαρολικά είχαν τοποθετηθεί στην θέση τους. Απ' ότι καταλαβαίνω, η Μαργαρίτα και ο Τζέφρι θα τα είχαν τακτοποιήσει μόνοι τους όσο εμείς παρακολουθούσαμε ταινίες. Και πάλι ένιωσα ένοχη. Πρέπει να είμαι πιο προνοητική και συνετή.

Πήρα ένα ποτήρι, έβαλα λίγο νερό και κάθισα στο τραπέζι. Τότε είδα την πρωινή εφημερίδα, στην απέναντι πλευρά, εκεί που συνήθως κάθεται ο Τζέφρι. Καθώς απλώνω το χέρι μου να την πιάσω, βλέπω ότι είναι καλά διπλωμένη. Δεν μπορώ να μην χαμογελάσω όταν τη γυρίζω στο σταυρόλεξο και ανακαλύπτω ότι έχει ήδη λυθεί.

Προσπαθώ να δω τα στοιχεία. Παρά το γεγονός ότι αστειευόμουν χτες με τον Τζέφρι ότι θα μπορούσα να τον βοηθήσω, δεν κατάφερα ποτέ να λύσω κάποιο σταυρόλεξο και αν ήθελε να τον βοηθήσω, θα του ήμοουν άχρηστη. . Ξέρω ότι κάθε λύτης έχει το δικό του στυλ και μπορεί να χρειαστεί λίγος χρόνος για να εξοικειωθεί με αυτά. Μετά από μερικά λεπτά εξετάζοντας τις ενδείξεις μαζί με τις συνοδευτικές απαντήσεις, αρχίζω να αναγνωρίζω ένα μοτίβο. Ίσως αυτό σημαίνει να είσαι ερευνητής. Ψάχνεις για ενδείξεις και προσπαθείς να καθορίσεις ένα μοτίβο ώστε να μπορείς να λύσεις το μεγαλύτερο παζλ.

Είμαι τόσο απορροφημένη στη μελέτη μου που δεν άκουσα τον Τζέφρι να μπαίνει στην κουζίνα.

«Νομίζω ότι θα ανακαλύψεις πως άργησες. Το έχω ήδη λύσει,» λέει.

Αναπήδησα από την τρομάρα.

«Δεν ήθελα να σε ξαφνιάσω.»

Ξαναβρήκα την ψυχραιμία μου. «Ααα, συγνώμη. Δεν σε άκουσα να μπαίνεις. Δεν θα χαλούσα το σταυρόλεξό σου, αλήθεια. Ήθελα μόνο να...»

Εκείνος ξεσπάει σε γέλια. «όλα εντάξει, δεν χρειάζεται να εξηγήσεις. Απλώς αστειευόμουν.»

Μπήκα σε πειρασμό να υποκριθώ ότι λιποθυμώ, να ξεσπάσω σε κλάματα, να παίξω μαζί του στο ίδιο του το παιχνίδι, αλλά μάλλον δεν θα τα κατάφερνα. Ακόμα και να πετύχαινε, δεν θα ήταν σωστό. Θα ήταν σκληρό. Αντ' αυτού, γέλασα κι εγώ μαζί του. Ήμουν ειλικρινής και του εξήγησα

133 ΩΡΕΣ

ότι προσπαθούσα να διακρίνω το σύστημά του.

Ο Τζέφρι ετοίμασε ένα κατσαρολάκι με τσάι και προσφέρθηκε να σερβίρει πρωινό. Μετά το χτεσινό δείπνο και τα σνακ, νιώθω ακόμα γεμάτη. Δεν μπορούσα να φάω μπουκιά. Ειλικρινά και μόνο στην σκέψη, μου έρχεται ναυτία.

50 ΩΡΕΣ

Καθόμαστε και κουβεντιάζουμε μέχρι που ήρθαν και οι άλλοι. Μετά από μερικές ώρες, ξεκινήσαμε για την παραλία, πριν τις 11 π.μ.

Η κυκλοφορία είναι αραιή, οπότε φτάσαμε πολύ γρήγορα στον προορισμό μας και σύντομα απενεργοποιούμε το M77. Το Clyde1 είναι τοποθετημένο στο ραδιόφωνο και, με τον θόρυβο του δρόμου να μην κάνει διακριτούς στίχους, το μόνο που μπορούμε να ακούσουμε είναι ένα σταθερό χτύπημα, χτύπημα από τα ηχεία.

«Πειράζει να το κλείσω; Μου προκαλεί πονοκέφαλο,» ρωτάω την Τζένη.

Εκείνη με κοιτάζει. «Όχι φυσικά. Το άνοιξα μόνο μήπως υπάρχουν τίποτα κυκλοφοριακές ειδοποιήσεις. Νιώθεις καλά; Φαίνεσαι λιγάκι χλωμή.»

Κατέβασα την αντιηλιακή ασπίδα για να κοιταχτώ στο καθρεφτάκι. Η Τζένη έχει δίκιο. Το δέρμα μου φαίνεται χλωμό και οι προσπάθειές μου να διώξω τους μαύρους κύκλους κάτω από τα μάτια μου, δεν είχαν επιτυχία, τώρα που το βλέπω στο φως της ημέρας. «Είμαι καλά, λίγο κουρασμένη, ίσως επειδή δεν κοιμήθηκα πολύ.»

«Ξενυχτήσαμε βλέποντας ταινίες και μετά σε ξύπνησε ο εφιάλτης σου. Φάνηκε ότι κοιμήθηκες σχεδόν αμέσως μετά αφού μας είπες γι' αυτόν, αλλά ξεκουράστηκες καθόλου στ' αλήθεια;» ρώτησε η Αλίσια.

«Όχι πολύ», ομολογώ.

«Λοιπόν, σήμερα θα περάσουμε μια χαλαρωτική ημέρα,» λέει η Τζένη, «χωρίς άσκηση, χωρίς άγχος και χωρίς κακές σκέψεις.»

Κουνάω το κεφάλι καταφατικά για να την ηρεμήσω, αλλά μακάρι να ήταν τόσο απλό.

Παρατηρώντας ότι όλα τα βοοειδή βρίσκονται στα χωράφια που περνάμε, η Τζένη σημειώνει ότι είναι ένας καλός δείκτης ότι η μέρα θα είναι στεγνή. Κοιτάζοντας έξω, το μόνο που βλέπω στον ουρανό είναι ελάχιστα μικρά συννεφάκια, και έτσι συμφωνώ με την πρόγνωση.

«Ωραία», λέει. «Θα μπορέσουμε να κάνουμε μια χαλαρή βόλτα στην παραλία. Λοιπόν, πού προτιμάς, στο Αηρ, Πρέστγουικ ή Τρουν;»

«Το αφήνω πάνω σου,» λέω. «Εσύ είσαι η οδηγός.»

«Σκέφτομαι για το Τρουν», λέει η Τζένη.

«Αν και στο Πρέστγουικ είναι πιο εύκολο το παρκάρισμα, είναι άδειο αυτή την εποχή και το Αηρ είναι απλωσιά. Το Τρουν είναι και ήσυχο, αλλά η πόλη έχει συνήθως λίγη ζωή. Πρέπει να μπορέσουμε να βρούμε κάτι στη μέση, ανάμεσα και στο εμπορικό και στο παραλιακό μέρος.»

«είμαι ευχαριστημένη με ό,τι και αν επιλέξετε,» σχολιάζει η Αλίσια. «Δεν θυμάμαι να έχω έρθει ποτέ σε αυτά τα μέρη.»

Ο δρόμος μας οδηγεί πέρα από την είσοδο στο γήπεδο του γκολφ του ΡΡουαγιάλ Τρουν και μπορούμε να δούμε πολλούς παίκτες να επωφελούνται από τις ευχάριστες συνθήκες για μια μέρα στο γήπεδο. Συνεχίζουμε στο κέντρο της πόλης, όπου καταφέρνουμε να εντοπίσουμε έναν κενό χώρο στο χώρο στάθμευσης που βρίσκεται δίπλα στον κεντρικό δρόμο.

Αν και ο ήλιος λάμπει και ο αέρας είναι ζεστός, όλοι φοράμε μάλλινα για να παρέχουμε κάποια προστασία ενάντια στο θαλασσινό αεράκι. Ίσως σήμερα να μην είναι αρκετά σε επίπεδο τυφώνα, αλλά θα ήμουν απρόθυμη να δοκιμάσω να πετάξω ένα χαρταετό σε περίπτωση που με παρασύρει. Τώρα που το σκέφτομαι, οι παίκτες του γκολφ πρέπει να το βλέπουν ως πρόκληση πέρα από τους κανονικούς κινδύνους του μαθήματος

Με δυσκολία περπατάμε σε γωνία σχεδόν σαράντα πέντε βαθμών, κλίνοντας προς τον άνεμο. Γελάμε για τις συνθήκες καθώς περνάμε τα καταστήματα στην Κεντρική Οδό, μέσα από μια περιοχή με χορτάρι και μετά προς την παραλία. Και οι τρεις βγάζουμε τα σανδάλια μας και τα πόδια μας βυθίζονται ελαφρώς όταν περπατάμε στην άμμο και προς τη θάλασσα. Καθώς η παλίρροια είναι έξω και στρίβει, υπάρχει μια μεγάλη έκταση παραλίας πριν τα κύματα χτυπήσουν στην προκυμαία.

Κοιτάζω πάνω-κάτω και βλέπω ότι πολύ λίγα άτομα έχουν την γενναιότητα να αντιμετωπίσουν αυτές τις καταστάσεις. Οι περισσότεροι από αυτούς, φοράνε βαριά μπουφάν και συνοδεύονται από σκυλιά, παίζουν στην παραλία, και κανείς τους δεν νοιάζεται για τον άνεμο.

Μετά από μερικά λεπτά, το περιπετειώδες πνεύμα μας μάς εγκαταλείπει και ψάχνουμε ένα πιο ασφαλές μέρος. Εκεί, καθόμαστε και κουβεντιάζουμε, κοιτάζοντας την θάλασσα. Επειδή η μέρα είναι λαμπερή, η θέα ως απέναντι στο νησί Αρράν είναι υπέροχη και μπορούμε να δούμε μερικά γιωτ καθώς και άλλα πλοιάρια καθώς ο περιστασιακός αέρας καθαρίζει την ατμόσφαιρα και ξεκαθαρίζει το τοπίο. Καθώς η μέρα είναι πολύ ζεστή για την εποχή, το νερό φαίνεται αρκετά κρύο και βλέπουμε πως όσοι προσπάθησαν να κολυμπήσουν φαίνονται να κρυώνουν, παρά τα μαγιό τους.

Η Τζένη ήταν έξυπνη που το σκέφτηκε.

Εδώ ξεφεύγω, και νιώθω το μυαλό μου πολύ πιο καθαρό, αν και ανεμοδαρμένο.

Δεν ξέρω καν πόση ώρα καθίσαμε, απολαμβάνοντας η μία την παρέα της άλλης, χαζεύοντας το σκηνικό, πριν η Τζένη προτείνει να πάμε κάπου για φαγητό.

52 ΏΡΕΣ

Υπάρχει πληθώρα από μεζεδοπωλεία, μπαρ και καφετέριες, αλλά εμείς θέλαμε να φάμε ένα ζεστό φαγητό και έτσι ψάξαμε κάποιο μαγαζί που να το προσφέρει.. Μόλις μπαίνουμε μέσα, βλέπουμε μια ομάδα ανθρώπων να είναι συγκεντρωμένο γύρω από το μπαρ, ενώ η τραπεζαρία παραμένει ήσυχη. Επιλέγουμε ένα φωτεινό τραπέζι κοντά στο παράθυρο. Ένα κοντινό καλοριφέρ εκπέμπει θερμότητα, οπότε βγάζουμε τα μπουφάν και τα κρεμάμε πάνω από τα καθίσματά μας.

Μετά από μεριές ώρες έξω στον θαλασσινό, αλατισμένο αέρα, νιώθω διψασμένη , αλλά έχοντας καταναλώσει περισσότερο αλκοόλ απ' ότι θα ήθελα χτες το βράδυ, πήρα ένα ποτήρι σόδα με λάιμ. Επειδή η Τζένη οδηγεί, πήρε κι εκείνη ένα αναψυκτικό και η Αλίσια, για να μην διαφέρει, ακολουθεί το παράδειγμά μας. Ακόμα, δεν έχω όρεξη να φάω κάτι βαρύ, γι' αυτό παραγγέλνω ένα μπολ σπιτική φακή, συνοδευόμενη από μία τραγανή φέτα ψωμί. Η Αλίσια πήρε κάτι παρόμοιο, φακή με μισό σάντουιτς, ενώ η Τζένη πήρε κάτι πιο διαφορετικό, κρεατόπιτα με πατάτες και μπιζέλια πουρέ.

Αν και απέχει πολύ από την ποιότητα του χτεσινοβραδινού μας δείπνου, απολαμβάνουμε το φαγητό μας. Είναι νόστιμο και ικανοποιητικό. Δυσκολευόμαστε κάπως να μιλήσουμε, εξαιτίας της αυξανόμενης πελατείας. Αν και όλα ακούγονται χιουμοριστικά καλά, υπάρχουν μισή ντουζίνα νεαροί άντρες γύρω από μια μεγάλη εντοιχισμένη τηλεόραση. Ακούμε την προσφορά της Νότιας Αγγλίας και βλέπουμε ότι είναι ντυμένοι με τα μπλουζάκια της ποδοσφαιρικής ομάδας της Τσέλσι. Όλοι κρατάνε από ένα ποτήρι με ουίσκι, ενώ ανταλλάσσουν μερικές κουβέντες με τους ντόπιους.

Βλέπω ένα ταμπλό που ανακοινώνει την κάλυψη Sky Sports που έχει προγραμματιστεί να μεταδοθεί σήμερα το απόγευμα. Η Τσέλσι αναμένεται να παίξει έναν αγώνα στην Πρέμιερσις, με έναρξη σε λιγότερο από μία ώρα. Η υποστήριξή τους, εδώ, είναι σε έντονα πνεύματα, κυριολεκτικά.

Η Τζένη προτείνει να μετακινηθούμε σε ένα πιο ήσυχο μέρος και η Αλίσια κι εγώ συμφωνήσαμε. Έχοντας πιει πολλά υγρά, νομίζω ότι είναι καλή ιδέα να επισκεφτώ τις γυναικείες τουαλέτες πριν φύγουμε και η Τζένη έρχεται μαζί μου.

Οι εγκαταστάσεις είναι καθαρές και μυρίζει φρεσκάδα. Πάνω από μια σειρά νεροχυτών υπάρχει ένας μεγάλος καθρέφτης που καλύπτει τον τοίχο. Παίρνω την ευκαιρία να φρεσκάρω λίγο το μακιγιάζ μου.

Προχωρώ μπροστά καθώς φεύγουμε από την τουαλέτα και πέφτω κατευθείαν πάνω σε έναν ψηλό νεαρό, έναν από τους υποστηρικτές της ομάδας. Δεν πατάει σταθερά στα πόδια του και πέφτει πάνω μου, με τα χέρια του να ανεμίζουν, αναζητώντας να βρει στήριξη για να μην πέσει. Είτε ήταν εκ προθέσεως είτε όχι, το ένα του χέρι πιάνει το δεξί μου στήθος ενώ το άλλο αρπάζει το γυμνό μπράτσο μου. Τα χέρια του είναι χονδροειδή. Νιώθω την σκληράδα του δέρματός του. Αμέσως, το μυαλό μου αρχίζει να θολώνει. Μεταφέρομαι πίσω στο όραμά μου. Χέρια να με αγγίζουν παντού. Πολλά χέρια, σκληρά χέρια. Δεν μπορώ να τα αντιμετωπίσω όλα. Αντιστέκομαι. Ως αντίδραση, σηκώνω το γόνατό μου και τον χτυπώ στη βουβωνική χώρα. Φωνάζω, ουρλιάζω. «Βιαστή! Μην με αγγίζεις. Άφησέ με. Άασε με ήσυχη.»

Οι επόμενες ώρες πέρασαν σαν μέσα σε ομίχλη. Δεν ξέρω τι συμβαίνει έως ότου ανακαλύπτω ότι είμαι σε μια καρέκλα με την Τζένη και την Αλίσια δίπλα μου, να μου κρατάνε η καθεμιά από ένα χέρι, προσπαθώντας να με παρηγορήσουν. Δεν κάνει κρύο, αλλά το σώμα μου τρέμει.

Αναγνωρίζω το παιδί με άγγιξε. Κάθεται στο πάτωμα, ακουμπώντας την πλάτη του στον τοίχο, απέναντί μου. Το πρόσωπό είναι λευκό σαν κιμωλία και ανασαίνει βαθιά, ενώ περιποιείται τον ώμο του. Ανάμεσά μας, βηματίζει ένας άντρας, ένας ψηλός, μυώδης άντρας, κρατώντας κάτι που μοιάζει με ρόπαλο και το χτυπάει στην παλάμη του, σα να κρατάει τον χρόνο. Έχει ξεκάθαρα τον έλεγχο της κατάστασης και υποψιάζομαι ότι μπορεί να είναι ο ιδιοκτήτης του μαγαζιού.

Κοιτάζει προς εμένα. «Από σένα εξαρτάται πώς θα το χειριστούμε αυτό. Μπορούμε να καλέσουμε την αστυνομία και να τον κατηγορήσουμε για σεξουαλική παρενόχληση. Δεν ξέρω αν εκείνος θα το παραδεχτεί, αλλά βασικά, αυτό θα είναι χρονοβόρο.» Παίρνει μια βαθιά ανάσα πριν συνεχίσει. «Έχω τις αμφιβολίες μου για τοι αν είναι καλύτερα να γίνει αυτό. Εμένα μου φαίνεται πως αυτός ο νεαρός ήπιε πολύ και ξεπέρασε τα όρια.» Κοιτάζει το παιδί αυστηρά. «Απ' όσο ξέρω, μπορεί να είναι συχνός μπήχτης, οπότε θα πρέπει καλύτερα να τον βγάλουμε από την κυκλοφορία. Από την άλλη, ίσως δεν είναι τόσο κακό παιδί, και έκανε ένα ανόητο λάθος υπό την επήρεια του αλκοόλ. Αντί να καλέσουμε τις αρχές, ας υποθέσουμε ότι έμαθε από το λάθος του. Μετά, με το σκεπτικό ότι θα ζητήσει μια ειλικρινή συγνώμη, θα τον αφήσουμε να φύγει. Αλλά μόνο αυτός και οι φίλοι του πρέπει να φύγουν τώρα από το μαγαζί μου και από την μικρή μας, ήσυχη πόλη.»

Τώρα αρχίζω να καταλαβαίνω τι έγινε. Φαίνεται, πως μετά τις φωνές μου, αυτός ο άντρας, οπλισμένος με το ρόπαλο, ήρθε να με υπερασπιστεί. Κρίνοντας από το τρομαγμένο ύφος του αγοριού, το χρησιμοποίησε αρκετά γρήγορα. Το τελευταίο πράγμα που χρειάζομαι τώρα είναι και άλλη περιπέτεια με την αστυνομία. Αν και μπορεί να ήταν λιγάκι μεθυσμένος, και πραγματικά να με κακομεταχειρίστηκε, υποψιάζομαι ότι δεν ήθελε να με βλάψει στ' αλήθεια. Για να πω και την αλήθεια, μπορεί να αντέδρασα κι εγώ υπερβολικά στο άγγιγμά του.

Δεν θέλω να πάρει έκταση το θέμα. Μιλώντας αργά, προσεχτικά και ήσυχα, λέω, «Ευχαριστώ για την βοήθειά σας. Νομίζω πως έχετε δίκιο. Θα ήταν καλύτερο να δώσω ένα τέλος σε αυτό το συμβάν και να συνεχίσουμε τη ζωή μας.»

Μπορώ να δω την ανακούφιση στο πρόσωπο του νεαρού, και κρίνοντας από την αντίδραση του μπάρμαν, ανακουφίστηκε κι εκείνος, ευχαριστημένος που δεν θα δοθεί συνέχεια. Αν και μπορεί να υποστηρίξει πως ό,τι έκανε το έκανε για να με βοηθήσει, θα ήταν ρίσκο για κείνον να κατηγορηθεί για επίθεση.

Το αγόρι μου λέει πόσο λυπάται και, με έναν αέρα μεγάλης απογοήτευσης, φεύγει από το μπαρ, συνοδευόμενος από τους φίλους του. Οι φίλοι του δεν είναι τόσο ευγενικοί καθώς τον σπρώχνουν έξω από την πόρτα, άρχισαν να μας βρίζουν καθώς έφευγαν.

«Έπαθες μεγάλο σοκ», είπε ο άντρας. «Μείνε εκεί για λίγο και θα σου φέρω λίγο ζεστό, γλυκό τσάι.» «κάνει σήμα σε έναν άντρα που στέκεται μπροστά από τον σερβιτόρο.

Σηκώνω τα μάτια μου, είναι δακρυσμένα. «Ευχαριστώ, είστε πολύ ευγενικός.» Αν και κανονικά δεν βάζω ζάχαρη στο τσάι μου, ξέρω ότι είναι για το καλό μου και αποφασίζω να το αποδεχτώ.

«Με εντυπωσιάσατε πολύ με το πώς χειριστήκατε το θέμα», λέει. «Κάνατε μαθήματα αυτοάμυνας; Πραγματικά τον σταματήσατε πάνω στην ώρα.»

Για μια στιγμή, προσπαθώ να σκεφτώ για τί πράγμα μιλάει. Μετά, αφού το συνειδητοποίησα, απαντώ, «Οχι ακριβώς. Έκανα μερικά μαθήματα στο Πανεπιστήμιο, αλλά από τότε δεν το ξανασκέφτηκα.» Δεν θέλω με τίποτα να εξηγήσω γιατί αντέδρασα με αυτόν τον τρόπο και πραγματικά, θέλω να αφήσω αυτό το συμβάν πίσω μου και να φύγω από δω.

Το τσάι έφτασε. Ευτυχώς, δεν είναι πολύ καυτό και μπόρεσα να το πιω γρήγορα, προσπαθώντας να μην σταθώ στην γλυκύτητά του. «Θα ήθελα να φύγω τώρα, χρειάζομαι λίγο δροσερό αέρα. Σας ευχαριστώ για την βοήθειά σας», λέω στον άντρα, που μου συστήθηκε ως Μπίλι. Μου φαίνεται πως τις τελευταίες μέρες, το μόνο που έχω κάνει είναι να ευχαριστώ συνέχεια κόσμο για την βοήθειά τους και την καλοσύνη τους. Νιώθω περίεργα, δεν είμαι συνηθισμένο σ' αυτό. Κανονικά, εγώ είμαι η δυνατή στην οποία βασίζονται οι άλλοι.

«Λυπάμαι που έγινε από την αρχή,» απάντησε, «η πολιτική μου είναι να μην ανέχομαι τέτοια περιστατικά στο μαγαζί μου», έτσι, επιβεβαίωσε τις υποψίες μου για την θέση του. «Εκ των υστέρων, έπρεπε να είχα καταλάβει ότι ήταν μεθυσμένοι. Θα πρέπει να είχαν ξεκινήσει πριν έρθουν εδώ. Αν το ήξερα δεν θα τους είχα σερβίρει.»

Η Τζένη κι η Αλίσια με βοήθησαν να σηκωθώ. Έκανα μια χειραψία με τον Μπίλι, και τον ευχαρίστησα ξανά πριν προχωρήσω προς την πόρτα. Πήγε μπροστά και έλεγξε τον δρόμο πάνω-κάτω για να βεβαιωθεί ότι τα αγόρια δεν ήταν πουθενά εκεί κοντά, πριν φύγουμε.

«Το αμάξι είναι στην γωνία», λέει η Τζένη. «Θα γυρίσουμε στην Γλασκόβη στο πι και φι.»

«Θα ήθελα να πάρω λίγο δροσερό αέρα πριν μπούμε στο αμάξι για να γυρίσουμε πίσω», λέω.

«Ας βγούμε πρώτα από την πόλη, Αμφιβάλλω για το αν θα προσπαθήσουν ξανά να σου κάνουν κάτι αλλά δε νομίζω ότι πρέπει να το ρισκάρουμε,» προτείνει η Αλίσια.

Μπήκαμε στο Κλίο, και η Τζένη άνοιξε

τελείως όλα τα παράθυρα. Μετά από λίγα λεπτά, πήγαμε στο πάρκο αυτοκινήτων που κοιτούσε προς τη θάλασσα στο Πρέστγουικ. Αν και ο αέρας έχει σταματήσει, κάνει ακόμα δροσιά. Χωρίς να βιαζόμαστε, περπατάμε πάνω κάτω στον παραλιακό δρόμο. Ακούμε παιδιά να παίζουν στο πάρκο. Πηδάνε, τρέχουν με χαρά, προκαλώντας το ένα το άλλο να σκαρφαλώσουν σε μια μπάρα ανάβασης. Στεκόμαστε για λίγο, και παρακολουθούμε το παιχνίδι τους. Εκείνη τη στιγμή, νιώθω μια ανακούφιση. Είμαι καλά. Ξεπέρασα άλλη μία σκληρή δοκιμασία και δεν έπαθα κακό. Το συμβάν στην παμπ, μπορεί να ήταν μόνο μια παρεξήγηση, ή μια επίθεση εκ προθέσεως. Ό,τι και να ήταν, το χειρίστηκα και επέζησα.

Διαβεβαίωσα τον εαυτό μου ότι είμαι αγωνίστρια και ότι θα αντιμετωπίσω οτιδήποτε. Παρόλα αυτά, υπάρχει και μία μικρή αμφιβολία. Αναρωτιέμαι, αν είμαι αγωνίστρια, τότε γιατί δεν μπόρεσα να εμποδίσω αυτό που έγινε την περασμένη εβδομάδα; Κάτι χειρότερο, γιατί δεν ξέρω καν τι ήταν αυτό;

55 ΩΡΕΣ

Οι ισχυροί άνεμοι έχουν φέρει μια πληθώρα από βαριά σύννεφα. Είμαστε τυχερές που δεν έχει βρέξει. Ωστόσο, το φως εξασθενεί και η Τζένη μισεί την οδήγηση στο σκοτάδι. Είμαστε στο δρόμο της επιστροφής για τη Γλασκώβη. Δεν έχουμε μιλήσει σχεδόν καθόλου για το τι συνέβη στην παμπ. Νομίζω ότι τα κορίτσια είναι απρόθυμα να το συζητήσουν, νομίζοντας ότι είμαι πολύ εύθραυστη για να χειριστώ τη συζήτηση. Αν και το Κλίο είναι αρκετά άνετο για να φιλοξενήσει τις τρεις μας, δεν πιστεύω ότι υπάρχει χώρος για τον ελέφαντα.

Αβέβαιη για το ποιος είναι ο καλύτερος τρόπος για να θέσω το θέμα, αποφασίζω να το αντιμετωπίσω άμεσα. «Υποθέτω ότι δεν ήταν ο καλύτερος τρόπος για να ανακάμψεις από τη δοκιμασία της περασμένης εβδομάδας. Όλα συνέβησαν τόσο γρήγορα. Είμαι τυχερή που ο Μπίλι ήταν εκεί.

«Απ' ότι είδα, το χειρίστηκες μια χαρά και μόνη σου», είπε η Τζένη.

«Αλήθεια», απαντάει η Αλίσια. «Εγώ δεν είδα απολύτως τίποτα. Μόλις άκουσα τις φωνές σου έτρεξα να δω τι συμβαίνει, αλλά όταν έφτασα εκεί, είχε αναλάβει ο Μπίλι τον τύπο.»

«Εγώ το είδα εντελώς διαφορετικά,» λέει η Τζένη. «Προχωρούσες μπροστά μου, πηγαίνοντας προς την πόρτα. Ο τύπος σε άρπαξε κι εσύ τον κλώτσησες στα αχαμνά. Δεν ξέρω ποιος ούρλιαξε πιο δυνατά», λέει η Τζένη γελώντας. «Αστειεύομαι. Δεν ξέρω πόσο δυνατά τον χτύπησες γιατί, έτσι κι αλλιώς, έδειχνε πως θα πέσει. Ο Μπίλι ήρθε σαν αστραπή και του άρπαξε το χέρι. Μετά από αυτό, δεν μπορούσε να πάει πουθενά.»

Τώρα ξέρω, λοιπόν. Ένα λιγότερο πράγμα για να αναρωτιέμαι. Αρχίζω να νιώθω αρκετά ευχαριστημένη με τον εαυτό μου, όταν ακούω έναν ήχο από το κινητό μου. Το βγάζω από την τσάντα και κοιτάζω το εισερχόμενο μήνυμα.

Τρελαμένη σκύλα, είναι το μόνο που διαβάζω στην οθόνη. Χωρίς να το σκεφτώ, πάω παρακάτω.

Συνεχίζει, *Επειδή εσύ είσαι δυστυχισμένη με την ζωή σου, δεν θα χαλάσεις και την δική μου.* Πηγαίνω παρακάτω αλλά δεν υπάρχει τίποτα άλλο. Είναι από τον Μάικλ.

Έχω μείνει άφωνη. Νιώθω σαν κάποιος να μου έδωσε μπουνιά στο στομάχι. Άρχισα να αναπνέω βαριά, να με πιάνει πανικός.

133 ΩΡΕΣ

Η Αλίσια σκύβει μπροστά και πιάνει τον ώμο μου. «Τι συμβαίνει;»

Η Τζένη με κοιτάζει και σταματάει το αμάξι στην άκρη του δρόμου. Ανάβει τα προειδοποιητικά φώτα.

«Τι είναι;» ρωτάνε και οι δύο. Τα χέρια μου τρέμουν, και δεν μπορώ να αρθρώσω λέξη. Αντ' αυτού, τους δείχνω το κινητό μου για να το διαβάσουν.

Τελικά, με τρεμάμενη φωνή, ψιθυρίζω, «Αυτό παραπάει. Δε νομίζω ότι μπορώ να αντέξω άλλο.»

«Τον μπάσταρδο! Είσαι καλύτερα χωρίς αυτόν. Το ήξερες έτσι κι αλλιώς, αλλά γιατί στην ευχή σου το έστειλε αυτό;» λέει η Τζένη.

Τώρα που το σκέφτομαι, θυμήθηκα τι είπε η Πάολα. «Όταν μου πήρε η αστυνομία κατάθεση την Πέμπτη, μου είπαν ότι θα κανόνιζαν με τους συναδέλφους τους στην Νορθρούμπια να πάρουν μια κατάθεση από τον Μάικλ,» απαντώ. «Δεν τους είπα να μην το κάνουν. Ίσως πρέπει να του τηλεφωνήσω για να του εξηγήσω.»

«Και βέβαια δεν θα το κάνεις», λέει η Τζένη. «Δεν του χρωστάς καμιά εξήγηση μετά απ' ότι σου έκανε.»

«Η Τζένη έχει δίκιο. Το τελευταίο που θέλεις είναι να δικαιολογείσαι σε αυτόν», προσθέτει η Αλίσια.

Δεν ξέρω τι να κάνω. Είμαι μπερδεμένη. Όταν η Πάολα είπε ότι θα τον ελέγξουν, χάρηκα όταν σκέφτηκα πως κι ο Μάικλ θα υπέφερε για λίγο. Τώρα όμως δεν είναι σίγουρη. Με μισεί, κρίνοντας από το μήνυμα που μου έστειλε και αυτό δεν είναι σωστό. Δεν μπορώ να αγνοήσω τις καλές στιγμές που περάσαμε μαζί. Είμασταν ζευγάρι, πολύ κοντά ο ένας στον άλλο. Σίγουρα, κάτι θα σήμαινε αυτό. Τι να κάνω; Η αναποφασιστικότητά μου φαίνεται πως είναι η ίδια η απάντηση, αφού δεν κάνω τίποτα.

«Ας σε πάμε σπίτι,» λέει η Τζένη. Σβήνει τα προειδοποιητικά φώτα, περιμένει μέχρι να βρει μια ευκαιρία στην κίνηση και ξαναμπαίνει στην λεωφόρο. Πήγαμε κατευθείαν στο σπίτι των Χάμιλτον και κλειστήκαμε μέσα.

Η Μαργαρίτα και ο Τζέφρι κατάλαβαν αμέσως ότι κάτι συμβαίνει, αλλά περιμένουν να τους εξηγήσουμε, πρώτα για το περιστατικό στην παμπ και μετά για το κείμενο του Μάικλ. Τα πρόσωπά τους είναι σοβαρά.

«Επιστρέψατε πάνω στην ώρα», λέει ο Τζέφρι, σκάζοντας ένα βεβιασμένο χαμόγελο. «Τα παιδιά μας μόλις έφυγαν πριν από μισή ώρα, οπότε έχετε όλη την προσοχή μας. Ελάτε και καθίστε. Θέλετε να σας φέρω κάτι; Τσάι, καφέ, κάτι πιο δυνατό;»

Ακούγοντας τις λεπτομέρειες του κειμένου του Μάικλ, ο Τζέφρι λέει: «Αφήστε το μου αυτό. Έχω έναν φίλο στην αστυνομία του Νορθρούμπια, με τον οποίο συνεργάστηκα σε αρκετές περιπτώσεις. Ας δούμε τι μπορώ να μάθω.

Εντωμεταξύ, η Μαργαρίτα μας πήγε στην κουζίνα και μας ετοίμασε λίγο τσάι.

Μερικά λεπτά αργότερα, πετιέμαι πάνω καθώς βλέπω τον Τζέφρι να επιστρέφει. «Ήμουν τυχερός. Ήταν εν υπηρεσία και έκανε μερικές έρευνες. Αυτό που σκέφτηκες είναι», λέει. «Δυο αστυνομικοί τους επισκέφτηκαν τον Μάικλ σήμερα το απόγευμα στο σπίτι του. Ήταν εκεί η καινούργια του φιλενάδα και αναρωτιόταν τι συμβαίνει και δεν χάρηκε και τόσο πολύ που μιλούσαν σε κείνον. Τον ρώτησαν πού ήταν τις τελευταίες δυο εβδομάδες. Το πιο σημαντικό είναι πως έχει δυνατό άλλοθι, οπότε, μπορούμε να τον αποκλείσουμε από ύποπτο, δεν έχει καμία σχέση με την απαγωγή σου. Μπορεί να αποδείξει πού εργαζόταν, και δεν ήταν κοντά στην Γλασκώβη.

«Όταν τον ρώτησαν για την επίσκεψή του, πριν από δυο εβδομάδες, τότε που σε συνάντησε, η φίλη του έγινε έξαλλη, και πιο πολύ όταν συνειδητοποίησε ότι εσείς οι δυο ήσασταν μαζί. Ήταν οργισμένη επειδή της είχε πει ψέματα ότι ήταν αλλού. Απ' ό,τι φαίνεται, της είχε πει ότι πέρασε το Σαββατοκύριακο με φίλους στο Μπίρμιγχαμ. Είπε ότι δεν μπορούσε να ανεχτεί άλλα τέτοια ψέματα, και τον παράτησε.»

«Ωω, θεέ μου!» είπα.

«Νομίζω πως αυτό εξηγεί την οργή του εναντίον σου», συνέχισε ο Τζέφρι. «Φαίνεται ότι σε κατηγόρησε πως έχεις πάθει εμμονή μαζί του και πως φαντασιώνεσαι ιστορίες για να τον ελέγχεις.»

«Μα δεν είναι έτσι. Εκείνος τα φαντάζεται» λέω.

«Ισχυρίζεται πως γι' αυτό έφυγε από το Νιουκάστλ, για να ξεφύγει από σένα. Ένιωσε κλειστοφοβία και δεν άντεχε πια να είναι μαζί σου», συνέχισε ο Τζέφρι.

Η Αλίσια έτρεξε να με υπερασπιστεί. «Προφανώς λέει ψέματα, γιατί αν ήταν έτσι τα πράγματα, γιατί γύρισε στην Γλασκώβη για να την ξαναδεί;»

«Και ο αστυνομικός σκέφτηκε να κάνει την ίδια ερώτηση», είπε ο Τζέφρι. «Ο Μάικλ έδωσε μια πολλή καλή παράσταση. Ισχυρίστηκε ότι ήρθε στην Γλασκώβη για να δει την οικογένειά του και απλώς συναντήθηκε μαζί σου επειδή ήθελε να πάρει κάποια Σι-ντι του που σου είχε δανείσει. Είπε ότι τον ανάγκασες να έρθει στο διαμέρισμά σου για να τα πάρει και όσο ήταν εκεί, εσύ τον αποπλάνησες.»

Τα; σαγόνια μου άνοιξαν από το σοκ. Δεν το πιστεύω αυτό που ακούω. Γιατί να πει κάτι τόσο τρομερό; Δεν είναι αλήθεια. Δεν μπορεί να είναι αλήθεια. Γιατί αν είναι αλήθεια, τότε θα πρέπει να είμαι παραπλανημένη, αλλά δεν είμαι, είμαι; Θα το γνώριζα αν ήμουν, έτσι δεν είναι;»

Τώρα, αρχίζω να αμφιβάλλω για τον εαυτό μου. Θα μπορούσε ο Μάικλ να λέει την αλήθεια; Μήπως είμαι καμιά τρελή ψυχοπαθής που προσπαθεί να ελέγξει και να παραπλανήσει τους πάντες, μαζί και τον εαυτό μου; Μήπως ήταν αυτή η τρέλα μου που απομάκρυνε τον Μάικλ; Ήμουν εγώ που τον αποπλάνησα; Και επίσης, μήπως όλο αυτό το θέμα με την εξαφάνισή μου, το δημιούργησα και το έλεγξα εγώ, για κάποιον ανεξήγητο λόγο; Μερικά από τα στοιχεία που ανακάλυψε ο Τζέφρι φαίνεται να το δείχνουν. Οι φωτογραφίες στο ΑΤΜ, η αγορά της τηλεόρασης χρησιμοποιώντας τη χρεωστική μου κάρτα. Και αυτό που έγινε σήμερα με το αγόρι στην παμπ; Μου επιτέθηκε πραγματικά ή ήταν το αντίστροφο; Το κεφάλι μου αρχίζει να πονάει. Δεν μπορώ πλέον να σκεφτώ. Πρέπει να προσπαθήσω να συγκεντρωθώ.

Είναι αλήθεια ότι μου αρέσει η οργάνωση και θέλω να κάνω τα πράγματα με τον δικό μου τρόπο, αλλά ποιος δεν το θέλει; Ναι, υποθέτω ότι μου αρέσει να έχω τον έλεγχο, αλλά όχι όπως το εννοεί ο Μάικλ. Του Μάικλ, του άρεσε που τον οργάνωνα. Μου το έλεγε συχνά. Αν τον άφηνα μόνο του στο τέλος δεν θα έκανε τίποτα. Εκείνος ήθελε να έχω τον έλεγχο, ειδικά στην κρεβατοκάμαρα. Αυτό δεν με κάνει τέρας, έτσι δεν είναι; Αχ, Θεέ μου, ίσως και να έχει δίκιο. Είναι ένα τέρας! Πώς δεν το είχα καταλάβει;

Πήρα μια βαθιά εισπνοή. Μα για στάσου. Νομίζω ότι το πήρα λάθος το θέμα. Ο Μάικλ είναι που έχει το άδικο. Πιάστηκε να λέει ψέματα στην φιλενάδα του και προσπαθεί να βρει δικαιολογίες. Είναι ένας ψεύτης, ένας απατεώνας και δειλός ώστε να αναλάβει την ευθύνη των πράξεών του. Προσπαθεί να το στρέψει όλο αυτό εναντίον μου για να σώσει τον εαυτό του και δεν νοιάζεται για τις συνέπειες. Δεν τον θεωρούσα τόσο δαιμόνιο, αλλά πάλι, ούτε είχα καταλάβει πόσο ψεύτικος ήταν. Ίσως είναι πιο πονηρός και χειραγωγητικός απ' ότι νόμιζα. Δεν ήξερα τον χαρακτήρα του, αλλά ίσως να ήταν εκείνος που οργάνωσε την απαγωγή μου. Ο Τζέφρι μου είπε πως ο Μάικλ είχε άλλοθι, αλλά θα μπορούσε να είχε σχεδιάσει το όλο θέμα χωρίς να ήταν εκείνος παρών.

Καθώς σκεφτόμουν, ο πόνος στο κεφάλι μου γινόταν όλο και πιο μεγάλος. Γιατί να το κάνει αυτό; Πιο πιθανό κίνητρο να είχε; Συνειδητοποιώ ότι το σκέφτομαι υπερβολικά.

«Πρέπει να καθίσω», λέω.

«Μα φυσικά. Είσαι καλά; Φαίνεσαι ασταθής». Η Αλίσια με οδηγεί πίσω στην καρέκλα μου. Η Τζένη σκύβει και τυλίγει το χέρι της γύρω από ώμο μου.

«Νιώθω μια ζαλάδα και πονάει το κεφάλι μου. Έχετε κάποιο αναλγητικό;» ρωτάω.

Λίγα δευτερόλεπτα αργότερα, η Μαργαρίτα εμφανίζεται δίπλα μου. Μου δίνει δυο ταμπλέτες με ένα ποτήρι νερό για να καταπιώ τα χάπια.

Τα καταπίνω, γνέφοντας ευχαριστώ και αμέσως μετάνιωσα που κούνησα το κεφάλι.

«Γιατί είπε τόσο τρομερά πράγματα;»

Ψιθύρισα, φωνάζοντας τις σκέψεις μου. «λέει ψέματα.»

«Είναι από αυτό το είδος των αντρών», είπε ο Τζέφρι. «Συναντούσα συνέχεια τέτοιου είδους όταν ήμουν στο Σώμα. Έλεγαν ψέματα και μετά, όταν η ιστορία τους δεν γινόταν πιστευτή, τα έβαζαν με οποιονδήποτε βολικός στόχο.»

«Δεν το πιστεύεις», λέω με ανακούφιση.

«Και βέβαια όχι», απαντάει ο Τζέφρι. «Μετά από χρόνων δουλειάς ως ντετέκτιβ, έχω γίνει πολύ καλός κριτής χαρακτήρων». Βλέπω πως η Μαργαρίτα και η Αλίσια συμφωνούν.

«Δεν το πιστεύω ότι ήμουν τόσο ανόητη», λέω.

«Τι θέλεις να πεις;» ρωτάει ο Τζέφρι.

«Όλο τον καιρό που πέρασα με τον Μάικλ, τον εμπιστεύτηκα. Μέχρι τότε που έφυγε για το Νιουκάστλ, ακόμα και για πολύ χρόνο μετά, νόμιζα ότι θα μπορούσαμε να είμαστε μαζί για πάντα. Τον αγαπούσα και νόμιζα ότι με αγαπούσε κι εκείνος. Θα έκανα τα πάντα για κείνον. Πόσο ανόητη ήμουν». Δάκρυα κυλούν στα μάγουλά μου. Δεν θέλω να κλάψω. Θέλω να είμαι δυνατή. Δεν είναι άξιος των συναισθημάτων μου αλλά δεν μπορώ να κάνω αλλιώς. Είναι όπως όταν είσαι σε πένθος, νομίζω. Αναστατώθηκα από την απώλεια ενός προσώπου που νόμιζα πως ήξερα.

. . .

«Του αξίζουν όλα όσα είπες», λέει ο Τζέφρι. «είσαι τυχερή που τον έβγαλες από την ζωή σου. Ξέρω πως είσαι αναστατωμένη, αλλά μια μέρα θα συνειδητοποιήσεις ότι ήσουν τυχερή που γλίτωσες.»

Δεν ξέρω αν μια μέρα νιώσω τυχερή για όλο αυτό, νομίζω. Θέλω να φανώ γενναία. «Είμαι καλά» λέω. «Δεν έπρεπε να το αφήσω να με επηρεάσει. Ήταν ένα ξέσπασμα εξαιτίας όλων όσων πέρασα και μετά ήρθε και το σοκ όταν έμαθα τι είπε ο Μάικλ για μένα. Νιώθω λίγο πιο δυνατή τώρα.» Προσπαθώ να σηκωθώ. Θέλω να φανώ γενναία. Τα γόνατά μου λυγίζουν, και καθώς είναι ανίκανα να κρατήσουν το βάρος μου βυθίζομαι ξανά στην πολυθρόνα μου.

62 ΩΡΕΣ

Είναι μια τραυματική μέρα - για να είμαι ποιο σαφής, οι τελευταίες τρεις μέρες είναι τραυματικές, με την μία κρίση να την διαδέχεται η άλλη - αλλά επέζησα. Την Πέμπτη, νόμιζα ότι τα πράγματα ήταν τόσο άσχημα που δεν μπορούσαν να επιδεινωθούν. Έχω αποδειχθεί λάθος και τώρα αναρωτιέμαι ποιες περαιτέρω φρικαλεότητες θα βγουν μπροστά. Είμαι σοκαρισμένη και ανήσυχη. Νιώθω σαν η ζωή που ήξερα να έχει γίνει ερείπια. Επανεξετάζοντας, μετά τις σημερινές αποκαλύψεις, τώρα ξέρω ότι η ζωή που νόμιζα ότι ήξερα ήταν ψεύτικη. Σε αντίθεση με το ότι είναι ερείπια, δεν ήταν ποτέ εκεί. Αν είχα κάτι που είχε καταστραφεί, τουλάχιστον θα είχα αναμνήσεις να θυμάμαι και να παρηγοριέμαι. Είναι πλέον προφανές ότι οι αναμνήσεις που έχω από την εποχή μου με τον Μάικλ είναι αμαυρωμένες. Δεν ήταν ο άνθρωπος που νόμιζα ότι ήταν. Αυτό είναι το πιο δύσκολο να αποδεχτώ. Οι αναμνήσεις που θεωρούσα ότι είναι μερικές από τις πιο σημαντικές στη ζωή μου είναι ψεύτικες και, αν και προσπάθησα όσο μπορούσα, το μυαλό μου παραμένει κενό κατά την περίοδο που έλειπα.

Είμαι κουρασμένη και έτοιμη για ύπνο. Η Αλίσια και η Τζένη μένουν μαζί μου ξανά, όπως χθες το βράδυ. Το δωμάτιο είναι σκοτεινό, με μόνο μια λάμψη φωτός να φιλτράρει από το διάδρομο, πιέζοντας γύρω από τις άκρες της πόρτας. Αν και φοβάμαι ότι θα έχω άσχημα όνειρα, συνειδητοποιώ ότι πρέπει να κοιμηθώ. Στηρίζω το κεφάλι μου στο μαξιλάρι και προσπαθώ να σκεφτώ ευχάριστες εικόνες: ελαφριά σύννεφα που κινούνται πάνω από έναν καταγάλανο ουρανό, χωράφια με καλαμπόκι που φυσούν στον άνεμο, μια γραφική ορεινή σκηνή. Νιώθω υπνηλία, τα βλέφαρά μου βαραίνουν. Τα νιώθω πολύ βαριά για να κρατήσω ανοιχτά. Τα κλείνω και οι αμφιβληστροειδείς μου διατηρούν την εικόνα των πεδίων. Κοιμάμαι, το κεφάλι βυθίζεται βαθύτερα στο μαξιλάρι.

72 ΩΡΕΣ

Διαισθάνομαι κίνηση. Τα μάτια μου είναι κλειστά, και παλεύω να τα ανοίξω. Όταν τα ανοίγω, βλέπω καθαρά. Αν και οι κουρτίνες παραμένουν κλειστές, αισθάνομαι ένα λαμπερό φως από πίσω, που διαπερνά τις κουρτίνες.

Η Τζένη είναι απέναντί μου, και ντύνεται. Ακούω το νερό να τρέχει.

«Τζένη, ξημέρωσε;» Ρωτάω.

«Αχ, συγνώμη, σε ξύπνησα; Προσπάθησα να κάνω ησυχία. Είναι σχεδόν εννέα η ώρα.»

Βλέποντάς με ανήσυχη, να κοιτάζω το δωμάτιο, η Τζένη απάντησε στην ερώτηση που δεν έγινε ποτέ. «Η Αλίσια κάνει ντους. Θα βγει σε λίγα λεπτά και θα μπορείς να πας να φρεσκαριστείς.»

Μου πήρε μερικά λεπτά να συνειδητοποιήσω πως είναι πρωί πια και πως κοιμήθηκα ήσυχα τοπ βράδυ χωρίς να συμβεί κάτι. Ούτε εφιάλτες, ούτε οράματα. Ξαφνιάστηκα ευχάριστα. Αν και κανονικά ξυπνάω νωρίς, αυτή τη φορά παρακοιμήθηκα.

Μερικά λεπτά αργότερα, καθόμαστε όλοι στην κουζίνα. Η Μαργαρίτα είναι πάνω από την κουζίνα αυτή τη φορά.

«Είναι οικογενειακή παράδοση, να παίρνουμε ένα πλήρες, σπιτικό πρωινό κάθε Κυριακή. Μπορεί να μην είναι το πιο υγιεινό πρωινό, αλλά κάνει καλό να τρως κάπου-κάπου λίγο από αυτό που σου αρέσει. Φτάνει να είναι μόνο μια φορά τη βδομάδα, μην σου ανέβει και στα ύψη η χοληστερίνη.» Η Μαργαρίτα φαίνεται να έχει ευχάριστη διάθεση.

Μετά την χτεσινή αναστάτωση, δεν είχα καθόλου όρεξη και δεν μπορούσα να φάω τίποτα. Το τελευταίο που έφαγα ήταν το γεύμα τότε στην Τρουν. Στον αέρα πλανιέται η νόστιμη μυρωδιά ψημένου μπέηκον και τώρα νιώθω να πεινάω. «Καμιά αντίρρηση από μένα», λέω.

Αφού έφαγα ένα πλήρες πρωινό, έπινα το δεύτερο φλυτζάνι τσάι, όταν σκέφτηκα να ελέγξω το τηλέφωνό μου. Βλέπω ένα μήνυμα από τους γονείς μου που το έστειλαν χτες βράδυ: *Φτάσαμε στο Σαουθάμπτον, είναι αργά να σου τηλεφωνήσουμε. Θα σε πάρουμε κατά τις 10 αύριο το πρωί πριν σαλπάρουμε.*

Χαίρομαι που μαθαίνω νέα τους και που θα γυρίσουν σπίτι σύντομα. Η Μαργαρίτα και ο Τζέφρι είναι υπέροχοι οικοδεσπότες και η Αλίσια με την Τζένη με στηρίζουν πολύ. Δεν μπορώ να πω ότι δεν το εκτιμάω, αλλά όσο να' ναι, δεν είναι το ίδιο με το να έχεις την οικογένειά σου κοντά σου. Δεν είναι οι γονείς μου. Νιώθω μια ζεστασιά γνωρίζοντας ότι σε λίγο θα ξαναδώ τους δικούς μου. Κοιτάζω την ώρα και συνειδητοποιώ ότι σε λιγότερο από δέκα λεπτά θα τηλεφωνήσουν.

Ένα κύμα πανικού με διακατέχει. Τι θα τους πω; Δεν θέλω να τους χαλάσω τις διακοπές, οπότε επιλέγω να μην τους πω τίποτα για τα προβλήματά μου. Θα τους μιλήσω σε λίγα λεπτά και δεν ξέρω πώς να το χειριστώ. Θέλω να τους πω όλα, καλά, σχεδόν όλα. Δεν είναι ανάγκη να τους αναστατώσω με λεπτομέρειες. Ωστόσο, εμμένω στην άποψη ότι μπορεί να περιμένει μέχρι να γυρίσουν.

Λέω στους άλλους ότι θα τηλεφωνήσουν οι γονείς μου και ζητάω την άδεια να σηκωθώ από το τραπέζι. Η Μαργαρίτα με ρωτάει αν χρειάζομαι κάτι, αν θα ήθελα να τους μιλήσει εκείνη, να τους εξηγήσει. Όσο και αν εκτιμώ την προσφορά της, αρνούμαι ευγενικά. Πρέπει να το αντιμετωπίσω μόνη μου.

Ανεβαίνω στην κρεβατοκάμαρα για να είμαι μόνη. Αν και δεν έχω κάποιο σχέδιο, απαντώ στο δεύτερο χτύπημα. «Μαμά, μπαμπά, τι κάνετε; Πώς είναι οι διακοπές σας;»

«Περνάμε υπέροχα» απαντάει η μητέρα μου. Κρίνοντας από την ηχώ, είμαι σίγουρη πως μιλάει σε ανοιχτή ακρόαση. Θα ακούει και ο μπαμπάς. «Τι πρόβλημα υπάρχει; Σου έχουμε στείλει πολλά μηνύματα. Έχεις καιρό να απαντήσεις και όταν μας απάντησες τελικά, δεν μας εξήγησες τίποτα. Ανησυχήσαμε. Τι συμβαίνει; Είσαι καλά;»

Ακούγοντας τη φωνή της, γνωρίζοντας πόσο νοιάζονται, χάνω σχεδόν την αποφασιστικότητά μου. Τα δάκρυα κυλάνε από τα μάτια μου, αλλά ξέρω ότι δεν πρέπει να αρχίσω να κλαίω. Αν το κάνω, μπορεί να διαλύσω εντελώς.

«Είμαι καλά τώρα», ψέμα. «Δεν ήθελα να σας αναστατώσω. Δεν υπάρχει τίποτα που θέλω να συζητήσω στο τηλέφωνο, αλλά να είστε σίγουροι, θα σας πω τα πάντα όταν σας δω.»

«Δεν μου αρέσει αυτό που ακούω. Πες μου τι συμβαίνει.» Πάντα δυσκολεύομαι να κρατήσω μυστικά από τη μαμά. Είναι σχεδόν σαν να έχει μια έκτη αίσθηση, ικανή να διαβάσει αυτό που σκέφτομαι.

«Είναι εντάξει, μαμά. Δεν υπάρχει τίποτα που δεν μπορεί να περιμένει. Θα σας δω σύντομα, έτσι δεν είναι;» Καταπίνω, προσπαθώντας να πνίξω το κομμάτι που αναπτύσσεται στο λαιμό μου.

Ερμηνεύω το ρουθούνισμα που δίνει σε απάντηση ως μη έγκριση, αλλά ο μπαμπάς με σώζει από οποιαδήποτε περαιτέρω ανάκριση.

«Ο αχθοφόρος θα είναι εδώ σε λίγα λεπτά για να μας βοηθήσει να αποβιβαστούμε και να μας οδηγήσει στο τρένο. Πρέπει να είμαστε στο Λονδίνο μέχρι το μεσημεριανό γεύμα», λέει. «Μίλησα με την υπηρεσία θυρωρείου της τράπεζάς μας», συνεχίζει ο μπαμπάς. «Ήταν πολύ χρήσιμοι. Μπόρεσαν να μας πάρουν εισιτήρια για τους αγώνες του απογεύματος και ακόμη και σε αυτό το τελευταίο στάδιο, θα μπορούσαν να μας δώσουν μια καλή έκπτωση στην τιμή καταλόγου. Μας έκαναν επίσης κράτηση στο τελευταίο λεωφορείο από το Χήθροου απόψε. Θα είναι λίγο βιαστικό, αλλά αξίζει τον κόπο. Πρόκειται να απογειωθούμε στις 8,15 μ.μ., φτάνοντας στις 9,40. Θα πάρουμε ένα ταξί από το αεροδρόμιο, οπότε περιμένουμε να είμαστε σπίτι περίπου στις 10.30.»

«Τηλεφωνείστε μου όταν είστε στο Χίθροου», λέω. Αναρωτιέμαι αν η Τζένη μπορεί να είναι έτοιμη να με πάει με το αυτοκίνητό της για να τους συναντήσω κατά την άφιξή τους. Δεν θέλω να πω τίποτα ακόμα, καθώς δεν είχα την ευκαιρία να τη ρωτήσω. Επίσης, δεν θέλω να τους πανικοβάλλω αφήνοντάς τους να δουν πόσο ανυπομονώ να τους δω.

Το τηλεφώνημα τελειώνει, επιστρέφω στην κουζίνα και λέω σε όλους τι ειπώθηκε.

«Ποια είναι τα σχέδιά σου, Μπρίονι; Είσαι ευπρόσδεκτη να μείνεις εδώ για όσο θέλεις, αλλά είπες ότι θα πας στους γονείς σου για λίγο. Θέλεις να τους δώσεις χρόνο να συνηθίσουν την επιστροφή τους στο σπίτι πρώτα;» Ρωτά η Μαργαρίτα.

Σκέφτομαι τις πιθανότητες. Ξέρω ότι η μαμά και ο μπαμπάς μόλις επιστρέψουν από τις διακοπές δεν θα έχουν εγκατασταθεί ακόμα στο σπίτι. Ωστόσο, μόλις τους πω τα πάντα και έχουν την ευκαιρία να απορροφήσουν τις πληροφορίες, είμαι βέβαιη ότι δεν θα ήθελαν να είμαι πουθενά αλλού. Θα θέλουν να είμαι μαζί τους, όπου μπορούν να με φροντίζουν. Είμαι βέβαιη ότι δεν θα ήθελαν να μένω πουθενά αλλού.

«Εκτιμώ πραγματικά την προσφορά σας και σας είμαι τόσο ευγνώμων που με προσκΑλίσιατε και με φροντίσατε.» Κοιτάζω την Τζένη και την Αλίσια. «Που φροντίσατε όλες μας», διορθώνω. «Ξέρω ότι η μαμά και ο μπαμπάς θα ήθελαν να είμαι μαζί τους και νομίζω ότι θα ήταν η καλύτερη λύση».

«Καταλαβαίνω», λέει η Μαργαρίτα, «αλλά θα αφήσω το δωμάτιο που φτιάξαμε για σένα. Έτσι, θα έχεις επιλογές. Έχετε κάποια σχέδια για σήμερα;»

«Δεν το έχω σκεφτεί μέχρι τώρα», λέω. Στη συνέχεια, μετά από λίγη σκέψη, προσθέτω: «Είχα την ελπίδα ότι η μνήμη μου θα επέστρεφε, αλλά τίποτα δεν έγινε. Δεν προσπάθησα να κάνω τίποτα για να το ενεργοποιήσω. Είσαι ακόμα πρόθυμη να με πας με το αμάξι;» Κοιτάζω τη Τζένη.

«Ναι φυσικά. Θα κάνω ό,τι μπορώ για να βοηθήσω, αλλά είσαι σίγουρη; Δεν θα ήταν καλύτερα να μείνεις μόνη σου ώστε να θεραπευτείς πρώτα;» απαντά.

Ίσως έχει δίκιο, αλλά ανεξάρτητα από τον κίνδυνο, δεν μπορώ να συνεχίσω έτσι.

«Δεν μπορώ να μην κάνω τίποτα. Πρέπει να ξέρω. Αυτό που θα ήθελα είναι να με πας σε όλα τα μέρη που ξέρω ότι θα μπορούσα να ήμουν κατά τη διάρκεια αυτών των χαμένων ωρών. Θέλω να ξεκινήσω από το γραφείο μου. Είναι το τελευταίο μέρος που ξέρω ότι ήμουν πριν από την κενή περίοδο. Μόλις φτάσω εκεί, θα πάω στου Αλφρέντο, για να δω αν μου φέρνει καμιά ανάμνηση.» Κοιτάζω την Τζένη για να δω αν φαίνεται πρόθυμη.

«Θα έρθω κι εγώ μαζί σας, αν θέλεις», προσφέρεται η Αλίσια.

Χαμογελώ για να δείξω την εκτίμησή μου. «Μετά από αυτό, θα ήθελα να πάμε στο ΑΤΜ από όπου έγινε η ανάληψη. Είμαι σίγουρη πως δεν τα πήρα εγώ, αλλά δεν θα ήταν κακό να το ελέγξω, να δω αν μου φαίνεται κάτι γνωστό. Επίσης, θα ήθελα να πάω και στο Κούρι. Δεν ξέρω αν έχει και πολύ σημασία να πάω εκεί, αφού ξέρω πως ήμουν στο μαγαζί πριν από μια βδομάδα, όταν πρωτοείδα την τηλεόραση, αλλά αξίζει μια προσπάθεια, αν δεν σε πειράζει να με πας.»

Το πρόσωπο της Τζένης είναι σοβαρό, αλλά γνέφει καταφατικά.

«Ένα άλλο μέρος που θα ήθελα να κοιτάξω είναι ο Κεντρικός Σταθμός, αφού είναι το πρώτο μέρος που βρέθηκα όταν γύρισα στην πραγματικότητα.»

«Νομίζω πως έχεις πολύ καλό σχέδιο. Ίσως υπάρχουν ένα σωρό πράγματα που όταν τα δεις μπορεί να σου επαναφέρουν κάποια ανάμνηση», λέει η Τζένη. «Φυσικά, η αστυνομία έχει ήδη ελέγξει όλα αυτά τα μέρη και θα είδαν όλα τα βίντεο που ίσως κατέγραψαν κάτι, αλλά εσύ θα τα δεις όλα με διαφορετική προοπτική.»

«Πότε μπορούμε να πάμε;» ρώτησε η Τζένη.

Εκείνη σηκώνει τους ώμους. «Και τώρα. Δεν έχουμε κάτι άλλο να κάνουμε»

«Δε νομίζω πως έχεις το τηλέφωνό μου αποθηκευμένο σε περίπτωση που θέλεις να επικοινωνήσεις μαζί μου», λέει ο Τζέφρι. Στο στέλνω τώρα. Στο μεταξύ, θα ήθελα να κάνω μια έρευνα.»

74 ΩΡΕΣ

Παρά το γεγονός ότι είναι Κυριακή, αντιμετωπίζουμε καθυστερήσεις στην κυκλοφορία που οφείλονται στο κλείσιμο των δρόμων λόγω μιας διασκεδαστικής φιλανθρωπικής οργάνωσης που βοηθά το Dementia UK. Δεν έχω χάσει την ειρωνεία μου. Χρειάζεται το λιγότερο μια ώρα για να φτάσουμε στο κέντρο της πόλης και να βρούμε κατάλληλο χώρο στάθμευσης κοντά στο γραφείο μου.

Βγαίνουμε, κλειδώνουμε και τροφοδοτούμε έναν μετρητή στάθμευσης. Πλησιάζοντας το μπροστινό μέρος του κτιρίου, τα νεύρα μου είναι χάλια. Δεν έχω μελετήσει ποτέ το κτίριο στο παρελθόν, αλλά το κάνω τώρα. Ελπίζω να μου δώσει κάποια ιδέα. Η πρόσοψη είναι μοντέρνα και φαίνεται να είναι κατασκευασμένη από χρωματιστά, προ-διαμορφωμένα τμήματα σκυροδέματος και γυαλί. Το κόκκινο χρώμα δίνει μια ζεστή εντύπωση και συνδυάζεται καλά με μερικά από τα παλαιότερα κτίρια κόκκινου ψαμμίτη που κυριαρχούν σε αυτό το τμήμα της πόλης. Αφιερώνοντας χρόνο για να κοιτάξω πάνω-κάτω τα πολυώροφα, έχω χαθεί και ψάχνω για έμπνευση.

«Ας δοκιμάσουμε μέσα. Θα ήθελα να μιλήσω με τον φύλακα», προτείνω και η Αλίσια με την Τζένη ακολουθούν γρήγορα.

Βαδίζω μέχρι το γραφείο. Δεδομένου ότι είναι το Σαββατοκύριακο, υπάρχει μόνο ένας άνδρας που έχει καθήκον να παρέχει υπηρεσίες στους περιστασιακούς εργαζόμενους που κάνουν επιπλέον ώρες. Φαίνεται πολύ νέος. Έχω την εντύπωση ότι μόλις πρόσφατα τελείωσε το λύκειο. Πριν έχω την ευκαιρία να μιλήσω, μου απευθύνεται. «Καλημέρα, κυρία Τσάπλιν. Τελευταία δεν σας έχω δει.»

Ξαφνιάτηκα. Με αναγνωρίζει και ξέρει το όνομά μου. Είμαι βέβαιη ότι δεν έχουμε μιλήσει ποτέ πριν, αν και μου φαίνεται αόριστα γνωστός. Δεν είναι ένας από τους τακτικούς με τους οποίους μιλώ κατά την είσοδο ή έξοδο από το κτίριο.

Η γλώσσα μου έχει δεθεί έως ότου η Αλίσια έρθει για βοήθεια. «Γεια, Αλεκ. Αναρωτιόμασταν αν μπορείς να μας βοηθήσεις. Θυμάσαι όταν σου μίλησα την Πέμπτη, σου ζήτησα να ελέγξεις τα αρχεία μιας εβδομάδας πριν, για την περασμένη Παρασκευή, για να δεις πότε έφυγε η Μπρίονι Τσάπλιν το βράδυ;»

Βλέποντας την Αλίσια, το πρόσωπό του

λιώνει και παίρνει την εμφάνιση ενός κουταβιού που το πλήττει η αγάπη.

«Ναι-ναι, φυσικά, Μ-Μ-Μις Φόρεστ», γρυλλίζει «Θυμάμαι ακόμη και την απάντησή μου. Ήταν 7.23 μ.μ.»

Βλέποντας την έκπληξή της, εξηγεί. «Εγώ -έχω καλή μνήμη. Όχι μόνο αυτό, δύο αστυνομικοί έκαναν ερωτήσεις. Δεν ήμουν εγώ, τους μίλησε ο Μπιγκ Κάμπελ. Αφού τους άφησε να δουν το μητρώο, ζήτησαν να δουν βίντεο από την μπροστινή πόρτα για να το επιβεβαιώσουν, αλλά δεν έδειξε τίποτα. Το έλεγξαν διεξοδικά, κοιτάζοντας πριν και μετά την αναχώρηση της κυρίας Τσάπλιν, αλλά δεν είδαν τίποτα.»

Συνειδητοποιώντας ότι μας έχει τραβήξει την προσοχή, συνεχίζει, με μια συνωμοτική φωνή, «Φυσικά, θα μπορούσε να είχε φύγει από μια από τις άλλες εξόδους, ίσως αυτή που ήταν στον υπόγειο χώρο στάθμευσης. Παρόλο που έχουμε κάμερες ασφαλείας εκεί κάτω, δεν θα έδειχναν κάποιον να βγαίνει έξω.

Βγάζει απολύτως νόημα. Τις περισσότερες φορές χρησιμοποιώ την κύρια είσοδο. Όποτε περπατάω και έρχομαι ή πηγαίνω στον σταθμό, είναι ο πιο γρήγορος δρόμος. Όμως, υπήρξαν πολλές φορές που χρησιμοποίησα την έξοδο του πάρκινγκ. Κάθε φορά που πήγαινα να συναντήσω έναν πελάτη και ήμουν με κάποιον που οδηγούσε, μου φαίνονταν η πιο κατάλληλη διαδρομή. Υπήρχαν όμως κι άλλες φορές.

Αν ήταν να συναντήσω κάποιον, ή έπρεπε να μείνω στην πόλη για κάποιον λόγο, χρησιμοποιούσα την έξοδο αυτή για να γλιτώσω περπάτημα. Υπήρξαν επίσης κανα-δυο περιπτώσεις που έφυγα ταυτόχρονα με κάποιον άλλον που χρησιμοποιούσε την ίδια έξοδο και επειδή συζητούσαμε. Θα κάνω και τώρα το ίδιο.

Εξηγώ την σκέψη μου στην Αλίσια και την Τζένη.

«Προς ποια κατεύθυνση είναι ο Αλφρέντο από εδώ;» Η Τζένη ρωτά.

Σκέφτομαι μια στιγμή πριν δείξω προς τα δυτικά. Είναι πιθανώς λίγο πιο σύντομο να φύγεις από το υπόγειο, αλλά θα ήταν περιθωριακό. Αμφιβάλλω ότι θα έκανα μια συνειδητή απόφαση να προχωρήσω έτσι, για όλη τη διαφορά που θα έκανε.

«Έφυγε κάποιος άλλος ταυτόχρονα με εμένα;» Ρωτάω.

Ο Αλεκ συμβουλεύεται την οθόνη του. «Όπως είπα και πριν, ήσασταν εκεί στις 7:23. Ξεκινώντας από τις επτά η ώρα, Γκραντ Μπόουμαν και Σίλια Χάνσον έφυγαν και οι δύο πέντε λεπτά πριν από εσάς.»

Βλέποντας τη μυστηριώδη έκφρασή μου, εξηγεί: «Δουλεύουν για την Μακ Αρθουρ, τη λογιστική εταιρεία στον όγδοο όροφο. Μετά, ο Ντουάιτ Κολιέρ έφυγε από το γραφείο σας στις 7:29. Θέλετε κάτι άλλο;»

«Όχι, εντάξει, ευχαριστώ. Μπορείς να μου πεις ποιος ήταν εν υπηρεσία την ώρα που έφυγα; Ίσως θα μπορούσα να κανονίσω να του μιλήσω», ρωτώ.

Και πάλι, ο Αλεκ συμβουλεύεται την οθόνη του. «Ο Κάμπελ ήταν υπηρεσία το βράδυ της Παρασκευής. Δεν θα επιστρέψει στη δουλειά μέχρι αύριο το πρωί, αν και αμφιβάλλω αν θα είναι σε θέση να σας βοηθήσει.»

«Γιατί όχι;» Ρωτάει η Αλίσια.

Της δίνει το πιο γλυκό του χαμόγελο, το οποίο προσωπικά βρίσκω λίγο ανατριχιαστικό. «Παρόλο που ο Κάμπελ θα ήταν εδώ, θα ήταν στο πίσω δωμάτιο για το διάλειμμα του εκείνη τη στιγμή. Η αστυνομία του έκανε την ίδια ερώτηση. Πάντα παίρνουμε το βραδινό μας διάλειμμα τότε.»

Η Τζένη κόβει, ακούγεται αρκετά ταραγμένη. «Πώς μπορείτε να αναφέρετε την ώρα που έρχονται οι άνθρωποι με τέτοια ακρίβεια όταν δεν τους βλέπετε;»

«Ω, αυτό είναι εύκολο», απαντά ο Αλεκ. «Δεν υπογράφουμε εμείς πότε βγαίνουν ή μπαίνουν άτομα. Δείχνουν τα δελτία ταυτότητάς τους στο σαρωτή και καταγράφει την ώρα που έρχεστε ή φεύγετε, συνδεδεμένος με τον ίδιο υπολογιστή που χρησιμοποιούσα για να απαντήσω στις ερωτήσεις σας.» Πατά το πάνω μέρος της οθόνης.

«Έτσι, το μόνο που γνωρίζετε είναι η στιγμή που μια κάρτα έχει παρουσιαστεί στον σαρωτή. Δεν μπορείτε να πείτε με βεβαιότητα εάν κάποιος έχει μπει ή βγει», λέω.

Ο Αλεκ φαίνεται αμήχανος.

«Ο καθένας θα μπορούσε να σαρώσει το αναγνωριστικό κάποιου άλλου για να δημιουργήσει μια εγγραφή και, αν δεν τους δεις, δεν θα το γνωρίζεις», εξηγώ.

«Ναι, αλλά γιατί θα το έκαναν αυτό;» ρωτάει.

Αγνοώντας την ερώτησή του, ρωτώ: «Θα ήταν εντάξει αν φύγαμε από το υπόγειο; Θα ήθελα να ρίξω μια ματιά στο χώρο στάθμευσης.

Τα φρύδια του σηκώνονται, αλλά παρ' όλα αυτά συμφωνεί. «Ναι, κανένα πρόβλημα, αλλά δεν θα βρείτε τίποτα εκεί κάτω. Το κτίριο είναι σχεδόν άδειο σήμερα, λιγότερα από μισή ντουζίνα αυτοκίνητα.»

Περπατάμε προς το ασανσέρ αλλά, πριν πατήσω το κουμπί, αποφασίζω να καλέσω τον Τζέφρι για να του πω τι έχω ανακαλύψει.

«Πολύ καλή δουλειά ντετέκτιβ. Αν βαρεθείς ποτέ με το μάρκετινγκ, είμαι σίγουρος ότι θα μπορούσα να σου βρω δουλειά», λέει. «Τι σκοπεύετε να κάνετε στη συνέχεια;»

«Δεν θυμάμαι να φεύγω από το κτίριο, ανεξάρτητα από την έξοδο που χρησιμοποίησα. Κρίνοντας από τα αρχεία, δεν φαίνεται να έφυγα με κανέναν, αλλά δεν μπορώ να βασιστώ σε αυτά. Θα μπορούσα να περάσω τη συντόμευση από το υπόγειο, ή να πάω στο αυτοκίνητο κάποιου. Θα κοιτάξω στο χώρο στάθμευσης αυτοκινήτων και μετά θα προσπαθήσω να βγω έξω από την έξοδο του υπογείου προς του Αλφρέντο.»

«Τόσο καλό σχέδιο δεν θα μπορούσα να το να σκεφτώ», λέει ο Τζέφρι. «Καλή τύχη.»

75 ΩΡΕΣ

Αφού κατεβήκαμε με το ασανσέρ, αρχίσαμε να περιπλανιόμαστε στο υπόγειο. Μου είναι γνωστό από προηγούμενες φορές που πέρασα από δω, αλλά δε ν μου γεννά συγκεκριμένες αναμνήσεις. Συνοδευόμενη από την Αλίσια και την Τζένη, πειραματίζομαι βγαίνοντας και με το όχημα και με τα πόδια, αλλά και πάλι δεν θυμήθηκα κάτι. Ακολούθησα τον δρόμο που ενώνεται με εκείνον που θα έπαιρνα φεύγοντας από την κύρια είσοδο. Προσπαθώ ξανά και ξανά πριν πάω προς του Αλφρέντο, αλλά μάταια. Φτάνουμε στο μπαρ την ώρα που αρχίζει να γεμίζει για το μεσημεριανό γεύμα.

Αναγνωρίζω τον Αντόνιο που καθαρίζει ένα τραπέζι. Είναι ένας σερβιτόρος που βλέπω συχνά εδώ. Πάει να φύγει καθώς πλησιάζω.

«Μια στιγμή,» φωνάζω. «Θα ήθελα να σου μιλήσω. Θέλω να σε ρωτήσω για...»

Ρίχνει μια ματιά στην αίθουσα. «Δεν έχω

χρόνο τώρα. Έχουμε πολλή δουλειά. Μπορείτε να έρθετε αργότερα ή κάποια άλλη μέρα;» Γυρίζει, πηγαίνοντας προς το μπαρ.

Αγγίζω το μπράτσο του. «Σε παρακαλώ, βοήθησέ με.» τον παρακαλώ αλλά εκείνος δεν αντιδρά. Φεύγοντας, νιώθω απόρριψη. Έχω σχεδόν φτάσει στην πόρτα όταν με φωνάζει ο Αντόνιο.

«Λυπάμαι», είπε. «Έμαθα τι σου συνέβη. Είσαι καλά τώρα;»

Κατάφερα να σηκώσω τους ώμους. «Προσπαθώ να μάθω πού ήμουν...»

Εκείνος με διακόπτει. «Δεν μπορώ να σταματήσω για να σου μιλήσω τώρα, αλλά δεν έχω κάτι να σου πω, έτσι κι αλλιώς. Ήρθε και η αστυνομία και έκανε ερωτήσεις και κανείς δεν θυμάται να σε είδε εκείνο το βράδυ. Πήραν το βίντεο ασφαλείας.»

Κατάφερα να ρίξω ένα χαμόγελο. «Σ' ευχαριστώ, πάντως.»

Μετά και με την συζήτησή μου με τον Αλεκ, απογοητεύτηκα επειδή δεν μπόρεσα να φέρω καμιά ανάμνηση. Ωστόσο, από τις έρευνές μου και στα δυο σημεία, επιβεβαίωσα τις προσπάθειες που κάνει η αστυνομία. Είναι ξεκάθαρο ότι έχουν πάρει το θέμα στα σοβαρά.

Τώρα, έχοντας τελειώσει αυτό που ήρθαμε να κάνουμε εδώ, γυρίσαμε στο αμάξι της Τζένης, και τότε μόνο συνειδητοποιήσαμε ότι το εισιτήριο του πάρκινγκ έχει λήξει εδώ και δέκα λεπτά.

Είμαστε τυχερές, αφού δεν υπάρχει κανένας φύλακας εδώ γύρω.

Αφού βάλαμε τον ταχυδρομικό κώδικα που μας δόθηκε για το ATM στον χάρτη της Τζένης, κατευθυνόμαστε απέναντι από την πόλη στο δυτικό άκρο. Φτάνουμε στη γενική τοποθεσία μόνο για να βρούμε ότι πρέπει να κάνουμε συνεχώς αυξανόμενους κύκλους, αναζητώντας κάποιο ασφαλές μέρος για να αφήσουμε το αυτοκίνητο. Τελικά, βρίσκουμε ένα χώρο στάθμευσης στην οδό Οτάγκο, κοντά στην Πανεπιστημιακή Ένωση της Γλασκόβης και επιστρέφουμε στην οδό Γκρέητ Γουέστερν. Η περιοχή μού φαίνεται οικεία από τις φοιτητικές μου ημέρες, καθώς έχω πολλούς φίλους που νοίκιαζαν διαμερίσματα κοντά σε αυτήν την τοποθεσία.

77 ΏΡΕΣ

Μόλις εντοποίσαμε το ATM, η Αλίσια και η Τζένη στάθηκαν στη γωνία ενώ εγώ περπατούσα πάνω -κάτω στον δρόμο σε κοντινή απόσταση. Κοίταξα γύρω μου, προσπαθώντας να απορροφήσω την ατμόσφαιρα...προσπαθώντας να θυμηθώ αν ήμουν εκεί,

«Δεν θυμάμαι να έχω χρησιμοποιήσει αυτό το ATM». Πρόσεξα ότι έχει κάποιο χαρακτηριστικό ώστε να ξεχωρίζει από τα άλλα. Βλέπω ένα μαγαζί με παλιά βιβλία απέναντι. Είναι πολύ διακριτικό.

«Αναγνωρίζω το βιβλιοπωλείο. Ξέρω πως το έχω ξαναδεί. Δεν μπορώ να σκεφτώ ακριβώς γιατί, αλλά υπάρχει κάτι σε αυτή την περιοχή που είναι γνωστό.»

«Τι είναι; Νομίζεις ότι ήσουν εδώ πρόσφατα;» ρωτάει η Αλίσια.

«Όχι, δεν το νομίζω», απάντησα.

Στύβω το μυαλό μου, προσπαθώντας να θυμηθώ. Η Αλίσια και η Τζένη κοιτάζουν γύρω τους μήπως εμπνευστούν, αλλά δεν υπάρχει κάτι που μπορούν να πουν ή να κάνουν για να βοηθήσουν.

Νιώθω αυτήν την αμφιβολία να με κατατρώει και δεν θέλω να φύγω αν δεν καταλάβω τι είναι.

«Υπάρχουν πολλές καφετέριες τριγύρω. Πάμε σε μία, να καθίσουμε να πιούμε κάτι δροσιστικό όσο το σκέφτεσαι», προτείνει η Αλίσια.

«Καλή ιδέα» απαντώ,

Καθόμαστε ήσυχα, πίνοντας τα ποτά μας. Μετά από κάποια ώρα, άρχισα να βγάζω νόημα. Δεν υπάρχει μόνο μία, αλλά δυο φορές που θυμάμαι να είμαι εδώ στο σχετικά πρόσφατο παρελθόν. Μου πήρε λίγο χρόνο να το συνειδητοποιήσω, γιατί και στις δυο περιπτώσεις ήταν σκοτεινά, αλλά όσο το σκέφτομαι, τόσο πιο σίγουρη είμαι για την τοποθεσία.

«Θυμάμαι μια περίπτωση, που σαν μέλος της ομάδας, είχα να κάνω μια παρουσίαση σε έναν ενδεχόμενο, νέο πελάτη στο Άμπερντιν. Φύγαμε νωρίς το πρωί και επιστρέψαμε το απόγευμα. Ο Στιούαρτ Ρόνσον οδηγούσε μια μεγάλη BMW, έβδομης σειράς, νομίζω», λέω.

«Έχεις δίκιο. Οδηγεί ένα Χ7. Έπρεπε να ανανεώσω την άδειά του την περασμένη βδομάδα», λέει η Αλίσια.

Εγώ συμφώνησα. «Πήγε τον καθένα μας στο σπίτι του μετά από μια μεγάλη και κουραστική μέρα. Εγώ ήμουν η τελευταία επειδή το διαμέρισμά μου είναι το πιο κοντινό στο δικό του. Θυμάμαι ότι σταματήσαμε κάπου εδώ κοντά για να βγει κάποιος. Ποιος ήταν όμως;» Προσπαθώ να θυμηθώ ποιος άλλος είχε έρθει στην παρουσίαση. «Δούλευα με την Κρίσι πάνω στο σχέδιο, αλλά εκείνη την ημέρα είχε κάτι άλλο να κάνει και δεν ήρθε στο Άμπερντην. Ήταν ή ο Ντουάιτ ή η Άλισον. Ένας από αυτούς, κατέβηκε από το αμάξι εδώ, και τον άλλον τον αφήσαμε στο Κάρντοναλντ. Ποιος όμως; Νομίζω πως ο Ντουάιτ κατέβηκε εδώ, και η Άλισον με τον άντρα της μένουν στο Κάρντοναλντ.

«Νομίζω πως έχεις δίκιο γιατί η Άλισον πράγματι μένει στην νότια Πλευρά» συμφωνεί η Αλίσια.

«Είναι και κάτι άλλο. Θυμάμαι να περπατάω σε αυτόν τον δρόμο με τον Μάικλ. Πρέπει να ήταν πριν μήνες, κατά την άνοιξη ή ίσως και τον περασμένο χειμώνα, γιατί πως θυμάμαι είχε πάγο στον δρόμο. Πηγαίναμε σε ένα πάρτι ενός συγγενής του. Κάποιον ξάδερφό του, όπως τον έλεγε ο Μάικλ, αλλά δεν ήταν συγγενής στην πραγματικότητα. Τώρα αρχίζω να θυμάμαι, ξεκάθαρα,» λέω.

Και η Αλίσια και η Τζένη γυρίζουν προς το μέρος μου, ακούγοντας προσεκτικά.

«Μεγάλωσαν μαζί, σαν αδέρφια, είπε. Οι γονείς τους ήταν κοντινοί φίλοι και γείτονες, και επειδή αποκαλούσαν ο ένας τους γονείς του άλλου «θείους», ένιωθαν σαν ξαδέρφια. Με τα χρόνια, οι οικογένειες απομακρύνθηκαν γεωγραφικά, και δεν έκαναν τόσο παρέα πια, αλλά είχαν επικοινωνία, γι' αυτό και τον είχε προσκαλέσει στο πάρτι.» Κλείνω τα μάτια μου, προσπαθώντας να συγκεντρωθώ.

«Τον έλεγαν...Μπίλι, ή μήπως Μπόμπι; Κάτι που να αρχίζει από «Μ». Όχι, τίποτα από τα δύο, Μπάρι τον έλεγαν. Ναι, όσο το σκέφτομαι, τόσο πιο σίγουρη είμαι. Μπάρι, αυτό είναι. Το επώνυμό του δεν μου το είπε.»

«Συνέχισε», λέει η Τζένη.

«Θυμάμαι να μιλάω στον Μιχαή, λέγοντας ότι το βιβλιοπωλείο φαινόταν ενδιαφέρον και του είπα ότι ήθελα να επιστρέψω κάποια ώρα που θα ήταν ανοιχτό. Θυμάμαι να περπατάω εδώ για να πάω στο διαμέρισμά του. Μπορώ να το φανταστώ τώρα. Λεωφόρος Οκφηλντ. Ναι, ζούσε σε ένα διαμέρισμα στη λεωφόρο Όκφηλντ, στον δεύτερο όροφο. Δεν το νοίκιαζε. Μόλις πρόσφατα είχε κάνει την αγορά. Ήταν ένα ωραίο πάρτι».

Κλείνω τα μάτια μου και μπορώ να τον φανταστώ τώρα. Κόντρα ξύρισμα, με κοντά, ανοιχτόχρωμα μαλλιά, μεσαίο ύψος και κοντόχοντρος. Όχι, δεν ήταν γεμάτος, ήταν στην πραγματικότητα μάλλον παχουλός. Είχε στρογγυλό πρόσωπο και φορούσε γυαλιά.

«Δεν τον πήγαινα καθόλου. Ήταν υποκριτής και αλαζονικός, αν θυμάμαι σωστά. Όταν μου τον σύστησε ο Μάικλ, ο Μπάρι επέμενε να με φιλήσει και στα δυο μάγουλα. Το πρόσωπό του ήταν ιδρωμένο, όπως και τα χέρια του που κρατούσαν τα μπράτσα μου. ΜΕ κρατούσε για πολύ ώρα.

Είπε κάτι ανόητο στον Μάικλ, με ψεύτικη προφορά της βόρειας Αγγλίας. Κάτι σαν, «φαίνεται πως χτύπησες κάτι καλό εδώ». Θυμάμαι που με κοιτούσε λάγνα. Μου έκανε κάποια σχόλια. Δεν το βρήκα πρέπων. Ποτέ δεν θα τον δεχόμουν ως πρέπων, αλλά ήταν εντελώς λάθος να κάνει όλα αυτά μετά από μόλις λίγα λεπτά γνωριμίας. Με ανατρίχιαζε, μου προκαλούσε κάτι σαν...δεν μπορώ να το πω με λόγια. Τέλος πάντων, δε νομίζω ότι θα ένιωθα ασφαλής αν ήμουν μόνη στην παρέα του.»

«Συνέβη τίποτα;» ρώτησε η Αλίσια.

«Όχι. Ήμουν με τον Μάικλ και υπήρχαν και πολλοί άλλοι εκεί, έτσι πέρασα το βράδυ αποφεύγοντας τον Μπάρι, μιλώντας με τους άλλους. Δεν τον σκεφτόμουν και πάρα πολύ εκείνη την ώρα. Μετά, μίλησα στον Μάικλ. Του είπα πως δεν μου άρεσε ο Μπάρι, αλλά δεν το πήρε βαριά, προσπαθώντας να με πείσει ότι ήταν πολύ καλός τύπος και πως θα συνήθιζα το χιούμορ του. Πάντως, δεν τον ξαναείδα ποτέ.»

Δεν είχα κανέναν λόγο να σκεφτώ τον Μπάρι εδώ και μήνες. Τώρα, είμαι κοντά στο διαμέρισμά του. Η προηγούμενη δυσφορία μου μαζί του φαίνεται ακόμη πιο έντονη όταν συνδυάζεται με τις αυξανόμενες αμφιβολίες μου για τον Μάικλ.

«Η ιδέα του ΑΤΜ να απέχει μόλις δύο λεπτά με τα πόδια από το διαμέρισμα του Μπάρι είναι μεγάλη σύμπτωση για μένα. Είναι πιθανό ο Μάικλ και ο ξάδερφος του να είναι υπεύθυνοι για τα προβλήματα μου; Ανατριχιάζω, αισθάνομαι ότι το δέρμα μου ανατριχιάζει σε αυτή την προοπτική.

«Θα ήθελα να πω στον Τζέφρι για τον Μπάρι. Δεν ξέρω πώς μπορώ να μάθω περισσότερα για αυτόν χωρίς να ρωτήσω τον Μάικλ, αν και είμαι βέβαιη ότι ο Τζέφρι θα έχει τους τρόπους του.»

«Θα είναι πιο δύσκολο χωρίς επώνυμο», λέει η Τζέιν, «αλλά πόσα άτομα με το όνομα Μπάρι θα έχουν αγοράσει ένα διαμέρισμα 2ου ορόφου στην οδό Όκφηλντ τον περασμένο χειμώνα ή την άνοιξη;»

«Αναρωτιέμαι αν μπορούμε να βρούμε λεπτομέρειες από το Κτηματολόγιο;» Υπόθεση κάνω. Αν και ίσως να αστειευόταν μόνο, ο Τζέφρι είχε δίκιο. Τώρα αρχίζω να σκέφτομαι σαν ντετέκτιβ. Ίσως θα περιμένω να δω τι άλλο μπορώ να βρω πριν του μιλήσω.

«Θυμάμαι ότι μου μίλησες μετά το πάρτι και μου είπες για αυτό», λέει η Τζένη. «Ήσουν αναστατωμένη τότε. Δεν ήταν η αιτία ενός μεγάλου καυγά που είχατε με τον Μάικλ; Ήταν τον Φεβρουάριο. Το ξέρω γιατί ήταν περίπου την ίδια στιγμή με τα γενέθλιά μου και προσπαθούσα να προγραμματίσω μια βραδιά μαζί σου, αλλά δεν μπορούσες την πρώτη νύχτα που επέλεξα γιατί είχες ήδη κανονίσει να βγεις με τον Μάικλ.»

«Ω Θεέ μου! Έχεις δίκιο. Κάναμε πράγματι έναν μεγάλο καυγά. Είναι μια από τις λίγες φορές που είχαμε τσακωθεί ποτέ τόσο σοβαρά. Ήθελα να φύγω από το πάρτι νωρίς, αλλά ο Μάικλ είπε ότι θα ήταν αγενές και επέμεινε να μείνουμε. Είχα κατηγορήσει τον Μπάρι ότι ήταν αγενής και ένιωσα ότι ο Μάικλ πήρε το μέρος του. Δεν μιλούσαμε ο ένας στον άλλο για σχεδόν μια εβδομάδα πριν ζητήσει συγγνώμη.»

«Τι τρομερό!» είπε η Αλίσια.

«Δεν το είχα συνδέσει πριν, αλλά σε λιγότερο από τέσσερις βδομάδες μετά, ο Μάικλ μου είπε για την νέα του δουλειά και μετακόμισε στο Νιουκάστλ.»

Τα μάτια μου υγραίνονται καθώς σκέφτομαι όλες τις πιθανές συνέπειες. Θα μπορούσε αυτό το πάρτι να είναι η πηγή όλων των προβλημάτων μου; Αν ήταν ο Μάικλ και ο Μπάρι που οργάνωσαν την απαγωγή μου, ποιο στο καλό ήταν το κίνητρό τους; Είναι τρελοί ή πρόκειται για εκδίκηση;

Βγαίνω από τις σκέψεις μου με την ερώτηση της Αλίσια, «Τι θα ήθελες να κάνουμε τώρα;»

Επιστρέφω στο παρόν. «Δεν μπορώ να κάνω τίποτα περισσότερο τώρα. Ας προχωρήσουμε και ας ρίξουμε μια ματιά στο κατάστημα Κάρις.»

78 ΩΡΕΣ

Πάμε πίσω στο αυτοκίνητο και μετά οδηγούμε προς το Φίνιεστον. Θυμάμαι ότι ήρθα εδώ με τη Τζένη παλιά. Ωστόσο, όταν περπατώ μέσα από τις αυτόματες πόρτες του καταστήματος, κάτι μου φαίνεται περίεργο. Έχω μια μπερδεμένη έκφραση καθώς κοιτάζω γύρω μου.

«Τι είναι, Μπρίονι; Συμβαίνει κάτι;» Ρωτάει η Αλίσια.

«Ξέρω ότι ήμουν εδώ πριν, αλλά φαίνεται κάπως διαφορετικό», απαντώ. «Είναι το ίδιο κατάστημα, έτσι δεν είναι;» Ρωτώ την Τζένη.

«Ναι, είναι», απαντά η Τζένη. «Δεν ξέρω τι εννοείς.»

Ένας ηλικιωμένος βοηθός πωλήσεων περνάει και τον σταματάω. «Αυτό μπορεί να ακούγεται ανόητο ερώτημα, αλλά έχει αλλάξει κάτι σχετικά με αυτό το κατάστημα πρόσφατα;» Ρωτάω.

«Είστε πολύ παρατηρητική, νεαρή μου.

Κάναμε μια μικρή ανακαίνιση και αλλάξαμε κάπως την διάταξη.»

«Πόσο καιρό πριν;» Ρωτάω.

Κάνει μια παύση προς στιγμή, για να σκεφτεί. «Μια βδομάδα, την περασμένη Παρασκευή, πριν έντεκα μέρες. Η περισσότερη εργασία έγινε το βράδυ, αλλά έπρεπε να κλείσουμε το πρωί της Τετάρτης για να μην διακινδυνέψει το κοινό κατά την διάρκεια των εργασιών.»

«Είχα δίκιο», είπα. «Οι αλλαγές έγιναν μετά την επίσκεψή μου εδώ με την Τζένη, αλλά πριν γίνει η αγορά της τηλεόρασης.»

«Ποια είναι η διαφορά;» ρωτάει η Τζένη.

«Καμία, υποθέτω. Απλώς επιβεβαιώνω ότι δεν έχω τρελαθεί», λέω.

«Εγώ δεν παρατήρησα κάτι διαφορετικό,» είπε η Τζένη.

«Μάλλον είναι εξαιτίας της δουλειάς που κάνω,» απαντώ. «Τα καταλαβαίνω αυτά τα πράγματα. Το αποτελεσματικό μάρκετινγκ βασίζεται στην καλή έκθεση και τοποθέτηση του προϊόντος.» Είναι κάτι μικρό, αλλά χαίρομαι που ξαναβρήκα τις δυνάμεις της σκέψεώς μου.

«Μπορώ να σας βοηθήσω σε κάτι;» ρωτάει ο άντρας.

Του είπα ότι θα ήθελα περισσότερες πληροφορίες για την αγορά της τηλεόρασης που έκανα.

«Μμμ, δεν ξέρω αν μπορώ να κάνω κάτι.

Περιμένετε μια στιγμή, να φωνάξω τον διευθυντή.»

Ενώ περιμένουμε, περνούμε λίγο χρόνο μελετώντας τα πιο πρόσφατα τάμπλετ και νετμπουκ. Περνούν σχεδόν δέκα λεπτά προτού μας πλησιάσει ένας πολύ όμορφα ντυμένος νεαρός άνδρας. «Λυπάμαι που σας κράτησα να περιμένετε, αλλά έκανα ένα τηλεφώνημα και δεν μπορούσα να φύγω.» Μας οδηγεί σε μια περιοχή που διαχωρίζεται από τον κύριο εκθεσιακό χώρο με ακουστικές οθόνες, παρέχοντας έτσι ένα απόρρητο.

Αφού εξηγήσω τι ψάχνω, απαντά, «Ξέρετε ότι εμπλέκεται η αστυνομία;»

«Ναι, φυσικά. Εγώ τους κάλεσα», είπα.

«Δεν μπορώ να σας πω κάτι περισσότερο από αυτό που ήδη γνωρίζετε. Κάναμε έρευνες και κανείς δεν θυμάται την αγοραπωλησία. Η αστυνομία πήρε τα βίντεο ασφαλείας. Χάνουν τον καιρό τους, γιατί τα είχαμε ήδη ελέγξει όταν άρχισαν τις έρευνες και δεν υπήρχε τίποτα το σχετικό μέσα.»

«Αφού δεν έχετε κάτι άλλο να μου πείτε, δεν θα σας απασχολήσω άλλο.» λέω.

«Πριν φύγετε, μπορώ να σας κάνω μια ερώτηση;» ρωτάει.

Γνέφω καταφατικά.

«Η αστυνομία μου είπε, ότι ισχυρίζεστε πως κάποια άλλη έκανε την αγορά, χρησιμοποιώντας την κάρτα σας.»

«Ναι, δεν ήμουν εγώ.»

«Αυτό σημαίνει ότι δεν θέλετε την τηλεόραση;»

«Πολύ σωστά», απαντώ.

«Τότε, σε αυτή την περίπτωση, θέλετε να ακυρώσουμε την αποστολή; Είναι πολύ πιο απλό από το να την επιστρέψετε εσείς.»

Είναι απόλυτα λογικό. Πώς δεν το σκέφτηκα η ίδια; Ίσως δεν μπορώ ακόμα να σκεφτώ και τόσο καθαρά. «Ναι, παρακαλώ.»

«Αν έχετε μαζί σας την κάρτα που πληρώθηκε, τότε μπορώ να αντιστρέψω την συναλλαγή.»

Να πάρει, δεν την έχω μαζί μου και δεν έχω ιδέα τι έχει συμβεί με την κάρτα. Εξάλλου, όπως θυμάμαι, η τράπεζα θα ακύρωνε τον λογαριασμό. «Δεν υπάρχει άλλος τρόπος; Έχω χάσει την κάρτα μου», λέω.

«Υπάρχει», λέει, «αλλά είναι πιο πολύπλοκο.» Μας πήρε σαράντα λεπτά να συμπληρώσουμε τα χαρτιά για την ακύρωση της παραγγελίας και την επιστροφή των χρημάτων μου σε επιταγή, που θα την 'στείλουν στο σπίτι των γονιών μου. Είμαι ευγνώμων, χαρούμενη που ανέκτησα μερικά από τα χρήματά μου, αν και νιώθω ελαφρώς ζαλισμένη στο τέλος της διαδικασίας.

80 ΩΡΕΣ

Ο κεντρικός σταθμός είναι η τελευταία προγραμματισμένη στάση μας. Είμαι και ενθουσιασμένη με αυτό που έχω επιτύχει και εξαντλημένη από την προσπάθεια. Δεν περιμένω να είμαι εδώ για πολύ, καθώς δεν νομίζω ότι θα μάθω πολλά. Εάν είναι κάτι παρόμοιο με τις άλλες τοποθεσίες, η αστυνομία θα έχει ήδη ζητήσει βίντεο από το πρωί της Πέμπτης. Αμφιβάλλω ότι θα υπάρχει κάποιος εδώ για να μιλήσω, οπότε ο κύριος σκοπός μου είναι να δω αν η εμπειρία του να στέκεσαι ή να περπατάς μέσα από το σταθμό είναι αρκετή για να θυμηθώ.

Καθώς πιστεύουμε ότι θα μπούμε και θα βγούμε σε λίγα λεπτά, η Τζένη συμφωνεί να σταθμεύσει κοντά στην είσοδο της Οδό Γιούνιον και να περιμένει με το αυτοκίνητο, ενώ η Αλίσια και εγώ πηγαίνουμε να κοιτάξουμε.

Ανεβαίνουμε τις σκάλες και κάνουμε μερικά βήματα μπροστά και μετά σταματάμε να κοιτάξουμε γύρω. Είναι αργά το απόγευμα της Κυριακής και δεν υπάρχουν πολλοί άνθρωποι. Πολλά από τα περίπτερα πωλήσεων είναι κλειστά. Γνωρίζω καλά τον σταθμό καθώς, όταν ζούσα με τους γονείς μου στο Γκίφνοκ, το τρένο ήταν ο κύριος τρόπος μεταφοράς μου στην πόλη. Από τότε που μετακόμισα στο διαμέρισμα, χρησιμοποίησα συχνότερα λεωφορείο. Κοιτάζω γύρω μου και βλέπω το ρολόι, τις οθόνες προορισμού, τα καταστήματα ζεστού φαγητού και τα μαγαζιά. Όλα μοιάζουν κανονικά, λιγότερο απασχολημένα, αλλά κανονικά. Εξετάζω το πάτωμα. Τα πλακάκια όπου γλίστρησα είναι τώρα στεγνά, ο πάγκος που χτύπησα το πόδι μου φαίνεται ίδιος. Δεν βλέπω τίποτα που να προκαλεί ανάμνηση για το πώς έφτασα εδώ την Πέμπτη. Περπατώ στην έξοδο που χρησιμοποίησα τη Δευτέρα και μετά επέστρεψα με τον τρόπο που έχω έρθει. Η μνήμη μου είναι ξεκάθαρη ότι βρίσκομαι στο σταθμό την Πέμπτη. Θυμάμαι την ολισθηρή επιφάνεια, έπεσα, χτύπησα και έσπασα το παπούτσι μου και έπειτα άρχισα να τρελαίνομαι. Αλλά όλα ξεκινούν εδώ. Δεν υπάρχει καμία ανάμνηση, τίποτα από το παρελθόν.

Αν και δεν περίμενα να βρω κάτι, είμαι απογοητευμένη που επιβεβαίωσα την πρόβλεψή μου. Με την Αλίσια να με ακολουθεί, επιστρέφω στην Τζένη και στο αυτοκίνητο.

Πηγαίνουμε πίσω στο σπίτι των

Χάμιλτον και, στο δρόμο, ρωτώ τη Τζένη αν θα πειράζει να κάνουμε στάση στο αεροδρόμιο να παραλάβουμε τους γονείς μου. Φαίνεται σχεδόν χαρούμενη με την ερώτηση, κάτι που με κάνει ευτυχισμένη.

Θέλω να πω στον Τζέφρι για τον Μπάρι και για τις περαιτέρω ανησυχίες μου σχετικά με τον Μάικλ, αλλά προτού έχω την ευκαιρία, λέει ότι έχει τις δικές του πληροφορίες για να μεταδώσει και θέλει να μου μιλήσει ιδιαιτέρως. Κάτι με ανησυχεί γιατί δεν θέλει να μάθουν η Αλίσια και η Τζένη. Τι μπορεί να είναι; Δεδομένου ότι ήδη γνωρίζουν τόσα πολλά, περιμένω ότι τα νέα θα είναι σημαντικά για κείνον για να θέλεις να τα πει μόνο σε μένα χωρίς να είναι εκείνες μπροστά.

Πηγαίνουμε στο γραφείο του και μου ζητά να καθίσω.

«Έκανα μια μικρή πρόοδο,» λέει. «Κατ' αρχήν, νομίζω πως βρήκα τους βιαστές σου.»

Ευτυχώς που μου είπε πρώτα να καθίσω, γιατί να στεκόμουν όρθια, τώρα θα είχα καταρρεύσει. Έχω μείνει άναυδη και νιώθω ένα κενό μέσα μου. «Αλήθεια; Τους βρήκες; Το είπες στην αστυνομία ώστε να τους συλλάβει;»

«Δεν έχω πει τίποτα σε κανέναν ακόμα, ούτε στην Μαργαρίτα. Ήθελα να μιλήσω πρώτα με σένα, για να σιγουρευτώ ότι είναι τα σωστά άτομα.»

Είμαι έκπληκτη και νιώθω ναυτία. «Ποιοι είναι;» ρωτάω.

«Κοίτα, πρώτα, θέλω να ηρεμήσεις», λέει. «Δεν είναι όπως το νομίζεις. Έκανα μια διαδικτυακή έρευνα χρησιμοποιώντας τις περιγραφές που μου έδωσες, και νομίζω πως βρήκα ποιος ήταν. Αν νιώθεις αρκετά δυνατή, θα ήθελα να σου δείξω ένα βιντεάκι που κατέβασα. Σε προειδοποιώ, μην λιποθυμήσεις.» Το πρόσωπό του είναι αυστηρό.

Πώς μπορώ να ξέρω αν θα το αντέξω; Δεν ξέρω τι επίδραση θα έχει αυτό σε μένα, αλλά δεν μπορώ να πω όχι. Πρέπει να μάθω. Κουνάω το κεφάλι μου και λέω, «Σε παρακαλώ, δείξ' το μου,» με φωνή που ίσα-ίσα ακούγεται.

Καθώς ο Τζέφρι χτυπάει τα πλήκτρα, η οθόνη ζωντανεύει. Κοιτάζω με σοκ τα όσα αποκαλύπτει, νιώθω μια ναυτία να ανεβαίνει από το στομάχι μου. Είναι λες και ο Τζέφρι κατάφερε να πιάσει τα οράματα που με βασανίζουν. Οι τρεις άντρες. Το κορίτσι που κείτεται γυμνό πάνω στο κρεβάτι. Οι άντρες το γδύνουν, το αγγίζουν, το καθοδηγούν, το κακοποιούν, το πληγώνουν. Ξέρω και τρέμω την συνέχεια. Το έχω υποστεί στους εφιάλτες μου και ίσως όχι μόνο στους εφιάλτες μου. Δεν θέλω να δω άλλο. Γυρνάω από την άλλη, το στόμα μου είναι ξερό, το στομάχι μου πονάει.

Νιώθοντας πανικό, μια σκέψη μου έρχεται στο μυαλό: πώς το βρήκε ο Τζέφρι αυτό; Όπως είπε, έψαξε στο διαδίκτυο, άρα θα μπορεί να το δει ο καθένας που ξέρει πού να ψάξει, ή που έχει αυτόν τον εξοπλισμό.

Με αυξανόμενη ανησυχία, αναρωτιέμαι ξανά αν το κορίτσι είμαι εγώ. Μήπως είναι εικόνες αντρών που κάνουν σεξ μαζί μου; Μήπως κάποιος το βιντεοσκόπησε και το δείχνουν ελεύθερα σε όποιους μπορούν να τους βρουν στο διαδίκτυο; Εικόνες με μένα, να με βιάζουν, να μου φέρονται βάναυσα, να με κακοποιούν. Νομίζω πως θα λιποθυμήσω, και σφίγγω τις παλάμες μου πάνω στην μπράτσα της καρέκλας. Η όρασή μου θολώνει, τα μάτια μου γεμίζουν δάκρυα. Όσο και αν με αηδιάζει, πρέπει να ξανακοιτάξω την οθόνη για να δω αν είμαι πράγματι εγώ, αλλά όταν το κάνω, η οθόνη είναι πια μαύρη.

Ο Τζέφρι παίρνει το χέρι μου. «Λυπάμαι που έπρεπε να σου το δείξω. Αυτοί είναι οι άντρες που βλέπεις στα οράματά σου;»

Κουνάω καταφατικά το κεφάλι μου. «Το κορίτσι, είμαι εγώ;» ψιθυρίζω, ενώ κλαίω.

«Για όνομα του Θεού, όχι! Πώς το σκέφτηκες αυτό;» απαντάει.

«Από τα οράματά μου. Σου έχω μιλήσει γι' αυτά. Φοβάμαι μήπως είναι στιγμές ανάμνησης από ό,τι μου συνέβη. Το κορίτσι μου μοιάζει πολύ. Πώς είσαι τόσο σίγουρος;»

«Αχ, Μπρίονι, λυπάμαι. Νόμιζα ότι κατάλαβες. Αυτό το κορίτσι δεν είσαι εσύ, δεν μπορεί να είσαι. Το βίντεο τραβήχτηκε πριν αρκετούς μήνες, πολύ πριν εξαφανιστείς εσύ».

Εκπνέω βαριά, και συνειδητοποιώ ότι τόση ώρα κρατούσα την αναπνοή μου. Νιώθω σαστισμένη.

«Είχα μια θεωρία και αποδείχθηκε σωστή. Δεν ήθελα να σου πω τίποτα, σε περίπτωση που έκανα λάθος, γιατί φοβόμουν να σου δημιουργήσω μια ψεύτικη ελπίδα. Γι' αυτό περίμενα μέχρι να μάθω κι άλλα. Είχα μια αμφιβολία εξαιτίας των οραμάτων σου, την στιγμή που δεν είχες άλλες αναμνήσεις. Τα σημάδια στους καρπούς σου και τους αστραγάλους σου, δείχνουν πως ήσουν δεμένη, και αυτό προστέθηκε στην πιθανότητα. Είπες ότι μετά την ιατρική εξέταση που σου έγινε, δεν υπήρξαν αποδείξεις ότι βιάστηκες και σκέφτηκα ότι δεν μπορεί να ισχύει, αν ήσουν εσύ στο όραμά σου.»

Κάνει μια παύση για να επιβεβαιώσει ότι ακούω όσα λέει. «Βάζοντάς σε μια σειρά, σκέφτηκα ότι ένα πιθανό σενάριο θα ήταν, ότι σε έδεσαν σε μια καρέκλα και σε ανάγκασαν να δεις ένα πορνογραφικό βίντεο. Το έλεγξα διαδικτυακά με τις περιγραφές που μου έδωσες και κατάφερα να βρω το υλικό που σου έδειξα, καθώς και πολλά άλλα παρόμοια.» Πιέζει το χέρι μου, δείχνοντας ασφάλεια. «Όταν άρχισα να σου μιλάω αυτή την στιγμή, σου είπα ότι θα σου έδειχνα ένα βίντεο. Επειδή ήμουν πολύ ενθουσιασμένος που τα βρήκα ήθελα εσύ να μου επιβεβαιώσεις ότι είχα τα σωστά, ώστε δεν σου εξήγησα σωστά τι βρήκα. Συγνώμη. Δεν ήθελα να σε αναστατώσω.»

Είμαι ακόμα σοκαρισμένη, αλλά ανακουφισμένη. «Ώστε το κορίτσι δεν είμαι εγώ. Είναι κάποιο άλλο θύμα, καημένο κορίτσι.»

«Ίσως και να έλαβε μέρος με την θέλησή της ή να είναι ηθοποιός», είπε ο Τζέφρι. «Δεν φαινόταν απελπισμένη, αν και είναι σίγουρο ότι είναι ναρκωμένη. Δεν μπορούμε να ξέρουμε αν ήταν δική της επιλογή ή όχι. Οι ίδιοι άντρες ήταν και στα άλλα βίντεο, με διαφορετικές κοπέλες. Σου έδειξα αυτήν επειδή ήταν η πιο κοντινή στην περιγραφή που μου έδωσες. Όλα τα βίντεο έχουν ανέβει σε μια ιστοσελίδα της Φλόριντα. Παραβιάζουν την αίσθηση αξιοπρέπειας μας. Ωστόσο, δεν είναι παράνομα, εκτός αν αποδείξουμε ότι τα κορίτσια κακοποιούνται ενάντια στην θέλησή τους. Σε κάθε περίπτωση, δεν είναι στην δικαιοδοσία της αστυνομίας μας να διερευνήσουν βίντεο που έγιναν στις ΗΠΑ, ακόμα και αν είχαν τις πηγές ή τα κίνητρα για να το κάνουν.»

Νιώθω σαν να έχει σηκωθεί ένα τεράστιο βάρος από τους ώμους μου. «Ώστε, δεν ήμουν εγώ», επαναλαμβάνω. «Δεν με βίασαν ομαδικά».

«Σίγουρα δεν ήσουν στα βίντεο», διορθώνει ο Τζέφρι. «Δεν μπορώ να πω με βεβαιότητα ότι δεν έχεις κακοποιηθεί σεξουαλικά. Ίσως η ιατρική έκθεση θα είναι σε θέση να σου πει περισσότερα - ή, καλύτερα, εάν ξαναβρείς τη μνήμη σου. Δεν νομίζω ότι ήταν τυχαίο που σου έδειξαν ταινίες που περιλάμβαναν ένα κορίτσι το οποίο θα μπορούσες εύκολα να περάσεις για σένα.»

«Μα γιατί;» Ρωτάω.

«Όποιος σε απήγαγε και σου έδειξε αυτά τα βίντεο, θα πρέπει να σε έκανε να αμφιβάλλεις αν σου είχε συμβεί κάτι. Ακόμη χειρότερα, θα μπορούσε να υπάρχει μια σιωπηρή απειλή. Μέχρι να φτάσουμε στην λύση αυτού, πρέπει να είσαι πολύ προσεκτική.»

Παρόλο που με ανακουφίζει να ξέρω ότι στα οράματα δεν ήμουν εγώ, τα λόγια του Τζέφρι με χτύπησαν σκληρά. Δεν είμαι πάρα πολύ πιο μπροστά, γιατί ακόμα δεν ξέρω τι μου συνέβη και τώρα έχω περαιτέρω επιβεβαίωση ότι κάποιος παίζει με το μυαλό μου. Βάζω τα χέρια μου πάνω στο πρόσωπό μου. «Γιατί κάποιος θα το έκανε αυτό;»

«Δεν ξέρουμε ακόμα, Μπρίονι, αλλά κάνουμε πρόοδο. Θα το μάθουμε.»

Ο Τζέφρι μου δίνει μερικά χαρτομάντηλα. Σκουπίζω τα δάκρυά μου και φυσάω τη μύτη μου. Μου φαίνεται πως δεν φαίνομαι και τόσο καλά, έχω κόκκινα μάτια, χαλασμένο μέηκ απ, αλλά δεν με νοιάζει.

«Αν νιώθεις καλά, Μπρίονι, θέλω να μιλήσουμε και για άλλα πράγματα... άσχετα. Θέλεις να κάνουμε ένα διάλειμμα, να πιείς ένα τσάι ή κάτι άλλο;

«Όχι, είμαι μια χαρά. Θέλω να συνεχίσουμε. Απλώς χρειάζομαι ένα-δυο

ΖΑΚ ἘΪΜΠΡΑΜΣ

λεπτά να συνηθίσω στην ιδέα. Ίσως να πιώ ένα ποτήρι νερό.»

«Μπορείς να πας μέχρι την κουζίνα να βάλεις, ή αν θέλεις, έχω ένα μπουκάλι εδώ.»

Δέχομαι με ευγνωμοσύνη το μπουκάλι.

81 ΩΡΕΣ

Τώρα που το άρχισα, θα προτιμούσα να το συνεχίσω. Μιλάω στον Τζέφρι για το πάρτι που θυμήθηκα και τις υποψίες μου για τον Μπάρι και τον Μάικλ ότι ίσως να εμπλέκονται στην υπόθεση.

«Πολύ ενδιαφέρον.» λέει ο Τζέφρι. «Πρέπει να ψάξω περισσότερο. Η αστυνομία της Νορθούμπια είπε ότι θα ελέγξουν το άλλοθι του Μάικλ. Θα ήθελα να το εξετάσουν ξανά σε περίπτωση που κάτι τους ξέφυγε.»

«Υπάρχει τίποτα άλλο;» Ρώτησα.

Ο Τζέφρι κανονικά, είναι πολύ αποφασιστικός, αλλά σε αυτή την περίπτωση, είναι διαφορετικά. Φαίνεται αναποφάσιστος. «Τι είναι;» επιμένω.

«Δεν είμαι σίγουρος αν είναι η κατάλληλη στιγμή» λέει.

«Πρέπει να μου πεις, αφού το ξεκίνησες», λέω.

«Δεν έχω ακόμα όλες τις πληροφορίες», λέει.

«Πες μου τι ξέρεις, επιμένω» συνεχίζω.

Ο Τζέφρι σουφρώνει τα χείλη του, σκεπτόμενος. «εντάξει, αλλά σε παρακαλώ να θυμάσαι ότι είναι πολύ νωρίς για κάτι τέτοιο ακόμα. Έλαβα ένα τηλεφώνημα σήμερα το απόγευμα από μία εταιρία PC Firestone. Είναι στην ομάδα της ζωής. Τους έχουν αναθέσει να ψάξουν το ιστορικό των βιολογικών γονιών σου.»

«Ναι, και τι έγινε;» ρωτάω. Δεν ξέρω τι θα ακούσω, αλλά αν κρίνω από την σοβαρή έκφραση του Τζέφρι, υποπτεύομαι ότι δεν θα μου αρέσει. Θέλω να το ακούσω; Ως τώρα, απέφευγα να σκέφτομαι την βιολογική μου οικογένεια. Τώρα καταλαβαίνω ότι δεν μπορώ να το αποφύγω άλλο. Μόλις μάθω κάτι, δεν θα μπορώ πια να το αγνοήσω.

«Όταν σε ρώτησαν για τους βιολογικούς γονείς σου, είπες στην Πάολα ότι η μητέρα σου σε παρέδωσε για υιοθεσία λίγο μετά τη γέννησή σου, επειδή ήταν σε ένα τελικό στάδιο», λέει ο Τζέφρι.

«Ναι, της το είπα, γιατί ήταν αλήθεια. Τουλάχιστον, αυτό με άφηναν πάντα να πιστεύω.»

«Αυτό μπορεί να σου προκαλέσει σοκ, γιατί δεν είναι αλήθεια», λέει ο Τζέφρι.

«Τι; Πως;» Ρωτάω.

«Είναι αλήθεια ότι η μητέρα σου σε παρατήρησε για υιοθεσία λίγο μετά τη γέννησή σου και πέθανε εντός ενός έτους μετά. Ωστόσο, δεν προήλθε από μια ασθένεια. Τίποτα δεν εμφανίζεται στα ιατρικά της αρχεία», λέει ο Τζέφρι.

«Τότε γιατί;» Ρωτάω.

«Λυπάμαι που στο λέω, ήταν αυτοκτονία. Εκείνη έδωσε τέλος στη ζωή της», λέει.

«Μα γιατί; Ίσως ήξερε ότι θα πεθάνει, ούτως ή άλλως και δεν ήθελε να υποστεί αργό, οδυνηρό θάνατο», προτείνω.

«Ίσως έχεις δίκιο», λέει, αν και η συμπεριφορά του υποδηλώνει διαφορετικά. «Μέχρι τώρα, δεν έχουμε δει τίποτα που να υποδηλώνει ότι είχε σωματική βλάβη, αν και η Firestone κάνει περαιτέρω έρευνες. Γνωρίζουμε ότι είχε διαγνωστεί με κλινική κατάθλιψη.»

Συνειδητοποιώ ότι ο Τζέφρι προσπαθεί να είναι ευγενικός, αλλά η ερμηνεία μου για αυτό που πραγματικά λέει είναι ότι η μητέρα μου είχε προβλήματα ψυχικής υγείας. Ποιες είναι οι επιπτώσεις; Μπορώ κι εγώ να έχω κληρονομήσει προβλήματα; Η Πάολα με ρώτησε για την οικογένεια. Ήθελε να μάθει αν υπήρχε ιστορικό άνοιας. Είχα απορρίψει την πιθανότητα να είναι σημαντική για το κενό μνήμης μου, αλλά τώρα... αλλά τώρα δεν μπορώ να είμαι τόσο σίγουρη. Μήπως η εξαφάνισή μου δεν έχει καμία σχέση με τον Μάικλ και τον Μπάρι - ή με οποιονδήποτε άλλο, εν προκειμένω; Θα μπορούσε να είναι πιο αθώο από ό,τι υποπτευόμουν; Θα μπορούσαν να έγιναν όλα εξαιτίας μου; Είναι πιθανό να έχω πρόβλημα ψυχικής υγείας και να ήταν αυτή η αιτία;

Αλλά περίμενε, αντιδρώ υπερβολικά. Ο Τζέφρι βρήκε τα βίντεο των κακοποιήσεων που ήταν στα οράματά μου. Δεν τα έβγαλα από το μυαλό μου. Σίγουρα αυτό αποδεικνύει ότι υπήρχε κάποιος άλλος που με επηρέασε; Δεν μπορεί να υπάρξει άλλη εξήγηση. Όχι, εκτός αν έχω κάποια διαταραχή της προσωπικότητας. Θα τρελαθώ αν σκέφτομαι αυτές τις δυνατότητες. Φυσικά, ίσως να είμαι ήδη τρελή. Αν και αισθάνομαι σίγουρη ότι δεν είμαι τρελή, δεν είναι αλήθεια ότι κάποιος τρελός θα ισχυριστεί το ίδιο; Αυτό δεν είναι καλό. Πρέπει να ξεφύγω από αυτό. Πρέπει να μάθω περισσότερα για την βιολογική μου μητέρα.

«Υπάρχει κάτι άλλο που μπορείς να μου πεις για αυτήν;»

Ο Τζέφρι φαίνεται συλλογισμένος. «Όχι, δεν υπάρχει. Συγγνώμη.»

«Μου κρατάς μυστικά. Υπάρχουν περισσότερα», τον κατηγορώ.

«Δεν έχω περισσότερες πληροφορίες για την μητέρα σου», απαντά.

Κατά κάποιο τρόπο, ξέρω ότι δεν μου λέει τα πάντα. Υποψιάζομαι ότι δεν είναι διατεθειμένος να πει ψέματα, αλλά ούτε μου λέει όλη την αλήθεια. «Υπάρχει κάτι άλλο, έτσι δεν είναι; Τι είναι αυτό;»

Ο Τζέφρι κοιτάζει το πάτωμα. Δεν μπορεί να συναντήσει το βλέμμα μου.

«Τι είναι αυτό;» Επιμένω, η φωνή μου γίνεται χάλια.

«Εντάξει, θα σου πω, αλλά μπορεί και να μην σημαίνει τίποτα. Στην πραγματικότητα, νομίζω ότι υπήρξε ένα λάθος. Λάθος πληροφορίες μπορεί να έχουν εισαχθεί στο μητρώο δεδομένων. Προσπαθούμε να το ελέγξουμε ξανά. Δεν θα ξέρουμε με βεβαιότητα μέχρι αύριο», λέει.

Τράβηξα στο χέρι του. «Σε παρακαλώ, Τζέφρι, πες μου.»

«Η Firestone μου είπε ότι το πρώτο πράγμα που έκανε ήταν να βγάλει ένα αντίγραφο του αρχικού πιστοποιητικού γέννησής σου», σταματά.

«Ναι, συνέχισε.»

«Αναφέρει και τον πατέρα σου στο πιστοποιητικό γέννησης», λέει.

«Φυσικά», απαντώ. «Ένα πιστοποιητικό γέννησης θα αναφέρει συνήθως ποιος είναι ο πατέρας. Λοιπόν πες μου. Ποιος είναι ο βιολογικός μου πατέρας;»

Ο Τζέφρι κοιτάζει ευθεία. «Ο πατέρας σου, ο Άρθουρ Τζέιμς Τσάπλιν. Είναι αυτός που αναφέρεται ως πατέρας σου στο πρωτότυπο πιστοποιητικό γέννησής σου.»

«Δεν μπορεί να είναι! Είναι ο θετός πατέρας μου, όχι ο βιολογικός μου.» Το στόμα μου εκπλήσσει. Αν και τα μάτια μου είναι ανοιχτά, δεν μπορώ να δω τίποτα. Κοιτάζω το τίποτα. Κάνω την ψυχική αριθμητική. «Είμαι τώρα είκοσι πέντε ετών. Αυτή την εβδομάδα, η μαμά και ο μπαμπάς γιόρτασαν την τριακοστή επέτειο. Είχαν παντρευτεί για περισσότερα από τέσσερα χρόνια από τη στιγμή που γεννήθηκα, μετά από τριάμισι χρόνια.»

Ήταν πάντα ένα τόσο στενό ζευγάρι. Κάνουν τα πάντα μαζί. Δεν είχα φανταστεί ποτέ ότι ο μπαμπάς θα μπορούσε να είχε μια σχέση με κάποιαν άλλη. Ότι θα μπορούσε να κάνει ένα παιδί μαζί της.

«Ναι, κάναμε τον ίδιο υπολογισμό. Θα μπορούσε να είναι ένα αθώο λάθος που έγινε όταν ενημερώθηκαν τα αρχεία για την έγκρισή σου και συμπληρώθηκε το λάθος κουτί. Είναι Κυριακή. Θα επικοινωνήσουμε με τον Γραμματέα μόλις ανοίξει το γραφείο του. Η άλλη προφανής διαδρομή είναι να μιλήσεις στον πατέρα σου, αλλά ξέρουμε ότι δεν επέστρεψε στο σπίτι ακόμα μετά τις διακοπές του και δεν είναι το είδος της ερώτησης που θα θέλαμε να θέσουμε χωρίς να τον δούμε.»

«Θα τον δω απόψε,» λέω.

«Δε νομίζω ότι πρέπει να πεις ...» ξεκίνησε να λέει ο Τζέφρι.

«Δεν ξέρω αν μπορώ να περιμένω μέχρι αύριο. Ούτε ξέρω αν θα μπορέσω να τον ρωτήσω,» λέω.

Νιώθω πολύ κουρασμένη. Νιώθω βαριά. Όπως λέει ο Τζέφρι, κάποιος μπορεί να έχει κάνει διοικητικό σφάλμα, αλλά τι γίνεται αν είναι αλήθεια; Πώς θα μπορούσε ο μπαμπάς, ο άνθρωπος που πάντα ήταν γνωστός ως ο μπαμπάς μου, ως θετός μπαμπάς μου, να είναι ο βιολογικός μου πατέρας; Εάν είναι αλήθεια, τότε γιατί δεν μου το είπε; Τι θα μπορούσε να σημαίνει; Γνωρίζει η μαμά; Εάν ναι, τι σκέφτεται γι 'αυτό; Εάν όχι, τι αποτέλεσμα θα έχει εάν κυκλοφορήσει η είδηση; Σίγουρα, πρέπει να είναι λάθος; Ω Θεέ μου, αυτό είναι πάρα πολύ για να το αντέξω.

«Μπριόνι, είσαι εντάξει; Δεν ήθελα να τα μάθεις όλα αυτά, όχι όλα ταυτόχρονα. Πρέπει να έχεις πάθει σοκ. Μετά την ημέρα που πέρασες, ίσως θα πρέπει να ξαπλώσεις. Η ξεκούραση θα σε βοηθήσει να ανταπεξέλθεις με όλα αυτά. Ξεκουράσου τώρα, υπάρχει αρκετός χρόνος πριν φτάσουν οι γονείς σου στο σπίτι. Έχουμε αλλαντικά για δείπνο, μπορείς να φας όποτε θέλεις», λέει ο Τζέφρι.

«Δεν ξέρω», λέω. «Νομίζω ότι πρέπει να συνεχίσω. Αν ξαπλώσω τώρα, δεν είμαι σίγουρη ότι θα ήθελα να σηκωθώ. Τι ώρα είναι;» Κοιτάζω το ρολόι, και βλέπω ότι είναι ήδη μετά τις έξι. Θέλω η Τζένη να με πάει να πάρω τους γονείς μου από το αεροδρόμιο της Γλασκόβης. Καθώς η πτήση τους δεν πρόκειται να προσγειωθεί μέχρι τις 9:40, δεν θα χρειαστεί να φύγουμε για ώρες.

«Ξέρει κανείς άλλος τίποτα από αυτά;» Ρωτάω.

«Δεν έχω πει σε κανέναν για τα βίντεο και τους γονείς σου. Η Firestone θα έχει ολοκληρώσει μια αναφορά πάνω στην έρευνά της, αλλά η Ζωή είναι η μόνη που θα τη δει προς το παρόν.»

«Μην πεις τίποτα σε κανέναν, ούτε στη

Μαργαρίτα. Δεν θέλω κανένας να το γνωρίζει μέχρι να μάθω την αλήθεια », λέω.

«Φυσικά δεν θα το κάνω, είναι προσωπικό σου θέμα», λέει ο Τζέφρι.

«Αλλά τι μπορούμε να πούμε; Θα είναι περίεργοι. Θα θέλουν να μάθουν τι είπαμε όλο αυτό το διάστημα », λέω.

«Πολύ σωστά. Μπορούμε να τους πούμε ότι σου έλεγα εν συντομία για την έρευνα της αστυνομίας και για το πώς θα κινηθεί η ανάκριση. Μπορούμε να τους πούμε άφοβα για τις έρευνες και τα αποτελέσματα που έλαβα για τους βιολογικούς γονείς σου, αλλά δεν υπάρχουν ακόμα συμπεράσματα,» προτείνει.

«Ίσως να δουλέψει, αλλά αν ρωτήσουν γιατί ήθελες να με δεις μόνη;»

«Μπορεί να αναρωτηθούν, αλλά αμφιβάλλω αν θα ρωτήσουν. Ξέρω ότι η Μαργαρίτα σίγουρα δεν θα το κάνει.» Ο Τζέφρι φαίνεται να σκέφτεται κάτι. «Ακόμα κι αν ρωτήσει κάποιος, τότε θα τους πω ότι είναι θέμα επαγγελματικής ηθικής. Τεχνικά, είσαι η πελάτισσά μου, και όταν δίνω πληροφορίες για μια έρευνα σε έναν πελάτη μου, πρέπει να είναι μόνος, εκτός αν ο πελάτης ζητήσει το αντίθετο.»

81,5 ΩΡΕΣ

Πριν φύγω από το γραφείο του Τζέφρι, σηκώνω ένα καθρέφτη για να τσεκάρω και να φτιάξω λίγο το μεηκάπ μου. Δεν ήθελα να φανεί ότι έκλαιγα. Βγαίνω στο χωλ και ακολουθεί ο Τζέφρι. Καθώς ακούω την τηλεόραση να παίζει στο σαλόνι, περιμένω να τους βρω όλους εκεί. Όταν μπαίνω, βρίσκω τη Μαργαρίτα ντυμένη σε έναν καναπέ, με ένα βιβλίο στο χέρι, δίνοντας ελάχιστη προσοχή στο ειδησεογραφικό πρόγραμμα που παίζει στο παρασκήνιο. Κοιτάζω γύρω, αλλά κανείς άλλος δεν είναι εκεί.

Ακούγοντάς με να μπαίνω στο δωμάτιο, κλείνει το βιβλίο της και το βάζει στο τραπεζάκι δίπλα της. «Η Αλίσια έφυγε για το σπίτι. Δεν ήθελε να σε διακόψει, γι' αυτό μου ζήτησε να σε χαιρετήσω εκ μέρους της. Τα κορίτσια έλεγαν πως η Τζένη θα σε πήγαινε στο αεροδρόμιο και σκέφτηκε ότι αν η Αλίσια γύριζε σπίτι θα είχε την ευκαιρία να βρεθεί με το αγόρι της για λίγο πριν φύγει το Σαββατοκύριακο. Την πηγαίνει η Τζένη. Νομίζω ότι ήθελε κάποιον να δει κι εκείνη, πριν έρθει να σε πάρει.»

«Αγόρι; Δεν ήξερα πως η Αλίσια είχε αγόρι. Δεν μου έχει πει τίποτα.»

«Αα, ναι,» απαντάει η Μαργαρίτα. «Έχουν γίνει θέμα συζήτησης για αρκετούς μήνες τώρα.»

Δεν μου είχε περάσει ποτέ από το μυαλό. Μέχρι πριν από τρεις ημέρες, δεν ήξερα ότι υπήρχε η Αλίσια και σε αυτό το σύντομο χρονικό διάστημα έγινε στενή φίλη και έμπιστη. Ήταν απίστευτα ευγενική και νοιαζόταν και δεν ξέρω πώς θα μπορούσα να τα καταφέρω χωρίς την υποστήριξή της. Είναι μαζί μου, με ακούει να της εμπιστεύομαι τόσα πολλά από τα πιο οικεία μυστικά μου. Τώρα, το σκέφτομαι, δεν ξέρω τίποτα γι' αυτήν.

Ήταν μια έκπληξη όταν η Μαργαρίτα μου είπε ότι είχε αγόρι. Ποτέ δεν σκέφτηκα να την ρωτήσω, να την ρωτήσω για οτιδήποτε, στην πραγματικότητα. Αναφέρθηκε στους γονείς της, αλλά δεν ξέρω αν έχει αδέλφια, για την εκπαίδευσή της, τίποτα. Μόνο για μένα μιλούσαμε. Ήμουν τόσο εγωίστρια. Νομίζω ότι δεν μου αρέσει. Κανονικά, ενδιαφέρομαι έντονα για άλλους ανθρώπους, ιδιαίτερα για τους φίλους μου και τη ζωή τους. Μερικοί άνθρωποι μπορεί ακόμη και να με κατηγορούν ότι είμαι αδιάκριτη, γιατί μου αρέσει να ξέρω τι συμβαίνει, μου αρέσει να

133 ΩΡΕΣ

είμαι χρήσιμη και υποστηρικτική. Αυτή τη φορά, η Αλίσια ήταν η υποστηρικτική και εγώ ήμουν αδύναμη και αυτο-κριτική. Ίσως οι τελευταίες μέρες ήταν ασυνήθιστες, αλλά αν πρόκειται να ανακτήσω τη ζωή μου, τότε πρέπει να ενεργήσω ξανά κανονικά, για να σταματήσω να είμαι θύμα. Κατ' αρχάς, πρέπει να την καλέσω και να την ευχαριστήσω για όλη τη βοήθειά της. Αλλά δεν μπορώ να το κάνω αυτό, επειδή δεν έχω τον αριθμό της. Επιπλέον, εάν επιτέλους θέλει λίγο χρόνο για τον εαυτό της, κάποιον ιδιωτικό χρόνο για να δει το φίλο της, τότε δεν θα έπρεπε να εισβάλλω, αλλιώς, δε θα ήμουν καλή φίλη.

«Πριν πόση ώρα έφυγαν;» ρωτάω.

«Όχι πολλή, κάπου είκοσι λεπτά, νομίζω,» απαντά η Μαργαρίτα.

Αφού είναι στο σπίτι περίπου για είκοσι λεπτά μόνο, τότε δεν πρέπει να την ενοχλήσω. «Έχεις τον αριθμό του κινητού της;» ρωτάω.

Η Μαργαρίτα μου δίνει τον αριθμό της και την αποθηκεύω στη μνήμη του τηλεφώνου μου. Την καλώ να την ευχαριστήσω για τη βοήθειά της. Ζητώ συγνώμη, ειλικρινά, ζητώντας της να συγχωρήσει τον εγωισμό μου και υπόσχομαι να είμαι καλύτερη φίλη για κείνη.

Παρακάμπτει τη συγγνώμη μου, ισχυριζόμενη ότι καταλαβαίνει το τραύμα που έχω περάσει και υπόσχεται να συναντηθούμε σύντομα. Ευχόμαστε η μία στην άλλη μια ευχάριστη βραδιά.

Η κλήση τελειώνει. Έχω μείνει με τηλέφωνο στο χέρι, και αναρωτιέμαι τι τραύματα μπορεί να έχει υποστεί η Αλίσια για να έχει τόση κατανόηση. Θέλω να γίνω καλή φίλη. Για να συμβεί αυτό, ξέρω ότι δεν πρέπει να εισβάλλω. Πρέπει να την αφήσω να κάνει η ίδια τη συζήτηση, εάν και όταν το επιλέξει.

83 ΩΡΕΣ

Κατά την άφιξή του στο Χήθροου, ο μπαμπάς τηλεφώνησε για να μου πει πόσο αυτός και η μαμά απολάμβαναν την παράσταση. «Ένας τέλειος τρόπος για να τερματίσουμε τις διακοπές μας», λέει. Επιβεβαιώνει ότι η πτήση τους φαίνεται ότι είναι σύμφωνα με το πρόγραμμα και μου λέει ότι θα είναι ευκολότερο για αυτούς να κάνουν κράτηση ταξί για να πάνε σπίτι. Έχει τον αριθμό μιας αξιόπιστης τοπικής εταιρείας. Του λέω όχι, επιμένοντας ότι θα είμαι εκεί μαζί με την Τζένη στην πύλη αφίξεων.

Ο μπαμπάς παραιτείται. «Εάν επιμένετε να έρθετε να μας πάρετε, τότε θα ήμασταν πολύ ευγνώμονες. Ωστόσο, η στάθμευση στο αεροδρόμιο μπορεί να κοστίσει μια μικρή περιουσία. Ο καλύτερος τρόπος είναι να μείνετε έξω από την περίμετρο μέχρι να φτάσουμε. Θα σας τηλεφωνήσω μόλις πάρουμε τις αποσκευές μας και στη συνέχεια μπορείτε να κατευθυνθείτε στο σημείο να μας παραλάβετε. Πρέπει να φτάσουμε εκεί περίπου την ίδια ώρα. Με αυτόν τον τρόπο θα κοστίζει ελάχιστα. Το μόνο πρόβλημα είναι ότι η στάθμευση εκεί επιτρέπεται μόνο για λίγα λεπτά.»

«Ακούγεται μια χαρά,» απαντώ. Δεν πρόλαβα να τελειώσω την κλήση όταν επέστρεψε η Τζένη. «Θα ήθελα να φύγω νωρίς για να πάω στο διαμέρισμά μου και να μαζέψω κάποια ρούχα», λέω. «Θέλω επίσης να πάρω κάποια είδη παντοπωλείου. Είδη πρώτης ανάγκης όπως γάλα, ψωμί και βούτυρο, οπότε το ψυγείο δεν θα είναι άδειο όταν επιστρέψουν. Ξέρω ότι θα είναι αργά, αλλά μπορεί να θελήσουν λίγο τσάι και τοστ μετά από το ταξίδι τους.»

«Δεν είναι πρόβλημα», απαντά η Τζένη. «Περνάμε από το Sainsbury's, ώστε να μπορείς να μπεις στο δρόμο.»

Μαζεύω τα πράγματά μου από την κρεβατοκάμαρα και πηγαίνω να αποχαιρετήσω τον Τζέφρι και τη Μαργαρίτα. Τα μάτια μου φουσκώνουν καθώς αγκαλιάζω τον καθένα με τη σειρά του, μένοντας κολλημένη πάνω τους, δεν είμαι σίγουρη ότι θέλω ποτέ να τους αφήσω. «Δεν μπορώ να σας ευχαριστήσω αρκετά», λέω και το εννοώ πραγματικά.

«Δεν χρειάζεται να στεναχωριόμαστε», λέει ο Τζέφρι. «Είσαι πάντα ευπρόσδεκτη να μας ξανάρθεις. Επιπλέον, έχουμε πολλά να κάνουμε ακόμα και σχεδόν σίγουρα θα μιλήσουμε αύριο. Είμαι σίγουρος ότι θα δεις τη Μαργαρίτα σύντομα. Είσαι πολύ πιο

133 ΩΡΕΣ

δυνατή τώρα και μόλις ολοκληρώσεις κάποια πράγματα, θα είσαι έτοιμη να επιστρέψεις στη δουλειά.»

Σκουπίζω τα μάτια μου με ένα χαρτομάντηλο καθώς απομακρυνόμαστε. Αν και λυπάμαι που αφήνω την άνεση και την ασφάλεια που μου παρείχαν οι Χάμιλτον, είμαι χαρούμενη που θα μείνω με τη μαμά και τον μπαμπά μου. Χαρούμενη, ναι, αλλά και ανήσυχη.

84 ΩΡΕΣ

Έχοντας κάνει μερικά ψώνια και καθαρά ρούχα, τώρα πάμε προς το Paisley στο δρόμο μας προς το αεροδρόμιο. Αργά, θυμάμαι τον όγκο των αποσκευών που η μαμά και ο μπαμπάς πήραν για ην κρουαζιέρα.

«Θα μπορέσουμε να πάρουμε τα πάντα;» Ρωτώ την Τζένη, αφού εξήγησα την ανησυχία μου.

«Εάν οι αποσκευές τους ήταν εντός του επιτρεπόμενου ορίου, και τους επιτράπηκε να πετάξουν, τότε είμαι βέβαιη ότι δεν θα έχω πρόβλημα να τις βάλω στο ποτμπαγκάζ. Βασικά, άδειασα όλα όσα δεν χρειάζομαι να μεταφέρω όταν πήγα σπίτι. Ας το παραδεχτούμε, στην χειρότερη περίπτωση, μπορούμε πάντα να βάλουμε μια τσάντα στο μπροστινό κάθισμα και εσύ να καθίσεις πίσω με τους γονείς σου.»

Αν και η μαμά είναι κανονική σε μέγεθος, ο μπαμπάς είναι ένας μεγάλος άντρας, ύψος 1,80 και μυώδης. Περιμένω να καθίσει εκείνος μπροστά. Δεν θα ήθελα να στριμωχτώ ανάμεσα σε εκείνον και τη μαμά. «Λυπάμαι για το πανικό», λέω. «Σα να μην έχω αρκετά προβλήματα να λύσω, ψάχνω και αυτά που δεν υπάρχουν.»

Η Τζένη παίρνει το χέρι της από το τιμόνι για να πιάσει το δικό μου. «Όλα θα πα'νε καλά. Εμπιστέψου με.»

Καθώς δεν ήθελα να διακινδυνεύσω να φτάσω αργά, επέμεινα να φύγουμε νωρίς. Κατά συνέπεια, φτάνουμε στο αεροδρόμιο δεκαπέντε λεπτά πριν την προσγείωση του αεροπλάνου. Ακολουθούμε τις οδηγίες του μπαμπά για να βρούμε ένα μέρος για να περιμένουμε και να σταθμεύσουμε δίπλα σε ένα πρατήριο καυσίμων. Η Τζένη σβήνει τον κινητήρα. Απορρίπτω την προσφορά της να βάλει μουσική καθώς αισθάνομαι ένταση και δεν θέλω να διακινδυνεύσω να επιδεινώσω τον πονοκέφαλο. Αντ' αυτού, καθόμαστε σιωπηλές, παρακολουθώντας την κίνηση.

85 ΩΡΕΣ

Όταν χρησιμοποίησα το τηλέφωνό μου για να ελέγξω διαδικτυακά, ανακάλυψα ότι το αεροπλάνο έφτασε στην ώρα του. Μέχρι τις δέκα, φοβόμουν ότι ίσως να υπήρξε κάποιο πρόβλημα...ότι μπορεί να έχασαν την πτήση τους. Και τότε, έρχεται το τηλεφώνημα του μπαμπά. «Έκαναν πολλή ώρα για να ξεφορτώσουν τις αποσκευές μας, αλλά τώρα τις έχουμε. Σε λίγα λεπτά θα είμαστε έξω. Ξέρετε που να πάτε;»

Η Τζένη έχει ήδη βάλει μπροστά το αμάξι και φύγαμε για το σημείο συνάντησης. Βγαίνω από το αυτοκίνητο, και πολύ σύντομα, τους βλέπω. Ακόμα και από απόσταση, τους βλέπω χαρούμενους και ευτυχισμένους, αν και είναι κουρασμένοι από το μεγάλο ταξίδι. Είναι και οι δυο καλομαυρισμένοι, και με τον πατέρα μου να έχει ακόμα αυτό το νεανικό πρόσωπο και τη μαμά μου την όμορφη σιλουέτα της, φαίνονται πολύ νεότεροι. Ο μπαμπάς

133 ΩΡΕΣ

σπρώχνει ένα τρόλεϊ αποσκευών γεμάτο από βαριές βαλίτσες. Η μαμά περπατά δίπλα του, τραβώντας τη δική της μικρή βαλίτσα.

Βλέποντάς τους, αφήνω κατά μέρος την σκέψη μου για έναν απλό χαιρετισμό. Σαν ένα μικρό παιδί που «διασώθηκε» από τους γονείς τους μετά από μια πρώτη μέρα στο νηπιαγωγείο, έτρεξα να τους αγκαλιάσω, σχεδόν τους όρμηξα, ρίχνοντας τα χέρια μου στον λαιμό της μαμάς και την αγκάλιαζα σφικτά.

«Αχ, μαμά, πόσο χαίρομαι που σε βλέπω,» λέω. Ο μπαμπάς μου σταματάει το τρόλει και γυρίζει να με κοιτάξει. Τον τραβάω στην αγκαλιά μου.

«Κι εγώ χαίρομαι που σε βλέπω,» λέει ο μπαμπάς μου με χιούμορ.

Η μαμά είναι πιο επιφυλακτική. «Όσο κι αν με ευχαριστεί που χαίρεσαι τόσο που μας βλέπεις, τέτοιου είδους συναισθηματικές εκρήξεις δεν είναι του χαρακτήρα σου. Τι συμβαίνει, Μπρίονι;»

Ακούμε τη φωνή της Τζένης να μας καλεί, «βιαστείτε, τρελοί. Μόνο δέκα λεπτά μπορώ να μείνω εδώ και ήδη τα πέντε τα φάγαμε!»

Η Μαμά με αφήνει απρόθυμα, αν και το πρόσωπό της είναι γυρισμένο προς εμένα και δεν με αφήνει από τα μάτια της. Ο μπαμπάς έχει το ένα του χέρι περασμένο στον ώμο μου αλλά το παίρνει όταν αρχίζει να βάζει τις αποσκευές στο αμάξι. Η Τζένη είναι ήδη έξω, και ανοίγει την πίσω πόρτα. Ο μπαμπάς βάζει τις βαλίτσες μέσα, στριμώχνοντάς τες στον μικρό χώρο, όπου κανείς άλλος δεν θα μπορούσε να τα καταφέρει.

Το αμάξι φορτώθηκε, ο μπαμπάς κάθεται στην μπροστινή θέση κι εγώ κάθομαι πίσω μα τη μαμά.

Τη στιγμή που το αυτοκίνητο εν κινήσει, η μαμά, αρχίζει ξανά την ανάκριση.

Αν και δεν ήταν ακριβώς αυτός ο τρόπος που ήθελα να τους το πω, αρχίζω να τους εξηγώ για το κενό μνήμης μου και έφτασα στην Πέμπτη όπου δεν είχα ιδέα το πού βρισκόμουν ή τι μου είχε συμβεί την περασμένη εβδομάδα.

Αν και ο μπαμπάς κάθεται μπροστά, έχει γυρίσει στη θέση του και σκύβει πίσω για να ακούσει τι λέω. «Πώς γίνεται να μην γνωρίζεις τι σου συνέβη για μία βδομάδα;» ρωτάει. «Δεν είναι μόνο αυτό. Κάτι δεν μας λες.»

«Δεν έχω καμία ανάμνηση για όλες αυτές τις μέρες. Θυμάμαι που ήμουν στη δουλειά την Παρασκευή, αλλά μετά, είναι όλα θολά μέχρι την Πέμπτη το πρωί. Όταν προσπαθώ να το σκεφτώ, το μυαλό μου είναι κενό. Η αστυνομία το ερευνά το θέμα και...»

«Δεν πήρες τίποτα ναρκωτικά ή κάτι παρόμοιο;» ρωτάει η μαμά.

«Δεν παίρνω ναρκωτικά» λέω. «Όλες οι ενδείξεις δείχνουν ότι κάποιος με απήγαγε.

Το μόνο που μπορώ να φανταστώ είναι κάποιος να με νάρκωσε.»

«Κάτι πρέπει να ξέρεις. Γιατί να στο κάνει κάποιος αυτός;» λέει ο μπαμπάς. Φαίνεται σοκαρισμένος. «Σε κακοποίησαν; Μήπως σε...» δεν μπορεί να αναφέρει καν αυτές τις φρικαλεότητες.

«Δεν ξέρω. Πέρασα από ιατροδικαστική εξέταση την Πέμπτη, αλλά δεν βγήκαν τα αποτελέσματα ακόμη.»

«Πες τους για τα οράματά σου,» λέει η Τζένη, πηγαίνοντας την συζήτηση κάπου που δεν ήθελα να πάει αυτή τη στιγμή.

Της έριξα μια δολοφονική ματιά, αν και έχασα τον καιρό μου, αφού η προσοχή της είναι στον δρόμο. «Όχι, δεν θέλω. Όχι τώρα,» απαντώ.

«Τι οράματα; Τι συμβαίνει;» επιμένει ο μπαμπάς.

«Δεν έχω αναμνήσεις από το τι συνέβη την περασμένη βδομάδα, αλλά όταν προσπαθώ να θυμηθώ κάτι, έρχονται μερικές εικόνες στο μυαλό μου. Μου είναι δύσκολο να μιλάω για αυτές. Μπορούμε να περιμένουμε να φτάσουμε στο σπίτι για να το συζητήσουμε, παρακαλώ;»

«Γιατί δεν μας μίλησες νωρίτερα; Ίσως να σε βοηθούσαμε. Θα ερχόμασταν για σένα. Δεν έπρεπε να το αντιμετωπίσεις μόνη σου αυτό,» είπε η μαμά.

«Εγώ της είπα να σας τηλεφωνήσει.»

Έχω ενοχληθεί. «Σε παρακαλώ, Τζένη, μην ανακατεύεσαι. Μου είναι αρκετά δύσκολο να το διαχειριστώ, δεν θέλω να μου λες κι εσύ το τι έπρεπε ή δεν έπρεπε να κάνω.» Γυρίζω στη μαμά και απαντώ, «Ήθελα να σας το πω, αλήθεια. Ήθελα να σας έχω δίπλα μου. Αλλά ήξερα ότι δεν υπήρχε κάτι που θα μπορούσατε να κάνετε για να αλλάξετε όλα όσα θα περνούσα, και δεν ήθελα να σας χαλάσω την επέτειο. Χρόνια σχεδιάζατε αυτές τις διακοπές, και απ' ότι μου είπατε, περάσατε υπέροχα.» Κατάφερα να ρίξω ένα χαμόγελο. «για ποιο λόγο να σας το χαλούσα εγώ, αφού δεν θα υπήρχε καμία διαφορά;»

«Νιώθω απαίσια όταν σκέφτομαι πως εμείς διασκεδάζαμε ενώ εσύ υπέφερες.» λέει η μαμά.

«Μα θα ένιωθες καλύτερα αν υποφέρατε κι εσείς μαζί μου;»

«θα είμασταν δίπλα σου και θα σε στηρίζαμε. Θα σε βοηθούσαμε», απαντάει.

«Το ξέρω, αλλά αυτό δεν θα άλλαζε τίποτα,» λέω. «Εξάλλου, δεν ήμουν μόνη. Είχα την Τζένη, την Αλίσια, την Μαργαρίτα και τον Τζέφρι.»

«Ποιοι είναι η Αλίσια, η Μαργαρίτα κι ο Τζέφρι; Δεν τους έχεις αναφέρει ποτέ ξανά», ρωτάει ο μπαμπάς.

«Η Αλίσια είναι ένα κορίτσι που δουλεύει στο γραφείο μου. Γίναμε πολύ καλές φίλες. Με στήριξε πολύ. Η Μαργαρίτα Χάμιλτον είναι η προϊσταμένη μου στην δουλειά. Όταν έμαθε το πρόβλημά μου, επέμενε να πάω να μείνω με κείνη και τον άντρα της

133 ΩΡΕΣ

μέχρι να γυρίσετε. Άφησαν και την Τζένη με την Αλίσια να μείνουν μαζί.»

«Μας έχεις ξαναπεί για μια προϊσταμένη Μαργαρίτα στη δουλειά σου, την οποία δεν άντεχες. Δεν μπορεί να είναι το ίδιο πρόσωπο, έτσι;» ρωτάει ο μπαμπάς.

«Βασικά, είναι. Την είχα παρεξηγήσει. Είναι πολύ ευγενική και...»

«Γιατί να θέλει να μείνεις μαζί τους; Έχει καμία σχέση με την εξαφάνισή σου; Και αυτός ο τύπος, ο Τζέφρι;» ρωτάει ο μπαμπάς.

«Ο Τζέφρι είναι ο άντρας της. Είναι συνταξιούχος αστυνομικός και τώρα είναι ανεξάρτητος ιδιωτικός ντετέκτιβ. Προσφέρθηκε να με βοηθήσει να ερευνήσω τι συνέβη,»

«Δεν καταλαβαίνω,» λέει η μαμά. «Γιατί να θέλεις να πας να μείνεις στο σπίτι τους;»

«Σας παρακαλώ, σταματήστε να με πιέζετε. Θα σας τα πω όλα...όλα όσα γνωρίζω, αλλά σας παρακαλώ, αφήστε με να το κάνω με τον δικό μου τρόπο.», λέω κλαίγοντας.

«Αχ, Μπρίονι, συγνώμη, δεν ήθελα να σε αναστατώσω. Είμαι απλά σοκαρισμένη. Θέλω να σε βοηθήσω όσο μπορώ. Είναι πολύ δύσκολο να το διαχειριστώ.» Βγάζει τη ζώνη της και έρχεται πιο κοντά μου, κρατώντας το κεφάλι μου στο στήθος της. Νιώθω ωραία που έχω τη μαμά μου κοντά μου.

Ανάμεσα σε κλάματα, αρχίζω να τους εξηγώ ότι ένιωθα άβολα στο δωμάτιό μου, ότι η Μαργαρίτα ήρθε να με δει και προσφέρθηκε να με φροντίσει. Τους είπα πόσο ευγενικοί και καλοί ήταν εκείνη και ο Τζέφρι. «Είπαν ότι μπορείτε να τους τηλεφωνήσετε και να μιλήσετε μαζί τους όποτε θέλετε, αν σας βοηθάει αυτό.»

86 ΩΡΕΣ

Ταξιδεύουμε μέσω του Γκίφνοκ και είμαστε σχεδόν κοντά στο σπίτι. Η Τζένη στρίβει στην οδό Φένγουικ για την λεωφόρο Μέρημπουρν και μετά από μια κοντινή απόσταση σταματάει μπροστά στο σπίτι μας.

Κατεβαίνουμε όλοι από το αμάξι και προσπαθούμε να ξεφορτώσουμε τις βαλίτσες και να τις πάμε στην μπροστινή πόρτα. Όταν βλέπω τον μπαμπά να αγωνίζεται να ανοίξει, σπρώχνοντας την πόρτα με έναν πάκο από γράμματα από πίσω που έφτασαν όσο έλειπαν διακοπές, θυμήθηκα ότι είχα υποσχεθεί να ελέγχω το σπίτι κάθε δύο μέρες. Τους απογοήτευσα. Έχω μια λογική εξήγηση για να δικαιολογήσω τον εαυτό μου για την αποτυχία μου, δε λέω. Ωστόσο, μαλώνω τον εαυτό μου που δεν πέρασε να δει το σπίτι πριν πάω στο αεροδρόμιο. Τώρα είναι πολύ αργά για να κάνω οτιδήποτε. Αν και ο μπαμπάς και η μαμά δεν είπαν τίποτα, ελπίζω να μην είναι πολύ απογοητευμένοι μαζί μου.

Αφού βάλαμε τις αποσκευές στο χολ, καθίσαμε όλοι στις πολυθρόνες στο σαλόνι. Η μαμά χάρηκε όταν της έδειξα τα ψώνια που τους είχα κάνει. «Ευχαριστώ που το έκανες, αγάπη μου», λέει. «Νομίζω πως ένα φλιτζάνι τσάι θα ήταν καλό για όλους.»

«Τζένη, εκτιμώ πολύ το γεγονός ότι με πήγες να παραλάβω τους γονείς μου από το αεροδρόμιο. Με στήριξες πολύ όταν το είχα ανάγκη τις τελευταίες μέρες. Ξέρω πως είσαι η καλύτερη φίλη μου εδώ και πάνω από δέκα χρόνια, όμως αυτό που έκανες τώρα τελευταία, το απέδειξε περίτρανα», λέω. «Είναι σχεδόν έντεκα, και ξέρω ότι πρέπει να ξυπνήσεις νωρίς το πρωί. Δεν θα ήθελα να σου γίνω περισσότερο βάρος. Θα ήθελες να φύγεις»

Την πιάνω να ανταλλάσσει φευγαλέες ματιές με τον μπαμπά και την μαμά. Χωρίς αμφιβολία, τσεκάρει να δει αν τους πειράζει να με φροντίσουν χωρίς την βοήθειά της.

Βγάζει ένα χασμουρητό. «Ναι, έχεις δίκιο. Καλύτερα να πηγαίνω. Πάρε με να μου πεις πώς είσαι αύριο.» Σηκώνομαι να την αγκαλιάσω πριν φύγει. Και η μαμά, την αγκαλιάζει πριν φτάσει στην εξώπορτα και ο μπαμπάς της εκφράζει την ευγνωμοσύνη του.

«Τσάι για τρεις, λοιπόν,» λέει η μαμά,

παίρνοντας τη σακούλα με τα πράγματα που είχα φέρει.

Τις επόμενες δυο ώρες ίσως και παραπάνω, είπα στους γονείς μου για τις τέσσερεις τελευταίες μέρες. Ο μπαμπάς, ρωτάει ξανά για τα οράματα. Δεν ήθελα να το συζητήσω στο αμάξι, ούτε τώρα θέλω. Ωστόσο, τους δίνω μια γενική περιγραφή του περιεχομένου χωρίς να μπω σε λεπτομέρειες και μετά τους εξηγώ τι ανακάλυψε ο Τζέφρι και την υποψία μας ότι κάποιος με έχει βάλει στο στόχαστρο. Χωρίς να αναφέρω το Σαββατοκύριακο που πέρασα μαζί του, τους είπα και για τις σκέψεις που έκανα για τον Μάικλ και τον φίλο του τον Μπάρι, για την πιστωτική κάρτα και τις συναλλαγές και την συμπωματική τοποθεσία στο ΑΤΜ.

Είτε επειδή ήταν αργά, είτε εξαιτίας του μεγάλου ταξιδιού και της κούρασης ή επειδή έμαθαν για την δοκιμασία μου, δεν μπορώ να το ξέρω, αλλά είμαι σίγουρη πως το μαύρισμα του μπαμπά και της μαμάς είχε ήδη φύγει. Το πρόσωπο του μπαμπά φαίνεται σίγουρα χλωμό.

89 ΩΡΕΣ

Είμαστε όλοι εξουθενωμένοι και ακόμα δεν έχω αρχίζει να ρωτάω για το πιστοποιητικό της γέννησής μου. Ήθελα να μιλήσω στον μπαμπά, ιδιαιτέρως από την πρώτη στιγμή, αλλά μέχρι τώρα, δεν είχαμε την ευκαιρία να μείνουμε μόνοι. Θα πρέπει να περιμένει για κάποια άλλη μέρα, καθώς υποπτεύομαι ότι κανείς δεν έχει αυτή τη στιγμή τη δύναμη να το συζητήσει.

Πηγαίνω στην κρεβατοκάμαρά μου. Είναι ίδια από τότε που έφυγα για το δικό μου διαμέρισμα. Δεν έχει αλλάξει. Έχει ακόμα τις ίδιες αφίσες με τα αγαπημένα μου συγκροτήματα στον τοίχο που τις είχα από τα μαθηματικά μου χρόνια, τα ίδια παιχνίδια στο κρεβάτι και στο ράφι. Πλένομαι, αλλάζω και σκεπάζομαι με το πάπλωμα. Μερικά λεπτά αργότερα, έρχεται να με δει η μαμά. «Φώναξέ με αν χρειαστείς κάτι. Μην σκεφτείς την ώρα, απλά φώναξέ με,» λέει.

Αν και νιώθω πολύ κουρασμένη,

133 ΩΡΕΣ

κοιμάμαι ελαφρά. Δεν ξέρω πόση ώρα πέρασε, αλλά ακούω φωνές, τσακωμούς. Ακούω τη φωνή της μαμάς. «Ηρέμησε, Αρθουρ. Λες ανοησίες.»

Ο μπαμπάς λέει, «Στο λέω, θα βρω αυτό το αγόρι και θα του στρίψω το λαρύγγι. Θα τον κάνω να μετανιώσει που μας γνώρισε. Θα τον σκοτώσω.»

Η μαμά ξανά. «Αρκετά, Άρθουρ! Σώπασε. Δεν θέλεις να σε ακούσει η Μπρίονι.»

Προσπαθώ να ακούσω κι άλλο, αλλά τίποτα.

Κοιμάμαι ξανά. Οι εικόνες ξαναγυρίσουν στο μυαλό μου. Πάλι οι τρεις άντρες. Όσο φρικτοί κι αν είναι, δεν μου φαίνονται τόσο απειλητικοί τώρα που ξέρω ότι αυτά τα οράματα προέρχονται από βίντεο που έχω δει. Δεν ξέρω αν είναι επειδή τους βλέπω με περισσότερη διαύγεια, ή αν η επειδή τα κενά έχουν γεμίσει με όσα έμαθα, αλλά τώρα τις εικόνες τις βλέπω στην τηλεόραση. Επίσης, βλέπω κάπως καθαρότερα το δωμάτιο στο οποίο βρίσκομαι. Ίδιες εικόνες που είδα πριν. Η εντοιχισμένη τηλεόραση, ο πάγκος με τον υπολογιστή, το τραπέζι και οι καρέκλες, οι βαριές κουρτίνες. Αυτό θα είναι το δωμάτιο στο οποίο με κρατούσαν, δεμένη σε μια καρέκλα ενώ με ανάγκαζαν να βλέπω βίντεο πορνό. Κοιτάζω πάλι το τραπέζι, Βλέπω μία κούτα με μπουκάλια και μία ετικέτα: «κάτι φαρμακευτικά προϊόντα» γράφει. Δεν ξεχωρίζω τίποτα άλλο.

ΖΑΚ ΈΪΜΠΡΑΜΣ

Πρέπει να τρόμαξα ξανά. Ξυπνάω νιώθω άβολα, σαν να με παρακολουθούν. Ανάβω τη λάμπα του κομοδίνου, παρατηρώντας ότι είναι 5:14 π.μ. και βλέπω σειρές ματιών να με παρακολουθούν. Είναι το ράφι που κρατάει τις παιδικές μου κούκλες και βλέπουν όλες προς μένα. Γιατί τα κράτησα; Θα έπρεπε να τα πετάξω ή να τα δώσω. Είμαι ενήλικας. Τι κάνω με το δωμάτιό μου στοιβαγμένο με παιχνίδια; Είμαι είκοσι πέντε ετών, για όνομα του Θεού. Δεν έχω παίξει μαζί τους εδώ και χρόνια, πιθανότατα από το δημοτικό σχολείο.

Στον μπαμπά δεν αρέσει να πετάμε πράγματα, άρα θα πρέπει να το κληρονόμησα από εκείνον. Μπορεί να είναι ακόμα και στα γονίδιά μου αν είναι ο βιολογικός μου πατέρας. Το να μην τα ξεφορτωθώ είναι ένα θέμα. Αλλά το να τα κρατάω στο ράφι παραπάει. Θέλω να τα διώξω όλα, τις κούκλες, τις αφίσες, όλα όσα κρατάω, αλλά είναι νύχτα. Θα το κάνω το πρωί, αλλά προς το παρόν, θα τα κάνω να μην με παρακολουθούν. Σηκώνομαι από το κρεβάτι και αδειάζω το ράφι, τοποθετώντας τα παιχνίδια στο πάτωμα, σε μια γωνιά του δωματίου, αλλά τα τοποθετώ έτσι, ώστε να κοιτάζουν προς τον τοίχο.

95 ΩΡΕΣ

Μετά τη νυχτερινή μου δραστηριότητα, θα πρέπει αν κοιμήθηκα ήσυχα επειδή ξύπνησα στις 8:15 νιώθοντας ξεκούραστη. Δεν ακούω καμία δραστηριότητα στο σπίτι, έτσι, για να μην ξυπνήσω τους γονείς μου, πηγαίνω στο μπάνιο, στις μύτες των ποδιών μου για να πλυθώ πριν γυρίσω στο δωμάτιό μου και φορέσω το τζην μου και ένα πουλόβερ. Πηγαίνω ήσυχα κάτω στην κουζίνα και βάζω το κατσαρολάκι για να φτιάξω τσάι.

Πριν καλά-καλά αρχίσει το νερό να βράζει, εμφανίζεται ο πατέρας μου πίσω μου. Φαίνεται φρέσκος και ξεκούραστος και είχε ξαναβρεί το χρώμα του. Κλείνει ήσυχα την πόρτα και ψιθυρίζει, «Η μητέρα σου δεν έχει ξυπνήσει ακόμα. Συγνώμη για χτες το βράδυ. Παραφέρθηκα λιγάκι. Δεν έπρεπε. Έπαθα σοκ εξαιτίας όσων μας είπες.»

Δεν είμαι σίγουρη για το αν μιλούσε για την ανάκριση που μου έκανε εκείνος και η μαμά, ή για το απειλητικό του ξέσπασμα αργότερα. Δεν έχει και τόση σημασία, έτσι σηκώνω τους ώμους για απάντηση.

«Κοιμήθηκες καθόλου;» ρωτάει. «Σε άκουσα να κινείσαι μέσα στη νύχτα.»

«Πάρα πολύ καλά,» απαντώ και εξηγώ τι έκανα με τα παιχνίδια.

«Φαντάζομαι ότι τα έφαγαν τα ψωμιά τους», λέει. «Αν είσαι σίγουρη πως τελείωσες μαζί τους, μπορώ να φέρω μια κούτα για να τα μεταφέρουμε στο γκαράζ. Μπορείς να τα μαζέψεις εσύ, ή κι εγώ. Αν θέλεις, θα διαλέξουμε ένα νέο ντεκόρ και θα αλλάξουμε εντελώς το δωμάτιο. Φυσικά, αν σκοπεύεις να επιστρέψεις στο σπίτι.»

Απολαμβάνω την ανεξαρτησία μου, έτσι δεν είμαι σίγουρη για το πόσο καιρό θέλω να μείνω. Προς το παρόν, καλύτερα να αποφύγω κάποια βαθιά συζήτηση για τα σχέδιά μου τη στιγμή που δεν έχω. «Ωραίο θα ήταν», λέω, « αν και με τα παιχνίδια, θα ήθελα να πάω ένα βήμα παραπάνω και να τα χαρίσω. Υπάρχουν πολλά φιλανθρωπικά μαγαζιά που θα ήθελαν να τα έχουν.»

«Είναι δικά σου, κάνε τα ό,τι θέλεις, αλλά είσαι σίγουρη ότι δεν θέλεις να τα κρατήσεις;» Βλέποντας την περίεργη έκφρασή μου, προσθέτει, «για το μέλλον, για τα παιδιά σου να κάνεις ποτέ.» Αφού το ξανασκέφτηκε, χαμογέλασε και είπε, «Θα μου άρεσε πολύ να γίνω παππούς.»

«Μπαμπά!» Επιμηκύνω τη λέξη για να εκφράσω την αγανάκτησή μου

Εκείνος χαμογελάει. «Δεν έχει σημασία τί ηλικία έχεις, πάντα θα είσαι το μικρό μου κοριτσάκι.» Με παίρνει στην αγκαλιά του, ακουμπάει το κεφάλι μου στον ώμο του, και με κουνάει μπρος-πίσω. «Ξέρεις πως η μαμά σου κι εγώ σε αγαπάμε και θα κάναμε τα πάντα για να είσαι ευτυχισμένη.»

Είμαι ικανοποιημένη, μέσα στα δυνατά του χέρια, αισθάνομαι ασφαλής και προστατευμένη. Ωστόσο, μετά από λίγα δευτερόλεπτα, απομακρύνομαι. «Μπαμπά, έχω κάτι να σε ρωτήσω. Μπορούμε να καθίσουμε και να μιλήσουμε, σε παρακαλώ;»

«Αυτό ακούγεται σοβαρό. Φυσικά μπορούμε. Μπορείς να μου μιλήσεις για οτιδήποτε θέλεις, όποτε θέλεις.»

Καθόμαστε στο τραπέζι της κουζίνας απέναντι ο ένας από τον άλλον. Σκέφτομαι πώς να εκφραστώ καλύτερα. Κοιτάζω το κάλυμμα του τραπεζιού, δεν μπορώ να διατηρήσω την επαφή με τα μάτια.

«Έλα, κορίτσι μου, βγάλ' το.» Μπορεί να δει την διστακτικότητα μου.

Αρχίζω προσεκτικά. «Στο πλαίσιο της αστυνομικής έρευνας, πρέπει να ελέγξουν το ιστορικό μου, τη γενεαλογία μου».

«Λοιπόν;»

«Κοίταξαν το πιστοποιητικό γέννησής μου. Μπορεί να πρόκειται για κάποιο ανόητο, γραφειοκρατικό λάθος, αλλά είπαν...είπαν ότι είσαι καταγεγραμμένος ως ο βιολογικός μου πατέρας,» κάνω μια παύση για να τον κοιτάξω στο πρόσωπο. *«Είναι αλήθεια;»*

Μέσα σε ένα διάστημα λίγων δευτερολέπτων, η έκφραση του μπαμπά άλλαξε. Οι ώμοι του πέφτουν, το πρόσωπό του φαίνεται χαρακωμένο και σα να άλλαξε χρώμα. Είναι λες και γερνάει μπροστά στα μάτια μου. «Πάντα αναρωτιόμουν αν θα κάναμε αυτή τη συζήτηση κάποια μέρα. Νομίζω πως είναι καλύτερο να περιμένουμε την μητέρα σου πριν συνεχίσουμε.»

Υποθέτω πως αυτό σημαίνει «ναι». «Δεν ήξερα αν είναι αλήθεια και μετά σκέφτηκα πως αν ήταν αλήθεια, η μαμά μπορεί να μην το γνωρίζει. Γι' αυτό ήθελα να μιλήσουμε μόνοι για αρχή.»

Ο μπαμπάς γνέφει αλλά δεν λέει κουβέντα. Σε έναν απόλυτο συγχρονισμό, ακούμε βήματα, και μετά εμφανίζεται η μαμά στην κουζίνα.

Ο μπαμπάς της λέει για την ερώτησή μου. Εκείνη δαγκώνει τα χείλη. «Βλέπω ότι το νερό βράζει. Ας βάλουμε λίγο τσάι και μετά θα καθίσουμε και θα μιλήσουμε γι' αυτό.»

Τσάι! Η τέλεια απάντηση της μαμάς και η συνταγή της για τα πάντα, νομίζω. Δεν το βλέπω όμως να βοηθάει και τόσο για αυτό. «Τι να συζητήσουμε;» ρωτάω. «Είναι μια απλή ερώτηση.»

Η μαμά ετοιμάζει το τσάι. Μου έχει γυρισμένη την πλάτη καθώς μιλάει. «Δεν είναι τόσο απλή. Συνέβη πριν από πολύ καιρό.»

«Είμαι είκοσι πέντε χρονών, άρα θα

πρέπει να έγινε πριν είκοσι έξι χρόνια, αν υπολογίζω σωστά», λέω.

Η Μητέρα αγνοεί την λεκτική μου επίθεση. «Θέλουμε να καταλάβεις. Θα σου το λέγαμε πολύ πιο πριν αλλά δεν βρίσκαμε ποτέ την κατάλληλη στιγμή.»

Είμαι απογοητευμένη. Θέλω απαντήσεις και δεν έρχονται αρκετά γρήγορα. Όταν η μαμά γυρίζει, βάζοντας την τσαγιέρα και τα ποτήρια στο τραπέζι, βλέπω μεγάλη λύπη στο πρόσωπό της. Υπάρχουν δάκρυα στα μάτια της. Δεν ήθελα να είναι έτσι. Λυπάμαι που είμαι τόσο επιθετική.

Καθόμαστε όλοι και πίνουμε το τσάι μας έως ότου η μαμά αρχίζει επιτέλους να μιλάει.

«Ο πατέρας σου κι εγώ αγαπάμε τα παιδιά. Όταν πρωτοπαντρευτήκαμε, σκοπεύαμε να κάνουμε μεγάλη οικογένεια, αλλά δεν ήταν γραφτό. Είχα μια αποβολή ένα χρόνο μετά τον γάμο μας. Έξι μήνες αργότερα, διαγνώστηκα με έκτοπή κύηση. Υπήρξαν επιπλοκές. 'Έπρεπε ... « η Μαμά σωπαίνει για να σκουπίζει τα δάκρυά της με ένα χαρτομάντηλο και νιώθω και τα δικά μου μάτια να δακρύζουν.

«Χρειάστηκε να κάνω μια εγχείρηση. Παραλίγο να πεθάνω. Δεν μπορούσα να συλλάβω πια.»

Πήγα κοντά της για να πάρω το χέρι της και να το κρατήσω στο δικό μου. «Ήξερα ότι δεν μπορούσες να κάνεις παιδιά, αλλά δεν μου είχες εξηγήσει ποτέ το γιατί.'

«Ο πατέρας σου κι εγώ δεν σταματήσαμε

ποτέ να αγαπιόμαστε, αλλά περάσαμε ένα δύσκολο κανάλι. Όταν το σκέφτομαι, είμασταν κι οι δυο χαμηλών τόνων, αντιμετωπίζαμε τον πόνο μας, αλλά ήταν η πιο σκοτεινή περίοδος της ζωής μας.»

Ο μπαμπάς παίρνει το άλλο χέρι της μαμάς και το βάζει στο πρόσωπό του φιλώντας τα δάχτυλά της. «Ήταν τρομερό. Εκείνη την περίοδο, δεν υπήρχαμε, δεν ζούσαμε,» λέει. «Εγώ είχα τρελαθεί για ένα διάστημα. Ένιωσα ότι είχα χάσει τα πάντα. Ήμουν και ανόητος. Υπήρχε ένα κορίτσι που εργαζόταν στο ίδιο γραφείο με μένα και αρέσαμε ο ένας στον άλλον. Τι να πω; Δεν υπάρχει δικαιολογία. Είχαμε σχέση.»

«Η μητέρα μου, η βιολογική μου μητέρα;»

Ο μπαμπάς έγνεψε καταφατικά. «Το όνομά της ήταν Τερέζα, Τερέζα Κόνγουεη. Τέλος πάντων, έμεινε έγκυος. Όταν μου το είπε, εξήγησε ότι δεν θα έκανε έκτρωση αλλά δεν μπορούσε να κρατήσει και το μωρό. Προσφέρθηκα να την βοηθήσω ώστε να σε μεγαλώσει μόνη της. Της είπα ότι θα της έδινα χρήματα, αλλά εκείνη αρνήθηκε. Ήθελε να σε δώσει για υιοθεσία. Τότε τα εξομολογήθηκα όλα στην μητέρα σου.»

«Στην αρχή, νόμιζα πως ήθελα να την σκοτώσω,» λέει η μαμά. «Ενώ εγώ προσπαθούσα και παραλίγο να χάσω τη ζωή μου επειδή ήθελα να γίνω μητέρα και να γεννήσω το παιδί του πατέρα σου, εκείνη, ήταν έτοιμη να γεννήσει και να δώσει το παιδί. Τότε, άρχισα να σκέφτομαι ότι ίσως να ήταν γραφτό...ότι ο Θεός ήθελε να με αποζημιώσει που δεν έκανα παιδί.»

Ξαφνιάστηκα. Ποτέ δεν θεώρησα την μητέρα μου θρησκευόμενη και ακούγοντάς την να μιλάει έτσι, με παραξένεψε.

«Το συζητήσαμε. Ο πατέρας σου με γνώρισε στην Τερέζα και εκείνη συμφώνησε να μας το δώσει για υιοθεσία. Την στηρίξαμε κατά τη διάρκεια της εγκυμοσύνης και αμέσως μετά την γέννησή σου ολοκληρώσαμε τα χαρτιά και δώσαμε το ποσό που συμφωνήσαμε. Σε παρέδωσε σε μας.»

«Με αγοράσατε!» λέω έκπληκτη.

«Όχι, όχι, δεν έγινε καθόλου έτσι» λέει η μαμά. «Είχε ήδη αποφασίσει να σε δώσει για υιοθεσία. Απλώς κάναμε την διαδικασία πιο εύκολη για εκείνη.»

«Τι της συνέβη;» ρωτάω.

«Απ' ότι έμαθα, υπέφερε από κατάθλιψη. Έκανε λάθος παρέες και άρχισε τα ναρκωτικά,» λέει η μαμά.

«Τι! Η βιολογική μου μητέρα ήταν ναρκομανής;»

«Δεν είναι αυτό το θέμα, Μπρίονι. Δεν έπαιρνε ναρκωτικά πριν γεννηθείς. Το έκανε μετά. Πολύ αργότερα.» Λέει η μαμά.

«Δεν μπορεί να ήταν πολύ αργότερα. Δεν έζησε για πολύ,» λέω.

Η μαμά ξαφνιάστηκε που το ξέρω. Μοιάζει σα να είναι έτοιμη να με ανακρίνει, μετά σταματάει. «Πήρε την κατηφόρα πολύ γρήγορα.»

«Γιατί δεν μου είπατε τίποτα πιο νωρίς;» ρώτησα.

«Θέλαμε, αλλά δεν βρίσκαμε ποτέ την σωστή στιγμή», λέει η μαμά, επαναλαμβάνοντας τα λόγια που είχε πει νωρίτερα.

«Μου είπατε πως είχε μια ανίατη αρρώστια» λέω.

«Υποθέτω πως κατά έναν τρόπο είχε», απαντάει ο μπαμπάς. «Αυτό σημαίνει να είσαι εθισμένος στα ναρκωτικά, νομίζω.»

«Αφήστε τα κηρύγματα, σας παρακαλώ. Μου είπατε ότι με άφησε επειδή είχε μια ανίατη αρρώστια. Αυτό είπα κι εγώ στην αστυνομία, αλλά με διόρθωσαν»

«Λυπάμαι» είπε η μαμά. «Σου είπαμε ένα μικρό ψέμα επειδή ήσουν πολύ μικρή για να καταλάβεις την αλήθεια. Είχες δίκιο, όμως, έπρεπε να σου είχαμε πει την αλήθεια όταν μεγάλωσες.»

«Μα μπαμπά, γιατί δεν μου είπες ότι ήσουν ο βιολογικός μου πατέρας;»

Η μαμά απάντησε για κείνον. «Αυτό ήταν δικό μου λάθος. Θέλαμε να σε υιοθετήσουμε μαζί, να είμαστε ίσοι ως γονείς. Δεν ήθελα να νιώθεις τον πατέρα σου ως τον καν ονικό πατέρα σου κι εμένα να με θεωρείς μητριά σου.»

Ώστε τώρα ξέρω την αλήθεια.

Χρειάζομαι λίγο χρόνο μόνη μου. Επιστρέφω στην κρεβατοκάμαρά μου για να ξαπλώσω στο κρεβάτι. Σκέφτομαι τις νέες πληροφορίες που έμαθα. Φτωχή μαμά και μπαμπά. Τι φοβερή στιγμή που πρέπει να είχαν. Δύο αποτυχημένες εγκυμοσύνες που κορυφώθηκαν με τη στειρότητα. Θα πρέπει να τους έκανε κομμάτια. Όσο για την βιολογική μου μητέρα, θα πέρασε μια φρίκη. Πόσο λυπάμαι που δεν είχα ποτέ την ευκαιρία να την γνωρίσω. Θα ήθελα να μάθω περισσότερα για αυτήν. Μου φαίνεται ότι δεν ρώτησα αν είχε οικογένεια. Ίσως έχω θείους, θείες ή παππούδες που δεν έχω γνωρίσει, που θα μπορούσαν να μου πουν για αυτήν. Η δυσφορία που ένιωσα όταν έμαθα για τα προβλήματα ψυχικής υγείας της μεγεθύνεται τώρα που άκουσα για τα θέματα ναρκωτικών της. Η προοπτική οποιασδήποτε κληρονομικής αδυναμίας είναι ανησυχητική, ιδίως με το κενό της μνήμης μου.

Είμαι τόσο ευχαριστημένη που γνωρίζω περισσότερα για την καταγωγή μου αλλά και απογοητευμένη ταυτόχρονα. Τι κρίμα που η μαμά και ο μπαμπάς δεν μπορούσαν να μου τα έχουν πει όλα αυτά όταν ήμουν πιο νέα, αντί να περιμένω μέχρι να αναγκαστούν, ενώ αγωνίζομαι να αντιμετωπίσω τα τρέχοντα θέματα μου.

97 ΩΡΕΣ

Τώρα είναι σχεδόν δέκα το πρωί. Αποφασίζω να καλέσω τον Τζέφρι για να του πω τι έχω ανακαλύψει. Θέλω να ξέρει ότι το πιστοποιητικό γέννησής μου ήταν σωστό, για να σώσει και την αστυνομία από το να σπαταλήσει χρόνο για τον επανέλεγχο στον Έφορο.

Παίρνω το τηλέφωνό μου από το κομοδίνο όπου το άφησα και βλέπω ότι έχω μια αναπάντητη κλήση και ένα μήνυμα στον αυτόματο τηλεφωνητή. Το τηλεφώνημα ήταν από τον Μάικλ. Το φρύδι μου σηκώνεται. Γιατί μπορεί να με καλεί; Για να μου τα πει και από τηλέφωνο, ίσως;

Ελέγχω τον αυτόματο τηλεφωνητή μου, αλλά μόλις ακούσω τη φωνή του, τερματίζω την κλήση. Πρόκειται να το διαγράψω, αλλά αλλάζω γνώμη. Είναι απλώς πιθανό να είναι αποδεικτικά στοιχεία, νομίζω. Βλέπω από την οθόνη ότι έχω ένα μη αναγνωσμένο κείμενο. Είναι επίσης από τον Μάικλ. Επιμένει. Τώρα είμαι αρκετά περίεργη για να ανοίξω το μήνυμα.

Συγνώμη., Είπα ανόητα πράγματα. Δεν τα εννοούσα. Ήμουν θυμωμένος επειδή η αστυνομία ήρθε σε άσχημη ώρα και δεν μου είπαν περί τίνος πρόκειται. Δεν ήξερα τί σου συνέβη και φαντάστηκα ότι εσύ τα έκανες όλα αυτά επίτηδες. Είσαι καλά; Ας μιλήσουμε, σε παρακαλώ.

Δαγκώνω τα χείλη μου, σκεπτόμενη. Τι συμβαίνει; Γιατί ξαφνικά αυτή η αλλαγή; Υπάρχει κάποια αλήθεια σε αυτά που λέει; Λυπάται στ' αλήθεια, ή μήπως προσπαθεί να ρίξει στάχτη στα μάτια, ώστε να πάψω να τον υποπτεύομαι; Αν αυτή είναι η πρόθεσή του, τότε δεν πιάνει γιατί τώρα τον υποπτεύομαι ακόμα περισσότερο. Θέλω να μάθω τι σκαρώνει, αλλά αποκλείεται να του τηλεφωνήσω. Ίσως μπορέσει να μάθει ο Τζέφρι. Έτσι κι αλλιώς θα του τηλεφωνούσα.

Ο Τζέφρι απαντάει στο πρώτο χτύπημα. ' Χαίρομαι που μου τηλεφώνησες, γιατί ήθελα να σου μιλήσω αλλά ήταν πολύ νωρίς για να τηλεφωνήσω.»

Του είπα για τις αποκαλύψεις των γονιών μου και ακούω τον αναστεναγμό του. «Πώς νιώθεις γι' αυτό;» Ρωτάει.

«Για να πω την αλήθεια, είμαι πολύ σοκαρισμένη. Εντάξει, καταλαβαίνω το κίνητρό τους και ξέρω ότι πέρασαν μια κόλαση, αλλά το να με αφήσουν να φτάσω ως εδώ χωρίς να μου πουν τίποτα...και να τα μάθω όλα με αυτόν τον τρόπο... Ως τώρα η ζωή μου ήταν ένα ψέμα. Με κάνει να νιώθω...δεν ξέρω... προδομένη, θα το έλεγα μάλλον.»

«Σε καταλαβαίνω. Πρέπει αν σε σόκαρε, αλλά προσπάθησε να μην τους κρίνεις πολύ σκληρά. Πράγματι, θα έπρεπε να χειριστούν τα πράγματα καλύτερα και να ήταν πιο ειλικρινής μαζί σου, αλλά αυτό, αλλάζει το πώς νιώθεις εσύ γι' αυτούς; Είναι οι ίδιοι γονείς που σε αγάπησαν και σε φρόντισαν στη ζωή σου. Ακόμα σε αγαπούν και θέλουν το καλύτερο για σένα.»

«Ναι, υποθέτω. «Απλώς πρέπει να συνηθίσω στην ιδέα. Ωστόσο, με έκανε και πιο αποφασισμένη. Αν ξεπεράσω όλη αυτήν την απαίσια ιστορία, θέλω να μάθω περισσότερα για την βιολογική μου μητέρα. Θέλω να ξέρω αν έχω κάποια οικογένεια που δεν την έχω γνωρίσει ποτέ.»

«Νομίζω πως έχεις δίκιο», λέει ο Τζέφρι. «Θα σε βοηθήσει να δώσεις ένα τέλος σε όλα. Ίσως μπορέσω να σε βοηθήσω.»

«Είπες πως ήθελες να μου τηλεφωνήσεις», λέω. 'Εχεις καν ένα νέο;»

«Ναι, κάτι έχω», απαντάει. «Τίποτα οριστικό. Μετά τη συζήτησή μας εχτές, για τον Μάικλ και το άλοθί του τηλεφώνησα στον συνάδελφό μου στην Μορθράμπια για να μάθω τι έκαναν. Εξέτασε το θέμα, και με ξαναπήρε χτες βράδυ. Φαίνεται πως υπήρξε ένα λάθος.»

Η καρδιά μου ρίγησε. «Τι θέλεις να πεις;»

· · ·

«Ότι μου είπαν πριν, είναι όλα αλήθεια, αλλά όχι ολοκληρωμένα. Φαίνεται πως οι αστυνόμοι που πήγαν να τον δουν το Σάββατο, έφτασαν ακριβώς πάνω στην στιγμή που τον άφηνε η φίλη του. Του είπαν πως ήθελαν να του μιλήσουν και ζήτησαν να περάσουν μέσα. Ήταν αρνητικός. Είπε ότι βιαζόταν και ρώτησε περί τίνος πρόκειται πριν συμφωνήσει σε οτιδήποτε.»

«Ναι, γίνεται ανυπόμονος, ειδικά όταν αγχωθεί», είπα.

«Συνήθως, θα πρότειναν να του μιλήσουν ιδιωτικά, αλλά ήταν αυτός που επέμενε να το κάνει εκεί και τότε, προφανώς. Τον ρώτησαν για το πού βρισκόταν την προηγούμενη εβδομάδα και τους έδωσε το πρόγραμμα εργασίας του, το οποίο έδειχνε ότι δεν ήταν πουθενά κοντά στη Γλασκόβη. Έδωσε τον αριθμό του αφεντικού του, ώστε να μπορεί να επιβεβαιωθεί. Το όνομά σου αναφέρθηκε όταν ρώτησε περί τίνος πρόκειται. Είπε ότι είχε μήνες να σε δει. Αφού φανέρωσαν στο ψέμα του και τον ρώτησαν για το προηγούμενο Σαββατοκύριακο, η κοπέλα άρχισε να του φωνάζει και έφυγε.»

«Ωραία, αλλά τι το διαφορετικό υπάρχει σε αυτά που μου έχεις πει;» Ρωτάω.

«Ο έλεγχος που έκαναν τα δείχνει διαφορετικά. Το αφεντικό του επιβεβαίωσε το πρόγραμμα εργασίας του, από την περασμένη Δευτέρα έως την Παρασκευή, ξεκινώντας από το μεσημέρι της Δευτέρας στο Σάντερλαντ. Δεν τον ρώτησαν για το διάστημα ανάμεσα στην Παρασκευή το απόγευμα και την Δευτέρα το πρωί.»

«Ωω, Θεέ μου», είναι το μόνο που μπορώ και λέω.

«Τον επισκέφτηκαν σήμερα το πρωί για να τον ρωτήσουν για το επόμενο Σαββατοκύριακο. Πήγαν ξανά στο σπίτι του κατά τις οκτώ και τον βρήκαν πριν φύγει για την δουλειά. Παραδέχτηκε ότι έφυγε από την δουλειά το μεσημέρι της Παρασκευής. Είπε ότι έφυγε νωρίς επειδή είχε πονόλαιμο και φοβήθηκε μήπως είχε κάποιο κρύωμα. Είπε πως πέρασε το Σαββατοκύριακο στο διαμέρισμά του, με την φιλενάδα του να είναι μαζί τρου τον περισσότερο καιρό. Προσπάθησαν να επιβεβαιώσουν τον ισχυρισμό του μιλώντας στη φίλη - ή ίσως την πρώην φίλη για να είμαστε πιο ακριβής. Ωστόσο, δεν την έχει δει από το Σάββατο και δεν είναι στο σπίτι ή δεν απαντά στο τηλέφωνό της. Προσπάθησαν επίσης να ελέγξουν τους γείτονές του, αλλά χωρίς επιτυχία. Η ουσία είναι ότι δεν έχει κανέναν να επιβεβαιώσει την ιστορία του.»

Είπα στον Τζέφρι ότι προσπάθησε να μου τηλεφωνήσει ο Μάικλ το πρωί και για το μήνυμα που άφησε.

«Ααα! Όταν εξήγησαν τον λόγο για την επόμενη επίσκεψή τους, του είπαν ότι η έρευνα προέκυψε από την εξαφάνισή σου μεταξύ της Παρασκευής, μιας εβδομάδας πίσω και της Πέμπτης», εξηγεί ο Τζέφρι. «Από όσα μου είπαν, έδειξε ανησυχία. Είτε το φαντάζονταν είτε όχι, μπορούμε μόνο να μαντέψουμε.»

«Δεν θέλω να του μιλήσω», λέω.

«Δεν υπάρχει κανένας λόγος για τον οποίο πρέπει να το κάνεις. Υπάρχει ένας τρόπος που μπορείς να αποκλείσεις τον αριθμό του εάν θέλεις. Μπορώ να σου δείξω πώς, την επόμενη φορά που θα σε δω.»

«Ναι, νομίζω ότι θα ήθελα να το κάνω αυτό», λέω. «Λοιπόν, πού βρισκόμαστε τώρα;»

«Κάλεσα τη Ζωή για να δω αν είχε αποτελέσματα. Ήταν σε μια συνάντηση. Περιμένω από αυτήν να τηλεφωνήσει ξανά όταν λάβει το μήνυμά μου», λέει ο Τζέφρι.

«Καλύτερα να κάνω ειρήνη με τη μαμά και τον μπαμπά. Θα αναρωτιούνται τι μου συνέβη. Ενημέρωσέ με όταν μάθεις τίποτα.»

Δεν προλαβαίνω να κλείσω το τηλέφωνο, όταν ξαναχτυπάει. Είναι η Τζένη.

«Γεια, Μπρίονι. Σε πήρα για να μάθω πώς είσαι σήμερα.»

Μιλήσαμε για αρκετά λεπτά, συμφωνώντας να συναντηθούμε αργότερα μέσα στην εβδομάδα. Η συνομιλία δεν περιέχει τίποτα σημαντικό. Ελπίζω να είναι μια ένδειξη ότι επιστρέφω στην κανονικότητα.

Μιλώντας στην Τζένη, θυμάμαι ότι

πρέπει να τηλεφωνήσω στην Αλίσια. Μήπως δεν θέλω να κατέβω, αναρωτιέμαι; Υποθέτω πως ναι, αλλά είναι επίσης αλήθεια ότι θέλω να καλλιεργήσω αυτήν τη νέα φιλία και τώρα είναι μια καλή στιγμή για να καλέσω, καθώς η Αλίσια είναι πιθανό να βρίσκεται στο διάλειμμα για καφέ.

Όπως και με την Τζένη, δεν συζητάμε για τα πρόσφατα προβλήματά μου, αντ' αυτού μιλάμε για πιο συνηθισμένα θέματα: μουσική, ταινία και διακοπές. Είμαι πολύ συγκρατημένη καθώς κατεβαίνω τις σκάλες.

98 ΩΡΕΣ

Η μαμά και ο μπαμπάς είναι και οι δύο στην κουζίνα. Ο μπαμπάς κάθεται στο τραπέζι, δουλεύοντας μέσα από ένα βουνό αλληλογραφίας, κυρίως σκουπίδια, αρχειοθετώντας τα σε καθορισμένους σωρούς: να πληρώσει, να διατηρήσει, να διαβάσει αργότερα και να τα πετάξει στον κάδο. Η μαμά έχει σκυφτό το κεφάλι της, με ένα σημειωματάριο και ένα στυλό στο χέρι, κάνοντας μια λίστα αγορών.

Γυρίζει και με βλέπει, λέει: «Ήθελα να σε φωνάξω. Είδαμε το κατάστημα τροφίμων πριν ξεκινήσουμε διακοπές. Πάω στου Μόρισον για να ψωνίσω. Ήθελα να σε ρωτήσω αν υπάρχει κάτι που θα ήθελες να σου αγοράσω. Αν δεν έχεις τίποτα καλύτερο να κάνεις, ίσως θέλεις να έρθεις μαζί μας, οπότε μπορείς να επιλέξετε τα πράγματα που σου αρέσουν.»

Συνειδητοποιώ ότι δεν έχω να κάνω τίποτα, εκτός από ίσως να τηλεφωνήσω στην Μαργαρίτα. Δεν έχει νόημα να περιφέρομαι στο σπίτι. Πρέπει να πάω στη δουλειά, να έχω κάτι να κάνω για να απασχολώ το μυαλό μου. Θα την ρωτήσω αν μπορώ να επιστρέψω αύριο. «Ευχαριστώ, μαμά, θα το ήθελα. Πάω να αλλάξω.»

Πριν φύγω από το δωμάτιο, ακούω ξανά το τηλέφωνό μου να χτυπά. Όταν κοιτάζω την οθόνη, βλέπω τον Τζέφρι να καλεί. Ενώ ανεβαίνω τις σκάλες δυο-δυο, μπαίνω στην κρεβατοκάμαρά μου και πατάω για να αποδεχτώ την κλήση.

«Έμαθες κάτι από την Ζωή;» Ρωτάω με την αγωνία φανερή στη φωνή μου.

«Τηλεφώνησε. Δεν υπάρχουν πολλά μέχρι τώρα. Φαίνεται ότι τροφοδοτούμε τα αποτελέσματα.»

«Τι σου είπε;» Ρωτάω.

«Είναι αρκετά περίεργο», λέει ο Τζέφρι. «Τα πρώτα αποτελέσματα είναι οι τελευταίοι έλεγχοι που έκαναν. Δεν υπάρχει τίποτα ακόμη από την ιατρική σου εξέταση. Το κυνηγάει. Ωστόσο, έχει λάβει κάποιες προσωρινές πληροφορίες από το διαμέρισμά σου.»

«Αλήθεια; Υπάρχει κάτι σημαντικό;» Ρωτάω.

«Δεν ξέρω ακόμα. Εξαρτάται σε τι θα μας οδηγήσει. Συνέλεξαν πολλά αποτυπώματα και δείγματα ΝΤΙ ΕΝ ΕΙ, αλλά δεν τα έχουν ταυτοποιήσει ακόμα.

Είμαι ενθουσιασμένη. «Είπες ότι βρήκαν πολλά. Αυτό αποδεικνύει πως κάποιος ήταν στο διαμέρισμά μου; Το άτομο που με πήρε;»

«Μην προτρέχεις. Αποδεικνύει πως ένας αριθμός ατόμων ήταν στο διαμέρισμά σου, αλλά αυτό δεν σημαίνει απαραίτητα πως ήταν κάποιος άγνωστος ή κάποιος που δεν έπρεπε να είναι εκεί. Το επόμενο βήμα είναι να κάνουν έναν κατάλογο με το τί έχουν, μετά να αφαιρέσουν όσους περίμενες να είναι εκεί, και ύστερα θα δουν αν έμεινε κανείς που δεν έπρεπε.»

Η αρχική μου χαρά, ξεφούσκωσε λιγάκι. «Ώστε αυτό ήταν;»

«Όχι, μου είπε ότι πήραν ενδείξεις για αποτυπώματα από τα μπουκαλάκια με τα χάπια, τον φάκελο και τα χρήματα. Δεν υπήρχαν πολλά αποτυπώματα και τα μόνα που βρήκαν ήταν δικά σου, άρα δεν έχουμε να δούμε κάτι άλλο από κει, αλλά μπορείς να τα πάρεις πίσω. Ήταν το πρώτο που έμαθα για τα χρήματα.»

«Ποιον φάκελο και ποια χρήματα;» Ρωτάω.

«Τις διακόσιες λίρες που πάρθηκαν από το ΑΤΜ. Μου είπε πως υπέγραψες τον κατάλογο με ό,τι πήραν από το διαμέρισμά σου.»

«Τι; Δεν καταλαβαίνω.» Θυμάμαι ότι ο αξιωματικός μου είχε παραδώσει τα κλειδιά έξω από το εστιατόριο και μαζί μου έδωσε ένα χαρτί. Το εξηγώ στον Τζέφρι ενώ ψάχνω την τσάντα μου. Διαβάζω τον κατάλογο, βλέπω «έναν φάκελο με χρήματα» να είναι καταχωρημένα και σημειωμένα ότι βρέθηκαν σε ένα συρτάρι στην ντουλάπα μου. Δεν το είχα δει πριν. Είχα διαβάσει στα γρήγορα τον κατάλογο και δεν το κατάλαβα. Σκέφτηκα ότι όταν έγραφαν «χρήματα» θα εννοούσαν κάποια ψιλά. Δεν είχα φανταστεί ότι βρήκαν τα χρήματα που είχαν βγει από το ATM. Εξηγώ την σκέψη μου στον Τζέφρι.

«Μου είπε πως ήταν σε ένα συρτάρι με τα μάλλινα. Ήταν κρυμμένα κάτω από τα ρούχα και μέσα στον φάκελο ήταν και η κάρτα της τραπέζης.»

«Δεν το πιστεύω!» λέω. Αυτό σημαίνει πως όλα τα χρήματα που πάρθηκαν από την τράπεζά μου είναι υπολογισμένα. «Μα γιατί; Γιατί να το κάνει κάποιος αυτό;»

«Έχει κι άλλο, Μπρίονι. Ένα από τα μπουκαλάκι με τα χάπια περιείχαν τα στεροειδή που μας είπες, αλλά ένα άλλο με την ετικέτα «ασπιρίνη» περιείχαν χάπια έκσταση»

«Δεν είναι δυνατόν! Δεν παίρνω ναρκωτικά. Μου τα προσφέρουν συχνά, αλλά δεν είναι του γούστου μου.» Τρέμω στην ιδέα ότι βρέθηκαν ναρκωτικά στο διαμέρισμά μου. «Πρέπει να έβαλαν επίτηδες εκεί.»

«Υπάρχει και κάτι άλλο. Όταν ήταν στο διαμέρισμα, τα παιδιά πρόσεξαν ότι έχεις μετρητές ΣΜΑΡΤ.»

«Ναι», λέω. «Τους τοποθέτησαν πριν εγκατασταθώ.»

«Έλεγξαν τον προμηθευτή βοηθητικών προγραμμάτων σου - Scottish Power, νομίζω ότι είπε - και έχουν ιστορικό ίχνος χρήσης ηλεκτρικής ενέργειας και φυσικού αερίου. Δίνει μια πολύ ισχυρή ένδειξη ότι κάποιος χρησιμοποίησε το διαμέρισμα τη νύχτα.»

«Δεν καταλαβαίνω», λέω.

«Μπορούν να εντοπίσουν τι ενέργεια χρησιμοποιήθηκε και πότε. Έλεγξαν τον μετρητή στο μπόιλερ και σημείωσαν πότε ήταν δούλευε και πότε όχι, από την χρήση του αερίου, μπορούν να δουν πότε. Μετά, συνδέοντας το με την χρήση του ηλεκτρικού, μπορούν να δουν ποια ενέργεια χρησιμοποιήθηκε και πότε. Δεν βρήκαν κάτι άλλο. Μαντεύω, βασισμένος στο τι βρήκαν, ότι υπήρξε μια περιστασιακή χρήση φωτών, τηλεόρασης και υπολογιστή, μαζί με κάποιες στιγμές που χρησιμοποιούταν το ηλεκτρικό ντους.»

Είμαι άφωνη, τα συναισθήματά μου ταλαντεύονται μεταξύ σοκ και έκπληξης με την τεχνική τους τεχνογνωσία.

«Μπρίονι, είσαι καλά;» ρωτάει ο Τζέφρι.

Το ξόρκι έσπασε. «Ναι, μια χαρά. Συγνώμη. Αφαιρέθηκα για τα καλά. Αυτό που μου λες είναι πως γνωρίζουν πως κάποιος ζούσε στο διαμέρισμά μου». Σκέφτομαι τις περιπλοκές. «Νομίζουν ότι ήμουν εγώ; Πιστεύουν ότι πήρα ναρκωτικά και πως τα φαντάστηκα όλα, ή πως έχω κάποιου είδους κατάθλιψη;»

«Δεν λένε αυτό, αν και για να είμαι ειλικρινής, δε νομίζω ότι έχουν αποκλείσει κάποιες πιθανότητες», λέει ο Τζέφρι.

Κι εσύ; Σκέφτομαι. *Τι πιστεύεις εσύ;*

Για άλλη μια φορά νιώθω αμφιβολία για τον εαυτό μου. Δεν είμαι πολύ πιο κοντά στο να μάθω τι μου συνέβη κατά τη διάρκεια εκείνων των χαμένων ωρών, και τώρα υπάρχουν πολλά στοιχεία που υποδηλώνουν ότι δεν μου επιβλήθηκε τίποτα. Θα μπορούσα να είχα κάποιο είδος διανοητικής εκτροπής; Μπορεί να έχω ενεργήσει με έναν παράξενο τρόπο χωρίς να το συνειδητοποιήσω και να μείνω χωρίς ανάμνηση; Δεν πήγα στην δουλειά τη Δευτέρα, Τρίτη ή Τετάρτη. Μπορεί να έκανα ανάληψη των χρημάτων και να παρήγγειλα την τηλεόραση; Αλλά γιατί θα έκανα κάτι τέτοιο και γιατί θα γυρνούσα όλη την πόλη για αυτόν τον σκοπό; Ακούγεται απίστευτα παράξενο, αλλά είναι λιγότερο πιθανό από την εναλλακτική λύση; Γιατί να με απαγάγει κανείς και να κατασκευάσει αποδεικτικά στοιχεία για να κάνει όλους να αμφισβητήσουν τη λογική μου, συμπεριλαμβανομένου και εμένα; Ακόμα κι αν κάποιος θα μπορούσε να είχε ένα κίνητρο να το κάνει, πώς θα μπορούσε να το κάνει στην πράξη; Είναι αδιανόητο για μένα και όσο περισσότερο το σκέφτομαι, τόσο περισσότερο νιώθω να πονάει το κεφάλι μου.

Ακούω τη μαμά να με φωνάζει στον επάνω όροφο για να ρωτήσει αν είμαι έτοιμη να βγω. Έπρεπε να είμαι έτοιμη, μέχρι που τηλεφώνησε ο Τζέφρι και δημιούργησε αυτό το χάος. Αναρωτιέμαι αν θα ήταν καλύτερα να μείνω σπίτι. Μα γιατί;

Δεν έχω τίποτα να κάνω εδώ. Δεν μπορώ να μείνω μόνη μου. Όχι, πρέπει να αντιμετωπίσω την πραγματικότητα κάποια στιγμή και όσο πιο γρήγορα, τόσο το καλύτερο. «Έρχομαι», απαντώ, αλλάζω γρήγορα και πάω να την βρω.

99 ΩΡΕΣ

Νιώθω καλύτερα εκτός σπιτιού. Σπρώχνω το καροτσάκι με τα ψώνια στο μαγαζί ενώ η μαμά βάζει προϊόντα και τα αφαιρεί από την λίστα της.

Φύγαμε από τον διάδρομο των γαλακτοκομικών και κατευθυνόμαστε προς τον διάδρομο των γλυκών, όταν ακούω μια φωνή να φωνάζει το όνομά μου.

«Μπρίονι, εσύ είσαι;»

Γυρνώ και βλέπω μια γυναίκα να έρχεται προς το μέρος μου. Είναι η κυρία Ντάγκλας, η μητέρα της Τζένης. Χαμογελώ με δυσκολία.

«Έχω κάτι χρόνια να σε δω. Πώς είσαι;» Η κ. Ντάγκλας ρωτά και συνεχίζει χωρίς να περιμένει απάντηση. «Δεν θα περίμενα να σε δω εδώ αυτή την ώρα και μάλιστα Δευτέρα. Τι γίνεται; Έχεις ρεπό;»

Γιατί ρωτάει, τι μπορεί να ξέρει ήδη; Αναρωτιέμαι. Την περασμένη Πέμπτη, όταν η Τζένη μου ζήτησε να μείνω μαζί της, μου είπε ότι είχε πει στη μαμά της για την απαγωγή, αν και είπε ότι είχε υποσχεθεί να μην με ρωτήσει. Έχει ξεχάσει ήδη η κ. Ντάγκλας; Δεν είναι κάτι που θα ξεχάσει κάποιος, αλλά ίσως αυτό είναι. Ή θα μπορούσε να προσποιείται; Σε κάθε περίπτωση, η ερώτησή της φαίνεται γνήσια.

«Γεια σας, κυρία Ντάγκλας, χαίρομαι που σας ξαναβλέπω. Αυτή είναι η μητέρα μου. Δεν ξέρω αν θυμάστε η μία την άλλη μετά από τόσο καιρό. Η μαμά και ο μπαμπάς μόλις επέστρεψαν από τις διακοπές τους, οπότε πήρα ρεπό σήμερα για να τους βοηθήσω να εγκατασταθούν ξανά. Αυτό το μικρό λευκό ψέμα είναι κοντά στην αλήθεια, οπότε θα πρέπει να είναι πιο εύκολο να το πεις, νομίζω.

Η μαμά και η κυρία Ντάγκλας χαιρετούν η μία την άλλη θερμά ενώ εγώ κάνω πίσω.

«Είσαι τόσο τυχερή που έχεις μια κόρη που σε σκέφτεται», λέει η κυρία Ντάγκλας, και μου χαμογελά. «Δεν μπορώ ποτέ να δω την Τζένη μου αυτές τις μέρες.»

«Ω, γιατί αυτό;» Η μαμά ρωτάει, και εγώ, επίσης, αναρωτιέμαι για τι μιλά, καθώς θυμάμαι ότι η Τζένη έφυγε από το Χάμιλτον το Σάββατο το βράδυ για να δειπνήσει με τη μαμά της.

«Ξέρεις, πώς είναι οι νέοι άνθρωποι αυτές τις μέρες. Τεχνικά, ζει ακόμα στο σπίτι, αλλά τώρα σπάνια είναι εκεί. Με τη δουλειά της στο φαρμακείο κατά τη διάρκεια της ημέρας και στη συνέχεια με τη βοήθεια στον αδερφό της να δημιουργήσει την πρακτική της υπνοθεραπείας, είναι πολύ απασχολημένη. Ακόμα και τότε, την έβλεπα πολλές φορές, ειδικά κατά τις ώρες του γεύματος», ψιθυρίζει. «Αλλά αυτούς τους τελευταίους μήνες, αφού ζει με τον φίλο της, σπάνια είναι σπίτι, μέρα ή νύχτα».

Ξεροκαταπίνω με έκπληξη. Φίλος; Ποιος φίλος; Τι εννοεί; Αναρωτιέμαι.

Κοιτάζοντάς με, συνεχίζει. «Φαντάζομαι πως εσύ την βλέπεις πολύ πιο συχνά από μένα αυτές τις μέρες, έτσι δεν είναι; Νομίζω πως ο μόνος τρόπος για μένα να την δω είναι να κλείσω ραντεβού στην κλινική.» Η κυρία Ντάγκλας γελάει με το αστείο της.

Δυσκολεύομαι να καταλάβω αυτό που ακούω. Η Τζένη είχε έναν φίλο για μήνες και δεν μου έχει πει γι' αυτό. Ζει μαζί του τις περισσότερες φορές, αν πιστέψω τα όσα είπε η κυρία Ντάγκλας. Γιατί; Γιατί δεν μου το έχει πει; Ποιος είναι ο λόγος να μου το κρατήσει μυστικό; Είμαστε οι καλύτερες φίλες. Αν ήταν πριν από μήνες, τότε μπορεί να είχε ξεκινήσει περίπου την ίδια στιγμή με το χωρισμό μου από τον Μάικλ. Η Τζένη ήξερε ότι ήμουν αναστατωμένη τότε. Ίσως προσπαθούσε να προστατεύσει τα συναισθήματά μου και να μην μιλήσει για τη νέα της σχέση, γιατί θα νόμιζε ότι πονάω. Ήταν πάντα πολύ διακριτική με αυτά τα θέματα. Αλλά, αν έχουν περάσει μήνες, γιατί δεν μου το είπε από τότε; Μήπως το έκανε όπως η μαμά και ο μπαμπάς, που μου έκρυβαν πληροφορίες πιστεύοντας ότι έτσι με προστατεύουν και ποτέ δεν κατάφεραν να βρουν την

133 ΩΡΕΣ

κατάλληλη στιγμή να μου πουν την αλήθεια;

«Μπρίονι, κλείσε το στόμα σου πριν καταπιείς καμιά μύγα», λέει η μαμά, σπρώχνοντάς με. «Η κυρία Ντάγκλας σου έκανε μια ερώτηση.»

«Τι;» Ρωτάω, βγαίνοντας από την έκπληξή μου.

«Είπα, πως εσύ σίγουρα θα την βλέπεις πολύ περισσότερο αυτές τις μέρες, έτσι δεν είναι;» Επαναλαμβάνει.

«Την έχω δει μερικές φορές αυτό το Σαββατοκύριακο, αν και είναι κάπως ασυνήθιστο αυτό», απαντώ με πλήρη ειλικρίνεια. Θέλω να μάθω περισσότερα, αλλά δεν θέλω να καταλάβει ότι ζητάω πληροφορίες.

«Τον συμπαθείτε τουλάχιστον;» Ρωτάω.

«Δεν τον έχω γνωρίσει, αν και το προσπαθώ. Ζήτησα από την Τζένη να τον φέρει σπίτι για τσάι, για να τον δω, αλλά είναι πάντα απασχολημένοι με τις δουλειές τους. Γνωρίστηκαν από έναν κοινό τους φίλο, νομίζω. Θα έλεγε κανείς πως θα ήθελε να γνωρίζει τους δικούς της, αλλά ξέρω ότι αυτοί οι Αμερικάνοι είναι κάπως περίεργοι.»

Είναι Αμερικάνος. Αρχίζω να μαθαίνω περισσότερα. Χαμογελάω, ενθαρρύνοντάς την να συνεχίσει.

«Νομίζω πως η Τζένη φοβάται ότι θα ντροπιάσω. Δεν μπορώ να θυμηθώ ποτέ σωστά το όνομά του. Πώς προφέρεται; Ντουέην, Ντουέηντ, Ντουίμπ;»

«Ντουάιτ;» λέω ανακλαστικά.

«Μια, ναι, φυσικά. Ντουάιτ, αυτό είναι. Θα περίμενες να το θυμηθώ. Αυτό το όνομα δεν είχε κι ένας Αμερικάνος πρόεδρος;»

«Ναι, ο Αϊζενχάουερ», απαντάει η μαμά.

Τώρα είμαι ακόμα πιο έκπληκτη. Ο μυστηριώδης φίλος της Τζένης είναι ο Ντουάιτ. Ο δικός μου Ντουάιτ, που εργάζεται στο γραφείο μου. Καλά, υποθέτω πως είναι αυτός. Πόσοι άλλοι άντρες Αμερικάνοι που έχουν το όνομα Ντουάιτ ζουν και εργάζονται στην Γλασκώβη; Είπα «άντρες» επειδή αν είναι αυτός ο Ντουάιτ, είναι πολύ μεγαλύτερος από εμάς. Πρέπει να έχει κλείσει τα τριάντα. Η Τζένη πάντα μου έλεγε για τα αγόρια που είχε. Έτσι κάνουν οι καλύτερες φίλες. Τότε, γιατί μου έκρυψε κρυφή την σχέση της με τον Ντουάιτ; Φοβήθηκε ότι δεν θα τον εγκρίνω, ίσως εξαιτίας της ηλικίας του, ή μήπως υπάρχει κάποιος άλλος λόγος; Όχι, δεν μπορεί να είναι θέμα ηλικίας. Η Τζένη πάντα έβγαινε με μεγαλύτερους άντρες. Μήπως επειδή δουλεύει στο ίδιο γραφείο με μένα, και νιώθει την ανάγκη να μας κρατήσει μακριά; Η Τζένη είναι σαν εμένα, θέλει να τα έχει όλα οργανωμένα κατά τον δικό της τρόπο.

Αλλά πώς γνωρίστηκαν αυτοί οι δύο; Η κυρία Ντάγκλας είπε ότι νόμιζε πως γνωρίστηκαν στο γραφείο ενός φίλου. Σκέφτομαι, ότι μάλλον εγώ θα ήμουν αυτή η φίλη. Θυμάμαι την πρόσκληση της Τζένης σε μια βραδινή έξοδο λίγο μετά την ένταξή μου στο Άρτσερς. Η εταιρεία πληρώνει τα πάντα και μας επιτρέπεται να φέρουμε έναν συνεργάτη ή φίλο. Ήταν μετά το χωρισμό μου από τον Μάικλ, οπότε ρώτησα τη Τζένη. Δεν μπορώ να θυμηθώ πολλά για τη νύχτα. Επειδή ήμουν νέα, δεν ήξερα πολλούς ανθρώπους και ήθελα απελπισμένα να κάνω καλή εντύπωση. Δεν νομίζω ότι η Μαργαρίτα ήταν εκεί, αν και πέρασα πολύ το βράδυ μιλώντας με τον διευθυντή, τον Στιούαρτ Ρόνσον. Ξέρω ότι η Τζένη ήταν εκεί επειδή κλείσαμε ταξί για να πάμε μαζί, αλλά δεν θυμάμαι να περνάω χρόνο μαζί της.

Μήπως την εγκατέλειψα; Μήπως γνώρισε τον Ντουάιτ εκεί και έγιναν φίλοι χωρίς καν να το καταλάβω εγώ; Κανείς από τους δύο δεν ανέφεραν τίποτα σε μένα από τότε. Αν εγκατέλειψα την Τζένη σε μια παρέα ανθρώπων που δεν γνώριζε, τότε ήταν μεγάλο λάθος μου, αλλά δεν το ήθελα. Ίσως η Τζένη να ενοχλήθηκε και δεν μου το είπε. Ίσως το βρήκε ασυγχώρητο.

«Μπρίονι! Μπρίονι, είσαι εδώ;» Η μαμά διακόπτει τις σκέψεις μου.

«Ναι, τι είναι;» ρωτάω.

«Η κυρία Ντάγκλας μόλις σε ρώτησε τι γνώμη έχεις για τον Ντουάιτ. Νιώθεις καλά; Σα να χλόμιασες λιγάκι και φαίνεται πως το μυαλό σου δεν είναι στην συζήτηση.»

«Ωω, συγνώμη. Όχι, είμαι καλά, αλήθεια. Απλώς νιώθω λίγο κουρασμένη γιατί δεν κοιμήθηκα πολύ.» Μετά, γυρνώντας στην κυρία Ντάγκλας, λέω. «Όσο για τον Ντουάιτ, τον γνωρίζω λιγάκι, επειδή εργάζεται στο ίδιο γραφείο με μένα. Πάντα μου φαινόταν εντάξει τύπος, αλλά δεν θυμάμαι να έχουμε βγει ποτέ με εκείνον και την Τζένη.»

Μιλήσαμε για λίγα λεπτά ακόμα πριν η μαμά μας διακόψει ζητώντας συγνώμη και λέγοντας ότι πρέπει να προχωρήσουμε γιατί πρέπει να γυρίσουμε σπίτι όπου μας περιμένει ο μπαμπάς.

Μόλις απομακρυνόμαστε, η μαμά ρωτά ξανά αν είμαι εντάξει, λέγοντας ότι φαινόμουν περίεργη.

Της εξηγώ την έκπληξή μου που ανακάλυψα ότι η Τζένη έχει έναν σοβαρό φίλο που εργάζεται στο γραφείο μου και αυτή είναι η πρώτη φορά που το άκουσα.

«Νόμιζα ότι ήταν η πιο στενή σου φίλη», λέει η μαμά.

«Κι εγώ το ίδιο. Πρέπει να της τηλεφωνήσω όταν πάμε σπίτι. Θέλω να μάθω τι συμβαίνει;»

Πήραμε και τα υπόλοιπα πράγματα από τη λίστα της μαμάς. Η μαμά είπε ότι θέλει να αγοράσει ένα μεγάλο μπουκέτο λουλούδια για να τα δώσει στην Μαργαρίτα και τον Τζέφρι, σαν ένα μικρό ευχαριστήριο δώρο που με φρόντισαν. Ελέγξαμε τα ψώνια, και γυρίσαμε στο σπίτι. Βοήθησα να τα τακτοποιήσουμε πριν ορμήξω πάνω για να πάρω τηλέφωνο την Τζένη. Ακούω τα λόγια της μαμά στα αφτιά μου. «Θα σου φτιάξω μια τονοσαλάτα. Θα κατέβεις ή θα την φας στο δωμάτιό σου;»

«Θα κατέβω», απαντώ, μετά κάθομαι στο

κρεβάτι και συγκεντρώνομαι στο τηλεφώνημα της Τζένης. Παίρνω τον αριθμό της.

«Γεια, Μπρίονι, είσαι καλά;» ρωτάει. Όλοι μου κάνουν την ίδια ερώτηση αυτές τις μέρες.

Αν και θέλω πληροφορίες, ξέρω πως πρέπει να το κάνω με προσοχή. «Πήγα για ψώνια με τη μαμά μου και πέσαμε πάνω στην δική σου, στου Μόρισον.»

«Ααα...» απαντάει και η φωνή της ακούγεται φοβισμένη.

«Ναι, μου έλεγε ότι σπάνια είσαι στο σπίτι αυτές τις μέρες. Είπε επίσης, ότι έχεις καινούργιο αγόρι.»

Ησυχία.

«Τζένη, εκεί είσαι;»

«Ναι». Η φωνή της είναι στεγνή.

«Είπε ότι το αγόρι σου είναι Αμερικάνος... και πως τον λένε Ντουάιτ. Είναι ο ίδιος που δουλεύουμε μαζί, αυτός από του Άρτσερ;»

«Ναι.»

«Τζένη, γιατί δεν μου το είπες; Φυσικά, χαίρομαι για σένα. Αλλά δεν καταλαβαίνω. Πώς γίνεται να βγαίνεις με συνάδελφό μου και να μην μου το λες; Γιατί δεν είπε κανένας σας τίποτα; Είστε μήνες μαζί, απ' ότι μου είπε.»

Γίνεται μια μικρή παύση, μετά η Τζένη απαντάει, με κρύο τόνο. «Δεν γυρίζουν όλα γύρω από σένα, Μπρίονι. Άκου, είμαι στη δουλειά. Δεν μπορώ να μιλήσω τώρα. Θα το συζητήσουμε μια άλλη στιγμή.» Το τηλέφωνο νεκρώνει.

Παραμένω καθισμένη, κοιτάζοντας το αποσυνδεδεμένο ακουστικό για μερικές στιγμές. Τι εννοούσε με το σχόλιό της; Είπε ότι δεν γυρίζουν όλα γύρω από μένα. Υπήρξε κάτι στη ζωή της για το οποίο δεν ξέρω; Κάτι για το οποίο δεν με νοιάζει αρκετά για να το παρατηρήσω; Ή με κατηγορεί για εγωισμό; Δεν μπορώ να αρνηθώ ότι έχω εμμονές κατά τη διάρκεια αυτών των τελευταίων ημερών, αλλά δεν είναι κατανοητό μετά από όσα έχω περάσει; Ίσως απλά φτιάχνω δικαιολογίες.

Ίσως λέει ότι είμαι πάντα εγωίστρια. Δεν είμαι ναρκισσιστική, έτσι; Πώς θα ξέρω αν ήμουν; Σίγουρα και μόνο το γεγονός ότι αναρωτιέμαι αν θα μπορούσα να είμαι, διασφαλίζει ότι δεν είμαι. Αλλά ήμουν καλή φίλη; Γνωρίζω την Τζένη για χρόνια. Ήμασταν πολύ στενές φίλες και κάναμε τα πάντα μαζί για όσο μπορώ να το θυμάμαι. Έχουμε κοινωνικοποιηθεί, βοηθήσαμε ο ένας τον άλλον. Ήμασταν εκεί η μία για την άλλην... ή όχι; Μήπως μεγάλωσα περιμένοντας την φιλία και την υποστήριξη της Τζένης χωρίς να είμαι πάντα εκεί για αυτήν;

Τις τελευταίες μέρες, η Τζένη ήταν ο βράχος μου. Με πήγε οπουδήποτε ήθελα να πάω και δεν ζητά τίποτα. Όχι μόνο αυτές τις τελευταίες μέρες, αλλά όταν χώρισα με τον Μάικλ, ήταν εκεί για να με βοηθήσει και να με παρηγορήσει. Ήταν το πρώτο άτομο στο οποίο γύρισα, πριν από δύο εβδομάδες, μετά το Σαββατοκύριακο που ο Μάικλ επέστρεψε στη Γλασκόβη, όταν ένιωθα εγκαταλελειμμένη. Τι έχω κάνει εγώ ποτέ γι' αυτήν; Μπορώ να σκεφτώ κάθε είδους πράγματα που έχουμε κάνει μαζί, όπου αλληλοϋποστηριχτήκαμε. Μελέτη, κοινωνικοποίηση, επιλογή ρούχων, πολλές καλές στιγμές. Όμως, όσο κι αν προσπάθησα, δεν θυμάμαι καμία περίσταση όπου η Τζένη βασίστηκε σε μένα όπως εγώ σε εκείνην. Υπήρξε μια στιγμή που χρειαζόταν τη βοήθειά μου και δεν ήμουν εκεί, ή απλά δεν το είχα προσέξει;

Προσπαθώ να αναλύσω τη σχέση μας πιο σκληρά. Για χρόνια, ήμασταν κοντά, κάναμε παρέα συχνά, όμως τώρα, όταν το σκέφτομαι, βλέπω πως τον τελευταίο χρόνο υπήρξε μια απομάκρυνση. Όταν ήμουν με τον Μάικλ, είχα λιγότερο χρόνο για κείνην, αλλά σίγουρα αυτό ήταν αναμενόμενο; Υπήρξαν στιγμές που είχαμε και οι δύο αγόρια και αυτό απέτρεπε την προσοχή η μίας της άλλης. Μερικές φορές βγαίναμε ραντεβού μαζί, αλλά πιο συχνά βγαίναμε μαζί και μιλούσαμε, είτε κατ' ιδίαν ή στο τηλέφωνο. Θυμάμαι για το τελευταίο αγόρι που μου μίλησε η Τζένη. Θα πρέπει να έχει περάσει πάνω από ένας χρόνος. Πρέπει να ήταν πολύς καιρός πριν γνωρίσει τον Ντουάιτ. Τι ασυνήθιστο! Σκέφτομαι προσεχτικά. Μήπως από τότε σταμάτησε να μου λέει διάφορα; Μήπως έπαψε να μου τα εκμυστηρεύεται επειδή σκέφτηκε ότι ήμουν μια εγωίστρια και ότι με ενδιέφερε μόνο ο εαυτός μου;

«Μπρίονι, είσαι καλά; Δεν θα κατέβεις για μεσημεριανό;» Ήμουν τόσο απορροφημένη στις σκέψεις μου, που είχα ξεχάσει ότι η μαμά με περίμενε να κατέβω για φαγητό. Κατεβαίνω τα σκαλιά, πολύ προβληματισμένη.

101 ΩΡΕΣ

Μπαίνω στην κουζίνα και βλέπω τη μαμά και τον μπαμπά να με περιμένουν. Το τραπέζι είναι στρωμένο με ένα πιάτο σε κάθε θέση που περιέχει ένα βραστό αβγό, κομμένο στη μέση, φέτες καπνιστού σολομού και τόνο με μαγιονέζα. Υπάρχουν μπολ στο κέντρο του τραπεζιού με πράσινες σαλάτες, αναμιγμένες με τομάτες και με σως σαλάτας από το Δελχί.

Ο μπαμπάς κρατάει ένα μπουκάλι Μερλό και ένα ανοιχτήρι. «Είναι η τελευταία μου ευκαιρία για να πιω ένα ωραίο κρασί με το μεσημεριανό μου. Από αύριο γυρίζω στη δουλειά.»

«Τώρα θυμήθηκα ότι θέλω να τηλεφωνήσω στην Μαργαρίτα και να της ζητήσω να ξαναπάω στη δουλειά», λέω.

«Είσαι σίγουρη πως θέλεις να το κάνεις αυτό, Μπρίιονι; Δεν ξέρω αν είσαι έτοιμη ακόμη. Φαίνεσαι αρκετά αφηρημένη σήμερα.» Λέει η μαμά.

«Όχι, εκτιμώ το ενδιαφέρον σου, αλλά

δεν θέλω να νιώθω παγιδευμένη. Δεν θα αντέξω να είμαι συνέχεια κλεισμένα μέσα στο σπίτι όλη την ημέρα. Δεν ξέρω πώς το κάνεις εσύ, μαμά.» Πριν καλά -καλά ξεστομίσω τις λέξεις, το έχω ήδη μετανιώσει, βλέποντας το πεσμένο πρόσωπο της μαμάς.

«Συγνώμη, δεν εννοούσα... αυτό που ήθελα να πω, είναι πως έχω ανάγκη να εργαστώ για να απασχολήσω το μυαλό μου να μην σκέφτεται όσα πέρασα.» Ως άσκηση περιορισμού των ζημιών, το επίπεδο επιτυχίας μου είναι σχεδόν διακριτό. Κλαίω μου για την αναισθησία μου. Πρέπει να προσπαθήσω να είμαι πιο προσεκτική και να σκέφτομαι πριν μιλήσω.

Καθώς το συνειδητοποιώ αυτό, αρχίζω να ανησυχώ μήπως η απρόσεκτη αναισθησία μου μπορεί να μην είναι κάτι νέο που προκαλείται από την απαγωγή μου. Είναι αυτός ο πραγματικός εαυτός μου; Καταπατώ πράγματι τα συναισθήματα άλλων ανθρώπων; Μπορεί να είναι αλήθεια ότι είμαι τόσο εγωίστρια; Αυτό θα μπορούσε να είναι ο λόγος που η Τζένη σταμάτησε να με εμπιστεύεται. Τα ακριβή της λόγια ήταν: «δεν γυρνάνε όλα γύρω από σένα.» Είναι σύμπτωση το πώς φέρθηκα στην οικογένειά μου, τους φίλους, τους συναδέλφους μου; Θα μπορούσα να κακοποιήσω κάποιον τόσο άσχημα, που να αποζητούσε την εκδίκηση. Θα μπορούσε αυτός να είναι ο λόγος για την απαγωγή μου;

«Συγνώμη, μαμά, αλήθεια. Δεν

εννοούσα ό,τι είπα. Είχες δίκιο όταν είπες ότι είμαι κάπως αφηρημένη. Το μυαλό μου είναι ακόμα λιγάκι μπερδεμένο και βγαίνουν λέξεις από το στόμα μου χωρίς να το θέλω.»

«Ακριβώς αυτό εννοούσα, Μπρίονι, αν δεν σκέφτεσαι ακόμα καθαρά, ίσως δεν είναι καλή ιδέα να γυρίσεις στη δουλειά. Μπορεί να κάνεις περισσότερο κακό παρά καλό», λέει η μαμά.

«Καταλαβαίνω τι θέλεις να πεις, αλλά θέλω να μιλήσω στην Μαργαρίτα. Θα ήθελα να την ρωτήσω να υπάρχει κάτι να κάνω ώστε να νιώσω χρήσιμη και έτσι να επιστρέψω στην κανονικότητα, ακόμα σιγά-σιγά.»

Η μαμά σηκώνει τους ώμους και ο μπαμπάς προσθέτει, «Αν νιώθεις σίγουρη».

Κρίνοντας από τον τόνο της Μαργαρίτας, χάρηκε που με άκουσε. Άκουσε την παράκλησή μου και μου είπε ότι θα τηλεφωνήσει ξανά. Δεκαπέντε λεπτά αργότερα, τηλεφώνησε. «Μίλησα με τον Στιούαρτ και συμφωνήσαμε στο τι μπορούμε να κάνουμε. Έχουμε μια νέα υπόθεση και χρειάζεται να γίνει πολύ έρευνα για αρχή. Είναι γραφική εργασία, τηλεφωνική και στον υπολογιστή. Είναι σχετικά εύκολη δουλειά και είμαστε σίγουροι ότι θα τα βγάλεις πέρα μια χαρά, αφού θέλεις να γυρίσεις.»

ΖΑΚ ΈΪΜΠΡΑΜΣ

«Ακούγεται τέλειο», λέω.

«Νομίζουμε ότι θα ήταν καλύτερο να το πας σιγά-σιγά για να δεις πώς θα τα πας. Για αρχή, θα εργαστείς ημιαπασχόληση. Έλα αύριο στις δέκα και θα τελειώσεις κατά τις δύο ή τρεις. Μετά, θα αναλαμβάνουμε εμείς.»

104 ΩΡΕΣ

Αργά το απόγευμα, λαμβάνω άλλο ένα τηλεφώνημα από τον Τζέφρι. «Έχω και μερικές άλλες πληροφορίες» αρχίζει να λέει, «άλλες καλές, άλλες άσχημες».

Είμαι φοβισμένη. «Ξεκίνα πρώτα με τις άσχημες. Θέλω να τελειώνουμε με αυτές. Μετά, οτιδήποτε άλλο θα με χαροποιούσε.»

«Εντάξει. Η Ζωή είπε ότι οι τεχνικοί τελείωσαν με τον υπολογιστή σου και μπορείς να τον πάρεις.»

«Αυτό δεν ακούγεται και τόσο άσχημο», λέω, αναρωτώντας για το αν πρέπει να νιώσω ανακούφιση.

«Δεν είναι. Αυτό που βρήκαν είναι το άσχημο.»

Προσπαθώ να θυμηθώ αν υπάρχει κάτι στον υπολογιστή που θα μπορούσε να είναι προβληματικό. Αν και το χρησιμοποιώ περιστασιακά για δουλειά, για μένα, ο κύριος σκοπός του είναι η κοινωνική δικτύωση και η πρόσβαση στο YouTube. Περιστασιακά παίζω παιχνίδια, αλλά δεν παίζω σε καζίνο και δεν με ενδιαφέρει να έχω πρόσβαση σε παράνομους ιστότοπους. Στη συνέχεια, μια ανάμνηση μου έρχεται και νιώθω ένα ανακάτεμα στο στομάχι μου. Έχω κατεβάσει περιστασιακά ταινίες ή μουσικά βίντεο. Ίσως τα άσχημα νέα που έχει ο Τζέφρι είναι ότι έχω παραβιάσει κάποια πνευματικά δικαιώματα και θα διωχθώ. «Συνέχισε», λέω, φοβούμενη για τι πρόκειται να ακούσω.

«Οι τεχνικοί μπόρεσαν να έχουν πρόσβαση στο αρχείο καταγραφής και το ίχνος του μηχανήματος κατά τη χρήση του. Φαίνεται ότι ήταν ενεργοποιημένο και χρησιμοποιήθηκε κατά τη διάρκεια της νύχτας την Παρασκευή, το Σάββατο και την Κυριακή κατά τον χρόνο που έλειπες. Σε κάθε μια από αυτές τις περιπτώσεις, χρησιμοποιήθηκε για πρόσβαση σε ιστότοπους πορνό, συμπεριλαμβανομένων των βίντεο με τους τρεις άντρες.»

«Ω Θεέ μου», είναι το μόνο πράγμα που καταφέρνω να πω.

«Τα όχι και τόσο καλά νέα, είναι πως η Ζωή σκέφτεται σοβαρά ότι ήσουν η μόνη στο διαμέρισμά σου που τα είδε.»

Ανασαίνω βαριά, προσπαθώντας να ηρεμήσω. «Είπες ότι υπάρχουν και καλά νέα», λέω.

«Πρώτα απ' όλα, μια ενημέρωση σχετικά με τις δοκιμές που έγιναν στο διαμέρισμά σου. Ταυτοποίησαν μερικές από τις εκτυπώσεις και βρέθηκε το ΝΤΙ-ΕΝ-ΕΙ σου, όπως αναμενόταν, αλλά και της Τζένης, της

Αλίσια και κάποιον που είναι πολύ κοντά σου, κάτι που υποθέτουμε ότι είναι ο πατέρας σου. Έχουμε επίσης ασύγκριτα δεδομένα για άλλες δύο γυναίκες, ίσως τη Μαργαρίτα και τη θετή μαμά σου και δύο άλλους άνδρες, μέχρι στιγμής αγνώστων στοιχείων. Για σκοπούς εξάλειψης, μπορείς να μας πεις ποιοι βρισκόντουσαν στο διαμέρισμά σου πρόσφατα;»

Αδίκως, γνέφω στο τηλέφωνο, ένα αίσθημα απογοήτευσης με κυριεύει. «Για ποια χρονική περίοδο;» Ρωτάω.

«Τυχόν αποτυπώματα θα έχουν διαγραφεί την τελευταία φορά που καθάρισες το διαμέρισμά σου. Το ίδιο και κάθε ΝΤΙ ΕΝ ΕΙ πάνω στα σεντόνια του κρεβατιού, αν και μερικά ίχνη διαρκούν περισσότερο. Γι' αυτό, κυρίως, πρέπει να βρούμε ποιος είχε λόγο να είναι εκεί, ας πούμε, τις τελευταίες δυο εβδομάδες.»

Προσπαθώ να θυμηθώ πότε καθάρισα το διαμέρισμα τελευταία. Ντρέπομαι φυσικά, αλλά ήταν πριν κάμποσο καιρό, μερικές μέρες πριν το Σαββατοκύριακο που με επισκέφτηκε ο Μάικλ. Σκόπευα να το καθαρίσω εξονυχιστικά το επόμενο Σαββατοκύριακο, αλλά δε συνέβη ποτέ. Άλλαξα τα σεντόνια του κρεβατιού μετά αφού έφυγε ο Μάικλ, αλλά τα βρώμικα σεντόνια και τις μαξιλαροθήκες στα άφησα στο καλάθι των άπλυτων. Το υπόλοιπο, ούτε που το ξεσκόνισα καν.

Νιώθοντας ντροπή, εξηγώ στον Τζέφρι την κατάσταση, και βάζουμε την Αλίσια, την Μαργαρίτα και την Τζένη στον κατάλογο, από την περασμένη Πέμπτη, με την Τζένη να

Νιώθοντας ντροπή, εξηγώ την κατάσταση στον Τζέφρι και η Αλίσια, η Τζένη και η Μαργαρίτα να είναι στον κατάλογο από την περασμένη Πέμπτη, με την Τζένη να επιστρέφει την Κυριακή, τον Μάικλ από το προηγούμενο Σαββατοκύριακο και την μαμά και τον μπαμπά μία μέρα πριν, καθώς είχε έρθει ο μπαμπάς να με βοηθήσει να κρεμάσω τις κουρτίνες. Δεν μπορώ να σκεφτώ άλλους.

«Αν οι υποθέσεις σου είναι σωστές, τότε υπάρχει άλλος ένας άντρας που πρέπει να βρεθεί.» Φαντάζομαι τον Τζέφρι να σηκώνει τους ώμους από την άλλη μεριά του τηλεφώνου πριν μιλήσει ξανά. «υπάρχει και κάτι άλλο. Έκανα μια μικρή έρευνα για την βιολογική σου μητέρα.»

«Κιόλας!» Μένω έκπληκτη. «Και τι βρήκες;»

«Βρήκα μερικούς συγγενείς που ζουν ακόμα. Έχεις μια γιαγιά που ζει στην Ιρλανδία και έναν θείο στο Μασέλμπορο, κοντά στον Εδιμβούργο. Ο θείος είναι παντρεμένος και έχει δυο κόρες.»

«Έχω κι άλλη οικογένεια! Μπορώ να πάω να τους δω;» Είμαι ενθουσιασμένη με την προοπτική.

«Μέχρι στιγμής, το μόνο που έκανα είναι να τους εντοπίσω. Σε αυτό το στάδιο, δεν ξέρουμε να θέλουν να σε συναντήσουν. Μπορεί να μην ξέρουν καν ότι υπάρχεις.»

133 ΩΡΕΣ

«Πώς θα το μάθω; Θέλω να τους συναντήσω», λέω χωρίς δισταγμό.

«Μπορώ να προσπαθήσω να επικοινωνήσω μαζί τους», λέει ο Τζέφρι. «Δεν ξέρω πώς θα πάει, γι' αυτό μην ενθουσιάζεσαι τόσο, όχι ακόμα. Δεν έχει πάντα καλά αποτελέσματα μια τέτοια ιστορία κι εγώ δεν κάνω θαύματα.»

«Ααα, βλέπω ότι δεν έχεις μεγάλη αυτοπεποίθηση για τον εαυτό σου», λέω αστειευόμενη.

Ο Τζέφρι γελάει και πριν τελειώσει το τηλεφώνημα, λέει. «Θα δω τι μπορώ να κάνω.»

Περνάω όλη την υπόλοιπη μέρα μου, παρέα με τους γονείς μου. Η μαμά έφτιαξε ένα υπέροχο δείπνο. Μετά το φαγητό, παρακολουθήσαμε λίγη τηλεόραση. Κουτσομπολίστικα προγράμματα, σαπουνόπερες και μια νέα σειρά, περισσότερο για να διασκεδάσουμε, και μετά είδαμε ένα τηλεπαιχνίδι, το μόνο που μπόρεσε να με κερδίσει. Έχοντας βρει εφτά ερωτήσεις σωστές μέσα σε τριάντα λεπτά, χάρηκα που νίκησα τον μπαμπά και τη μαμά. Ίσως να ήμουν άδικη, ίσως τα υπόλοιπα προγράμματα να μην ήταν τόσο χάλια, αλλά το τηλεπαιχνίδι ερωτήσεων ήταν το μόνο που τράβηξε την προσοχή μου.

Το υπόλοιπο βράδυ το περάσαμε μπροστά στην οθόνη και συζητώντας.

ΖΑΚ ΈΪΜΠΡΑΜΣ

Ωστόσο, , το μεγαλύτερο μέρος της προσοχής μου έχει αφιερωθεί σε περισσότερη ενδοσκόπηση και αμφιβολία για τη δική μου συμπεριφορά, διασκορπισμένη με φαντασιώσεις για τις νέες οικογενειακές σχέσεις που θα μπορούσα να κάνω αν μπορέσω να βρεθώ με την οικογένεια της βιολογικής μητέρας μου.

118 ΩΡΕΣ

Χθες το βράδυ, ο ύπνος μου ήταν αναστατωμένος και είχα μια άλλη κουραστική μέρα. Πηγαίνω για ύπνο νωρίς. Μετά από το αίτημά μου, ο μπαμπάς έχει αφαιρέσει όλα τα παιχνίδια και τις αφίσες μου και τα έχει πάει στο γκαράζ. Το δωμάτιο είναι πολύ έντονο. Είναι κρύο και ψυχρό. Αν και είναι αυτό που ζήτησα, αμφιβάλλω τώρα για τη σοφία να αφαιρέσω τα πάντα ταυτόχρονα. Ίσως θα έπρεπε να είχα διατηρήσει κάποιες φωτογραφίες, ή ακόμα και το αγαπημένο μου παιδικό αρκουδάκι. Πολύ αργά τώρα. Υποθέτω ότι θα το συνηθίσω ή, ακόμη καλύτερα, θα ανακτήσω τη δύναμη και την αυτοπεποίθηση για να είμαι ξανά ανεξάρτητη και να έχω το δικό μου διαμέρισμα.

Καταφέρνω να κοιμηθώ, τα όνειρά μου μοιράζονται τις ίδιες αμφιβολίες και ελπίδες.

Ξυπνάω στις επτά, ακούγοντας το ξυπνητήρι του μπαμπά να χτυπάει δίπλα.

Γυρνώ από την άλλη, προσπαθώντας να κλέψω άλλη μια ώρα ύπνου, αλλά χωρίς αποτέλεσμα. Όντας μεγαλόσωμος, ο μπαμπάς δεν είναι πολύ ελαφρύς στα πόδια του. Ακόμη και αν μπορούσα να αγνοήσω τον θόρυβο του ντους και τον ίδιο να κάνει φασαρία, η μαμά προσπαθεί να τον κάνει να ησυχάσει και να είναι πιο διακριτικός.

Είμαι ξαπλωμένη στο κρεβάτι, κοιτώντας το ταβάνι, ή μετρώντας τα γεωμετρικά σχήματα που είναι στις κουρτίνες, προσπαθώντας έτσι να ηρεμήσω. Είναι μετά τις οκτώ. Ακούω την εξώπορτα να κλείνει. Αρκετά πια. Σηκώνομαι, πλένομαι, ντύνομαι και ετοιμάζομαι για τη δουλειά. Μέχρι να φτάσω στην κουζίνα, η μαμά έχει ετοιμάσει το τραπέζι: χυμοί, φρέσκα φρούτα, δημητριακά, αλλαντικά, τυριά και γλυκά. Είναι πιο πλούσιο πρωινό από αυτό που θα έβρισκε κανείς σε ένα ξενοδοχείο. Μετά το χτεσινό γεύμα, θα έβαζα στοίχημα ότι προσπαθεί να με παχύνει. Ή πρέπει να πάω στο σπίτι μου, ή θα πρέπει να της πω κάτι για να πάψει, αλλά επειδή θέλει να με φροντίσει, φοβάμαι μήπως φανώ αχάριστη ή αγενής.

Πίνω λίγο χυμό, μετά βάζω ένα φλιτζάνι τσάι και τσιμπάω λίγο τοστ.

«Πρέπει να φύγω για να προλάβω το τρένο», είπα.

«Μπορώ να σε πάω εγώ, αν θέλεις» είπε η μαμά.

«Ευχαριστώ, εκτιμώ την προσφορά, αλλά δεν είναι λογικό να περάσεις τη μισή σου μέρα κολλημένη στην κίνηση της πόλης», απαντώ. «Το τρένο είναι γρήγορο, και ο περίπατος από και προς τον σταθμό θα βοηθήσει να ξεκαθαρίσει το μυαλό μου.» Στην πραγματικότητα, νιώθω κάπως να πνίγομαι, αλλά προσπαθώ να είμαι πιο προσεχτική, για να μην πληγώσω τα αισθήματά της.

Μόλις φτάνω στο γραφείο, η Αλίσια σπεύδει να με αγκαλιάσει προτού με δει η Μαργαρίτα και μου δείχνει ένα από τα ιδιωτικά δωμάτια. Είναι εξοπλισμένο με υπολογιστή και τηλέφωνο. Μου δίνει ένα αρχείο που περιέχει λεπτομέρειες για τον νέο πελάτη και τις απαιτήσεις του. Μου λέει ότι όλο το υπόλοιπο προσωπικό έχει ενημερωθεί ότι επιστρέφω μετά από αδιαθεσία για λίγες μέρες. Η δικαιολογία ακούγεται κάπως, αλλά πρέπει να το κάνει.

Νιώθω σαν να επιστρέφω στον πραγματικό κόσμο και το απολαμβάνω. Καθώς φτάνει το μεσημέρι, νιώθω έτοιμη για καφέ. Περπατώ μέχρι το δωμάτιο που το αποκαλούμε στοργικά ως κουζίνα γιατί διαθέτει πάγκο εργασίας, ψυγείο και φούρνο μικροκυμάτων για κοινόχρηστη χρήση. Γυρίζω το διακόπτη στο βραστήρα και μετά γυρίζω, και βλέπω τον Ντουάιτ.

«Χαίρομαι που σε βλέπω ξανά. Νιώθεις καλύτερα τώρα;» λέει. Φαίνεται ειλικρινής.

Είμαι μπερδεμένη. Σίγουρα ξέρει την αλήθεια για την απουσία μου; Δεν του μίλησε η Τζένη; Ίσως την έχω παρεξηγήσει και κρύβει το μυστικό μου, ακόμη και από το φίλο της. Εάν ναι, πώς του εξήγησε όλη την ώρα που περνούσε μαζί μου;

«Πολύ καλύτερα, ευχαριστώ.» Έχοντας τον εδώ και τώρα μπροστά μου, δεν μπορώ να σταματήσω να ρωτάω. «Μόλις ανακάλυψα ότι βγαίνετε με τη Τζένη. Γιατί δεν μου το είπες;»

Χαμογελάει και απαντάει, «Άρχισαν οι ερωτήσεις», πριν γυρίσει και πάει πίσω στο κεντρικό γραφείο.

Θέλω να πάω από πίσω του, να τον ρωτήσω, αλλά τώρα, μπροστά σε όλους τους συναδέλφους, δεν είναι η σωστή ώρα.

Γυρίζω στην έρευνά μου και η μέρα συνεχίζεται χωρίς να σκέφτομαι τον χρόνο που περνάει. Είναι σχεδόν τρεις η ώρα όταν ανοίγει η πόρτα και μπαίνει η Μαργαρίτα. Κοιτάζω το ρολόι, και μετά εκείνην. «Χάρηκα που γύρισα, αλλά νομίζεις ότι έκανα αρκετά μέσα σε μια μέρα;» ρωτάω.

126 ΩΡΕΣ

Η Μαργαρίτα ελέγχει το ρολόι της, μετά κοιτάζει την εργασία που ετοίμασα, πριν απαντήσει, «Ναι, φαίνεται πως έκανες πολλά, αλλά ήρθα να σε δω για άλλο λόγο.»

Τώρα την κοιτάζω με περιέργεια.

«Θα ήθελα να έρθεις στο γραφείο μου. Τηλεφώνησε ο Τζέφρι και είπε πως έχεις περισσότερες πληροφορίες για σένα. Πρότεινε να είμαι μαζί σου όταν τις ακούσεις. Αν θέλεις, μπορούμε να χρησιμοποιήσουμε το τηλέφωνο της ανοικτής ακρόασης. Δεν σε πιέζω. Ο,τι θέλεις εσύ.»

«Τι ανακάλυψε;» ρωτάω.

«Δεν έχω ιδέα, Μπρίονι. Δεν μου έχει πει τίποτα. Εσένα αφορούν τα νέα, οπότε, θα μου τα εκμυστηρευτεί κι εμένα, μόνο να το θελήσεις εσύ. Είπε ότι θα ήταν καλύτερο για σένα να έχεις κάποια υποστήριξη. Η εναλλακτική θα ήταν, να περιμένεις μέχρι το βράδυ και να έρθεις σπίτι μας με τους γονείς σου.»

«Δεν θέλω να περιμένω μέχρι το βράδυ. Θέλω να μάθω τώρα,» λέω. Χωρίς να ξέρω τι έχει να μου πει, δεν είμαι σίγουρη αν θα ήταν πιο εύκολο ή πιο δύσκολο για μένα να ακούσω σημαντικά νέα με την παρουσία των γονιών μου. Η μαμά μερικές φορές γίνεται πολύ συναισθηματική και ο μπαμπάς συνηθίζει να εξοργίζεται όταν τα πράγματα δεν πάνε όπως τα θέλει.

«Μπορεί να σου τηλεφωνήσει σε αυτή την αίθουσα αν θέλεις και να μιλήσετε ιδιωτικά, ή μπορείς να έρθεις στο γραφείο μου αν θέλεις να είμαι παρούσα.»

Έχω δίλημα. Κανονικά, θα ήθελα να είμαι μόνη, αλλά δεν ξέρω τι πρόκειται να ακούσω. Τον λίγο χρόνο που τον γνωρίζω, ο Τζέφρι κατάφερε να με κάνει να εμπιστεύομαι την κρίση του. Αν εκείνος προτείνει ότι πρέπει να έχω παρέα, κάποιο λόγο θα έχει. Και η Μαργαρίτα είναι το σωσίβιό μου. «Σε ευχαριστώ, θα έρθω στο γραφείο σου,» λέω.

Μόλις μπαίνουμε στο γραφείο της, η Μαργαρίτα κλείνει καλά την πόρτα και τοποθετεί την πινακίδα *Μην Ενοχλείτε* στο παράθυρο. Είμαι πολύ φοβισμένη καθώς περιμένω την κλήση. Τι θα μπορούσε να είναι τόσο ενοχλητικό σε αυτό που έχει να μου πει ο Τζέφρι, ώστε να προτείνει να έχω την Μαργαρίτα μαζί μου για να με στηρίξει; Κάθομαι στην καρέκλα και σταυρώνω τα πόδια,, μετά τα ξεσταυρώνω και σηκώνομαι. Κάθομαι ξανά, χτυπάω τα πόδια μου στο πάτωμα, τα χέρια μου τρέμουν. Δεν μπορώ να βολευτώ.

Η Μαργαρίτα συνδέει το μικρόφωνο και πατάει ένα κουμπί για τον ήχο. Ο Τζέφρι απαντάει σχεδόν αμέσως.

«Είμαι στο γραφείο σε ανοιχτή ακρόαση και η Μπρίονι είναι δίπλα μου,» λέει η Μαργαρίτα.

«Ξέρω πως εγώ το πρότεινα, αλλά πριν ξεκινήσουμε, θα ήθελα να επιβεβαιώσεις πως θέλεις να σου μιλήσω μπροστά στην Μαργαρίτα.»

«Ναι, σε παρακαλώ, συνέχισε», λέω. Τώρα, τρέμουν και τα γόνατά μου.

«Εντάξει, ευχαριστώ, Μπρίονι. Έχω τα αποτελέσματα της ιατρικής σου εξέτασης. Υπάρχουν πολλά που έχω να σου πω.»

«Ναι;»

«Κατ' αρχήν, επιβεβαιώνεται αυτό που σου έχω πει ήδη και αυτό που υποπτευόμασταν.»

«Τι συγκεκριμένα;» ρωτώ.

«Λοιπόν, δεν υπάρχει σωματική απόδειξη βίαιου σεξ ή βιασμού. Λυπάμαι, αλλά πρέπει να είμαι πιο λεπτομερής. Δεν υπάρχουν μελανιές, κακοποιήσεις, ούτε εσωτερικά, ούτε στην περιοχή του κόλπου, πρωκτού, στόματος ή λαιμού.»

Εισπνέω βαθιά και κρατώ την ανάσα μου.

«Εξαιτίας του χρόνου που έλειπες, δεν είναι δυνατόν να εξαλειφθεί πλήρως ότι έχεις δεχτεί σεξουαλική επίθεση χωρίς βία κατά τη διάρκεια της πρώτης ή της δεύτερης μέρας, καθώς δεν θα είχε αφήσει απαραίτητα αποδεικτικά στοιχεία που θα είχαν υπομείνει μέχρι την εξέτασή σου.»

Αναπνέω βιαστικά σαν κάποιος να με τρυπάει στο στομάχι. Δεν είναι κακές ειδήσεις, αλλά ούτε μπορεί να βάλει το μυαλό μου σε ηρεμία.

«Υπάρχουν ενδείξεις ότι σε κρατούσαν δεμένη από τους αστραγάλους, τους καρπούς και τον λαιμό. Δεν ήταν βαρέως τύπου, περισσότερο ο ελαφρύς τύπος δεσμών που πωλείται σε φετιχιστές δουλείας ή μερικές φορές σε καταστήματα αστείων. Φορούσες επίσης ωτοασπίδες για να σε αποτρέψουν από το να ακούς. Μάλλον θα το έκανα για να μην μπορείς να πιάσεις θορύβους από τριγύρω, ώστε να μην αναγνωρίσεις την τοποθεσία ή να ακούσεις τις φωνές των ανθρώπων. Αυτό ταιριάζει με αυτό που σχολίασες όταν μίλησες για τα οράματά σου για τα βίντεο. Είπες ότι ήταν σιωπηλοί, αλλά γνωρίζουμε από τις εκδόσεις του διαδικτύου ότι υπήρχε κάποια μουσική. Υποθέτω ότι ο λόγος ήταν για αισθητηριακή στέρηση. Μπορεί να έχει σκοπό να σου προκαλέσει περισσότερο αποπροσανατολισμό και σύγχυση.»

Κουνάω το κεφάλι μου.

«Δεν προκαλεί έκπληξη, το γεγονός ότι βρέθηκαν στα νύχια σου θραύσματα δέρματος που ταυτοποιήθηκαν ως της Τζένης. Το περιμέναμε αυτό, επειδή

133 ΩΡΕΣ

γνωρίζουμε ότι θα την έπιανες σφιχτά κατά τη διάρκεια της ανάκρισής σου λίγο πριν από την ιατρική εξέταση. Ωστόσο, δεν υπήρχαν ίχνη ΝΤΙ-ΕΝ-ΕΙ πουθενά στο σώμα σου. Φαίνεται ότι αυτό συμβαίνει επειδή σε είχαν πλύνει καλά χρησιμοποιώντας αφρόλουτρο χωρίς βιολογικά αρώματα. Δεν ήταν τυποποιημένο αφρόλουτρο ή καλλυντικό, ήταν κάτι πιο εξειδικευμένο. Φαίνεται ότι σου δόθηκε το αντίστοιχο μπάνιο στο κρεβάτι και πιθανώς περισσότερες από μία φορές. Δεν έχουμε εντοπίσει ακόμα το ακριβές προϊόν, καθώς φαίνεται να είναι αρκετά ασυνήθιστο, ίσως σαν χειρουργικό πλύσιμο. Αυτό σημαίνει ότι μόλις το βρούμε, ενδέχεται να είμαστε σε θέση να περιορίσουμε την αλυσίδα εφοδιασμού αρκετά σημαντικά.»

Στη σκέψη ότι ολόκληρο το σώμα μου έχει πλυθεί σχολαστικά από κάποιο άγνωστο άτομο ή άτομα είναι αποτρόπαιο για μένα. Το όραμα, ή η ανάμνηση, των χεριών, πολλών χεριών, που με αγγίζουν παντού, επανέρχεται στο μυαλό μου. Αυτό θα μπορούσε κάλλιστα να είναι η εξήγηση. Στριφογυρίζω στη σκέψη. Η αναπνοή μου έρχεται τώρα σε σύντομες, έντονες εκρήξεις. Δεν μπορώ να πάρω αρκετό αέρα στους πνεύμονές μου.

Η Μαργαρίτα πλησιάζει για να κρατήσει απαλά το χέρι μου. «Θέλεις να πιείς λίγο νερό;» ρωτάει. Σηκώνει ένα μπουκάλι νερό από το γραφείο της και μου το δίνει. Τώρα κατάλαβα πόσο σοφή ήταν η πρόταση του Τζέφρι να είναι μαζί μου.

«Τώρα, για να φτάσουμε στην πιο λιτή πλευρά αυτού που έχει ανακαλυφθεί, έχουμε τα αποτελέσματα του αίματός σου. Βρήκαν ίχνη τριών διαφορετικών ναρκωτικών σε διάφορα επίπεδα. GHB, GBL και κεταμίνη. Οι συντομογραφίες αντιπροσωπεύουν γάμμα-υδροξυβουτυρικό οξύ και γάμμα-βουτυρολακτόνη, εάν θέλεις να μάθεις τη χημεία. Και οι τρεις είναι γνωστό ότι χρησιμοποιούνται συνήθως ως ναρκωτικά βιασμού και είναι απλώς πιθανό να έχουν χρησιμοποιηθεί μεμονωμένα ή ως κοκτέιλ για να σε κάνουν να μην γνωρίζεις τι σου συνέβη. Επίσης, είπες στη συνέντευξή σου ότι παίρνεις στεροειδή για αθλητικό τραυματισμό. Η αλληλεπίδραση των χημικών θα μπορούσε επίσης να έχει μια αρκετά απρόβλεπτη επίδραση.»

«Αυτό αποδεικνύει ότι δεν είπα ψέμματα;» ρωτάω.

«Κανένας δεν σε κατηγόρησε ότι λες ψέματα,» λέει ο Τζέφρι. «Εντάξει, ίσως να υπήρξαν μια – δυο αμφιβολίες για την αυθεντικότητα ή την ερμηνεία των όσων ανέφερες, αλλά κανείς δεν είπε ότι λες ψέματα ή προσπάθησες να κρύψεις κάτι.»

«Αντ᾽ αυτού, δεν είσαι σίγουρος για τη λογική μου».

«Δεν είναι τίποτα τέτοιο, Μπρίονι. Ας μην πάμε εκεί. Ωστόσο, αν μπορώ να συνεχίσω, υπήρξε άλλο ένα σημαντικό εύρημα από την εξέταση αίματός σου.»

Δεν έχουν ήδη καλυφθεί τα πάντα; Προσπαθώ να σκεφτώ τι μπορεί να είναι.

«Μπρίονι, τα αποτελέσματα της εξέτασης δείχνουν πως είσαι έγκυος.»

«Τι; Δεν μπορεί να μιλάς σοβαρά!» αναφωνώ.

«Δεν υπάρχει καμία αμφιβολία», απαντά ο Τζέφρι.

Ωω, θεέ μου! Με τόσα που μου συμβαίνουν, αυτό δεν το σκέφτηκα καθόλου. Σηκώνω τα χέρια και καλύπτω το πρόσωπό μου.

«Πρέπει να με βίασαν», ψιθυρίζω. «Το είχες πει ότι δεν μπορούμε να το αποκλείσουμε. Ωω, Θεέ μου, κουβαλάω το παιδί του βιαστή μου.»

«Όχι Μπρίονι, δεν μπορεί να είναι έτσι. Στην πραγματικότητα είναι σχεδόν αδύνατο. Κρίνοντας από τα επίπεδα HCG που εξετάστηκαν, το έμβρυο είναι σχεδόν σίγουρα μεγαλύτερο από μία εβδομάδα.»

«Το μόνο άτομο με το οποίο είχα επαφή το προηγούμενο Σαββατοκύριακο, είναι ο Μάικλ,», λέω. «Έπαιρνα το χάπι όταν ήμαστε ζευγάρι, αλλά σταμάτησα να το παίρνω αφότου έφυγε. Όταν συναντηθήκαμε πριν από δύο εβδομάδες, δεν περίμενα να κοιμηθούμε μαζί. Τώρα θυμάμαι, ήταν παρορμητικό, δεν χρησιμοποιήσαμε προφυλακτικό. Ο Μάικλ πρέπει να είναι ο πατέρας.»

Είμαι έκπληκτη. Δεν μπορώ να μιλήσω Το κεφάλι μου γυρίζει, με τη σκέψη ότι ένα ζωντανό ον μεγαλώνει μέσα μου. Το ωάριό μου, γονιμοποιημένο από το σπέρμα του Μάικλ. Δεν είναι αυτό που ήθελα. Όταν ο Μάικλ και εγώ ήμασταν ζευγάρι και νόμιζα ότι είχαμε ένα μέλλον μαζί, συχνά μιλούσε για την επιθυμία μιας οικογένειας. Είχα απορρίψει την ιδέα. Δεν ήμουν έτοιμη. Είχα το μέλλον μου και η καριέρα μου χαρτογραφήθηκε στο κεφάλι μου και τα παιδιά δεν ήταν μέρος αυτού. Τώρα, είμαι σε αχαρτογράφητη περιοχή. Είμαι μόνη, ανύπαντρη, έχοντας χωρίσει από τον Μάικλ και τώρα, μετά από αυτό που ήταν πραγματικά ένα βράδυ, περιμένω ένα μωρό. Το μωρό του.

Γνωρίζοντας την απελπισία μου, η Μαργαρίτα παίρνει το χέρι μου στο δικό της. «Πες μου τι σκέφτεσαι;» ρωτάει. «Θα βοηθούσε να μιλήσεις.»

Οι σκέψεις μου είναι μπερδεμένες. Η πρώτη μου εκτίμηση είναι, θέλω να το κρατήσω; Πρέπει να είναι πολύ νωρίς για την εγκυμοσύνη. Μπορώ να κάνω έκτρωση. Δεν σκεφτόμουν ποτέ σοβαρά να γίνω μητέρα. Είτε επειδή ένιωθα ότι είμαι πολύ νέα, ή για άλλους λόγους, δεν είχα κατηγοριοποιήσει τον εαυτό μου ως μητέρα. Αλλά εγώ, να ρίξω ένα έμβρυο - όχι, η ιδέα είναι αδιανόητη. Δεν είναι έμβρυο, είναι μωρό! Μεγαλώνει μέσα μου και δημιουργήθηκε από την αγάπη που μοιράστηκα με τον Μάικλ. Ναι, δεν μπορώ να αρνηθώ ότι αγάπησα τον Μάικλ. Εντάξει, δεν κράτησε και χωρίσαμε, αλλά ακόμα κι αν η συνάντησή μας ήταν σύντομη

133 ΩΡΕΣ

και μη βιώσιμη, ήταν μια πράξη αγάπης που δημιούργησε αυτό το μωρό.»

«Μόλις άκουσες τα νέα. Δεν χρειάζεται να αποφασίσεις τίποτα αυτή τη στιγμή», λέει ο Τζέφρι.

Είμαι σίγουρη. Δεν θα αλλάξω γνώμη για αυτό. Πρέπει να εξετάσω τις πρακτικές της ανατροφής ενός παιδιού. «Η βιολογική μου μητέρα πρέπει να έχει περάσει από το ίδιο δίλημμα. Επέλεξε να με δώσει για υιοθεσία. Από το λίγο που την γνωρίζω, δεν ήταν πολύ αργότερα που η ζωή της κατέρρευσε. Ίσως δεν μπορούσε να ζήσει με την απόφαση που είχε πάρει. Σε κάθε περίπτωση, είμαι αποφασισμένη να μην ακολουθήσω τα χνάρια της. Ίσως είναι μόνο λίγα λεπτά από τότε που έλαβα τα νέα, αλλά ξέρω το μυαλό μου. Δεν θέλω μόνο να το γεννήσω, αλλά θέλω να μεγαλώσω το μωρό μου. Δεν ξέρω τι θα πουν η μαμά και ο μπαμπάς. Χωρίς αμφιβολία, θα φοβηθούν, αλλά ελπίζω ότι με αγαπούν αρκετά για να με στηρίξουν. Ανεξάρτητα από το αν ή όχι, είμαι ανθεκτική, θα μεγαλώσω το παιδί μου.»

«Είμαι σίγουρη πως θα σταθούν δίπλα σου, αλλά θέλω να ξέρεις ότι ο Τζέφρι κι εγώ θα σε βοηθήσουμε όσο μπορούμε», είπε η Μαργαρίτα. Ανοίγει την αγκαλιά της για να με κλείσει μέσα. «Με τον Μάικλ, τι θα γίνει;»

Σκέφτομαι την ερώτηση. «Ήταν ξεκάθαρο από το μήνυμά του το Σάββατο και από το ό,τι είπε στην αστυνομία, το τί σκέφτεται για μένα. Με μισεί. Εντάξει, προσπάθησε να με βρει ξανά σήμερα το πρωί για να εξομαλύνει κάπως τα πράγματα, αλλά δεν μπορώ να ξέρω τα κίνητρά του.»

Πρέπει να μάθω αν ήταν μπλεγμένος στην απαγωγή μου, επειδή αν ήταν, τότε θα αλλάξουν όλα. Πρέπει να αφήσω την αστυνομία και τον Τζέρι να συνεχίσουν τις έρευνες. Αυτό που σίγουρα ξέρω είναι πως ο Μάικλ με παράτησε όταν μετακύμισε στο Νιουκάστλ και ξανά μετά την επανένωσή μας εκείνο το Σαββατοκύριακο. Δεν του αξίζει να τον βάλω στην ζωή μου τώρα.

«Υπάρχει και κάτι άλλο που σκέφτομαι», λέω. «Το παιδί μου δεν έχει δικαίωμα να μάθει ποιος είναι ο πατέρας του; Η δική μου, πρόσφατη εμπειρία, μου έδωσε ένα μάθημα. Για χρόνια, αγαπούσα και εμπιστευόμουν τους θετούς γονείς μου και σκεφτόμουν ότι δεν χρειαζόταν να μάθω τίποτα άλλο. Τώρα, που έμαθα ό,τι έμαθα, νιώθω απογοητευμένη επειδή δεν μου είπαν την αλήθεια. Και όχι μόνο αυτό, αλλά λαχταρώ να μάθω περισσότερα.»

«Καταλαβαίνω», λέει η Μαργαρίτα.

Συνεχίζω. «Ποτέ δεν είχα την ευκαιρία να γνωρίσω την βιολογική μου μητέρα και δεν θέλω να προκαλέσω τα ίδια ζητήματα στο παιδί μου κρύβοντας την αλήθεια για το ποιος είναι ο πατέρας του ή, από την άλλη, κρύβοντας την αλήθεια από τον πατέρα του. Πρέπει να το πω στον Μάικλ. Μπορεί

133 ΩΡΕΣ

να θέλει ή ν α μην θέλει να μάθει. Μπορεί να θέλει ή να μην θέλει να έχει θέση στη ζωή του μωρού μου. Αν το κάνει, πρέπει να βρούμε έναν τρόπο διαχείρισης.»

Ο χρόνος περνά και χάνω τις σκέψεις μου. Υπάρχουν πάρα πολλά πράγματα που πρέπει να ληφθούν υπόψη και σκέφτομαι την κατάσταση. Είναι πολύ νωρίς για μένα να προσπαθήσω να βρω μια απάντηση για κάθε σκέψη. Για να μην πνιγώ, πρέπει να το κάνω πιο αργά και να μην προσπαθήσω να λύσω όλα τα προβλήματα ταυτόχρονα

«Είσαι ακόμα εκεί, Μπρίονι;» ρωτάει ο Τζέφρι.

«Ναι, εδώ είμαι. Συγνώμη. Προσπαθούσα να σκεφτώ.»

«Δεν έχω κάτι άλλο να σου πω αυτή τη στιγμή. Θα κλείσω τώρα γιατί έχω και άλλα πράγματα να κάνω. Η Μαργαρίτα θα σε φροντίσει.»

Δάκρυα τρέχουν στα μάγουλά μου.

Η Μαργαρίτα μου δίνει ένα χαρτομάντηλο και με κρατάει σφιχτά, κρατώντας το κεφάλι μου στον ώμο της. «Είσαι στεναχωρημένη;»

«Όχι, αυτό είναι το παράξενο,» λέω. «Δεν το σκεφτόμουν ποτέ ότι θα το πω αυτό, αλλά είμαι χαρούμενη. Βασικά, είμαι ευτυχισμένη που είμαι έγκυος.»

Η Μαργαρίτα προσφέρθηκε να με πάει στο σπίτι μου και να έρθει να γνωρίσει τους γονείς μου, δίνοντάς μου μεγαλύτερη υποστήριξη όταν θα τους έλεγα τα νέα.

128 ΩΡΕΣ

Είναι περασμένες πέντε όταν φτάσαμε στο σπίτι. Ο μπαμπάς γύρισε από τη δουλειά πριν πέντε λεπτά. Η μαμά κι ο μπαμπάς χάρηκαν που γνώρισαν την Μαργαρίτα και την προσκάλεσαν να μπει, πηγαίνοντάς μας στο σαλόνι.

«Με έβγαλες από τον κόπο. Ήθελα να σου δώσω αυτά.» Η μαμά δίνει το μεγάλο μπουκέτο στην Μαργαρίτα. «Είναι ένα μικρό δείγμα της ευγνωμοσύνης μας, επειδή φροντίσατε το κορίτσι μας. Αν το ξέραμε θα είχαμε έρθει νωρίτερα. Πρέπει να καταλάβεις ότι είναι πολύτιμη για μας.»

Η Μαργαρίτα παίρνει τα λουλούδια. «Ευχαριστώ. Πολύ ευγενικό εκ μέρους σου. Ωστόσο, πρέπει να σου πω, ότι και για μας είναι πολύτιμη. Είναι υπέροχο κορίτσι, πολύ ταλαντούχο και σας αγαπάει πολύ και τους δυο», απαντάει η Μαργαρίτα.

«Πρόσεχε, με τόσα κομπλιμέντα, θα πάρουν τα μυαλά της αέρα», είπε η μαμά.

133 ΩΡΕΣ

«Μαμά, μπαμπά, καθίστε σας παρακαλώ. Έχω κάτι να σας πω», λέω.

«Τι είναι; Μήπως η αστυνομία βρήκε τι σου συνέβη;» ρωτάει η μαμά με αγωνία.

«Όχι, δεν έχει σχέση με αυτό,» λέω. «Είναι κάτι προσωπικό.»

«Τότε, μήπως πρέπει να περιμένεις να φύγει η Μαργαρίτα;» ρωτάει ο μπαμπάς. «Δεν το κάνω από ασέβεια», προσθέτει, κοιτάζοντάς την.

«Όχι, θα ήθελα να μείνει. Ήταν μαζί μου όταν το έμαθα, οπότε το ξέρει ήδη.»

Η μαμά κι ο μπαμπάς ήταν μπερδεμένοι. Κάθισαν ήσυχα, περιμένοντας να μιλήσω.

Κοιτάζω την Μαργαρίτα, αναζητώντας την ηθική της υποστήριξη. Εκείνη γνέφει το κεφάλι καθησυχαστικά. Παίρνω μια βαθιά ανάσα πριν ξεκινήσω, σα να θέλω να πω τα νέα με τη μία, χωρίς παύση. «Ελπίζω να μην σας απογοητεύσω. Δεν είναι κάτι που το σχεδίασα ή ήθελα να συμβεί, αλλά μόλις έμαθα ότι είμαι έγκυος.»

Τα μάτια της μαμάς άνοιξαν διάπλατα. «Έχει καμία σχέση με την απαγωγή σου; Έγινε επειδή σε βίασαν;»

«Όχι, σας είπα ήδη, ότι δεν έχει καμία σχέση με αυτό.» λέω.

Χωρίς να το σκεφτεί, ο μπαμπάς πετάγεται πάνω, εξοργισμένος. «Τι είχες στο μυαλό σου, κορίτσι μου; Είναι πολύ σοβαρό θέμα! Δεν είσαι παντρεμένη, ούτε έχεις σχέση. Τι στην ευχή έκανες; Ξέρεις ποιος είναι ο πατέρας;»

Δεν με εξέπληξε το γεγονός ότι τους

απογοήτευσα, αλλά νιώθω πληγωμένη και τα συναισθήματά μου ξεχειλίζουν μετά το ξέσπασμα του μπαμπά. Ποιος ξέρει, ίσως να κληρονόμησα την ιδιοσυγκρασία του. «Δεν νομίζω πως χρειάζεται να είναι κανείς ιδιοφυία ώστε να ξέρει τι κάνει. Αλλά μετά την αποκάλυψή σου χτες το πρωί, νομίζω πως είναι κάπως περίεργο να μου μιλάς για ηθική.»

Βλέποντας τη μαμά να κλαίει, μετανιώνω για το ξέσπασμά μου. Ο μπαμπάς πέφτει στην καρέκλα.

«Συγνώμη για τον τρόπο που αντέδρασα», λέω. «Σας αξίζει μια εξήγηση.»

Συνεχίζω, λέγοντάς τους, ότι δεν ήρθα σε επαφή με κανέναν παρά μόνο εκείνο το Σαββατοκύριακο με τον Μάικλ. Αν έφερα ότι δεν του το έχω πει ακόμα, αλλά ανεξάρτητα με αυτό, δεν βλέπω κάποιο μέλλον μαζί του. Συνέχισα, εξηγώντας τους ότι δεν θα ήθελα να ακολουθήσω το παράδειγμα της βιολογικής μου μητέρας. Πήρα την απόφαση να μεγαλώσω το παιδί μου. Μέσα στις διαμαρτυρίες του Μπαμπά για το είδος των βασανιστηρίων που θα ήθελε να προκαλέσει στον Μάικλ, δέχονται την απόφασή μου και λένε ότι θα μείνουν δίπλα μου και θα μου δώσουν όποια βοήθεια και υποστήριξη μπορούν.

Δεν θα μπορούσα να ελπίζω για ένα καλύτερο αποτέλεσμα. Όλοι γνωρίζουμε ότι δεν θα είναι εύκολο για κανέναν από εμάς. Ωστόσο, η συνεργασία και η αμοιβαία

133 ΩΡΕΣ

βοήθεια θα διασφαλίσουν το καλύτερο δυνατό αποτέλεσμα.

Η Μαργαρίτα φεύγει για το σπίτι της, και πάλι η δύναμη και η υποστήριξή της, αποδείχτηκαν ανεκτίμητα.

129 ΩΡΕΣ

Η μαμά κι ο μπαμπάς θέλουν να συνεχίσουμε την συζήτηση ώστε να αρχίσουν να κάνουν σχέδια. Ωστόσο, τους ζητώ συγνώμη, αφού νιώθω ότι πρέπει να τηλεφωνήσω στον Μάικλ.

Πηγαίνω στο δωμάτιό μου και σχηματίζω τον αριθμό του.

Πριν προλάβει να μιλήσει, του συστήνομαι με τα λόγια, «Μάικλ, εδώ η τρελή μέγαιρα.»

«Μπρίονι, δεν το εννοούσα. Άκου, χαίρομαι πολύ που τηλεφώνησες. Ήθελα απελπισμένα να σου μιλήσω. Θέλω να σου εξηγήσω, αλλά πρώτα θέλω να ξέρω αν είσαι καλά.»

«Έχουν συμβεί πολλά. Υπάρχει κάτι για το οποίο θέλω να σου μιλήσω.» λέω.

Ο Μάικλ ξεκινάει, «Πριν το κάνεις, άκουσέ με σε παρακαλώ. Θα ήθελα να...»

Επειδή θέλω να τελειώνω με αυτό, δεν θέλω να κάνω μακρά συζήτηση. Πρέπει να μάθει τα νέα, οπότε τον διακόπτω. «Όχι, άσε να σου μιλήσω εγώ πρώτα. Είναι σημαντικό.» Δεν του δίνω καμία ευκαιρία να με διακόψει. «Θυμάσαι το Σαββατοκύριακο που περάσαμε μαζί, πριν δυο βδομάδες; Μόλις ανακάλυψα ότι είμαι έγκυος.»

«Και είναι δικό μου;» ρώτησε.

«Φυσικά και είναι δικό σου! Δεν έχω πάει με άλλον.»

Δεν υπάρχει κανέναν δισταγμός. «Είναι υπέροχα νέα! Ξέρεις πόσο ήθελα να κάνουμε οικογένεια μαζί.»

«Μια στιγμή, Μάικλ. Το κατάλαβες λάθος. Δεν θα κάνουμε οικογένεια. Θα κρατήσω το παιδί, και όσο κι αν έχω τις αμφιβολίες μου, σκέφτηκα ότι έχεις το δικαίωμα να το ξέρεις.»

«Μα πρέπει να είμαστε μαζί. Αυτό ήθελα πάντα,» λέει ο Μάικλ. «Ο μόνος λόγος που μετακόμισα στο Νιουκάστλ ήταν επειδή εσύ δεν ήσουν έτοιμη να δεσμευτείς. Μου είπες ότι δεν ήθελες οικογένεια και μάλιστα έστειλες και την Τζένη για να μου πει ότι έβαζες πάντα την καριέρα σου πάνω απ' όλα. Ήσουν ευτυχισμένη με την σχέση μας όπως ήταν, αλλά δεν ήθελες να προχωρήσεις παραπέρα.»

Θυμάμαι καλά τις πολλές συζητήσεις μεταξύ μας όταν ήμουν αμετάπειστη ότι δεν είμαι έτοιμη να φτιάξω οικογένεια, ακόμα. Όσο για τα υπόλοιπα που λέει, δεν ξέρω τι είναι αυτά. «Άκου Μάικλ, τηλεφώνησα επειδή σκέφτηκα ότι οφείλω να σου πω τα νέα. Δεν είμαι ακόμα έτοιμη να συζητήσω περισσότερα. Ας περιμένουμε μια-δυο μέρες μέχρι να κατανοήσουμε τι ακριβώς συμβαίνει και μετά ξανασυζητάμε.»

Όταν κατέβηκα, η μητέρα είχε ετοιμάσει το βραδινό. Δεν έχω όρεξη, αλλά επιμένει ότι πρέπει να τρώω καλά τώρα που έχω το μωρό.

Δεν είχα ακόμα καταπιεί την μπουκιά μου, όταν άκουσα το τηλέφωνό μου να χτυπάει και είδα το όνομα του Τζέφρι στην οθόνη.

«Μπρίονι, μπορεΐς να μου πεις πού θα μπορέσουμε να βρούμε την Τζένη;» ρωτάει. Μου λέει ότι δεν σηκώνει το κινητό της και ήδη προσπάθησαν να την βρουν στο σπίτι, στο φαρμακείο και στην κλινική του αδελφού της χωρίς επιτυχία.

«Για τί πρόκειται;» ρωτώ.

«Θα σου πω όλη την ιστορία μετά, αλλά τώρα, σε παρακαλώ δώσε μου ό,τι πληροφορίες μπορείς. Πρέπει να κινηθούμε γρήγορα.»

Όταν προτείνω να επικοινωνήσουν με το αγόρι της, ρώτησε αν ξέρω λεπτομέρειες για κείνον.

«Εγώ όχι, αλλά ξέρει η Μαργαρίτα. Εργάζεται στο γραφείο μας. Τον λένε Ντουάιτ Κολιέρ. Μόλις σήμερα το έμαθα κι εγώ. Σε παρακαλώ πες μου γιατί θέλετε να της μιλήσετε;»

«Θέλουμε να την φέρουμε για ανάκριση αμέσως. Δεν μπορώ να μιλήσω τώρα. Πρέπει να βρω τις πληροφορίες για τον Ντουάιτ και να τις δώσω στην Ζωή, μετά θα σου τηλεφωνήσω αμέσως να σου εξηγήσω.»

133 ΩΡΕΣ

Γιατί θέλουν να μιλήσουν στην Τζένη, αναρωτιέμαι; Μήπως κινδυνεύει, ή μήπως υπάρχει κάτι που πιστεύουν ότι μπορεί να ξέρει; Ό,τι κι αν είναι, ακούγεται σοβαρό.

Περιμένω με ανυπομονησία να μάθω. Περπατάω πάνω-κάτω στο δωμάτιό μου.

Έχουν περάσει δέκα λεπτά και αναρωτιέμαι αν πρέπει να τηλεφωνήσω εγώ στον Τζέφρι. Όχι, δεν πρέπει, είπε ότι θα μου τηλεφωνούσε εκείνος όταν μπορούσε.

Βλέπω το φως να αναβοσβήνει στο κινητό μου και απαντώ πριν ακόμα αρχίσει να χτυπάει.

«Τι συμβαίνει, Τζέφρι;»

«Η Μαργαρίτα δεν είχε κάποια πληροφορία να δώσει οπότε έπρεπε να ψάξει. Έδωσα την διεύθυνση του Ντουάιτ στην Ζωή και στέλνει ένα περιπολικό εκεί για να ελέγξει. Θα την πάρουν αν είναι εκεί.»

«Μα γιατί;»

«Δεν ξέρω ακριβώς ακόμα πώς. Ωστόσο, μπορώ να σου πω ότι η Τζένη είναι ανακατεμένη στην απαγωγή σου.»

Νιώθω τα πόδια μου αδύναμα, σα να μην μπορούν να με κρατήσουν. Πέφτω στην καρέκλα δίπλα στο κρεβάτι μου. «Μα γιατί; Πώς;»

«Είχα κάποιες υποψίες, αλλά δεν ήθελα να πω κάτι σε περίπτωση που έκανα λάθος. Τώρα έχουμε τις αποδείξεις για να την φέρουμε για ανάκριση.»

«Τι αποδείξεις;»

«Από τα ιατροδικαστικά αποτελέσματα, ξέρουμε ότι ήταν στο διαμέρισμά σου», λέει.

«Φυσικά και ήταν,» απαντώ. «Την περασμένη Πέμπτη την έστειλα να μου φέρει μερικά ρούχα για να αλλάξω. Με πήγε ξανά εκεί όταν τελείωσα με την ιατρική εξέταση, αν και δεν μπήκε μέσα. Μετά, πήγαμε και οι δυο την Παρασκευή πριν φτάσει η Ζωή με τους τεχνικούς. Και ξανά, την Κυριακή είμασταν εκεί μαζί πριν πάμε στο αεροδρόμιο.»

«Δεν είναι μόνο αυτά, Μπρίονι. Δεν επισκέφτηκε απλώς το διαμέρισμα. Οι αποδείξεις δείχνουν πως είχε εγκατασταθεί εκεί.»

«Μα δεν μπορεί! Θα το ήξερα.»

«Πολλά από τα αποτυπώματα και το ΝΤΙ ΕΝ ΕΙ εξηγούνται όπως είπες. Ωστόσο, υπάρχουν μερικά τα οποία δεν εξηγούνται, γι' αυτό θέλουμε να της μιλήσουμε.»

«Πιο συγκεκριμένα;»

«Θα σου πως μερικές αποδείξεις. Τα αποτυπώματά της πάνω στα κλειδιά του λαπτοπ σου ήταν ύποπτα, αλλά όχι πολύ καταδικαστικά. Ωστόσο, αυτά που βρήκαμε στην κρεβατοκάμαρα και το μπάνιο, το αποδεικνύουν.»

«Τι;»

«Υπήρχαν θύλακες μαλλιών και ίχνη ΝΤΙ-ΕΝ-ΕΙ στο ντους, γεγονός που αποδεικνύει ότι το χρησιμοποίησε. Επιπλέον, υπήρχαν ίχνη στην οδοντόβουρτσα σου. Τα στοιχεία δείχνουν ότι ζούσε στο διαμέρισμά σου σαν να ήταν εσύ, ίσως να προσποιούταν ότι είσαι εσύ και, μαζί με τα αποδεικτικά στοιχεία SMART, πιστεύουμε ότι ήταν μέσα στις νύχτες του Σαββατοκύριακου που έλειπες.»

Προσπαθώ να σκεφτώ μια εξήγηση. Πότε ήταν η τελευταία φορά που η Τζένη παρέμεινε στο διαμέρισμά μου; Στην πραγματικότητα, έχει ποτέ; Υπάρχει λογική εξήγηση γιατί θα χρησιμοποιούσε το ντους μου; Δεν το πιστεύω, και σίγουρα όχι την οδοντόβουρτσα μου. Ένα ρίγος διαπερνάει την πλάτη μου.

«υπάρχουν κι άλλα. Κοιμόταν στο κρεβάτι σου, αν και το «κοιμόταν» δεν θα ήταν η κατάλληλη λέξη.»

«Συγνώμη, δεν...»

«Τα σεντόνια σου έχουν αλλαχτεί πρόσφατα. Αυτά που ήταν στο κρεβάτι ήταν φρεσκοπλυμένα. Παρόλα αυτά, βρήκαμε το ΝΤΙ- ΕΝ- ΕΙ της στο στρώμα. Βρήκαμε τα χρησιμοποιημένα σεντόνια στο καλάθι των άπλυτων μαζί με άλλο ένα σετ, εκείνα που μας είπες, τα οποία είχες αλλάξει εσύ.»

Δεν μπορεί να συμβαίνει αυτό. Γιατί να το κάνει αυτό η Τζένη;

«Είναι απλώς μια εικασία αυτή τη στιγμή, αλλά, ενώνοντας όλα τα κομμάτια του παζλ, πιστεύω ότι έμεινε στο διαμέρισμά σου και για κάποιο λόγο προσποιήθηκε ότι ήταν εσύ. Χρησιμοποίησε το μπάνιο σου, το ντους σου και ακόμη και την οδοντόβουρτσά σου. Και πιθανότατα ξάπλωνε στο κρεβάτι σου βλέποντας πορνογραφία, χρησιμοποιώντας τον υπολογιστή σου.»

«Γιατί; Γιατί μου το έκανε αυτό;»

«Δεν ξέρω, Μπρίονι. Από την εμπειρία μου, έχω δει περιπτώσεις όπου οι άνθρωποι προσποιούνται ότι παίρνουν τη ζωή κάποιου άλλου λόγω της απόλυτης ζήλιας. Κλείνω τώρα. Ελπίζω να μάθω περισσότερα μετά την παραλαβή της Τζένης. Θα σε καλέσω αργότερα.»

130 ΩΡΕΣ

Δεν μπορώ να κρίνω πόση ώρα κάθομαι στην καρέκλα, τα μάτια μου ατενίζουν το τίποτα Νιώθω εντελώς στραγγισμένο το σώμα μου. Η Τζένη είναι η καλύτερη φίλη μου εδώ και χρόνια. Τα έχουμε κάνει όλα μαζί. Πώς θα μπορούσε να το κάνει αυτό; Είναι έξυπνη και επιτυχημένη, γιατί να με ζηλεύει; Το στόμα μου είναι ξηρό. Πρέπει να πιω νερό. Τα βήματά μου είναι βαριά καθώς περπατώ κατεβαίνοντας στην κουζίνα.

«Μπρίονι, είσαι καλά;» Η μαμά βγαίνει στο σαλόνι να με συναντήσει. Στο παρασκήνιο, ακούω να παίζει ένα μουσικό δράμα. «Ωω, θεέ μου! Τι συμβαίνει; Το πρόσωπό σου είναι κατάλευκο σαν την κιμωλία», λέει. Με πηγαίνει στο σαλόνι και με βάζει να καθίσω στον καναπέ, αναζητώντας το τηλεχειριστήριο για να κλείσει την τηλεόραση.

Ο μπαμπάς έρχεται, κάθεται δίπλα, και βάζει τα χέρια του γύρω από τον ώμο μου.

«Τι συμβαίνει, μωρό μου; Έγινε τίποτα; Χρειάζεσαι γιατρό;»

Βάζω όλη μου τη δύναμη και επαναλαμβάνω όσα μου είπε ο Τζέφρι.

Έπεσε σιγή. Η μαμά με αγκαλιάζει πιο σφιχτά. Ο μπαμπά; Σηκώνεται και αρχίζει να βηματίζει πάνω-κάτω, με κομμένη την ανάσα.

«Γιατί να σου το κάνει αυτό;» ρωτάει η μαμά, επαναλαμβάνοντας την ερώτηση που έκανα εγώ στον εαυτό μου ξανά και ξανά από τότε που έμαθα τα νέα.

Στην αρχή ψιθυριστά, μετά πιο δυνατά, ακούγεται η φωνή του μπαμπά. «Λυπάμαι, λυπάμαι πάρα πολύ.»

Εγώ και η μαμά, γυρίσαμε ταυτόχρονα και τον κοιτάξαμε.

«Εγώ φταίω. Μόνο εγώ φταίω. Δεν έπρεπε ποτέ να συμβεί αυτό. Πρέπει να με συγχωρέσεις», συνεχίζει. Οι ώμοι του πέφτουν και κοιτάζει το πάτωμα, τα χέρια του είναι σφιγμένα σε γροθιά και βηματίζει. Ακούγεται ένας λυγμός. Δεν έχω δει ποτέ τον μπαμπά να κλαίει.

«Τι θέλεις μα π[εις, Άρθουρ;» ρωτάει η μαμά με καυστική φωνή.

Νιώθω ότι δεν μπορώ να πάρω ανάσα. Πρέπει να μάθω περισσότερα αν και ξέρω πως είναι κάτι που δεν θέλω να ακούσω.

«Είχα μια σχέση», ψιθυρίζει ο μπαμπάς, παίρνοντας ανάσα.

«Τι είναι αυτά που λες;» ρωτάει η μαμά πάλι. «Μίλα.»

Ο μπαμπάς καταρρέει σε μια

πολυθρόνα, σκύβει προς τα εμπρός, το κεφάλι του είναι χαμηλωμένο, τα χέρια ενωμένα στην κορυφή. «Άρχισε πριν από περισσότερο ένα χρόνο.» Κοιτάζει προς μέρος μου. «Εσείς, κορίτσια, είχατε βγει ένα βράδυ και ήρθατε στο σπίτι αφού είχατε πιει αρκετά. Προσφέρθηκα να οδηγήσω τη Τζένη στο σπίτι. Στο δρόμο, καθώς οδηγούσαμε πέρα από το πάρκο, μου ζήτησε να σταματήσω το αυτοκίνητο.» Ο μπαμπάς σταματάει, η αναπνοή του καταλήγει σε ένα λυγμό πριν συνεχίσει. «Σταμάτησα, γιατί νόμιζα ότι μπορεί να αισθάνεται αδιαθεσία και δεν ήθελα να ρισκάρω να κάνει εμετό μέσα στο αυτοκίνητο. Έκρινα εσφαλμένα την κατάσταση επειδή δεν ήταν τόσο μεθυσμένη... Δεν το περίμενα ... γύρισε και με φίλησε. Μου ρίχτηκε.»

Έχω μείνει άφωνη.

«Τι είναι αυτά που λες, Άρθουρ; Εσύ και η Τζένη;», στριγγλίζει η μαμά.

«Δεν ήθελα να συμβεί. Μάλλον κολακεύτηκα. Με ήθελε ένα νεαρό κορίτσι. Με έκανε να νιώσω και πάλι νέος. Πρέπει να με καταλάβετε.»

«Με την Τζένη; Έχει την ηλικία της κόρης σου! Ήταν η καλύτερα φίλη της κόρης σου. Δεν είσαι νέος. Είσαι ένας θλιβερός γερο-ηλίθιος που εκμεταλλεύτηκε ένα νεαρό κορίτσι. Αυτό δεν δικαιολογείται!»

Η μαμά, σηκώνεται τρέμοντας. Τα δάχτυλά της είναι τεντωμένα, τα νύχια της εξέχουν.

Μοιάζει σα να είναι έτοιμη να του ξεριζώσει τα μάτια. Εγώ κάθομαι ριζωμένη στη θέση μου. Μου φαίνεται εξωπραγματικό, σα να παρακολουθώ ένα τρομερό δράμα στην τηλεόραση.

«Εκείνη το ξεκίνησε», λέει ο μπαμπάς, νομίζοντας πως αυτό ίσως κάνει τα πράγματα καλύτερα. «Όπως είπα, είχαμε δεσμό. Συνεχίστηκε για περίπου τρεις μήνες, αλλά έβαλα τέλος.»

«Πρέπει να σου αναγνωρίσουμε το γεγονός ότι έβαλες τέλος σε κάτι που δεν έπρεπε καν να αρχίσεις;» Νιώθω το δηλητήριο στην κατηγορία της μαμάς.

«Όχι, δεν εννοούσα αυτό», λέει ο μπαμπάς. «Η Τζένη ήθελε να συνεχίσουμε. Ήθελε να σε αφήσω και να φύγω μαζί της. Της είπα, όχι. Δεν θα το έκανα ποτέ αυτό. Της είπα ότι δεν μπορώ να το κάνω αυτό ούτε σε σένα, ούτε στην Μπρίονι.

«Έγινε έξαλλη. Φώναξε για το πώς η Μπρίονι είχε τα πάντα - ένα ωραίο σπίτι, την οικογένειά της, την ασφάλειά της, όλα τα παιχνίδια και τα υπάρχοντά της που θα μπορούσε να ήθελε ως παιδί. Εκείνη, η Τζένη, δεν είχε καν πατέρα, είπε. Προσπάθησα να την καθησυχάσω. Της έδωσα ακόμη και χρήματα. Μου τα επέστρεψε. Είπε ότι θα βρει έναν τρόπο να εξισορροπήσει. Ήξερα ότι ήταν θυμωμένη και νόμιζα ότι ήταν δεν αποτελούσε απειλή. Δεν πίστευα ότι ήθελε να κάνει τίποτα. Δεν την είδα ξανά μέχρι χθες το βράδυ. Νόμιζα ότι τα λόγια της δεν είχαν νόημα, ότι μιλούσε πάνω στο πάθος της στιγμής, και πως μετά θα είχαν ξεχαστεί όλα.»

Είναι αληθινό, ή βλέπω κάποιον φοβερό εφιάλτη; Ο μπαμπάς παραδέχτηκε ότι είχε σχέση με την καλύτερή μου φίλη, λέγοντας ότι η Τζένη πάντα με ζήλευε; Κουνάω το κεφάλι μου, για να προσπαθήσω να το καθαρίσω, αλλά τίποτα δεν αλλάζει.

Ο μπαμπάς με κοιτάζει. «Όταν επιστρέψαμε από τις διακοπές και ακούσαμε για το τι σου είχε συμβεί, θυμήθηκα την απειλή της και είχα μία ή δύο αμφιβολίες. Τις απέρριψα γιατί δεν πίστευα ότι η Τζένη θα μπορούσε να είναι ικανή για ένα τόσο απαίσιο πράγμα. Έκανα λάθος. Πρέπει να το σχεδίαζε εδώ και μήνες. Σε παρακαλώ πίστεψέ με. Δεν είχα ιδέα ότι θα συνέβαινε.

Ο μπαμπάς πλησιάζει για να αγγίξει τον ώμο της μαμάς. «Άκου αγάπη μου ...»

Εκείνη κάνει στην άκρη. «Μην με αγγίζεις! Φύγε μακριά μου. Δεν θέλω να σε δω. Δεν αντέχω το βλέμμα σου. Βγες έξω! Φύγε από αυτό το σπίτι.»

«Δεν έχω που να πάω», παρακαλεί ο μπαμπάς.

«Ίσως θα έπρεπε να το είχες σκεφτεί νωρίτερα... προτού αρχίσεις να παίζεις με ένα παιδί», λέει η μαμά.

«Δεν είναι παιδί. Είναι πάνω από είκοσι, για όνομα του Θεού. Δεν είμαι παιδεραστής. Εκείνη... » Ο μπαμπάς συνειδητοποιεί ότι χάνει την ανάσα του. Αντ' αυτού γυρίζει σε μένα, τα μάτια του παρακαλούν. «Σε παρακαλώ, Μπρίονι. Είμαστε σάρκα και αίμα.»

Αν είχε συνειδητά αναζητήσει το χειρότερο πράγμα που μπορούσε να πει, δεν θα μπορούσε να με εξοργίσει περισσότερο. Το να κάνει έκκληση, χρησιμοποιώντας τη γενετική μας σχέση, που την εξομολογήθηκε πριν από λίγο μόλις καιρό, αυτό με αηδιάζει. Χρησιμοποιώντας το, ελπίζοντας ότι θα με κάνει να πάρω το μέρος του ενάντια στη μαμά, είναι αποκρουστικό. Απομακρύνομαι. Δεν αντέχω να τον κοιτάξω. Δεν θα μπορούσα ποτέ να συγχωρήσω τι έκανε, και σίγουρα δεν μπορώ να συγχωρήσω τις συνέπειες των πράξεών του.

131 ΩΡΕΣ

Αφού ο μπαμπάς έφυγε από το δωμάτιο, η μαμά γυρίζει προς το μέρος ου και με κρατάει σφιχτά. «Συγνώμη, Μπρίονι. Νιώθω πως εγώ φταίω.»

«Πώς μπορεί να φταις εσύ;» ρωτώ. «Δεν έχει καμία σχέση με σένα.» Κρύβω το κεφάλι μου στον ώμο της.

«Έπρεπε να το καταλάβω. Πάντα έπαιζε το μάτι του. Προσποιούμουν ότι δεν με ενοχλούσε. Έπρεπε να τον είχα αντιμετωπίσει νωρίτερα», λέει.

«Αν έπαιζε μόνο το μάτι του, δεν θα ήταν και τόσο κακό», λέω, προσπαθώντας να ελαφρύνω την ατμόσφαιρα με μαύρο χιούμορ.

Η μαμά μου δίνει ένα επιβλητικό χαμόγελο. «Είμαι βέβαιη ότι υπήρξαν κι άλλες φορές. Δεν τον προκάλεσα όταν έπρεπε. Δεν τον έκρινα για την περιπλάνηση του, νομίζοντας ότι ήταν μόνο κάτι προσωρινό και πως σύντομα θα κουραζόταν και θα επέστρεφε σε μένα.

Ούτε για μια στιγμή δεν υποψιαζόμουν ότι θα έκανε δεσμό με ένα κορίτσι στα μισά του χρόνια και, χειρότερα, αυτό που όλοι γνωρίζαμε τόσο καλά.»

Η Μαμά και εγώ περνάμε το υπόλοιπο βράδυ παρηγορώντας η μία την άλλη. Θέλω να καλέσω τον Τζέφρι για να τον ενημερώσω για το ποιο φαίνεται να ήταν το κίνητρο της Τζένης, αλλά δεν θέλω να αφήσω τη μαμά μόνη. Μου λέει να το κάνω και συμβιβάζομαι καλώντας από το σαλόνι με τη μαμά στο δωμάτιο.

«Πρέπει ακόμα να κοιτάξουμε τις λεπτομέρειες, αλλά τώρα, όλα αρχίζουν να βγάζουν κάποιο νόημα», λέει ο Τζέφρι. «Σαν φαρμακοποιός, η Τζένη είχε πρόσβαση σε όλα τα φάρμακα. Η Ζωή έκανε αίτημα για ένταλμα έρευνας στο διαμέρισμα του Ντουλάιτ Κολιέρ, που ελπίζουν να το έχουν στα χέρια τους πριν πάνε εκεί να την ψάξουν. Αναμφίβολα, θα θέλουν να ψάξουν και στο σπίτι της μητέρας της, αφού είναι το πατρικό της Τζένης, και ίσως και στην κλινική του Φίλιπ, επειδή η Τζένη εργαζόταν εκεί. Εφόσον είχε τα κλειδιά σου, είχε πλήρη πρόσβαση και στο διαμέρισμά σου όποτε ήθελε. Εκείνη θα φύτεψε τα χάπια έκσταση στο μπουκαλάκι που βρέθηκε στην κρεβατοκάμαρά σου. Εκείνη έκρυψε τα χρήματα που έκλεψε από το ΑΤΜ, μαζί με την πιστωτική σου κάρτα, στο συρτάρι της ντουλάπας σου.»

«Μα γιατί;» ρωτάω. «Γιατί να κλέψει τα

χρήματα και να τα κρύψει μετά στο διαμέρισμά μου;»

«Έχω μια πιθανή θεωρία», εξηγεί ο Τζέφρι. «Δεν πιστεύω πως σκόπευε ποτέ να κρατήσει τα χρήματα. Τα πήρε μόνο για να σου δημιουργήσει πανικό και για να φανείς ανειλικρινής στους αστυνομικούς. Το ίδιο και με τα έκσταση. Ήξερε πως σύντομα θα ανακάλυπτες ότι χάθηκε η κάρτα σου και πως αυτά τα χρήματα είχαν βγει από τον λογαριασμό σου. Είχε καταλάβει ότι θα προσπαθούσες να μάθεις τι είχαν γίνει, και αν ανακατευόταν η αστυνομία, τότε θα έλεγχαν τις κάμερες ασφαλείας. Σκέφτηκε πως μόλις έβλεπαν το βιντεάκι, το οποίο έδειχνε πως εσύ έβγαλες τα χρήματα, τότε η αξιοπιστία σου θα πήγαινε στράφι. Ίσως να αμφέβαλες κι εσύ η ίδια για την λογική σου.»

«Και πέτυχε. Αναρωτιόμουν αν είχα πάθει ένα είδος κατάθλιψης και φαντάστηκα το όλο θέμα, ή χειρότερα ακόμα, εάν το προκάλεσα εγώ η ίδια.»

«Πιστεύω π[ως όλο της το σχέδιο πήγε στραβά από την αρχή», λέει ο Τζέφρι. «Νομίζω πως περίμενε να γίνεις κομμάτια όταν θα συνειδητοποιούσες ότι είχες μια απώλεια μνήμης πέντε ημερών. Σκέφτηκε πως το πρώτο που θα έκανες θα ήταν να της τηλεφωνήσεις για να τη ζητήσεις βοήθεια. Τότε θα μπορούσε να κατευθύνει τα πράγματα και να σε οδηγούσε εκεί που ήθελε σχετικά με το τι είχε γίνει. ?Μπορεί να σχεδίαζε να σε πείσει να μην πας στην αστυνομία ή θα ερχόταν μαζί σου για να υπονομεύσει την εμπιστοσύνη σου καθ' όλη τη διάρκεια.»

«Όμως εγώ δεν της τηλεφώνησα αμέσως.»

«Όχι, δεν το έκανες, επειδή είχες την Αλίσια να σε βοηθάει. Είχες αυθεντική στήριξη και ασφαλείς συμβουλές από κάποιον που πραγματικά σε νοιαζόταν. Ακόμα και όταν η Τζένη μπόρεσε να ανακατευτεί, όποιο και αν ήταν το σχέδιό της, καταστρεφόταν από την Αλίσια και πολύ αργότερα, από την Μαργαρίτα κι εμένα.»

«Άρα, η Αλίσια ήταν που με έσωσε.»

«Ναι,. Έτσι πιστεύω,» λέει ο Τζέφρι. «Αν δεν είχε επενέβη εκείνη, δεν ξέρω πού θα είχες καταλήξει τώρα. Άκου, πρέπει να κλείσω, γιατί περιμένω να τηλεφωνήσει η Ζωή και δεν θέλω να κρατώ τη γραμμή απασχολημένη. Υπόσχομαι να τηλεφωνήσω αν μάθω οτιδήποτε.»

134 ΩΡΕΣ

Η ώρα περνάει αργά. Άρχισα να αμφιβάλλω ότι θα ακούσω νέα από τον Τζέφρι αυτό το απόγευμα. Πλησιάζει δέκα η ώρα όταν το κινητό μου χτυπάει ξανά, δείχνοντας μια εισερχόμενη κλήση.

«Ναι;» αρχίζω, διστακτικά.

«Την έχουμε!» λέει ο Τζέφρι με θριαμβευτικό τόνο στη φωνή του.

«Τι έγινε;» Αναπνέω με δυσκολία, είμαι τόσο ενθουσιασμένη.

«η Ζωή πήγε στο διαμέρισμα του Ντουάιτ με μια εγκληματολογική ομάδα. Όταν είπαν στην Τζένη ότι θέλουν να την πάνε στο τμήμα για ανάκριση, έσπασε, δεν είπε λέξη. Δυο αξιωματικοί της Ζωής την οδήγησαν στο περιπολικό. Ωστόσο, ότν η Ζωή έδειξε το ένταλμα έρευνας στον Ντουάιτ, εκείνος απλώς παραδέχτηκε την συμμετοχή του στο όλο σχέδιο.»

«Ωωωω!» ήταν το μόνο που μπόρεσα να πω.

«Μας ζήτησε μόνο, να μην πούμε τίποτα στον θείο του.»

«Τι σχέση έχει ο θείος του;» Ρωτάω.

«Ο μεγαλύτερος φόβος του είναι να μην απογοητεύσει τον θείο του και τον πάρει πίσω στις Ηνωμένες Πολιτείες. Δεν έχει ακόμα καταλάβει ότι μπορεί να κλειστεί φυλακή για μεγάλο διάστημα. Στην τελική, εμείς δεν χρειάζεται να πούμε τίποτα στον θείο του. Θα τα μάθει όλα από τα μέσα ενημέρωσης.»

«Ωω, θεέ μου! Δεν είχα σκεφτεί τα μέσα ενημέρωσης. Θα χρειαστεί να τα ξαναζήσω όλα από την αρχή μέσω των μέσων ενημέρωσης;»

«Για να είμαστε ειλικρινείς, Μπρίονι, αυτό δεν είναι υπό τον έλεγχό μας. Αναμφίβολα ο Επίτροπος Φίσκαλ θα θέσει τις κατηγορίες. Έχουμε ήδη αρκετές αποδείξεις για να καταδικαστούν για απαγωγή, ακόμα και αν ο Ντουάιτ δεν είχε ομολογήσει. Θα υπάρξουν και άλλες, γιατί δεν έχουμε ακόμη πληροφορίες για τις μετακινήσεις της Τζένης με το αμάξι της και τις τοποθεσίες που ήταν μέσω του τηλεφώνου της και φυσικά, τα εγκληματολογικά αποτελέσματα από την έρευνα. Το τι κάλυψη θα υπάρξει από τα μέσα για την υπόθεση εξαρτάται από το αν η Τζένη και ο Ντουάιτ θα προσπαθήσουν να αμυνθούν.»

«Τι είπε ο Ντουάιτ;»

«Μας είπε πως ήταν όλα ιδέα της Τζένης. Τον έπεισε να ανακατευτεί. Έστησε τη συνάντησή σας την Παρασκευή το βράδυ για να σιγουρευτεί ότι θα μείνεις ως αργά στη δουλειά. Του έδωσε χάπια και του είπε να τα βάλει στον καφέ σου όταν θα είχαν φύγει όλοι και θα ήσουν μόνη μαζί του, να δουλεύετε. Μόλις εσύ βγήκες εντελώς εκτός, πήρε την κάρτα σου για να εγγραφεί ότι οι δυο σας φύγατε ξεχωριστά από το κτήριο με μια διαφορά μερικών λεπτών, αφού ήξερε ότι δεν παρακολουθούσε κανείς. Μετά γύρισε στο γραφείο σου και σε κουβάλησε στο πάρκινγκ, με το ασανσέρ. Σε έβαλε στο πορτ-μπαγκάζ του αμαξιού του και σε πήγε στο διαμέρισμά του. Παρεμπιπτόντως, είχες δίκιο. Το διαμέρισμά του είναι πολύ κοντά στο ΑΤΜ που χρησιμοποιήθηκε για να σηκώσουν τα χρήματα.»

«Μα γιατί το έκαναν;» ρώτησα.

«Είχαμε ήδη υποπτευθεί τα κίνητρα της Τζένη από αυτά που είπε ο πατέρας σου. Ο Ντουάιτ μας είπε πως πάντα ένιωθε ότι η ζωή της ήταν εκτός ελέγχου και ζήλευε την σταθερότητα που είχες εσύ. Σκοπός της ήταν να τα αλλάξει όλα αυτά, έτσι σε ανάγκασε να ζεις με τις ίδιες αμφιβολίες που έζησε εκείνη.»

«Και ο Ντουάιτ;»

«Φαίνεται, πως ήξερε ότι ο Στιούαρτ και η Μαργαρίτα είχαν αναγνωρίσει τις ικανότητές σου αμέσως μόλις ξεκίνησες στους Άρτσερς, ενώ εκείνον δεν τον είχαν βαθμολογήσει καθόλου. Έχει μια διογκωμένη γνώμη για τη δική του ικανότητα και την έδειξε σε αντίθεση με το γεγονός ότι ο θείος του φρόντισε να έχει ανώτερη θέση στη Γλασκώβη. Ήταν τεράστια ευκαιρία όταν η Τζένη συνεργάστηκε μαζί του στο πάρτι και συνειδητοποίησαν ότι σε θεωρούσαν κοινό εχθρό. Εκείνη σκέφτηκε το σχέδιο για το πώς θα μπορούσες να σε δυσφημιστείς και την ίδια στιγμή ο Ντουάιτ θα επιδείξει τη δική του ικανότητα. Δεν λειτούργησε αρκετά με τον τρόπο που το σχεδίασαν, επειδή ο Ντουάιτ απέτυχε όταν του δόθηκε η ευκαιρία να παρουσιάσει τις ιδέες του.»

Κούνησα το κεφάλι μου, βρίσκοντάς το δύσκολο να πιστέψω αυτά που ακούω.

«Το σχέδιο της Τζένης ήταν να σε κρατήσει ανίκανη, όχι μόνο το σαββατοκύριακο αλλά και μετά την παρουσίαση την Τρίτη. Σχεδίασε να χρησιμοποιήσει ένα μείγμα ναρκωτικών και υπνοθεραπείας, που συμπληρώθηκε από ψευδώς εμφυτευμένες αναμνήσεις όπως οι ταινίες πορνό, για να σε μπερδέψει, ώστε να μην ξεχωρίζεις την αλήθεια από τη φαντασία.»

«Θυμάμαι τώρα, λίγο καιρό αφού άρχισε να βοηθά τον αδελφό της στην κλινική του, μου είπε ότι έμαθε πώς να κάνει ύπνωση. Υπήρξε ένα βράδυ όταν, για διασκέδαση, δοκίμασε τις νέες δεξιότητές της πάνω μου. Μου έδωσε να φάω ένα κρεμμύδι, και με έκανε να νομίζω ότι ήταν ένα μήλο. Αφού άκουσα τι έκανα, δεν θα την άφηνα να πειραματιστεί ξανά.»

«Λοιπόν, φαίνεται ότι ήταν ένα άλλο

από τα αιτήματά σου που δεν το έλαβε υπόψη», λέει ο Τζέφρι. «Έχουν ακόμη να κάνουν τις επίσημες συνεντεύξεις, οπότε περιμένουμε να βγουν πολύ περισσότερες λεπτομέρειες. Ο Ντουάιτ είπε ότι ήταν τρομοκρατημένος γιατί η Τζένη σε άφησε μόνη μαζί του την διάρκεια που πήγε στο διαμέρισμά σου. Φαίνεται ότι είχε πάθει ένα σοκ την Παρασκευή το βράδυ, επειδή είχες μια βίαιη αντίδραση στα ναρκωτικά που είχε χορηγήσει. Σε κάποιο σημείο, υποτροπίασες και φοβόταν ότι θα πεθάνεις, αλλά μετά από λίγο έφτιαξαν όλα. Ο Ντουάιτ είπε ότι ήθελε να εγκαταλείψει το σχέδιο, αλλά η Τζένη επέμεινε ότι ήταν ήδη πολύ βαθιά μπλεγμένοι και έπρεπε να προχωρήσουν».

«Θα υπάρξει μόνιμη ζημιά;» Ρωτάω.

«Δεν θα το έλεγα, αλλά δεν είμαι ειδικός. Νομίζω ότι θα ήταν καλύτερα να μιλήσεις με τον γιατρό σου, για να είσαι πιο σίγουρη. Θα χρειαστείς να κάνεις ένα ραντεβού έτσι κι αλλιώς, λόγω της εγκυμοσύνης σου.»

«Και τα ναρκωτικά;» ρωτάω. «Μπορεί να έχουν κάποια επίδραση στο μωρό;»

«Και πάλι, νομίζω πως πρέπει να μιλήσεις με τον γιατρό σου. Δεν είναι ποτέ καλή ιδέα να παίρνεις ναρκωτικά ή αλκοόλ κατά την διάρκεια μιας εγκυμοσύνης, γιατί μπορεί να οδηγήσει σε αποβολή, αλλά αυτό το ρίσκο ίσως είναι χαμηλό, γιατί τώρα, θα πρέπει να έχουν βγει από τον οργανισμό σου. Δεν γνωρίζω καμία άμεση συσχέτιση μεταξύ αυτών των φαρμάκων και γενετικών ανωμαλιών, αλλά καλύτερα να ζητήσεις επαγγελματική συμβουλή.»

«Θα τηλεφωνήσω το πρωί για να κλείσω ένα ραντεβού,» λέω.

«Ο Ντουάιτ γνώριζε για την ανάληψη των μετρητών και την αγορά της τηλεόρασης. Μας είπε ότι η Τζένη είχε βάλει τα ρούχα σου για να το κάνει. Είπε ότι ο λόγος που πήγε στο διαμέρισμά σου ήταν για να φυτέψει αποδείξεις.»

«Και τα βίντεο πορνό;» Ρώτησα.

«Φαίνεται πως αυτά ήταν δική του ιδέα. Είχε εγγραφεί σε ένα σάιτ όταν ήταν στις ηνωμένες Πολιτείες και φαινόταν πως η Τζένη άναβε με αυτά. Της άρεσε η ιδέα να σου κάνουν πλύση εγκεφάλου με αυτά.»

«Είπε αν προσπαθούσε να κάνει περισσότερο κακό σε μένα ή τον μπαμπά;»

«Ο Ντουάιτ ήξερε μόνο ότι προσπαθούσε να εκδικηθεί εσένα. Δεν ανέφερε τον πατέρα σου, παρά μόνο ότι η Τζένη του είπε ότι θα αναγκαζόσουν να τηλεφωνήσεις στους γονείς σου ώστε να γυρίσουν αμέσως και έτσι θα τους κατέστρεφες τις διακοπές τους.»

«Τελείωσε», λέω. «Δεν το πιστεύω πόσα συνέβησαν την τελευταία εβδομάδα.»

«Έχω ένα περίεργο γεγονός που μπορεί να σε ενδιαφέρει», λέει ο Τζέφρι.

«Τι είναι;»

«Ο χρόνος που έλειπες επεκτάθηκε κάπου μεταξύ τις επτά και οκτώ η ώρα τηξν

Παρασκευή το απόγευμα, έως και μεταξύ οκτώ και εννέα την Πέμπτη το πρωί. Αντιστοιχεί σε μια ώρα περισσότερο από πεντέμισι ημέρες - εκατόν τριάντα τρεις ώρες, για να είμαστε πιο ακριβείς. Ο χρόνος που χρειάζεται για να βρούμε τις απαντήσεις είναι από την ίδια ώρα το πρωί της Πέμπτης έως την εξομολόγηση του Ντουάιτ περίπου στις εννιά και σαράντα σήμερα το απόγευμα, λίγο περισσότερο από πεντέμισι ημέρες - εκατόν τριάντα τρεις ώρες. Είναι πανομοιότυπο.»

ΕΠΊΛΟΓΟΣ – 133 ΗΜΈΡΕΣ (3196 ΏΡΕΣ)

ΠΈΜΠΤΗ ΑΠΌΓΕΥΜΑ

Κάθομαι στο αυτοκίνητο της μαμάς, περιμένοντας να γυρίσω σπίτι από τη μονάδα προγεννητικής φροντίδας του Πανεπιστημιακού Νοσοκομείου Κουήν Ελίζαμπεθ. Αισθάνομαι ευφορία καθώς μόλις έκανα τον υπέρηχο είκοσι εβδομάδων, και δεν βρήκαν ανωμαλίες. Ήταν μια χαρά που έβλεπα το μωρό μου, αλλά το πιο σημαντικό είναι ότι ο υπέρηχος εξέτασε λεπτομερώς τα οστά, την καρδιά, τον εγκέφαλο, τον νωτιαίο μυελό, το πρόσωπο, τα νεφρά και την κοιλιά του μωρού μου, επιτρέποντας στον υπερηχογράφο να ελέγξει για έντεκα σπάνιες καταστάσεις. Αν και τίποτα δεν είναι ποτέ εγγυημένο, αισθάνομαι καθησυχασμένη που έφτασα σε αυτό το στάδιο της εγκυμοσύνης μου χωρίς την παραμικρή ένδειξη τυχόν προβλημάτων.

Ο οικογενειακός μου γιατρός ήταν υπέροχος. Όταν πήγα να τον δω για να συζητήσω την εγκυμοσύνη μου, ήταν πολύ τρυφερός και είχε κατανόηση. Ήταν καθησυχαστικός, λέγοντας ότι ο κίνδυνος ήταν μικρός, επειδή ήταν μόνο προσωρινή και περιορισμένη έκθεση. Ωστόσο, με προειδοποίησε για πιθανές παρενέργειες των ναρκωτικών που μου είχε δώσει η Τζένη. Αποβολή, πρόωρη γέννηση και καρδιακά ελαττώματα είναι τα πιο συνηθισμένα. Μου κάνει συχνές εξετάσεις και αισθάνομαι πιο δυνατή και πιο σίγουρη με το πέρασμα κάθε ημέρας.

Ο υπέρηχος είκοσι εβδομάδων είναι σημαντικός. Όλα είναι εντάξει μέχρι τώρα και το μωρό μου φαίνεται καλά σχηματισμένο και έχει ένα κανονικό μέγεθος για αυτό το στάδιο. Λέω «μωρό» επειδή δεν τους έχω αφήσει να μου πουν ακόμη εάν θα είναι αγόρι ή κορίτσι, φοβούμενη μήπως προσκολληθώ περισσότερο. Μερικές εβδομάδες ακόμα και θα νιώθω αρκετά σίγουρη για να το ξέρω. Η μαμά πεθαίνει να μάθει. Πλέκει εμμονικά, χρησιμοποιώντας ουδέτερα χρώματα, αλλά θέλει να αλλάξει σε μπλε ή ροζ. Νομίζω ότι το να σκέφτομαι το μωρό μου τη βοήθησε να γεμίσει το κενό στη ζωή της τώρα που ο μπαμπάς έχει φύγει.

Αν και το ένστικτό μου λέει μπλε, υπήρξαν πάρα πολλά πράγματα τον τελευταίο χρόνο όπου το ένστικτό μου ήταν αναξιόπιστο για μένα να το θεωρήσω ασφαλές στοίχημα.

Παρ' όλες τις ενδείξεις για τις οποίες έχω ενημερωθεί, δεν έχω άλλες αναμνήσεις για τον καιρό που με απασχολούσε η Τζένη και ο Ντουάιτ. Τα εσώρουχά μου ανακαλύφθηκαν στο σπίτι του Ντουάιτ, που πιστεύεται ότι τα είχε κρύψει εκείνος ως τρόπαιο. Καθ 'όλη τη διάρκεια της ανάκρισης, η Τζένη παρέμεινε σιωπηλή. Ωστόσο, ως αποτέλεσμα της ομολογίας του Ντουάιτ, ξέρω ότι με κράτησαν δεσμευμένη και γυμνή για τις περισσότερες ώρες και με ανάγκασαν να παρακολουθώ πορνογραφία. Ισχυρίζεται ότι όλα ήταν ιδέα της Τζένης. Στην ανάκριση, παραδέχτηκε ότι με κρατούσαν όμηρο και ότι αυτός και τη Τζένη με έπλεναν καθημερινά. Αυτό σημαίνει ότι οι αναμνήσεις που είχα από τα χέρια που με άγγιζαν παντού ήταν γνήσιες. Πρέπει να ήταν τα χέρια του Ντουάιτ και τα χέρια της Τζένης.

Ήταν ανένδοτος για την συμμετοχή κάποιου άλλου. Ισχυρίζεται ότι δεν με κακοποίησε με οποιονδήποτε άλλο τρόπο. Θέλω να τον πιστέψω, αλλά πώς μπορώ να είμαι σίγουρη; Η αποστολή της Τζένης ήταν να προκαλέσει αβεβαιότητα και χάος στη ζωή μου. Μπορεί να μην ξέρω ποτέ με βεβαιότητα τι συνέβη κατά τη διάρκεια αυτών των φοβερών 133 ωρών, αλλά δεν θα το αφήσω να με καταστρέψει. Έχω το μωρό μου να σκεφτώ. Δεν θα την αφήσω να κερδίσει.

Είμαι καλά και ο θεραπευτής μου είναι ευχαριστημένος με την πρόοδό μου. Οι εφιάλτες γίνονται λιγότερο συχνοί και λιγότερο έντονοι. Συχνά, όταν βλέπω τους τρεις άντρες να κάνουν κακοποίηση, είναι το πρόσωπο της Τζένης που βλέπω στο κορίτσι και ο μπαμπάς αντικαθιστά έναν από τους άντρες.

Ο μπαμπάς προσπαθεί να επικοινωνήσει μαζί μου, θέλοντας να μάθει πώς είμαι. Έχω αποκλείσει τον αριθμό του από το τηλέφωνό μου, αλλά εξακολουθεί να προσπαθεί να βρει εναλλακτικούς τρόπους κλήσης. Δεν μπορώ να τον συγχωρήσω για αυτό που έκανε στη μαμά και σε μένα. Υποθέτω ότι θα έρθει μια στιγμή που ίσως νιώθω ότι μπορώ να του μιλήσω, αλλά δεν το βλέπω να έρχεται σύντομα. Δεν θα είναι για χάρη του ή ακόμη και για το δικό μου, αλλά αν το παιδί μου έχει παππού, ίσως θα έπρεπε να συναντηθούν. Έχω ακούσει ότι ο μπαμπάς έχει μια νέα φίλη: είναι μόνο μερικά χρόνια μεγαλύτερη από μένα. Νομίζω ότι οι λύκοι, δεν αλλάζουν την προβιά τους.

Είμαι πολύ χαρούμενης που εργάζομαι στους Άρτσερς και βλέπω την Αλίσια και την Μαργαρίτα σχεδόν καθημερινά. Μου δόθηκε προαγωγή όταν προέκυψε κενή θέση για έναν πιο ανώτερο ρόλο μετά την παραίτηση του Ντουάιτ. Μπορεί να είναι ένας ευφημισμός να πούμε ότι έδωσε την παραίτησή του, καθώς δεν μπορούσε να συνεχίσει να εργάζεται από το κελί του στη φυλακή του Μπαρλίνι. Δεν είναι σαφές πόσο θα διαρκέσει έως ότου κληθεί η υπόθεσή του στο δικαστήριο, αλλά, ως πλούσιος αλλοδαπός που κατέχει ένα σκάφος, θεωρήθηκε ότι διατρέχει υψηλό κίνδυνο διαφυγής και είναι υπό κράτηση. Δεν έχω δει ούτε ακούσει τίποτα από την Τζένη. Δεν θα την ξαναδώ πολύ σύντομα, αλλά ξέρω ότι υπάρχει μεγάλη πιθανότητα να την αντιμετωπίσω στο δικαστήριο. Δεν είναι στη φύση της να δέχεται την ενοχή της και να μου κάνει τη ζωή εύκολη.

Ο θείος του Ντουάι, ο Κάρλτον, ήρθε να επισκεφτεί το γραφείο μας. Αν και είναι ένας έξυπνος επιχειρηματίας, φαινόταν πολύ ευπαρουσίαστος και έγινε πολύ σαφές ότι είχε στείλει τον Ντουηάιτ σε μας για να τον απομακρύνει από τα κεντρικά τους γραφεία. Έχοντας εξαντλήσει τις οικογενειακές του ευθύνες, ο Κάρλτον ένιωσε ότι ήθελε να εγκαταλείψει τον Ντουάιτ.

Μιλάω με τον Τζέφρι πολύ συχνά. Κάπου διάβασα ότι οι φιλίες που δημιουργούνται σε αντιξοότητες είναι οι πιο γνήσιες και πιο ανθεκτικές. Δεν θα αμφισβητούσα το θέμα.

Χάρη στην έρευνα του Τζέφρι, μπόρεσα να επικοινωνήσω με την οικογένεια της βιολογικής μου μητέρας. Έγραψε και στη συνέχεια τηλεφώνησε στον αδερφό της, τον θείο μου Σον. Έχει κανονίσει να συναντηθούμε και να το οργανώσουμε σε μια στιγμή που η μητέρα του Σον, η γιαγιά μου, θα τον επισκέπτονταν από την Ιρλανδία. Δεν ξέρω τι να περιμένω και ενθουσιάζομαι με την προοπτική. Το Σάββατο είναι η μέρα και η Αλίσια συμφώνησε να έρθει μαζί μου. Έχει γίνει τόσο καλή φίλη και μου δίνει πάντα αυτοπεποίθηση. Θα ταξιδέψουμε με τρένο μέχρι το Εδιμβούργο. Καθώς πιστεύαμε ότι θα ήταν καλύτερο να έχουμε μια πρώτη συνάντηση σε ουδέτερο έδαφος, έχουμε κανονίσει να συναντηθούμε σε ένα καφενείο στην Οδό Πρίνσες. Αν και θεώρησε καλύτερα να μην είμαι παρούσα για την πρώτη συνάντηση, η μαμά με ενθάρρυνε να κάνω το ταξίδι. Μου είπε, αν πάει καλά, θα ήθελε να προσκαλέσει τη νέα μου οικογένεια στο σπίτι μας. Είμαι ανακουφισμένη που αισθάνεται άνετα με την προοπτική.

Γυρίζω στο παρόν όταν ακούω τη μαμά να ξεκινά τον κινητήρα. Κοιτάζω τριγύρω και να δω τον Μάικλ να πλησιάζει, κρατώντας ένα υπέροχο μπουκέτο και να έχει ένα πλατύ χαμόγελο. Τον περιμέναμε να βγει στον χώρο στάθμευσης και έκανα λάθος που νόμιζα ότι είχε πάει στην τουαλέτα, αλλά τώρα ξέρω ότι ήταν στο ανθοπωλείο. Ο Μάικλ επέμενε να παρακολουθήσει τον υπέρηχο, απελπισμένος να δει εικόνες του μωρού του. Κατάφερε να γυρίσει πίσω στη Γλασκώβη, ώστε να μπορεί να είναι κοντά, διατηρώντας παράλληλα την προαγωγική του κατάσταση. Θέλει απελπισμένα να αναζωπυρώσουμε τη σχέση μας. Θέλει να είμαστε ζευγάρι, οικογένεια. Δεν μπορώ να αρνηθώ τον πειρασμό και δεν θα αποκλείσω τη δυνατότητα, αλλά θέλω να κάνω τα πράγματα αργά. Τώρα ξέρω ότι τα ψέματα και η παρέμβαση της Τζένης έπαιξαν μεγάλο ρόλο στην σχέση μου με τον Μάικλ. Οι δηλητηριασμένοι σπόροι που φύτεψε προκάλεσαν τον Μάικλ να πιστέψει ότι δεν έχουμε μέλλον μαζί και είχε ως αποτέλεσμα τη μετακόμισή του στο Νιουκάστλ. Ωστόσο, δυσκολεύομαι να τον συγχωρήσω για την ταλαιπωρία που με υπέβαλλε κάνοντας μια νέα σχέση τόσο γρήγορα και να μην μου το πει πριν από το Σαββατοκύριακο που περάσαμε μαζί. Ίσως η αποκάλυψη των ψεμάτων και της εξαπάτησης του μπαμπά επηρεάζει την κρίση μου, αλλά δεν βιάζομαι να συνδεθώ σε μια σχέση. Προς το παρόν, είμαι ευχαριστημένη με το πώς είναι τα πράγματα.

135 ΜΈΡΕΣ (3244 ΏΡΕΣ)
ΣΆΒΒΑΤΟ ΑΠΌΓΕΥΜΑ

Καθώς το τρένο φεύγει από το Χεημάρκετ, γίνομαι ολοένα και πιο ανήσυχη με το να ταξιδεύω μόλις πέντε λεπτά στο Γουέηβερλι, τον κεντρικό σταθμό του Εδιμβούργου. Μέχρι στιγμής, η Αλίσια έχει κάνει μια θαυμάσια δουλειά για να συνεχίσει τη συνομιλία, οπότε θα είμαι πολύ απασχολημένη για να σκεφτώ τι είναι μπροστά. Κατά τη διάρκεια του ταξιδιού, κάναμε σχέδια για μια βραδινή έξοδο για τους τέσσερις μας - την Αλίσια, τον φίλο της, τον Κάλουμ, τον Μάικλ κι εμένα. Θα βγούμε για φαγητό και μετά θα πάμε για μια ταινία στο

Σπρινγκφιλντ Κουέη. Αν και μου αρέσει το ινδικό φαγητό, αποφεύγω το κάρυ, επειδή υποφέρω αρκετά από καούρες τώρα με την εγκυμοσύνη μου και δεν θέλω να προσθέσω προβλήματα τρώγοντας πικάντικο φαγητό.

Σηκώνομαι, στέκομαι μπροστά στην πόρτα πριν ακόμη σταματήσει το τρένο, αλλά περιμένω ανυπόμονα να ανοίξει. Όσο και πρόθυμη κι αν είμαι να κινηθώ γρήγορα, δεν θέλω να διακινδυνεύσω κάποια πτώση. Φροντίζω να περπατάω, με την Αλίσια να μου κρατά το χέρι, καθώς ανεβαίνουμε στην απότομη ράμπα και μετά περπατάμε στην οδό Πρίνσες. Βλέποντας την πινακίδα Στάρμπακς, η Αλίσια πηγαίνει μπροστά για να μου ανοίξει την πόρτα.

Την στιγμή που μπαίνω μέσα, με πνίγει η σφιχτή αγκαλιά της Καθ Κονγουέη, της γιαγιάς μου, που κλαίει από συγκίνηση. «Όταν σε είδα να μπαίνεις, νόμιζα ότι τα φανταζόμουν όλα», λέει. «Θα σε αναγνώριζα παντού. Είσαι φτυστή η Τερέζα μου.»

Ούτε η Καθ ούτε ο Σον ήξεραν την ύπαρξή μου πριν επικοινωνήσει μαζί τους ο Τζέφρι. Με καλοδέχτηκαν με ανοιχτές αγκάλες, στην κυριολεξία. Με έχει συνεπάρει η χαρά. Νομίζω πως άλλαξε η ζωή μου, περιμένω ένα παιδί, έχω αληθινούς φίλους και επίσης, μια ολοκαίνουργια οικογένεια.

Βλέποντας την συνάντησή μας, η Αλίσια λέει ότι θα μας αφήσει μόνους, αλλά εγώ δεν είμαι έτοιμη να την αφήσω να φύγει. Είναι κι εκείνη σαν οικογένεια για μένα, έτσι νιώθω. Σκεφτόμενη την εμπειρία μου αυτές τις τελευταίες εβδομάδες, η Αλίσια, η Μαργαρίτα και ο Τζέφρι, είναι κάτι παραπάνω από οικογένεια.

ΤΕΛΟΣ

ΒΙΟΓΡΑΦΊΑ

Ο Zach Abrams είναι συγγραφέας θρίλερ και μυθιστορημάτων. Ζει στη Σκωτία, αλλά περνά μεγάλο μέρος του χρόνου στην περιοχή Λανγκεντόκ της Γαλλίας.

Έχοντας μια ασυνήθιστα ποικίλη ιστορία εκπαίδευσης και εργασίας, ο Zach ήταν εφοδιασμένος με ένα ευρύ φάσμα εμπειριών ζωής για να αξιοποιήσει κατά την ανάπτυξη των χαρακτήρων και των ιστοριών του. Μετά από πτυχίο επιστήμης, μεταπτυχιακό στη διοίκηση και επαγγελματικό τίτλο λογιστικής, πέρασε πολλά χρόνια ως CFO, διευθυντής επιχειρήσεων και σύμβουλος σε μια σειρά βιομηχανιών που ποικίλλουν όπως οι μεταφορές, η καλλιέργεια στρουθοκαμήλου, η κατασκευή και η δημόσια υπηρεσία.

Αν και έχει σημαντική εμπειρία στη συγγραφή αναφορών, επιστολών και παρουσιάσεων, μόλις πρόσφατα ξεκίνησε τη δημιουργική συγγραφή μυθιστορημάτων - «ένας πολύ πιο αξιοπρεπής τύπος μυθοπλασίας», ισχυρίζεται.

Πριν από το «133 Ώρρες», έχει δημοσιεύσει έξι μυθιστορήματα, καθώς και τη συνεργασία του με την Elly Grant σε ένα βιβλίο διηγήσεων και ένα βιβλίο επιχειρηματικών οδηγών μη μυθοπλασίας. Μέχρι στιγμής, υπάρχουν τέσσερα βιβλία ταρτάν Νουάρ στη σειρά του Alex Warren Murder Mystery, που δημιουργήθηκαν στη γενέτειρά του στη Γλασκόβη της Σκωτίας.

Το πρώτο είναι το «Made a Killing». Αυτή η διαδικαστική διαδικασία της βρετανικής αστυνομίας χαρακτηρίζει τον αρχηγό του αστυνομικού Alex Warren ως ανώτερο ανακριτή, επικουρούμενο από τη γυναίκα ντετέκτιβ λοχίας Sandra McKinnon και υποστηρίζεται από μια ομάδα ντετέκτιβ, τεχνικούς σκηνών εγκλημάτων και άλλους ειδικούς. Διεξάγουν την έρευνά τους μετά την ανακάλυψη του πτώματος ενός πολύ μισητού εγκληματία, που βρέθηκε με ένα χαυλιόδοντο ελέφαντα στο στήθος του. Εκτός από την κύρια έρευνα για δολοφονίες, η ομάδα ερευνά μια σειρά άλλων εγκληματικών δραστηριοτήτων, όπως οικονομικό έγκλημα, απάτη, εκβιασμό και εκβιασμό. Μακριά από τη διερεύνηση του εγκλήματος, υπάρχει οικογενειακό δράμα, καθώς και ένα άγγιγμα ρομαντισμού και κάτι περισσότερο από ένα ψέκασμα χιούμορ. Οι αναγνώστες που είναι εξοικειωμένοι με τη γεωγραφία της Σκωτίας και ειδικότερα της Γλασκόβης, μπορεί να αναγνωρίσουν τις τοποθεσίες καθώς οι ντετέκτιβ ακολουθούν το κουρασμένο δρόμο τους στο δρόμο τους για την έρευνα των εγκλημάτων για την επίλυση του μυστηρίου.

Το δεύτερο στη σειρά, 'A Measure of Trouble «Ένα μέτρο του προβλήματος», βλέπει την ομάδα του Alex να αναζητά τον δολοφόνο ενός CEO, που σκοτώθηκε μέσα στο βαρέλι του δικού του αποστακτήρου ουίσκι. Δεν υπάρχει έλλειψη υπόπτων. Οι έρευνες τους οδηγούν σε συνέντευξη με την οικογένεια, τους υπαλλήλους και τους συναδέλφους του θύματος καθώς λαμβάνουν υπόψη τα ποικίλα κίνητρα της απληστίας, της εκδίκησης, της μοιχείας και του εθνικισμού.

Το τρίτο, «Written to Death», ξεκινά με τον μυστηριώδη θάνατο ενός επιτυχημένου συγγραφέα, η δολοφονία λαμβάνει χώρα στη σκηνή κατά τη διάρκεια μιας ομαδικής συνάντησης συγγραφέων. Ο Άλεξ και η Σάντρα κατακλύζονται από δουλειά, καθώς πρέπει να ασχοληθούν με μια δεύτερη έρευνα, αυτή για το οργανωμένο έγκλημα και λειτουργεί παράλληλα με την κύρια έρευνα για δολοφονίες.

Το τέταρτο, «Παραβάτης της Πίστης», ακολουθεί την έρευνα μετά από μια νεαρή ασιατική κοπέλα που δέχθηκε σεξουαλική επίθεση και δολοφονήθηκε στο σπίτι που μοιράστηκε με τον σκωτσέζικο φίλο της. Με την Sandra να εργάζεται για άδεια μητρότητας, αμέσως μετά τον τοκετό, ο Άλεξ και η ομάδα του απαιτούν να χρησιμοποιήσουν παιδικά γάντια για να χειριστούν την εξαιρετικά ευαίσθητη έρευνα τόσο με το θύμα όσο και με τις οικογένειες του φίλου της, υπό τον έντονο έλεγχο. Πρέπει να ληφθούν υπόψη τα πιθανά κίνητρα του ρατσισμού, της ισλαμοφοβίας, του μίσους, της ζήλιας και της τιμής. Αλλά ποιος είναι πίσω από τη δολοφονία... και ποιος είναι ο πραγματικός λόγος;

Πρόκειται για μυθιστορήματα μυστηριώδους, κινούμενου, συγκλονιστικού, που βρίσκονται μέσα και γύρω από τους δύσκολους, γεμάτους εγκλήματα δρόμους της Γλασκόβης.

Το πρώτο μυθιστόρημα του Zach ήταν το "Ring Fenced", ένα ασυνήθιστα θεματικό ψυχολογικό θρίλερ. Είναι μια ιστορία εγκλήματος με μια διαφορά, μετά από την εμμονή ενός ατόμου με δύναμη και έλεγχο. Ο κύριος χαρακτήρας, ο Benjamin, χρησιμοποιεί πέντε ξεχωριστά πρόσωπα για να ελέγχει ανεξάρτητα τα διαφορετικά τμήματα της ζωής του. Η ιστορία δείχνει πώς κάνει ταχυδακτυλουργίες στις πέντε ξεχωριστές υπάρξεις και ακολουθεί τι συμβαίνει όταν καταρρεύσουν τα εμπόδια. Ο αντι-ήρωας, ο Μπέντζαμιν, προτάθηκε και συμπεριλήφθηκε στη λίστα των καλύτερων κακών στο eFestival του Words 2013.

Το περίεργο θρίλερ του Zach, «Πηγή. Ένα γρήγορο θρίλερ οικονομικού εγκλήματος επικεντρώνεται στο οικονομικό έγκλημα. Βλέπει τρεις ερευνητές δημοσιογράφους να ταξιδεύουν σε ολόκληρο το Ηνωμένο

Βασίλειο, την Ισπανία και τη Γαλλία. Υποψιάζονται οικονομική τρομοκρατία καθώς ερευνούν τη διαφθορά και τα σαμποτάζ στον τραπεζικό τομέα. Αποτέλεσμα των ερευνών τους, αντιμετωπίζουν προσωπικές απειλές και συνεχώς προσπαθούν να αντιμετωπίσουν τη δική τους προσωπική ζωή. Παρά το βαρύ θέμα, είναι μια ελαφριά και διασκεδαστική ανάγνωση με άφθονο χιούμορ, οικογενειακό δράμα και ρομαντισμό.

Η συνεργασία με την Elly Grant δημιούργησε το "Twists and Turns", ένα βιβλίο διηγήσεων, που κυμαίνονται από την φαντασία flash έως μια novella. Όλοι έχουν μυστήριο και ένα στοιχείο του απροσδόκητου, με περιεχόμενο που κυμαίνεται από γοτθικό τρόμο έως ήπια κωμωδία.

Όπως ο κεντρικός χαρακτήρας του στο «Ring Fenced» (Benjamin Short), ο Zach Abrams ολοκλήρωσε την εκπαίδευσή του στη Σκωτία και συνέχισε μια καριέρα στη λογιστική, τις επιχειρήσεις και τα οικονομικά. Παντρεμένος με δύο παιδιά, δεν παίζει όργανα αλλά έχει εκλεκτική γεύση στη μουσική, αν και όχι τόσο εμμονή όσο ο Μπέντζαμιν. Σε αντίθεση με τον Μπέντζαμιν, δεν διατηρεί ερωμένες, γράφει πορνογραφία και (δυστυχώς) δεν έχει ιδιοκτησία ενός μεγαλού διανομέα διαδικτύου. Δεν είναι κοινωνιοπαθητικός (τουλάχιστον από τη δική του εκτίμηση) και όλες οι εκδοχές της ζωής του γνωρίζουν και επικοινωνούν ελεύθερα μεταξύ τους. Σύμφωνα με τον Alex Warren, ο Zach μεγάλωσε στη Γλασκόβη και έχει περάσει πολλά χρόνια δουλεύοντας στην Κεντρική Σκοτία.

133 Ώρες
ISBN: 978-4-86747-611-6
Χαρτόδετο χαρτί μαζικής αγοράς

Εκδόσεις
Next Chapter
1-60-20 Minami-Otsuka
170-0005 Toshima-Ku, Tokyo
+818035793528

22 Μάιος 2021